Laurelin Paige

DUNKLE GEHEIMNISSE

Laurelin Paige

FIXED 2

DUNKLE GEHEIMNISSE

LAGO

Bibliografische Information der Deutschen Nationalbibliothek:
Die Deutsche Nationalbibliothek verzeichnet diese Publikation in der Deutschen Nationalbibliografie; detaillierte bibliografische Daten sind im Internet über http://d-nb.de abrufbar.

Für Fragen und Anregungen:
info@lago-verlag.de

1. Auflage 2016

Nymphenburger Straße 86
D-80636 München
Tel.: 089 651285-0
Fax: 089 652096

Published in cooperation with the D4EO Literary Agency. www.d4eoliteraryagency.com

Die amerikanische Originalausgabe erschien 2013 bei Mandevilla Press unter dem Titel *Found in You.*

Übersetzung: Ramona Marten
Redaktion: Dr. Carina Heer
Umschlaggestaltung: Pamela Machleidt
Coverabbildung: Gennifer Albin und Tom Barnes
Satz: Andreas Schlangen, Neuss
Druck: GGP Media GmbH, Pößneck
Printed in Germany

ISBN Print 978-3-95761-014-0
ISBN E-Book (PDF) 978-3-95762-033-0
ISBN E-Book (EPUB, Mobi) 978-3-95762-034-7

Kapitel eins

Ich blieb vor dem Eingang des vielgeschossigen Hauses in der Park Avenue stehen und starrte auf den Namen des Gebäudes, der in den Stein gemeißelt war: *The Bowery*. Jordan war schon wieder weggefahren, nachdem er mich hatte aussteigen lassen. Er hielt seine Aufgabe für erledigt, nachdem er mich dem Pförtner übergeben hatte, der mir bereits die Tür aufhielt, während ich noch gedankenverloren dastand und mich nicht rührte.

Das hier war tatsächlich wahr! Es war ein großer Schritt – ein riesiger Schritt – nach vorn und weiter hinein in Hudsons Leben, als irgendjemand ihn je zuvor getan hatte. Natürlich war ich aufgeregt. Ich liebte diesen Mann. Aber kannte ich ihn denn überhaupt? Konnte ich ihn wirklich lieben, wo ich doch so wenig über ihn wusste? Bis vor zwei Minuten hatte ich nicht mal gewusst, wo er wohnte, bis zu dem Augenblick, als sein Fahrer mich vor der Tür abgesetzt hatte. Was würde mich im Inneren des Gebäudes erwarten? Was lag hinter der Maske verborgen, die Hudson Pierce immer trug?

Es schien mir, als hätte ich den echten Hudson gesehen und als wäre ich der einzige Mensch auf der Welt, der ihn wirklich erkannt hatte, aber auch ich hatte erst an der Oberfläche gekratzt. Es gab noch immer so viel zu entdecken bei dem jungen Wirtschaftsmogul, der mein Herz erobert hatte. Ich musste immer noch so viel über ihn erfahren.

Ich wusste, dass Hudson seine Geheimnisse hatte. Zwar hatte er seine Psychospielchen und seine Vorliebe, Frauen zu manipulieren, schon aufgegeben, ehe er mich getroffen hatte – aber es bestand durchaus die Möglichkeit, dass diese früheren Gewohnheiten wiederkehrten. Genauso wie die Möglichkeit bestand, dass meine früheren Gewohnheiten wiederkehrten.

Und davor hatte ich am meisten Angst: dass ich in meine alten obsessiven Verhaltensweisen zurückfallen würde. Ich hatte mit meinem Stalking und meiner unbegründeten Eifersucht schon viele Beziehungen kaputt gemacht, aber ich wusste: Wenn ich diese hier auch zerstörte, dann wäre das mein Ende. Zum Glück hatte ich mich bis jetzt bei Hudson immer sicher gefühlt. Doch es würde sich erst erweisen müssen, ob dieser Zustand von Dauer wäre.

Der Pförtner schaute mich besorgt an – sollte er weiterhin die Tür für diese verrückte, unentschlossene Frau offen halten?

Ich lächelte ihn beruhigend an. »Ich brauche noch einen Moment.«

Er nickte lächelnd zurück und machte die Tür wieder zu.

Ich holte tief Luft und schaute zum obersten Stockwerk hinauf, wo ich Hudsons Apartment vermutete – ich wusste nicht mal, welche Nummer seine Wohnung hatte. War er dort oben noch wach? Stand er am Fenster und hielt Ausschau nach mir? Konnte er mich hier unten sehen, wie ich zögerte?

Er hatte gesagt, er würde schon schlafen. Aber die Vorstellung, dass er mich möglicherweise zögern sah, gab mir den notwendigen Anstoß, endgültig hineinzugehen. Ich traute es Hudson glatt zu, dass er aufblieb und auf mich wartete, und ich wollte nicht, dass bei ihm der Verdacht aufkam, ich würde auch nur die geringsten Bedenken haben. Denn ich hatte keine Bedenken – nicht, was Hudson anging. Bedenken hatte ich ausschließlich, was mich selbst anging: Würde ich in der Lage sein, Teil eines Wir zu sein? Diese Bedenken waren hoffentlich überflüssig. Stattdessen musste ich all meine Hoffnung darauf setzen, endlich mal eine echte Beziehung zu einer anderen Person aufbauen zu können, ohne dass ich wieder in den Ängsten und den ungesunden Gewohnheiten meiner obsessiven Vergangenheit versank.

Der Pförtner lächelte wieder, als ich erneut auf ihn zutrat, und öffnete mir die Tür. Drinnen saß ein weiterer Mann an einem Überwachungstisch vor den Aufzügen.

»Ms Withers?«, fragte er, ehe ich auch nur meinen Namen nennen konnte.

Es hätte mich nicht überraschen sollen. Hudson hatte gesagt, er würde einen Schlüssel für mich hinterlegen, und es war halb vier Uhr morgens. Wer hätte ich wohl sonst sein sollen?

Ich nickte.

»Mr Pierce hat diesen Schlüssel für Sie hinterlegt. Beide Aufzüge zu Ihrer Linken führen zu seinem Penthouse. Stecken Sie den Schlüssel einfach in das Bedientableau.«

»Vielen Dank.«

Die Türen öffneten sich auf der Stelle, als ich den Knopf drückte, um den Aufzug herbeizurufen. Drinnen zitterte meine Hand, als ich den Schlüssel ins Tableau steckte, und ich war dankbar, dass der Sicherheitsmann mich nicht mehr sehen konnte. Die Fahrt zum Penthouse ging schnell, aber nicht schnell genug. Sobald ich meine Beklemmung überwunden hatte, hatte mich heftige Begierde gepackt. Ich wollte bei Hudson sein, in seinen Armen liegen, ich wollte mit ihm zusammen sein, und sogar die eine Minute, die es dauerte, in den obersten Stock zu gelangen, kam mir noch zu lange vor.

Die Türen des Aufzugs öffneten sich in einen kleinen Flur. Ich trat heraus, wandte mich in die einzige Richtung, in die es weiterging, und kam in eine Eingangshalle. Hier war es ruhig, aber ich konnte irgendwo in der Nähe eine Uhr ticken hören, weiter hinten brannten einige Lichter. Ich nahm an, dass es links zu den Schlafzimmern ging, denn zu meiner Rechten öffnete sich ein großes Wohnzimmer mit Fenstern, die vom Boden bis zur Decke reichten.

So sehr ich mich auch danach sehnte, Hudson zu sehen, wandte ich mich doch erst dem Wohnzimmer zu, denn der großartige Ausblick zog mich magisch an. Ehe ich bis zur Fensterfront gekommen war, ging eine Lampe an, und ich sah Hudson in einem Sessel sitzen.

Vor Überraschung blieb mir der Mund offen stehen, während ich den gut aussehenden Mann anstarrte, der nichts als Boxershorts trug. Der Anblick seines muskulösen Oberkörpers ließ mein Herz schneller schlagen, ehe ich in seine grauen Augen schaute, die halb hinter braunen Haarsträhnen verborgen lagen. Ich hatte ihn noch nie in Boxershorts gesehen – und da hatte ich echt was verpasst! Wieder fiel mir auf, wie wenig ich doch von ihm wusste, aber diesmal machte mir dieser Gedanke keine Angst – im Gegenteil, er erregte mich. Wie viel gab es an diesem Mann noch zu entdecken! Und ich war bereit, mich mitten ins Abenteuer zu stürzen.

Obwohl ich so aufgeregt war, war mir auch unbehaglich zumute. Das hier war völliges Neuland, und ich wusste nicht, wie ich mich verhalten sollte. Vermutlich ging es Hudson genauso.

Mir der einen Hand umklammerte ich meine Handtasche, mit der anderen nestelte ich zerstreut am blauen Stoff meines Kleides herum. Es war kurz, mit ausgestelltem Rock, und ganz klar businesslike, aber an der Grenze zu sexy, genau die Art von Outfit, wie ich es in der Sky Launch immer trug, dem Nachtklub, wo ich Assistant Manager war. Der Nachtklub, der Hudson gehörte und in dem ich ihn kennengelernt hatte.

Mir schoss die Erinnerung an unsere erste Begegnung durch den Kopf: Ich hatte ihn am Ende der Bar sitzen sehen, und mir war die Luft weggeblieben. Im gleichen Moment hatte ich schon gewusst, dass ich besser davonrennen sollte. Aber ich hatte es nicht getan, und jetzt hätte ich nicht dankbarer darüber sein können.

Bei seinem Anblick stockte mir der Atem, genauso wie damals. Mit zaghaftem Lächeln wagte ich es, die Stille zu durchbrechen: »Du bist ja noch wach.«

»Ich dachte, es wäre am besten, auf dich zu warten, damit du dich auch zurechtfindest, wenn du kommst.«

»Aber du solltest doch eigentlich schlafen.« Als Vorsitzender von Pierce Industries, einem milliardenschweren Unternehmen, waren seine Arbeitszeiten völlig anders als meine im Klub. Mitten in der Nacht herzukommen, wo er doch immer schon um sechs Uhr aufstand – was hatte ich mir eigentlich gedacht? Wie sollten unsere beiden unterschiedlichen Lebensweisen je miteinander vereinbar sein?

Nein, so würde ich nicht denken. Das war ein Vorwand, unter dem ich mir selbst das Glück verweigerte. Und Hudson und ich hatten beide endlich mal etwas Glück im Leben verdient!

Das Objekt meiner Begierde stand auf, kam zu mir und ergriff meine Hand, die die Handtasche hielt. »Ich habe schon geschlafen, und jetzt bin ich wach.« Bei seiner einfachen Berührung legte sich meine innere Unruhe, und den letzten Rest Aufregung ignorierte ich einfach, obwohl mir das Herz hämmerte. Das war Hudsons Wirkung auf mich – er überwältigte und verblüffte mich auf seine eigene wunderbare Weise.

Er nahm mir die Handtasche ab, löste sich von mir und legte sie auf den Beistelltisch.

Ohne den Körperkontakt zu ihm wurde ich wieder nervös und fing an, irgendwelches banales Zeug zu quasseln. »Ich bin noch nie in einem Penthouse gewesen. Wenn man das Loft mal außen vor lässt.« Das Loft über seinem Büro, der Ort, wo er mich bis zur Besinnungslosigkeit gefickt hatte. Zum Glück verbarg das dunkle Wohnzimmer, dass ich rot wurde. »Es ist schön hier, H.«

»Du hast doch bisher kaum was gesehen.« Er zuckte nicht zusammen, als er den absurden Spitznamen hörte, den ich ihm gegeben hatte. Vielleicht gewöhnte er sich allmählich daran.

»Aber allein das, *was* ich sehen kann …« Mein Blick wanderte durch das teure Wohnzimmer, und mir fielen die kunstvollen architektonischen Details und der einfache Einrichtungsstil auf. »Es ist unglaublich.«

»Freut mich, dass es dir gefällt.«

»Es ist ganz anders, als ich es mir vorgestellt habe. Nicht so wie das Loft. Ich dachte, so ungefähr würde es auch hier aussehen.« Das Loft war ganz in Schwarz und Leder gehalten, männlich und stark. Dieser Ort hier war hell und luftig – das konnte ich sogar im schwachen Licht der Lampen und im Mondschein sehen.

»Alayna.«

Als seine Lippen meinen Namen berührten, jagte mir ein wohliger Schauer über den Rücken. Wie schaffte er es bloß immer wieder, mich mit einem einzigen Wort so anzuturnen? In mir alles auf den Kopf zu stellen?

»Auch die Möbel sind ganz anders.« Weil ich so nervös war, musste ich einfach weiterreden. Ich fürchtete die Verbindung, die augenblicklich zwischen uns entstehen würde, sobald ich zu reden aufhörte. Ich trat auf das weiße Sofa zu und ließ die Hand über die teuere Polsterung gleiten. »Aber Celia hat doch auch hier alles eingerichtet, oder?«

Seine Stimme klang angestrengt. »Ja, das hat sie.«

Celia Werner, seine Freundin aus Kindertagen und seine Ex-Verlobte. Na ja, in Wirklichkeit nicht, aber doch so gut wie. Warum hatte ich sie bloß erwähnt? Wollte ich alles gleich wieder kaputt machen? Celia war in unserer Beziehung immer wieder ein Grund für Spannungen gewesen, seit Hudson mich engagiert hatte, um seiner Mutter vorzuspielen, dass wir beide ein Paar waren. Sophia Pierce hielt es für unmöglich, dass ihr Sohn fähig war, wirklich zu lieben. Sie glaubte, Celia, die Tochter ihrer guten Freunde, der Werners, wäre die perfekte Partnerin für Hudson. Selbst wenn er nichts für sie empfinden konnte, so würde Celia doch immerhin dafür sorgen, dass Hudson nicht aus der Reihe tanzte, und ihn davor bewahren, sich mit seinen speziellen Neigungen Ärger einzuhandeln.

Doch es stellte sich heraus, dass Hudson sehr wohl in der Lage war, tiefer zu empfinden – während unserer Scharade hatte er sich in mich verliebt.

Doch noch immer hatten Hudson und Celia eine innige Beziehung zueinander, die mich eifersüchtig machte. Um das Thema zu wechseln, ging ich zur Fensterfront hinüber. »Das ist ja eine Wahnsinnsaussicht …«

»Alayna.«

Ich drückte mein Gesicht gegen die Scheibe und schaute auf die Welt dort unten hinab. »Einfach gigantisch.«

Hudson stellte sich hinter mich, und ich spürte, wie seine Wärme auf meinen Rücken ausstrahlte, obwohl er mich nicht berührte. »Alayna, sieh mich an.«

Langsam drehte ich mich um.

Er fasste mein Kinn und zwang mich, ihm in die Augen zu schauen. »Du bist nervös. Das musst du nicht sein. Ich will dich hier haben.«

Diese Worte waren genau das, was ich gebraucht hatte, und sie ließen meine letzten Sorgen verrauchen, wie eine Decke ein Feuer erstickt. »Sicher?« Ich war zwar beruhigt, aber ich wollte noch mehr hören. »Du hast noch nie eine Frau hierher mitgenommen, oder? Ist das nicht merkwürdig?«

Er strich mir mit dem Daumen über die Wange, und meine Haut erwachte unter seiner Liebkosung. »Es ist anders, weil ich noch keine Frau hierher mitgenommen habe, aber merkwürdig ist es nicht. Und ja, ich bin völlig sicher, dass ich dich hier haben will.«

Ich erbebte angesichts der Bestätigung, dass ich tatsächlich die erste Frau war, der er erlaubt hatte, hierherzukommen, die erste Frau, die er in seiner eigenen Wohnung lieben würde. »Ich auch. Ich meine, ich bin sicher, dass ich hier sein will.« Ich zerschmolz förmlich unter seinem Blick und hätte mich auf ewig darin verlieren können – und das jagte mir einen ordentlichen Schrecken ein.

Ich suchte nach einer Möglichkeit, mich zu beruhigen, und sei es auch nur für einen winzigen Moment, also warf ich einen Blick in Richtung des Zimmers, das sich ans Wohnzimmer anschloss. »Wo geht es denn da drüben hin? Ist das das Esszimmer?«

»Morgen früh mache ich mit dir eine Wohnungsführung.« Er umschloss mein Gesicht jetzt mit beiden Händen und sah mir wieder fest in die Augen.

»Morgen früh eine Wohnungsführung«, wiederholte ich. Ich war hin und weg – ich hatte mich völlig an ihn verloren. »Aber nicht jetzt.«

»Nein, nicht jetzt. Jetzt möchte ich dich in meinem Zuhause willkommen heißen.« Sein Mund begegnete meinem und nahm mich mit in schwindelerregende Höhen, die die Aussicht hinter mir ganz schön alt aussehen ließen. Seine Lippen saugten an meinen, und dann glitt seine Zunge mit köstlichem Streicheln in meinen Mund. Ich verlor das Gleichgewicht, musste ihm rasch die Arme um den Hals legen, um mich an ihm wie eine Ertrinkende festzuhalten.

Hudson nahm eine Hand von meinem Gesicht, legte sie mir um die Taille und zog mich an sich, sodass ich seine Erektion durch den dünnen Stoff seiner Boxershorts hindurch an meinem Schenkel spüren konnte. Seine andere Hand griff mir ins Haar und verkrallte sich darin. Ich presste meine Brüste fest gegen ihn, ich musste ihn mit jedem Teil meines Körpers spüren.

Ein Stöhnen stieg in Hudsons Kehle auf, vibrierte hinter unserem Kuss und entfachte meine Begierde noch mehr. Ich verlagerte das Gewicht und versuchte, noch näher an ihn heranzukommen, mein Bein gierte danach, sich um ihn zu schlingen.

Seine Lippen noch immer auf meinen, sagte er: »Es gibt da allerdings ein Zimmer, das ich dir gern noch heute Nacht zeigen würde.«

»Ich hoffe doch sehr, dass es das Schlafzimmer ist.«

»Genau das.« Mit einem Schwung hob er mich hoch und trug mich in die Richtung, aus der ich gekommen war. Er trug mich einfach so davon, und das war auch die Wirkung, die er insgesamt auf mich ausübte: Bei ihm war ich ein Zweig in einem tosenden Fluss, der Richtung Meer drängte. Hudson war die Strömung, die mich überallhin zog, wo er mich haben wollte. Ich war ihm ausgeliefert.

Er hatte mir versprochen, dass er mit mir keine manipulativen Spielchen treiben wollte, dass er nie versuchen würde, mich zu beherrschen. Aber das war ein Versprechen, das er nicht halten konnte. Er riss mich mit sich, ob er wollte oder nicht. Und für mich war das völlig in Ordnung so.

Er trug mich durch die Eingangshalle und küsste mich dabei, bis wir an deren anderem Ende in den Raum abbogen, der das Schlafzimmer sein musste. Ich hatte meine ganze Aufmerksamkeit auf Hudson gerichtet und bekam nur mit, dass er mich auf ein großes Bett legte, auf dessen einen Seite hellgraues zerwühltes Bettzeug lag, und zwar auf der linken

Seite. Seiner Seite. Dass ich an einem so intimen Ort war, dort, wo Hudson schlief, wo er heute Nacht schon geschlafen hatte, ließ die Lust und die Begierde in mir noch weiter steigen. Ich wollte Hudson auf mir und in mir. Stattdessen stand er da und starrte mich aus verschleierten Augen an.

Er würde sich Zeit lassen, und es hätte keinen Zweck, sein Tempo zu kritisieren. Es gab auch keinerlei Grund zur Kritik. Obwohl er ein dominanter Liebhaber war, konzentrierte er sich immer auf meine Bedürfnisse und kümmerte sich stets auf bestmögliche Art und Weise um mich. Er kannte mich ganz genau, er wusste, wie er auf meinem Körper spielen musste, sodass ich mich fühlte, als hätte ich keine Knochen mehr im Leib, er wusste, wie er mich erregen und lieben musste, selbst wenn ich selbst keine Ahnung hatte.

Seine Hand glitt langsam an meinem Bein hinunter bis zum Knöchel, und er zog mir die Riemchensandale so schmerzhaft langsam aus, dass ich mich wand. Das Ganze wiederholte er mit dem anderen Schuh, dann kniete er sich aufs Bett, beugte sich über mich und küsste mich kurz. Ich streckte die Arme nach ihm aus und wollte ihn an mich ziehen, aber er machte sich los.

»Das letzte Mal haben wir es ganz schnell gemacht. Diesmal muss ich dich unbedingt voll auskosten.« Das letzte Mal war rasch und angespannt gewesen, eine Atempause mitten in einem Streit, auf der neuen Couch im Büro des Managers in der Sky Launch. Auch da war von meiner Seite her kein Wunsch offen geblieben. Aber voll ausgekostet zu werden – das klang natürlich verdammt großartig.

Er zog eine Spur feuchter Küsse meinen Körper hinunter bis zum Saum meines Kleides. Mit einem fiesen Glitzern in den Augen schob er es mir über die Taille und küsste mich mitten aufs Zentrum meines Begehrens.

Ein Stöhnen kam mir über die Lippen, und er lachte leise. Seine Finger glitten unter das Gummi meines Höschens, er zog es mir aus und warf es zur Seite, dann legte er mein Bein über seine Schulter, und gleich darauf war sein Mund wieder auf mir und leckte und saugte gierig am Nervenbündel zwischen meinen Schenkeln.

Ich war schon halb wahnsinnig vor Lust, als er mit zwei Fingern in mich glitt, mich erforschte, sie drehte und mich mit Leichtigkeit zum Kommen brachte. Ich erschauderte und erzitterte, während er an mir hinaufglitt, meinen Mund in Besitz nahm und mich mit großer Begierde küsste.

Die sanften Geräusche, die er dabei von sich gab, mein Geschmack auf seiner Zunge, sein Schwanz, den ich an meinem Schenkel zucken spürte – es dauerte keine halbe Minute, ehe die Lust bei mir zurückgekehrt und ich bereit für einen weiteren Ausflug auf den Gipfel der Ekstase war. Ich war begierig, ihn zu berühren, und meine Hand fand seinen Schwanz und rieb ihn durch die Shorts hindurch.

Er ließ stöhnend von meinem Mund ab, und ich gab ihm einen kleinen Stoß, sodass er sich auf die Seite rollte, während ich ihn weiterstreichelte. »Boxershorts also. Trägst du die oft?«

»Im Bett.«

»Das gefällt mir. Ich hab dich noch nie damit gesehen.« Meine Hand glitt durch den Eingriff, und ich staunte wieder einmal, wie weich sein mächtiger Schaft sich in meiner Hand anfühlte und welche Hitze seine Haut abstrahlte.

»Wenn ich mit dir im Bett bin …«, seine Stimme brach, als ich mit der Hand über seine Spitze fuhr, »… hab ich nie etwas an.«

»Soso. Das gefällt mir sogar noch besser.« Jetzt war ich an der Reihe, mit der Hand den Bund seiner Boxershorts zu ergreifen und sie ihm über die muskulösen Beine zu ziehen, ganz gefesselt vom grandiosen Anblick seiner Erektion.

Sobald seine Hose auf dem Boden gelandet war, zog er mich wieder an sich. »Mir gefällt es auch, wenn du gar nichts anhast.« Seine Finger zogen mir erneut das Kleid nach oben. »Und jetzt musst du unbedingt nichts anhaben.«

»Da möchte ich dir nicht widersprechen.« Ich setzte mich auf und half ihm, mir das Kleid über den Kopf zu ziehen. Er warf es beiseite, und im nächsten Augenblick hakten seine Hände bereits hinter mir den BH auf und befreiten meine Brüste. Dann streckte er sich auf mir aus, sein heißer Penis war einen Moment an meinem Eingang, nur eine Sekunde lang, ehe er sich in mich senkte, in mich eindrang, mich dehnte und mich so ausfüllte, wie nur er es konnte.

Er drehte sich auf die Seite und drehte mich mit sich, und ich schlang ein Bein um ihn und drängte ihn damit noch tiefer in mich hinein. Er hatte gesagt, er wolle mich auskosten, aber entweder hatte er es sich anders überlegt oder er konnte sich nicht zurückhalten, denn er zeigte seine Lust mit raschen Stößen. Bei jedem Stoß traf er meine empfindlichste

Stelle, was mich zum Wahnsinn brachte und mich zum nächsten Höhepunkt jagte, der tief in meinem Inneren begann, dann meinen ganzen Körper ergriff und sich bis hinab zu den Zehen ausbreitete.

Hudson machte weiter und wurde immer schneller, bis er den Höhepunkt seiner Befriedigung erreichte. Dann brach er über mir zusammen, noch immer in mir, nahm mich in die Arme und ließ Küsse auf mein Gesicht regnen – eine ungewöhnlich zärtliche Geste von dem beherrschten Mann, den ich zu lieben gelernt hatte. Ich freute mich, wie zärtlich das war.

»Hab ich dir schon gesagt, wie froh ich bin, dass du hier bist?«, fragte er und küsste mich zwischen den einzelnen Worten.

Das zu hören, bedeutete mir alles. Ich begriff, dass es Hudsons Art war, *Ich liebe dich* zu sagen. Er hatte es noch nicht geschafft, das klar und deutlich auszusprechen – dieses Gefühl war für ihn noch zu neu, und ich erwartete es auch gar nicht. Aber heute Nachmittag hatte ich ihm gesagt, ich wisse, dass er in mich verliebt sei, und er hatte nicht widersprochen. Er war auch nicht ausgeflippt, als ich gesagt hatte, ich sei in ihn verliebt.

Doch ich machte mir keine Illusionen und glaubte nicht, dass ab jetzt alles nur noch eitel Sonnenschein sein würde. Es waren alles winzige Schritte. Dass er überhaupt sagte, was er empfand, war schon ein großer Schritt. Dass dabei auch noch zur Sprache kam, wie er *mir gegenüber* empfand, waren für mich gleich zwei Schritte.

Ich fuhr ihm mit der Hand durchs Haar, während er meinen Hals küsste. »Das hast du schon gesagt. Und wenn du es nicht gesagt hättest, hätte ich es mir auch fast denken können.« Ich hob spielerisch die Augenbrauen, damit er verstand, dass ich mich auf das bezog, was sich soeben zwischen uns abgespielt hatte. »Aber du kannst es mir gern so oft sagen, wie du willst.« *Und auf so viele Arten, wie du willst,* fügte ich im Stillen hinzu.

Er schwebte über mir und leckte sich tiefer, hin zu meinen Brüsten. Offenbar bewegten wir uns schon auf Runde zwei zu. »Ich bin froh, dass du hier bist, mein Schatz.« Er zog mit den Zähnen leicht an meiner Brustwarze, dann beruhigte er den Schmerz mit einem kreisenden Lecken seiner Zunge.

Ich holte tief Luft und genoss die Mischung aus Lust und Schmerz, während er meiner anderen Brust die gleiche Behandlung zukommen ließ. Sein Kosename für mich, *Schatz*, ging mir durch den Kopf, während er meine Haut leckte. So nannte er mich seit unserer ersten sexuellen Begegnung, vor beinahe zwei Wochen. War das wirklich erst zwei Wochen her? Und hatte ich ihn wirklich erst eine Woche davor im Klub gesehen, als ich noch nicht gewusst hatte, dass er *der* Hudson Pierce war? Es schien schon eine halbe Ewigkeit her zu sein. Die liebevolle Bezeichnung, die er für mich hatte, war vom ersten Augenblick an, in dem er sie aussprach, für mich bedeutungsvoll gewesen. Allerdings waren wir uns damals gerade erst begegnet ... vielleicht hatte sie doch nicht so viel Bedeutung, wie ich ihr zumaß.

Die Neugierde siegte, obwohl ich schon wieder unter ihm erzitterte. »Weshalb nennst du mich eigentlich so?«

Er antwortete, ohne den Blick von meinen Brüsten zu heben. »Weil du mein Schatz bist.«

»Du hast mich schon Schatz genannt, bevor du das überhaupt wissen konntest.«

»Falsch.« Er stützte den Ellbogen auf und legte den Kopf in die Hand. »Das wusste ich schon, als ich dich zum ersten Mal gesehen habe.«

Für einen kurzen Moment dachte ich, er meinte unsere Begegnung in der Bar – die erste Nacht, in der ich *ihn* gesehen hatte. Doch dann fiel mir ein, dass er mich etwa zwei Wochen zuvor schon gesehen hatte, als ich kurz vor meinem MBA-Abschluss in Wirtschaftswissenschaften stand. Er hatte im Publikum gegessen, als ich auf der Fachkonferenz der Hochschulabsolventen sprach. Das hatte ich aber erst später herausgefunden, und er hatte mir kaum etwas darüber erzählt.

Ich stützte mich auf die Ellenbogen, richtete meinen Oberkörper auf und wartete gespannt, dass er weitersprach.

»Du hast beim Vortrag an der Stern auf der Bühne gestanden«, sagte er, und seine Hand streichelte mir über die weiche Kurve zwischen Taille und Hüfte. »Als du mit deinem Vortrag angefangen hast, warst du nervös. Du hast ein paar Minuten gebraucht, um richtig reinzukommen, aber sobald du deinen Rhythmus gefunden hattest, warst du großartig. Du hattest bloß keine Ahnung, dass du großartig warst. Und ganz offensichtlich war dir gar nicht bewusst, dass der ganze Saal voller Leute war, die dich auf der Stelle engagiert hätten, wenn du sie nur angesprochen hättest. Zum Glück hast du das nicht getan. Denn ich habe diesen Leuten zugeschaut, wie sie dir zugeschaut haben, und ich habe es sofort gewusst. Ich wusste, dass die anderen auch erkannten, wie klug du bist. Sie haben begriffen, dass du einen Sinn fürs Geschäft hast. Aber keiner von ihnen hat das seltene Juwel erkannt, das da vor ihnen stand. Ein kostbarer Schatz.«

Mir standen die Tränen in den Augen. Niemand hatte mich je so gesehen, niemand hatte auch nur hingeschaut. Weder meine Eltern, ehe sie gestorben waren, noch mein Bruder Brian noch irgendein Mann, mit dem ich zusammen gewesen oder von dem ich regelrecht besessen gewesen war. Nicht ein einziger.

»Ich liebe dich, Hudson.« Es war heraus, ehe ich darüber nachdenken konnte; ehe ich mir Sorgen machen konnte, dass er ausflippen würde, so wie er es beim ersten Mal getan hatte, als ich meine Gefühle für ihn zur Sprache gebracht hatte. Ich wäre nicht in der Lage gewesen, meine Worte zurückzuhalten, selbst wenn ich es gewollt hätte – sie lagen jetzt immer dicht unter der Oberfläche, allzeit bereit, mir jeden Moment über die Lippen zu drängen. Wenn wir wollten, dass unsere Beziehung funktionierte, dann würden wir uns beide daran gewöhnen müssen.

Ich schaute Hudson ununterbrochen in die Augen, während er meine Erklärung in sich aufnahm.

Dann warf er sich wie der Blitz auf meinen Körper. Er stützte mir mit einer Hand den Nacken und liebkoste meine Nase mit seiner. »Das kannst du mir gern so oft sagen, wie du willst«, sagte er, indem er meine Worte von eben benutzte.

»Das habe ich auch vor.« Aber das murmelte ich nur noch undeutlich, denn ich verlor mich schon an seinen Mund, seine Lippen übermannten meine, und wir drückten unsere Gefühle füreinander mit unseren Zungen und Händen und Körpern aus – und auf viele weitere Arten, bei denen man nicht zu sprechen braucht.

Kapitel zwei

Am nächsten Morgen wachte ich davon auf, dass jemand im Zimmer herumlief. Ich öffnete die Augen und sah, dass Hudson mit dem Rücken zu mir vor dem Spiegel an der Kommode stand und sich den Schlips zurechtzog. Er hatte noch kein Jackett an, also hatte ich einen guten Blick auf seinen knackigen Hintern. Mein Gott, dieser Mann sah im Anzug einfach umwerfend aus! Er hätte aber auch genauso gut gar nichts anhaben können, ich war da nicht wählerisch.

Er sah meinen Blick im Spiegel, und ein Lächeln glitt über seine Lippen. »Guten Morgen.«

»Morgen. Ich genieße gerade den Ausblick.«

»Ich auch.«

Ich wurde rot und zog mir das Laken über den nackten Körper. Es schien viel zu hell zu sein dafür, dass es so früh am Morgen war. »Wie spät ist es denn?« Ich schaute mich nach einer Uhr um, fand aber keine.

»Fast elf.« Er war fertig mit seiner Krawatte – eine mit silbernem Muster, die seine Augen besonders gut zur Geltung brachte –, zog eine Schublade auf und holte ein Paar Socken heraus.

Elf Uhr? Hudson war doch normalerweise immer schon vor acht im Büro. »Was machst du denn noch hier? Hättest du heute nicht schon eine halbe Million Dollar verdienen müssen?«

»Eine halbe Milliarde«, sagte er, ohne eine Miene zu verziehen, und setzte sich neben mich aufs Bett. »Aber dafür brauchen sie mich nicht. Ich habe alle Termine für heute Vormittag abgesagt.«

»Wann hast du das denn gemacht?« Ich war fasziniert, als ich ihm zusah, wie er die Socken anzog. Es hätte eigentlich nicht so sexy sein sollen zu beobachten, wie ein Mann sich anzieht, und doch spürte ich ein Ziehen im Bauch, und in meinen unteren Regionen regte sich etwas.

»Gestern Abend, ehe du gekommen bist.«

»Gut mitgedacht.« Er hatte mich zu Beginn meiner Schicht in der Sky Launch eingeladen, die Nacht in seinem Penthouse zu verbringen. Ich hatte den ganzen Abend an nichts anderes mehr denken können, aber weil ich ja arbeiten musste, hatte ich mich nicht groß vorbereiten können, ich hatte ja nicht mal Kleidung zum Wechseln oder eine Zahnbürste dabeigehabt. Ich war gar nicht auf die Idee gekommen, dass Hudson die Zeit genutzt haben könnte, um sich auf meine Ankunft vorzubereiten. Aber das hatte er natürlich getan. Er war ein äußerst gut organisierter Mensch, ein Planer, der seine Aufmerksamkeit auch aufs Detail richtete. Und weil wir uns zweimal geliebt hatten, waren wir erst kurz vor sechs eingeschlafen. Alle Termine für den Vormittag abzusagen war wirklich klug gewesen.

Ich gähnte und streckte mich und hob dabei die Arme über den Kopf, sodass das Laken über meine Brust nach unten rutschte.

Hudson hatte jetzt die Socken angezogen, richtete sich auf und schaute auf mich hinunter. Als er meinen nackten Körper betrachtete, verdunkelten sich seine Augen. »Verdammt, Alayna, wenn du so weitermachst, bekomme ich Lust, auch noch alle Termine für den Nachmittag abzusagen. Aber das kann ich nun wirklich nicht tun.«

Ich grinste. »Tut mir leid.« Aber es tat mir nicht leid. Ich wurde schon feucht, wenn ich Hudson nur über einen Raum voller Menschen hinweg anschaute. Es tat gut zu wissen, dass ich die gleiche Macht über ihn hatte. »Ähm, ich muss aber mal aufstehen. Wird dich das zu sehr … ablenken?«

Er kniff die Augen zusammen, dann drehte er sich um, verschwand kurz in einem weiteren begehbaren Kleiderschrank und kam mit einem cremefarbenen Morgenmantel wieder zum Vorschein. »Hier.«

Ich ergriff den Morgenmantel, zog ihn allerdings erst über, als ich schon aufgestanden war.

»Du bist eine schrecklich verdorbene Frau«, sagte er, während er mir zuschaute.

»Und deshalb liebst du mich.«

Ohne meine Bemerkung zur Kenntnis zu nehmen, wies er mit einem Nicken in Richtung einer geschlossenen Tür. »Dort ist das Bad. In einer Schublade müssten unbenutzte Zahnbürsten liegen. Du kannst überall rumstöbern, bis du das findest, was du brauchst.«

»Danke schön.« Ich ging zu ihm hinüber und gab ihm einen Kuss auf die Wange, dann ging ich ins Bad und pinkelte.

Es war kein kuscheliger Morgen danach, wie wir ihn zusammen in Mabel Shores, dem Sommerhaus seiner Familie in den Hamptons, verbracht hatten. Aber das war typisch Hudson – er war unnahbar und fokussiert. Er war jetzt darauf konzentriert, zur Arbeit zu kommen, und man musste ehrlicherweise sagen, dass er außerordentlich gastfreundlich gewesen war.

Ich fand die Zahnbürsten ohne Problem; genau wie er gesagt hatte, gab es eine ganze Schublade voll. Während ich mir die Zähne putzte, machte ich mir darüber so meine Gedanken. Welchen Sinn und Zweck hatten diese ganzen überflüssigen Zahnbürsten eigentlich? Wollte er einfach immer vorbereitet sein, falls er eine neue brauchte? Vielleicht glaubte er, Zahnbürsten wären Einwegartikel. Diese Einstellung konnte er sich schließlich leisten.

Oder hatte er sie auf Vorrat für Übernachtungsgäste hier? Für weibliche Übernachtungsgäste?

Wäre es nur um die Zahnbürsten gegangen, hätte ich mir vielleicht gedacht, ich redete mir was ein. Doch als ich mich genauer umschaute, sah ich ein Deodorant mit Blumenduft am Waschbecken stehen, daneben eine Flasche mit Reinigungsgel und einen Behälter mit Feuchtigkeitscreme.

Und der Morgenmantel – der Morgenmantel, der für eine Frau geschnitten war und den ich gerade trug –, woher war der eigentlich gekommen?

Mir lief ein Schauer über den Rücken. Ich zog den Gürtel enger um mich, trotz meiner wachsenden Bedenken, dass ich möglicherweise ein Kleidungsstück trug, das jemand anderem gehörte. Einer anderen Frau. Einer anderen Frau in Hudsons Leben.

Okay, immer ruhig, kein Grund zur Panik. Vielleicht waren vor mir schon andere Frauen im Penthouse gewesen. Das war völlig in Ordnung. Nicht gerade toll, aber in Ordnung. Ich hätte mir nur gewünscht, Hudson hätte mich in dieser Hinsicht nicht angelogen. Und *warum* hatte er gelogen?

Ich öffnete die Feuchtigkeitscreme. Sie roch frisch und vertraut – war das die Marke, die Celia benutzte?

Jetzt machte ich mich aber lächerlich, das war schon fast paranoid. Es änderte aber nichts daran, dass sich in mir ein ganz übles, wütendes

Gefühl breitmachte, ein Gefühl, das ich von früher sehr gut kannte. Es war die treibende Kraft hinter den meisten ungesunden Verhaltensweisen in meiner Vergangenheit gewesen, Verhaltensweisen, die ich endgültig hinter mir lassen wollte.

Ich musste mich beruhigen und konstruktiv mit der Situation umgehen, also zwang ich mich, bis zehn zu zählen, und zwischen einer Zahl und der nächsten wiederholte ich das Mantra, das ich in den Therapiestunden gelernt hatte: *Wenn du Zweifel hast, sprich darüber.*

Eins – wenn du Zweifel hast, sprich darüber. Zwei – wenn du Zweifel hast, sprich darüber …

Tja, leichter gesagt als getan.

Als ich zur Vier kam, hatte sich das Mantra verändert und hieß jetzt: *Wenn du verdammt noch mal Zweifel hast* – und ich hatte noch immer ordentliche Zweifel!

Aber dazu tendierte ich schließlich, darauf war in allen meinen Beziehungen Verlass gewesen. Ich neigte zu voreiligen Schlussfolgerungen. Wenn er länger arbeitete, bedeutete das, er hatte eine andere Freundin neben mir. Geheimnisvolle Anrufe wiesen darauf hin, dass er mich betrog. Bei all meinen früheren Freunden hatte ich niemals gefragt. Ich hatte einfach wild drauflosfantasiert und Anschuldigungen erhoben.

Aber nicht dieses Mal. Diesmal würde alles anders sein. Obwohl alles darauf hindeutete, dass Hudson mich belogen hatte, konnte ich das nicht einfach so als Tatsache betrachten. Ich würde ihn fragen müssen.

Ich wusch mein Gesicht mit dem Reinigungsgel und hoffte, dass sich meine Wut abkühlen würde, wenn ich mir etwas Zeit ließ, ehe ich mit Hudson sprach. Nachdem ich mir das Gesicht abgetrocknet hatte, überzeugte ich mich davon, dass ich mich genügend unter Kontrolle hatte, um ihm gegenüberzutreten. Ich ging aus dem Bad und schnappte mir das Gel und die Creme als Beweisstücke.

Nun ja, mit Beweisstücken aufzutreten war vielleicht mehr ein Angriff als ein Diskussionsanstoß, aber solange ich ihm die Dinger nicht an den Kopf warf, betrachtete ich es eindeutig als eine Verbesserung im Gegensatz zu meiner Vergangenheit.

Hudson war nicht im Schlafzimmer, als ich aus dem Bad kam, also ging ich durch die ganze Wohnung, bis ich ihn in der Küche fand. Er hatte inzwischen sein Jackett angezogen und stand am Küchentisch, wo er Zeitung las und aus einem großen Becher trank.

Als ich zu ihm trat, blickte er auf. »Ich hab dir auch einen …«

»Warum hast du diesen ganzen Kram?« Obwohl ich ihm das Wort abgeschnitten hatte, war ich doch relativ sicher, dass meine Frage eher neugierig als anklagend klang. Hoffentlich.

»Welchen Kram?«

»Diesen Kram hier.« Ich stellte die beiden Behälter auf den Tisch vor ihn. Na gut, vielleicht knallte ich sie eher hin. »Und du hast einen Riesenhaufen Zahnbürsten und diesen Morgenmantel. Warum hast du einen Morgenmantel für Damen?«

Er kniff die Augen zusammen und trank einen Schluck Kaffee, ehe er antwortete. »Ich habe noch mehr als nur diesen Bademantel. Ich habe in dem zweiten Kleiderschrank in meinem Schlafzimmer noch mehr Kleidungsstücke für Damen.«

»Das macht es auch nicht besser.« Die Panik, von der ich dachte, ich hätte sie unter Kontrolle, bahnte sich ihren Weg in meine Kehle hinauf und presste mir die Stimme zusammen. »Du hast mir doch erzählt, du hättest noch nie eine Frau hierher mitgenommen.«

»Höre ich da etwa einen Hauch von Eifersucht?«

Bei dem Glitzern in seinen Augen drehte ich durch. »Da hörst du mehr als nur einen verdammten Hauch. Im Ernst, H, das ist echt kein guter Anfang für eine Beziehung. Wenn du schon mal eine Frau hier hattest – wenn das, was ich hier anhabe, jemand anders gehört –, dann muss ich das wissen.« Meine Augen brannten, aber ich schaffte es, den Blick auf ihn gerichtet zu halten.

Hudson stellte seinen Becher ab und wandte sich mir mit dem ganzen Körper zu.

Ich ließ meine Hand auf dem Tisch liegen und bereitete mich auf seine Antwort vor – wie auch immer sie lauten würde. Was er jetzt sagte – ob er die Wahrheit spräche, ob ich mich entschied, ihm zu glauben –, würde entscheiden, ob es mit uns weiterging oder nicht.

»Diese Sachen gehören dir, Alayna.«

»Was?« Das hatte ich nun nicht erwartet.

»Ich habe sie für dich gekauft. Nur die Zahnbürsten nicht, die kauft meine Haushälterin immer, damit ich einen Vorrat habe, wenn ich auf Geschäftsreise gehe. Die Kleidung und die Pflegeprodukte gehören dir.«

Mir?

Nein, das war nicht möglich.

Ich schluckte. »Wann hast du das denn gekauft?« Hatte er schon geplant, dass ich hierherkommen würde, noch ehe er mich eingeladen hatte? Oder war das Teil der Scharade, mit der wir seine Mutter hatten überzeugen wollen – Beweisstücke dafür, dass wir beide ein Paar waren, falls irgendjemand mal einen Blick in seinen Kleiderschrank warf?

»Gestern Abend, als ich aus dem Klub bin.«

Gestern Abend. »Aber da war es doch schon fast acht.« Er war gegangen, als meine Schicht begonnen hatte, also konnte er gar nicht genug Zeit gehabt haben, das alles zu arrangieren. »Wie hast du … «

»Ich verstehe, wie das für dich aussehen muss«, fiel er mir ins Wort. »Aber da ist wahrscheinlich noch ein Preisschild im Bademantel, wenn du …« Er streckte die Hand in meinen Kragen und zog es heraus. »Ja, siehst du?« Er hielt das Schildchen hoch, auf dem der Preis – ein völlig übertriebener Preis für einen Morgenmantel – dick und fett unter der Kleidergröße prangte.

Ich schaute wieder auf das Reinigungsmittel und die Creme. Sie waren ganz voll, offenbar bisher unbenutzt. Das war mir in meiner Wut eben gar nicht aufgefallen. Doch ich hatte noch immer Fragen. »Wieso? Wie …«

»Warum? Ich wusste doch, dass du nichts zum Wechseln dabeihast, und ich wollte nicht, dass du den berühmten ›Walk of Shame‹ durch meine Lobby machen musst. Außerdem hab ich mir gedacht, du würdest sicher gern das ganze Make-up vom Klub aus dem Gesicht kriegen und dich ein bisschen frisch machen. Und die Frage nach dem Wie … dafür hab ich meine Leute.«

Ich fuhr mir mit den Händen durchs Haar. »Du hast deine Leute.« Die Spannung in meinen Schultern ließ ein wenig nach, als ich über das nachdachte, was er gesagt hatte. Er hatte sich im Klub von mir verabschiedet und dann seine Vorbereitungen getroffen. Wie er es immer tat. Er hatte seine Termine für den Vormittag abgesagt. Er hatte dafür gesorgt, dass Kleidung für mich da war. Obwohl es schon so spät gewesen war, hatte Hudson es geschafft, alles Nötige zu besorgen. Denn er hatte *seine Leute.*

»Mirabelle?«, fragte ich. Hudsons Schwester Mira hatte eine Boutique. Sie kannte meine Kleidergröße, sie wusste, was mir gut stehen würde.

»Ja.« Er legte den Kopf schief. »Und andere.«

Andere – wie die Leute, die für ihn innerhalb weniger Stunden mein Unterhöschen gewaschen und zurückgeschickt hatten, das ich in seinem Büro gelassen hatte. Wie mein Chauffeur Jordan, der immer verfügbar war und in Nullkommanichts kam, um mich von hier nach dort zu bringen. Ich hatte gewusst, dass er *andere* hatte.

»Oh.« Die unterschiedlichsten Gefühle durchfluteten mich, als sich die Dinge zusammenfügten und ich alles begriff. Ich war erleichtert, dass meine Eifersucht unbegründet war, und hocherfreut, wie viel Gedanken Hudson sich über meinen Aufenthalt in seinem Apartment gemacht hatte. Ich war auch gerührt, wie ernst er es offensichtlich meinte, wenn er sagte, es sei sein Wunsch, dass unsere Partnerschaft gut lief.

Andererseits aber war ich auch verlegen und schämte mich. Ich hatte überreagiert, und obwohl ich nicht komplett ausgeflippt war, wie ich es in der Vergangenheit getan hätte, spürte ich in meinem Inneren doch, dass es noch immer möglich wäre, und das machte mir Angst. Und es machte mir Angst, dass Hudson das auch erkannt hatte.

Ich senkte die Augen und schaute auf meine Hände. Vor lauter Angst und Nervosität wrang ich den Gürtel des Morgenrocks in meinen Händen. »Das muss schön sein, wenn man seine Leute hat«, murmelte ich. »Ich hätte das auch gerne.« Dumme, sinnlose Worte, aber etwas anderes fiel mir nicht ein.

Hudson hob mein Kinn an, bis ich ihm in die Augen sah. »Ich will nur dich.«

An seinem Blick konnte ich erkennen, dass er überhaupt nicht sauer über meinen Ausbruch war. Andere Männer hatten ähnlich unbegründete Anschuldigungen abgeschreckt. Aber Hudson sah nicht nur völlig entspannt aus, in seinem Blick lag eine Begierde, fast, als mache meine Eifersucht ihn noch an.

»Du hast mich«, flüsterte ich.

Er löste meine Hände vom Gürtel des Morgenmantels und nestelte am Knoten. »Ich will dich jetzt sofort.« Seine Hand legte sich über meine Brust und drückte zu, während sein Daumen über meine Brustwarze fuhr.

»Oh, so meinst du das …«

»Hmm.« Er schob mich ein Stück durch die Küche, hob mich auf den Tisch, legte mir die flache Hand zwischen die Brüste und drückte mich nach hinten, sodass ich mit dem Rücken auf der harten Tischplatte lag. Kurz schoss mir durch den Kopf, dass ich hoffentlich nicht seinen Kaffee umkippen und die Glasbehälter der Kosmetika zerbrechen würde.

»Und ich will dich hier.«

Scheiß auf den Kaffee – sollte er doch umkippen.

Hudson schob mich weiter nach hinten und die Kosmetikbehälter zur Seite. Nun lag ich vor ihm, der geöffnete Morgenmantel enthüllte meine intimsten Bereiche.

Hudsons Augen wurden dunkel, und er liebkoste mich langsam vom Bauch herauf zu den Brüsten und wieder zurück. Dann glitten seine Hände tiefer zum Zentrum meiner Begierde.

»Ich könnte den ganzen Tag lang deine Muschi anschauen.« Seine Finger glitten durch meine Falten und umkreisten meine Öffnung.

»Musst du nicht zur Arbeit?« Meine Stimme klang gar nicht mehr, als wäre es wirklich meine eigene, sondern rauchig, begierig und verzweifelt.

Was zum Teufel sagte ich da? Ich wollte doch gar nicht, dass er ging, ich wollte nicht, dass er aufhörte. *Bitte, lass ihn nicht aufhören!*

»Ich muss gleich zur Arbeit. Wir werden uns beeilen müssen.« Seine Hände verließen meinen Körper und machten sich daran, seine Hose zu öffnen. »Aber ich gehe nicht, wenn ich dich nicht zum Morgengruß gefickt habe.«

Ich stöhnte vor Vorfreude laut auf.

Auf die Ellenbogen gestützt sah ich zu, wie Hudson seine Hose und Unterhose herunterzog, sodass er seinen steifen Schwanz herausholen konnte. Ein Anblick, von dem ich nie zu viel bekommen würde. Und er gehörte mir – mir ganz allein!

Eine andere Sorge schoss mir durch den Kopf. »Deine Haushälterin wird doch nicht plötzlich reinkommen und uns überraschen, oder?«

»Sie kommt nur dienstags und freitags, und wenn ich mich nicht irre, ist heute Mittwoch.« Er packte mich an den Knöcheln und stellte meine Beine auf. »Und wenn sie plötzlich reinkäme – würde es dir was ausmachen?«

Er drang in mich ein.

»Nein«, keuchte ich. In diesem Moment war mir alles egal, nur noch der Mann vor mir war wichtig. Der Mann in mir. Der Mann, der mich begehrte, der mich in seinem Haus haben wollte, in seinem Bett. Der mich in seinem Leben haben wollte, trotz all meiner Unzulänglichkeiten.

Hudson zog ihn heraus und schob ihn wieder in mich hinein, wieder und wieder, und der stabile Küchentisch erzitterte unter der Kraft seiner Stöße. Er schlug ein schnelles Tempo an. Offenbar hatte er es ernst gemeint, als er gesagt hatte, wir würden *uns beeilen müssen*. Wenn es so weiterging, würde ich bald kommen.

Er griff erneut nach meinen Knöcheln und drückte mir die angewinkelten Beine gegen die Brust. Durch diese neue Position glitt er noch tiefer in mich. »Berühr dich, mein Schatz!« Seine Stimme klang gepresst, er musste sich anstrengen, um sich zurückzuhalten. »Lass uns zusammen kommen!«

Ohne zu zögern rieb ich meine Klit und spielte mit der Knospe, im gleichen Rhythmus wie er. Das tat ich nicht zum ersten Mal – ich spielte mit mir, damit er sich daran ergötzen konnte. Es schien ihn anzumachen, so schnell, wie es ihn immer zum Höhepunkt brachte. Und mich machte es auch an. Die Lust in seinem Gesicht zu sehen, zu spüren, wie sich sein Tempo erhöhte, während ich mich unter meiner eigenen Berührung wand und stöhnte – nichts war heißer. Schon wurde ich enger und zog mich um ihn zusammen.

»Ja, Alayna, genau so!« Sein Gesicht verzerrte sich. »Verdammt, ganz genau … so …« Seine Stimme brach, als er kam, und er drang noch tiefer in mich ein, während er zum Höhepunkt kam.

Meine Hand fiel auf die Tischplatte, mein ganzer Körper war wie betäubt.

Er lächelte und zog ihn heraus. »Und, wie war das?«

Die Antwort kannte er schon. Der Perversling wollte hören, wie ich es ihm sagte.

Ich grinste. »Du kannst mich zum Morgengruß ficken, wann immer du willst.«

»Es würde mir nichts ausmachen, dich jeden Tag zum Morgengruß zu ficken.« Er griff hinter sich und nahm ein Papiertuch von der Küchentheke. Ich tat so, als würde ich nicht eine Million Dinge in seine Aussage hineinlesen, während er sich abwischte und die Hose hochzog.

Er hob die Augenbrauen und wies auf mich. Einen Moment lang dachte ich, er wolle wissen, was ich dachte: nämlich dass jeden Morgen mit ihm zu schlafen für mich bedeutete, dass ich bei ihm wohnen würde. Dass das viel zu früh wäre – auch wenn ich nichts jemals zu früh fand, denn ich war eine besessene Bekloppte, die sich an die Leute klammerte. Und dass ich bei meiner Vorgeschichte mit einem solchen Vorschlag auf keinen Fall klarkommen würde.

Dann begriff ich, dass er einfach nur wissen wollte, ob ich auch ein paar Papiertücher wollte. »Ich springe rasch unter die Dusche.« Verdammt – er hatte ja gar nicht gesagt, dass ich bleiben konnte. »Falls das für dich in Ordnung ist, meine ich.« War es total unangemessen, wenn ich fragte, ob ich noch ein bisschen bei ihm rumhängen konnte, wenn er zur Arbeit ging? Denn bis gerade eben hatte ich genau das vorgehabt.

Hudson streckte die Hand aus und half mir vom Tisch herunter. Er griff um mich herum, packte die Enden des Gürtels und zog ihn wieder zusammen. »Es ist mehr als in Ordnung. Ich will, dass du bleibst. Ich habe geplant, dass du bleibst.« Das bedeutete, dass ich wahrscheinlich Shampoo und Haarspülung für mich in der Dusche finden würde.

Hudsons Handy brummte, und er zog es aus der Jackentasche und las die Nachricht. »Mein Fahrer ist hier. Offenbar ist die Zeit jetzt um, dabei wollte ich doch eigentlich mit dir eine Führung durchs Penthouse machen.«

Ich zuckte die Achseln. »Hoppla.«

»Dann musst du es eben selbst erkunden.« Er ging zum Spülbecken und wusch sich die Hände.

»Erteilst du mir damit die Erlaubnis herumzuschnüffeln? Denn es klingt so, und du verstehst das wahrscheinlich nicht – aber ich bin eine Schnüfflerin.«

Er schmunzelte. »Das bezweifle ich nicht. Ich habe nichts zu verbergen. Also fröhliches Schnüffeln! Du kannst den Fitnessraum benutzen. Leg dich hin und mach ein Nickerchen. Essen steht im Kühlschrank. Du kannst tun und lassen, was du willst. Heute Abend arbeitest du doch um acht, oder?«

»Ja.« Hudsons Allwissenheit, was meine Arbeitszeiten anging, überraschte mich nicht mehr. Das war etwas, was *ich* normalerweise machen würde – mir die Arbeitszeiten eines Typen merken, alle Einzelheiten über sein Leben herausfinden. Es war irgendwie nett, mal die andere Rolle einzunehmen.

»Gut. Ich seh zu, dass ich um sechs zu Hause bin.« *Zu Hause.* Er sagte das, als wäre das hier unsere Wohnung, nicht seine. Eine neue Angst überfiel mich. »Ich möchte, dass wir gemeinsam zu Abend essen, ehe du zur Arbeit gehst.«

»Ich hoffe, du erwartest nicht, dass ich koche.« *Hatte ich hier irgendwas verpasst?*

»Red kein dummes Zeug, ich kümmer mich drum, dass eine Köchin ins Haus kommt.«

Ich nickte, doch in meinem Innersten zog sich alles zusammen angesichts dessen, wie leicht Hudson der Start in unsere Beziehung fiel.

»Ach, und die Bücher für die Bibliothek müssten eigentlich heute geliefert werden. Hier ist die Gegensprechanlage.« Er zeigte auf die Wand neben dem Lichtschalter. »Ein anderer Apparat ist im Flur neben dem Aufzug und der dritte im Schlafzimmer. Wenn der Pförtner raufruft, kannst du die Lieferung bestätigen, dann lassen sie sie rauf.«

»Alles klar.« Dass er mir mit den Gegensprechanlagen und dem Pförtner vertraute ... das Ganze nahm immer größere Ausmaße an. »Moment mal – was für Bücher?«

»Ich hab ein paar bestellt, weil du doch gesagt hast, die Bibliothek wäre dein Lieblingszimmer in der Wohnung.«

»Stimmt.« Das war auch Teil unserer Scharade für seine Mutter gewesen. Sie hatte nicht geglaubt, dass ich jemals in Hudsons Penthouse gewesen war – und das stimmte natürlich. Sie hatte mich austricksen wollen und mich gefragt, welches mein Lieblingszimmer war, und Hudson hatte für mich geantwortet, es sei die Bibliothek. Da hatte er bei mir, einer passionierten Leserin, gar nicht groß nachdenken müssen. Und so hatte ich Sophia erzählt, wie sehr ich Bücher liebte. Doch anscheinend enthielt Hudsons Bibliothek so gut wie keine Bücher.

Zum jetzigen Zeitpunkt zumindest noch nicht. »Ich fühle mich bei der ganzen Sache immer noch ein bisschen ausgetrickst. Aber wann hast du denn Zeit gehabt, Bücher zu bestellen?«

Die besagte Unterhaltung hatte nämlich erst am Sonntag stattgefunden, als wir im Haus seiner Eltern in den Hamptons gewesen waren. An dem Tag, an dem ich zum ersten Mal hatte verlauten lassen, dass ich dabei war, mich in ihn zu verlieben. Der Tag, bevor er mich mit seiner Familie allein gelassen hatte, während er versuchte, eine seiner Firmen, Plexis, vor dem Verkauf zu bewahren.

»Ich hab sie Montagabend vom Hotel aus bestellt. Nach dem Deal mit Plexis.« In seiner Stimme lag ein ganz kleiner Hauch Enttäuschung, als er den Namen seiner Firma aussprach. Seine Enttäuschung spiegelte genau das wider, was ich gerade empfand. »Was ist denn?«

Ich überlegte, ob ich überhaupt etwas sagen sollte, aber das *Sprich-darüber*-Mantra kam mir wieder in den Sinn. »Es ist vielleicht dumm, aber ich war überzeugt, dass du mich an dem Abend nicht angerufen hast, weil du keine Zeit hattest. Aber wie es scheint, hast du doch Zeit gehabt.« Hudson war verschwunden und hatte mir nur eine ganz kurze Nachricht hinterlassen. Erst über einen Tag später hatte er sich gemeldet. Ich hatte damals geglaubt, das würde bedeuten, dass er mich verlassen hatte, und ich war völlig verstört und todunglücklich gewesen. Und jetzt fand ich heraus, dass er Bücher bestellt hatte, wo er mich doch in dieser Zeit hätte anrufen können. »Wie gesagt, es ist dumm.«

Hudson zog mich in die Arme. »Ich habe in dieser Zeit versucht, nicht mit dir zusammen zu sein, Alayna. Aber ich konnte die ganze Nacht nicht schlafen, denn ich musste unaufhörlich an dich denken.« Er küsste mich auf die Stirn. »Was geht bloß in deinem Kopf vor?«

»Es ist bloß ...« Wie konnte ich ihm die Unmengen an Gefühlen erklären, die ich heute Morgen durchlebt hatte? Besonders die wachsende Furcht, die an den Eingeweiden zerrte – die Angst, alles wäre viel zu schön, um wahr zu sein. Denn so war es immer.

Ich holte zittrig Luft. »Du hast eine komplette Kehrtwende gemacht, Hudson. Was uns beide angeht. Bis vor Kurzem wolltest du nichts von mir als Sex. Und jetzt ... Welcher Teil von dir ist denn eigentlich echt?« Ich hatte Angst, denn ich wusste nicht, was er wirklich empfand, und fragte mich, ob er vielleicht seine Spielchen mit mir trieb.

Hudson umfasste mein Gesicht mit beiden Händen und sah mich aus seinen dunkelgrauen Augen durchdringend an. Ich runzelte die Stirn. »Hab keine Angst. Ich meine es wirklich ernst mit dir.«

Er schaute mich an und vergewisserte sich, dass ich ihm ganz genau zuhörte.

Und das tat ich auch.

»Ich bin derselbe Mensch, Alayna. Ein Mann, der einen Plan konsequent durchzieht, wenn er ihn einmal gefasst hat. Ich hatte mir gesagt, dass ich dich nicht besitzen könnte. Also habe ich nicht zugelassen, dass ich es auch nur versuchte.«

»Und jetzt lässt du dich darauf ein.« Ich sagte das wie eine Bestätigung, aber in Wirklichkeit war es eine Frage. Eine Frage, auf die ich unbedingt eine Antwort bekommen musste.

»Ja. Und ich werde diesen neuen Plan genauso vehement durchziehen wie den ersten. Und mit noch größerer Konsequenz. Denn der erste Plan war nur ein Kompromiss.« Er drückte seine Stirn an meine. »Und der jetzige Plan ist derjenige, den ich von Anfang an hätte verfolgen sollen. Es ist der bessere Plan.«

Ich hatte plötzlich einen Kloß im Hals. »Der Plan verspricht den größeren Profit.«

»Unermesslichen Profit.« Er beugte sich für einen Kuss zu mir und berührte federleicht meine Lippen, als er mit seinem Mund über meinen glitt. Es war ein schöner und zärtlicher Kuss, und er war viel zu schnell vorüber. »Ich muss los. Heb mir ein paar Küsse für später auf.«

»Aber immer.«

Ich ging mit ihm in den Flur. Er nahm seine Aktentasche aus dem Schrank und küsste mich noch einmal auf die Stirn, dann stieg er in den Aufzug. Wir standen da und schauten uns in die Augen, bis die Türen zugingen.

Sobald er weg war, ließ ich mich gegen die Wand hinter mir sinken. Du liebe Güte, war das alles wirklich wahr? Machte ich es mir ernsthaft im Penthouse meines Milliardär-Freundes gemütlich? Ich fühlte mich wie Aschenputtel oder wie Julia Roberts in *Pretty Woman.* Wollte Hudson mich tatsächlich in seinem Leben haben – oder war ich völlig verrückt?

Ich war tatsächlich verrückt. Verrückt vor Freude.

Mit einem Freudenschrei rannte ich ins Wohnzimmer und warf mich aufs Sofa. Ich machte die Augen zu und ließ den Morgen noch einmal vor meinem inneren Auge Revue passieren – ich war in Hudsons Bett erwacht, und dann hatten wir heißen Sex auf dem Küchentisch gehabt. Aber was mich am meisten beschäftigte, waren seine Worte.

Es würde mir nichts ausmachen, dich jeden Tag zum Morgengruß zu ficken.

Ich seh zu, dass ich um sechs zu Hause *bin.*

Denn ich musste unaufhörlich an dich denken.

Unermesslichen Profit.

Nachdem ich ein paar Minuten so breit gegrinst hatte, dass mir die Wangen wehtaten, stiegen wieder die ersten Zweifel in mir auf, wie immer. War es wirklich möglich, dass Hudson sich mit einem Mal komplett verändert hatte? Oder war das Ganze bloß ein Spiel für ihn? Vielleicht tat er das Ganze ja nicht mal bewusst und manipulierte mich und meine Gefühle aus reiner Gewohnheit.

Oder vielleicht wusste er, genau wie ich, nicht, wie dieser ganze Beziehungskram funktionierte, und verhielt sich einfach so, wie man sich seiner Meinung nach verhielt, sogar wenn das bedeutete, einige Sachen zu übereilen.

Möglicherweise war aber auch alles echt und genau richtig so. Ich empfand schließlich auch all diese Dinge für ihn: Ich wollte jeden Tag mit ihm zusammen sein, die ganze Zeit über. Ich war bereit, mich darauf einzulassen, obwohl ich vor zwei Tagen noch nicht dazu bereit gewesen wäre.

Aber ich neigte ja auch dazu, mich kopfüber in die Dinge zu stürzen und viel zu schnell zu klammern.

Vielleicht war das auch Hudsons Art.

Ich setzte mich auf und schaute mich im Zimmer um. Ich hatte es vorhin ernst gemeint, als ich gesagt hatte, ich sei eine Schnüfflerin. Normalerweise hätte ich mich gleich darangemacht, aber im Moment verspürte ich kein Bedürfnis danach. Ich hatte viel eher das Bedürfnis, rasch unter die Dusche zu kommen. Ich war noch ganz verklebt von letzter Nacht, von unseren morgendlichen Aktivitäten ganz zu schweigen.

Ich ging zurück ins große Schlafzimmer, und auf dem Weg fiel mir eine Tür auf, die wahrscheinlich zur Bibliothek führte, außerdem stand eine Tür zu einem weiteren Schlafzimmer offen. Im großen Schlafzimmer betrat ich den begehbaren Kleiderschrank, aus dem Hudson meinen Morgenrock geholt hatte. Er war riesig groß und fast leer, abgesehen von einer Stange, an der Klamotten hingen: ein paar Kleider, die sehr wahrscheinlich für den Klub gedacht waren, mehrere Paar Shorts, Jeans und bequeme Jogginghosen, daneben ein Regal voller Tops. Eine Schublade stand halb offen, und als ich sie ganz aufzog, fand ich Unterhosen und BHs, außerdem ein Negligé mit dazu passendem Tanga. Jetzt war klar, was sich Hudson heute Abend als meine Bekleidung fürs Bett wünschte.

Ich seufzte glücklich und ging ins Bad. Unterwegs fiel mir eine weitere geschlossene Tür auf. Ich spähte dahinter und stellte fest, dass es ein zweiter begehbarer Kleiderschrank war, und dieser hier war voll mit Kleidung von Hudson. Ich schaute mich um und ließ die Hände über die Reihen von Anzügen gleiten. War es lächerlich, wie wahnsinnig gern ich seine Kleidung so im Schrank hängend betrachtete? Es fühlte sich so persönlich an, so intim. Als ob ich mitten im Zentrum seines Lebens wäre, nur weil ich in seinem Kleiderschrank stand. Ich drehte mich langsam um mich selbst und wärmte mich an diesem Gedanken, der sich ganz und gar richtig anfühlte.

Dann duschte ich lange und heiß. In meinem kleinen Apartment wäre das heiße Wasser längst alle gewesen, als ich endlich den wunderbaren Strahl von Hudsons Luxus-Duschkopf abdrehte. Ich wickelte mir ein Handtuch um und ging ins Schlafzimmer, um mir etwas aus meinem neuen Schrank zu holen.

Aus meinem Schrank.

Aber als ich im Schlafzimmer war, hörte ich Stimmen vom anderen Ende der Wohnung, und auf dem Marmorfußboden im Flur klackerten Absätze.

Die Haushälterin konnte es nicht sein – es war der falsche Wochentag, und sie wäre auch sicher allein und würde keine hochhackigen Schuhe tragen. Vielleicht hatte Hudson vergessen, mir etwas zu sagen, zum Beispiel, dass seine Mutter zu Besuch käme … Du liebe Zeit, das wäre der sicherste Weg, mir komplett den Tag zu versauen.

Ich biss mir auf die Lippe. Mein Handy war in meiner Handtasche, und die stand im Wohnzimmer, also konnte ich Hudson weder anrufen noch ihm eine Nachricht schreiben, um zu fragen, wer noch in seine Wohnung kommen konnte. Ich schaute zur Gegensprechanlage hinüber. Sollte ich den Pförtner unten im Haus anrufen? Aber wer immer hier war, er war offenbar problemlos an ihm vorbeigekommen. Derjenige hatte einen Schlüssel.

Und nach dem Klang der Absätze und der hohen Stimme zu urteilen handelte es sich um eine Frau.

Ich drückte mich eng an die Wand und schaute durch die angelehnte Tür in den Flur hinein. Ich sah eine Frau, die mit dem Rücken zu mir stand und ein hellblaues Sommerkleid trug. Sie wies Männer an, die Kartons in die Bibliothek schleppten. Ihr Haar war im Nacken zu einem lockeren Knoten zusammengenommen, und daran erkannte ich sie.

Es war die Frau, mit der Hudson aufgewachsen war. Die Frau, die fälschlicherweise behauptet hatte, sie sei schwanger von ihm. Die Frau, die Hudson nach dem Willen seiner Mutter hätte heiraten sollen.

Es war Celia Werner.

Kapitel drei

Einer der Lieferanten erblickte mich und wies nickend in meine Richtung. In mir stieg Panik auf, als Celia sich umdrehte, und ich zog mich eilig zurück, aber sie hatte mich schon gesehen.

»Laynie?«

Verdammt, verdammt, verdammt. Ich wollte nicht, dass sie mich sah.

Ihre Absätze klackerten, als sie durch den Flur aufs Schlafzimmer zukam. »Alayna, bist du das?« Sie spähte ins Zimmer und sah mich an die Wand gedrückt, noch immer nur das Handtuch um mich geschlungen.

»Hallo.«

»Wow.« Ihr Lächeln wurde heller, als ihre Augen an meinem Körper hinunterglitten und sahen, dass ich nackt war. »Dich hatte ich hier nicht erwartet.«

Das war lächerlich. Ich verhielt mich, als wäre ich bei einer Missetat ertappt worden. Ich hatte jedes Recht, hier zu sein, und soweit ich wusste, hatte Celia dieses Recht nicht.

Ich drückte meinen Rücken durch und trat von der Wand weg. »Ich hatte dich hier auch nicht erwartet. Hudson hat nichts davon gesagt, dass du die Bücherlieferung begleiten würdest.«

Celia schüttelte den Kopf. »Das wusste er auch nicht. Er hat die Bücher über meine Firma bestellt, und weil ich heute Zeit habe, dachte ich, ich kümmere mich darum, dass sie gut ankommen, und helfe ein bisschen beim Auspacken.«

»Du hast einen Schlüssel.« Das war tatsächlich das Einzige, was mir in diesem Moment durch den Kopf ging, und ich hasste mich dafür, wie kläglich ich das sagte. Ich hatte ja schließlich auch einen Schlüssel.

Sie lehnte sich mit der Schulter gegen den Türrahmen. »Ja, ich habe einen Schlüssel, weil ich hier die Inneneinrichtung gemacht habe. Wir modernisieren immer mal wieder was, also dachten wir, es wäre das Einfachste, wenn ich ihn einfach behalte.« Ihre Augen wanderten zu dem ungemachten Bett, auf dem die Laken von meiner Nacht mit Hudson ordentlich durcheinandergeraten waren. Als Celia mich wieder anblickte, schien ihr Lächeln noch breiter zu sein. »Ich habe von unten raufrufen lassen, ehe ich hochgekommen bin, aber es hat niemand geantwortet.«

»Ich habe geduscht.«

»Das sehe ich.« Sie zwinkerte, und ich wusste, was sie damit sagen wollte: Sie sah mehr als nur mich in ein Handtuch gewickelt – sie sah die Zusammenhänge und Hintergründe.

Nun gut. Ich war nur froh. Dann würde ich mich nicht wie ein Idiot fühlen müssen, wenn ich ihr erklärte, dass Hudson und ich jetzt richtig zusammen waren. Andere Leute mochten für Celia und Hudson andere Pläne gehabt haben – aber das war jetzt nicht mehr von Bedeutung. Ich war diejenige, für die er sich entschieden hatte. Ende der Diskussion.

Bloß, dass die Diskussion sich nur in meinem Kopf abgespielt hatte. Ein paar Sachen mussten wahrscheinlich immer noch laut ausgesprochen werden.

Celia schien das Gleiche zu denken. »Ich schlage vor, ich kümmere mich um die Lieferanten, und du ziehst dich inzwischen an. Dann können wir ein bisschen plaudern. Ich glaube, dass wir wirklich was nachzuholen haben.«

Sie zog die Tür hinter sich zu, und ich seufzte erleichtert auf. Ich hatte keine Ahnung, warum ich Celias Anwesenheit als so bedrohlich empfand. Sie stellte keine Gefahr für mich dar, aber es fühlte sich so an. Ich war eifersüchtig auf sie gewesen, seit ich ihr zum ersten Mal begegnet war. Celia war Hudsons älteste Freundin und kannte ihn besser als irgendjemand sonst. Er hatte ihr bestimmte Dinge erzählt. Er hütete ihre Geheimnisse. Sie war die Einzige gewesen, die darüber Bescheid wusste, dass Hudson und ich nur so taten, als wären wir ein Paar. Die beiden verband eine innige Freundschaft.

Und Hudson hatte mir versichert, dass Freundschaft auch wirklich das Einzige zwischen ihnen war. Ich musste darauf vertrauen, sonst würde ich vor Eifersucht vergehen. Hudson hatte den ganzen Schwindel mit mir in erster Linie deshalb gestartet, damit seine und Celias Eltern endlich ihre Verkupplungsversuche einstellten. Wenn wirklich etwas zwischen den beiden gewesen wäre, warum hätte ich dann erst ins Spiel kommen und dazwischentreten müssen?

Ich hatte gerade erst entdeckt, worin der Grund dafür lag, dass die Werners und Sophia Pierce so scharf darauf waren, die Ehestifter zu spielen: Sie dachten, Hudson und Celia wären früher einmal zusammen gewesen. Sie hielten Hudson für den Vater des Kindes, das Celia bei einer Fehlgeburt verloren hatte. Aber er war nicht der Vater, und die beiden waren nie zusammen gewesen. Die Wahrheit war viel schlimmer – Hudson hatte nur mit Celia gespielt, hatte sie so weit gebracht, dass sie ihm verfallen und dann abgestürzt war – Depressionen, wilde Partys. Als sie dann schwanger gewesen war, hatte Hudson sich verantwortlich gefühlt und gesagt, es wäre sein Kind gewesen.

Auf gewisse Weise war Hudson ja auch verantwortlich dafür gewesen. Aber er war jetzt ein anderer Mensch als in seiner Jugend. Die Folgen seiner Spielchen durften ihm nicht den Rest seines Lebens nachhängen, das konnte ich einfach nicht glauben, sonst müsste es mir ja mit den Dingen, die ich anderen Menschen angetan hatte, genauso gehen. Letztlich verdienten auch Leute wie wir unser Glück – Leute, die so kaputt gewesen waren, dass wir andere geschädigt hatten. Wir mussten doch nicht unser ganzes restliches Leben für unsere Fehler büßen, oder?

Ich verbannte die Gedanken über Schuld und Unschuld aus meinem Kopf und zog mir rasch ein Kleid an, das ich auch später im Klub würde tragen können. Das feuchte Haar steckte ich zu einem Knoten hoch und holte tief Luft, ehe ich die Zimmertür wieder öffnete.

Die Lieferanten waren schon weg, und ich fand Celia, wie sie eine Reihe Kartons ordentlich zurechtschob. Es waren Dutzende, viel mehr, als ich erwartet hatte. »Verdammt, er macht wohl keine halben Sachen, was?«

Celia schaute hoch. »So ist er immer. Aber wie du sicher gemerkt hast, gibt es hier ja auch Dutzende von Regalbrettern zu bestücken.«

Ich schaute mich zum ersten Mal im Zimmer um. Am hinteren Ende des Raums stand in einem runden Erker mit drei Fenstern ein Schreibtisch aus Mahagoni. Zwei Sessel und ein großes Sofa bildeten mitten im Raum eine Sitzgruppe. An einer Wand befand sich genau in der Mitte ein wunderschöner Marmorkamin, und darüber hing ein großer Flachbildfernseher. Die restlichen Wände bestanden aus Bücherregalen, ein Brett am nächsten – der Traum eines jeden Buchliebhabers. Bis auf ein Brett in der Nähe des Schreibtischs standen allerdings nirgendwo Bücher.

»Oh, ja. Bei der Menge an Platz wird der Inhalt dieser Kisten gerade mal ein paar Bretter füllen.«

»Er hat noch mehr bestellt, in dieser ersten Lieferung ist nur das, was gerade auf Lager war. Der Rest kommt in ein paar Tagen. Und dann wird er hier immer noch jede Menge Platz haben. Vielleicht kannst du ihm ja helfen, den Rest zu füllen.«

Sollte das etwa eine Bemerkung sein, die uns zum eigentlichen Thema führte? Wollte sie mit mir über Hudson sprechen?

Nein, wenn Celia irgendwas wissen wollte, dann würde sie mich schon direkt fragen müssen. Ich antwortete auf ihre Bemerkung mit einem simplen »Ja, vielleicht«. Dann half ich ihr, die Kartons in einer Reihe an die Wand zu schieben, und zählte dabei mit: Es waren siebenundzwanzig. Jetzt wusste ich, wie ich meinen Nachmittag zubringen würde: Ich würde Bücher auspacken, und der Gedanke daran versetzte mich in eine Vorfreude, die mehr als feierlich war.

Ich stieß den letzten Karton in die Reihe zu den anderen und drehte mich um. Celia starrte mich an, die Arme vor der Brust verschränkt, eine Augenbraue hochgezogen. »Also – du und Hudson.«

»Ja, verrückt, oder?« Celia war immer freundlich zu mir gewesen. Warum war das alles so unangenehm?

»Das ist also jetzt echt? Ihr beiden seid *wirklich* zusammen?«

»Ja, das sind wir. Keine Scharade mehr, das ist jetzt das wahre Leben.« Es fühlte sich merkwürdig an, das zu sagen. In anderen Beziehungen waren meine Liebeserklärungen fast immer sehr übertrieben gewesen. Übertrieb ich jetzt auch?

Nein, das hier war echt.

»Seit wann denn?« Die Frage klang nicht ungläubig, sondern neugierig, sogar aufgeregt. »Ich hab ihn am Montag gesehen, und da hat er nicht gesagt, dass sich irgendwas zwischen euch geändert hat, aber er schien ganz schön Liebeskummer zu haben. Ich dachte, er wäre schlecht drauf wegen seiner Geschäfte – was immer da gerade lief. Aber jetzt, wo ich dich hier sehe, glaube ich eher, es ging um dich.«

Celia hatte Hudson vom Haus seiner Eltern in den Hamptons zum Flughafen gebracht, als er zu einer außerplanmäßigen Krisensitzung wegen Plexis musste. »Erst seit gestern. Als er aus Cincinnati zurückkam, haben wir uns irgendwie gestritten und dann …« Plötzlich wusste ich, warum mir alles so unangenehm war. Obwohl Celia und Hudson nie wirklich zusammen gewesen waren, hatte sie geglaubt, ihn zu lieben. Ich hatte keinerlei Grund, eifersüchtig auf sie zu sein, sie hingegen hatte umgekehrt allen Grund dazu. »Findest du das komisch, wenn ich so darüber rede?«

»Komisch? Wieso denn?« Plötzlich verstand sie. »Ach so, er hat dir davon erzählt.«

»Ja, das hat er.« Ich war nicht sicher, wie sie sich fühlen würde, jetzt, wo sie wusste, dass ich solche intimen Details aus ihrem Leben kannte. »Es tut mir leid, wenn du dich dabei unwohl fühlst.«

»Nein, gar nicht. Aber es überrascht mich. Hudson hat nie mit irgendjemand darüber gesprochen, ich weiß nicht mal, ob er es seinem Therapeuten erzählt hat.« Sie biss sich einen Moment auf die Unterlippe. »Was genau hat er gesagt? – Falls dir die Frage nichts ausmacht.«

»Natürlich nicht, es ist dein gutes Recht zu fragen. Aber wollen wir uns nicht setzen?« Dann würde vielleicht diese seltsame Spannung zwischen uns verschwinden.

Sie nickte, und wir gingen hinüber zum Sofa. Ich setzte mich ihr gegenüber und zog die Beine unter mich. »Also, er, ähm, er hat mir erklärt, wie er dafür gesorgt hat, dass du dich total in ihn verknallt hast und er dich dann fallen gelassen hat. Er sagte, für ihn wäre das alles ein großes Spiel gewesen. Was auch einen Sinn ergibt, denn du weißt ja, dass er das mit vielen Frauen so gemacht hat.« Celia war diejenige gewesen, die mich über Hudsons Psychospielchen aufgeklärt hatte.

»Allerdings. Ich habe da aus Erfahrung gesprochen.« Ihre Stimme hatte etwas von ihrer üblichen Fröhlichkeit verloren, aber nichts schien darauf hinzudeuten, dass es für sie schmerzhaft oder unerfreulich war, mit mir zu reden.

Dass sie so locker damit umging, half mir sehr. »Und er hat mir von dem Kind erzählt.«

Ich sah, wie sich ihre Brust hob und senkte, ehe sie antwortete. »Was hat er darüber gesagt?«

»Dass du nicht gewusst hast, wer der Vater ist, also hat er gesagt, es wäre sein Kind. Sodass du nicht enterbt wirst oder in Ungnade fällst oder sonst was. Weil er sich für die Situation verantwortlich fühlte.« Obwohl für Celia nichts davon neu war – sie hatte das Ganze ja schließlich durchgemacht –, fühlte sich ein Teil von mir schuldig, dass ich ihr all das sagte, was Hudson mir im Vertrauen erzählt hatte.

Ein anderer Teil von mir, ein größerer Teil, wollte aber mehr über seine schwierige Vergangenheit wissen. Aus ihm etwas herauszubringen war, gelinde gesagt, schwierig. Celias unerwartetes Eintreffen bot eine Möglichkeit, mehr darüber zu erfahren, und diese Gelegenheit wollte ich mir nicht entgehen lassen.

»Hm. Ja, damit ist so gut wie alles darüber gesagt.« Sie tippte sich mit einem langen pfirsichfarben lackierten Fingernagel gegen das Knie, als sie weitersprach. »Der dumme Hudson. Er hätte sich für gar nichts verantwortlich fühlen müssen. Ich war eine erwachsene Frau und kann selbst für mich einstehen. Er fühlt sich doch nicht immer noch schuldig dafür, oder?«

»Doch, ich glaube schon.« Ich *glaubte* das nicht nur, ich war mir sicher. Das war der Grund, warum er so verschlossen war, der Grund, warum es ihm so schwergefallen war, mich in seine Welt hineinzulassen. Von seiner Mutter oder seinem Therapeuten oder wem auch immer war ihm eingetrichtert worden, er wäre nicht in der Lage, für irgendjemanden Gefühle zu empfinden. Die schrecklichen Dinge, die er Celia und anderen Frauen angetan hatte, waren für ihn der Beweis dafür. Dass er das Leben seiner Freundin derart manipulieren konnte, sie dazu bringen konnte, so leichtsinnig zu handeln, dass sie von einem Wildfremden schwanger wurde und dann das Kind verlor – das war für Hudson der Beweis dafür, dass er eine verabscheuungswürdige Person war. Kein anständiger Mensch würde so handeln.

Aber für mich war die Tatsache, dass er so traumatisiert war von den Dingen, die Celia seinetwegen hatte durchmachen müssen, der Beweis für das Gegenteil: Er konnte sehr wohl Gefühle empfinden – genug, um seine Handlungsweisen zu bereuen. Das war kein Zeichen von Herzlosigkeit, sondern von Menschlichkeit.

Celia verdrehte die Augen. »Das ist lächerlich. Er muss wirklich mal davon loskommen. Das ist jetzt ein Jahrzehnt her, alles Schnee von gestern.«

Da war ich ganz ihrer Meinung. Vielleicht würde Hudson jetzt, wo er endlich Liebe in seinem Leben hatte, lernen, das alles hinter sich zu lassen.

Was Celia anging, war ich mir nicht sicher, ob sie das schon geschafft hatte. »Dann empfindest du also nichts mehr für Hudson?« Für mich war es nicht schwer, mir vorzustellen, eine unerwiderte Liebe zehn Jahre lang zu hegen, schließlich hatte ich so meine Probleme mit obsessivem

Verhalten. Ich war nur über einige Obsessionen meiner Vergangenheit hinweggekommen, weil ich eine Therapie gemacht hatte. Celia litt zwar nicht unter einer obsessiven Störung wie ich, aber es kam schließlich immer wieder mal vor, dass man jahrelang in einen Freund verliebt war und niemals was dabei rauskam. Das war der Stoff der großen Liebesromane.

Und welche Rolle würde ich darin spielen? War ich in Celias Roman die Böse?

Wahrscheinlich dramatisierte ich mal wieder viel zu sehr – wie immer.

Celia beugte sich vor und legte ihre Hand auf meine. »Na klar empfinde ich etwas für ihn, Laynie. Er ist mein bester Freund. Ich liebe ihn, seit ich ihn kenne, da war ich noch so klein, dass ich nicht mal richtig sprechen konnte. Aber ich bin nicht in ihn *verliebt*, ich glaube, das war ich nie. Er hat mir übel mitgespielt, und ich dachte … na ja, jetzt bin ich jedenfalls nicht mehr in ihn verliebt. Meine Mutter würde etwas anderes sagen, aber sie glaubt nur das, was sie glauben will. Wenn ich in Hudson verliebt wäre, dann hätte ich die ganze Sache mit der arrangierten Ehe doch laufen lassen und nicht euren Schwindel unterstützt, der uns unsere Eltern vom Hals schaffen sollte.«

»Ja, das leuchtet mir ein.« Ich zog meine Hand unter ihrer weg, ehe es richtig seltsam wurde. Es fühlte sich für mich schon gruselig genug an – ich mochte es nicht, von anderen Leuten sofort berührt zu werden. »Dann macht es dir also nichts aus, dass wir zusammen sind?«

»Ob es mir was ausmacht? Im Gegenteil, ich freu mich für ihn! Für euch beide, um genau zu sein. Ehrlich, ich habe schon fast geglaubt, dass Sophia vielleicht doch recht hat und er wirklich niemanden lieben könnte, denn er hat nie besondere Zuneigung zu einer Frau gezeigt. Es sei denn, er hat mit ihr gespielt. Das war wirklich traurig. Du bist ganz klar eine Veränderung zum Besseren.«

Ich wäre auch gerne glücklich darüber gewesen. Aber sie hatte Hudsons Vergangenheit erwähnt, und das weckte wieder eine meiner größten Ängste.

»Hab ich was Falsches gesagt?«, fragte Celia.

Sie musste meinen besorgten Gesichtsausdruck gesehen haben, ich hatte meine Gesichtszüge noch nie wirklich im Griff gehabt. »Nein, nein, es ist gar nichts.« Es war wahrscheinlich am besten, wenn ich einfach den Mund hielt. Andererseits war Celia vielleicht die Einzige, mit der ich darüber sprechen konnte, die Einzige, die das alles verstehen würde und mir Einblicke gewähren konnte.

Ich setzte mich anders hin, zog die Knie an die Brust und wagte nicht, sie anzusehen, während ich sprach. »Es ist nur ... ich mache mir Sorgen, dass es zu schön ist, um wahr zu sein, und ich frage mich, ob ich vielleicht ... ob er ...«

»Ob er nur mit dir spielt?«

Meine brauen Augen blickten in ihre blauen. »Ja, genau.«

Sie nickte und runzelte die Stirn. »Das ist etwas, worüber ich mir auch Gedanken machen würde.«

Na toll – das war nun nicht gerade der Trost, den ich mir gewünscht hatte.

»Ich sage nicht, dass du dir Sorgen machen musst«, fügte sie hinzu. »Es würde mir einfach nur als Möglichkeit durch den Kopf gehen, besonders wenn man seine Vergangenheit kennt. Andererseits ist eure Beziehung völlig anders als Hudsons vorherige Beziehungen.«

»Du kennst ihn doch. Wie siehst du denn das Ganze?« Du liebe Güte, meine Lippen zitterten, als ich das sagte. Wie armselig war das denn!

Sie tippte sich wieder mit dem Finger an ihr Knie. »Ich glaube nicht, dass er diese Spielchen noch abzieht, wirklich nicht. Er hat eine Therapie gemacht, und es ist schon gut zwei Jahre her, dass es ... einen solchen Zwischenfall gab.«

Ich machte mir eine gedankliche Notiz, sie ein andermal zu fragen, was sie damit meinte. Jetzt aber war es nicht wichtig genug, um sie zu unterbrechen.

»Ich schätze, er könnte einen Rückfall haben, aber ...« Ihre Stimme verklang. »Was hat er dir denn gesagt?«

»Dass er mit mir zusammen sein will. Dass er alles tun will, damit diese Beziehung funktioniert.« Oder so was Ähnliches, was ich ihr jetzt nicht genau sagen wollte. Diese Worte gehörten mir allein und waren nicht dafür bestimmt, einfach so weitererzählt zu werden.

Celia rutschte ein paar Zentimeter näher zu mir heran, als wären wir in einem Raum voller Leute, und sie würde mir gleich ein Geheimnis verraten. »Ich will dir mal was über Hudson erzählen und darüber, wie er mit Frauen spielt. Er lügt nicht – niemals. Das ist das Brillante an seinen manipulativen Fähigkeiten. Er sagt nie irgendwas, das du ihm später vorwerfen könntest. Es ist alles wahr, aber so präsentiert, dass du mehr in seine Worte hineinliest, als er gesagt hat. Er lässt dich in dem

Glauben, dass er dir mehr anbieten würde, als er tatsächlich tut, ohne dass er das je sagt. Verstehst du, was ich meine?«

»Ich glaube schon.« Jetzt, da ich darüber nachdachte, wusste ich sehr genau, was sie meinte. Hudson wählte seine Worte ganz bewusst und war so vorsichtig, dass ich mir sehr gut vorstellen konnte, wie er in der Lage sein würde, jede Situation so hinzudrehen, dass er die Oberhand behielt. Das machte ihn wohl auch zu so einem guten Geschäftsmann.

»Wenn er diese Dinge also wirklich gesagt hat, dann würde ich sie auch glauben«, versicherte Celia mir. »Und er hat noch nie, wirklich noch nie eine Frau mit in sein Penthouse genommen. Das weiß jeder, sogar Sophia. Keine Frau sollte ihn je finden können, nachdem er ihr, du weißt schon, das Herz gebrochen hatte.«

Das war alles völlig nachvollziehbar. Wenn ich jemand gewesen wäre, der Leute reinlegt, dann hätte ich auch nicht gewollt, dass sie Zugang zu meinem Privatleben hätten. Bei mir war es ja ähnlich gewesen, als ich an meiner Fähigkeit gezweifelt hatte, mich von ihm fernzuhalten – ich hatte nicht wissen wollen, wo er lebte, damit ich mich gar nicht erst daran klammern konnte.

Merkwürdig, dass wir jetzt beide in Situationen waren, von denen wir gedacht hatten, wir würden niemals hineingeraten.

Celia schaute mich an und schätzte meine Reaktion ab. Ich konnte spüren, dass sie noch etwas sagen wollte, aber vielleicht wusste sie nicht wie. »Hat er gesagt … wie er für dich empfindet?«

»Ja.« *Aber eigentlich …* »Nein.« Er hatte es angedeutet. Jetzt konnte ich mich nicht mal mehr richtig erinnern, was er *wirklich* gesagt hatte, und ich spürte, wie ein Knoten aus Angst meinen Magen zusammenschnürte. »Ich meine, er hat ein paar Dinge gesagt, aber er hat nie wirklich gesagt, dass er mich liebt.«

Aber ich wusste, dass er es meinte. Oder etwa nicht?

Celia lächelte. »Ich glaube nicht, dass er je irgendjemand gesagt hat, dass er ihn oder sie liebt. Nicht mal seiner Mutter. Das könnte also noch ein Weilchen dauern, und vielleicht sagt er es auch nie. Nimm das nicht als schlechtes Zeichen.« Sie richtete sich auf. »Nein, ich glaube, du tust ihm gut. Ich glaube, diese ganze Sache ist gut. Es ist etwas Echtes.« Sie klatschte in die Hände. »Juhu – Hudson Pierce hat eine Freundin! Wie aufregend!«

»Ja, das ist aufregend.« Ein Gefühl von Wärme durchflutete mich. »Wirklich aufregend.« Denn so etwas hatte ich noch nie erlebt. Ich war noch nie mit jemandem zusammen gewesen, der meine Gefühle erwiderte. Kein Typ, den ich für *den Einen* gehalten hatte, hatte je die Gelegenheit gehabt, überhaupt herauszufinden, ob er genauso fühlte wie ich, denn ich hatte die Sache durch mein Klammern und Luftabschnüren gleich wieder ruiniert. Und wenn ich geglaubt hatte, wirklich verliebt zu sein, war ich in Wirklichkeit eher in die Idee verliebt gewesen, dass jemand in mich verliebt sein könnte. Das hatte ich in der Gruppentherapie begriffen. Deshalb hatte ich mich immer an das geringste bisschen Interesse geklammert, das ein Typ mir entgegenbrachte – weil ich mich so verzweifelt danach sehnte, geliebt zu werden.

Aber diesmal war ich nicht verzweifelt und ich klammerte mich nicht an ihn, und ich war nicht besessen. Jedenfalls nicht mehr, als jeder normale Mensch es auch gewesen wäre. Das war ganz klar ein Grund zum Feiern.

Ich strahlte Celia an. »Ich kann dir gar nicht sagen, wie gut es tut, dass ich mal mit jemandem über ihn reden kann. Ich danke dir sehr.«

»Das glaube ich. Und kein Problem, ich rede gern mit dir – jederzeit.« Sie machte eine Pause. Wie läuft es denn mit Sophia?«

»Ich weiß nicht.« Die Antwort hätte eigentlich lauten müssen: *Es ist mir egal.* Hudsons Mutter und ich würden nie Freundinnen werden. Nicht nachdem sie mich so herabgesetzt und mich eine Schlampe genannt hatte. Nicht wenn sie so sehr dagegen war, dass Hudson endlich etwas Gutes im Leben geschah. »Als wir uns das letzte Mal gesehen haben, habe ich ihr ordentlich die Meinung gesagt. Ich hoffe, ich werde so schnell nichts mehr mit ihr zu tun haben.«

»Oh, dann habt ihr also nicht vor, sie zu sehen? Wollt ihr ihr nicht euer Leben zu zweit vorführen?« Das schien Celia zu überraschen, und vielleicht war es auch überraschend, nachdem Hudson so große Anstrengungen unternommen hatte, um mich seiner Mutter stolz zu präsentieren, als wir in Wirklichkeit noch gar kein Paar gewesen waren.

»Nein, Gott sei Dank. Ich glaube, Hudson hat es aufgegeben, sie von irgendwas überzeugen zu wollen. Das ist mir nur recht.«

»Das verstehe ich voll und ganz. Wer braucht schon Sophia!«

Ich jedenfalls nicht, so viel war klar. Celia hingegen … »Du bist ja dick befreundet mit ihr.« Wir hatten jetzt über alles andere gesprochen – warum also das Thema Sophia aussparen?

»Meine Devise lautet: Halte deine Freunde nahe bei dir, aber deine Feinde noch näher. Und das funktioniert sehr gut.«

»Allerdings. Sophia betet dich geradezu an.« Ich hatte vielleicht ein bisschen eifersüchtig geklungen. Was lächerlich war, denn ich hasste Sophia Pierce.

»Sie betet mich an, weil sie meine Mutter anbetet. Außerdem glaubt sie, wenn ich mit Hudson zusammen wäre, hätte sie uneingeschränkten Zugang zu seinem Leben. Als ob ich ihr irgendwas Persönliches erzählen würde! Ich hab sie eingewickelt, das ist alles.«

»Dann muss ich sie also auch nur einwickeln, um sie auf meine Seite zu kriegen?«

»Vielleicht.« Celia kniff die Augen zusammen und dachte nach. Dann schüttelte sie den Kopf. »Ganz ehrlich: Vergiss sie. Sie ist es nicht wert. Kennst du die Geschichte, als Hudson ihr erzählt hat, dass … « Die Standuhr im Foyer schlug. »Ach du liebe Zeit, ist es wirklich schon eins?« Celia schaute auf ihre Uhr. »Tatsächlich! Ich hab heute Nachmittag noch einen Haufen Termine, ich muss gehen.« Sie stand auf und strich ihr Kleid glatt. »Tut mir leid, dass ich so plötzlich losmuss. Es war schön, mit dir zu reden.«

»Ja, das fand ich auch.« Ich gab es nur ungern zu, aber ich war enttäuscht, dass sie gehen musste. Besonders, wo sie mir gerade eine Geschichte über Hudson erzählen wollte. Sie war eine wahre Fundgrube, wenn es darum ging, ihn besser zu verstehen. Ich war jetzt schon viel optimistischer, und es würde mir so viel bringen, immer mal wieder mit ihr zu reden.

»Wir sollten uns wirklich mal wieder treffen«, rief Celia in dem Moment aus, als mir dieser Gedanke durch den Kopf ging. »Hier.« Sie zog eine Visitenkarte aus ihrer Handtasche und überreichte sie mir. »Da ist meine Handynummer drauf. Ruf mich an, dann gehen wir zusammen einen Kaffee trinken. Vielleicht gleich morgen?«

»Das wäre schön.« Ich nahm die Karte und warf einen Blick darauf. *Celia Werner, Innendesign für Geschäft und Privat.*

»Großartig. Dann ruf mich doch morgen früh an.« Sie schwieg kurz. »Ach, und wenn ich nicht rangehe, dann versuch's einfach weiter. Ich hab die blöde Angewohnheit, mein Handy irgendwo liegen zu lassen, und wenn du immer wieder anrufst, dann hör ich es irgendwann und finde das Handy wieder. Und dann ruf ich dich zurück. Da haben wir beide was davon!«

Ich lachte über diese Art, das Handy zu benutzen. »Perfekt.«

»Super, dann bis morgen. Lieben Gruß an Hudson.« Sie ging zur Tür, blieb dann stehen und wandte sich noch mal zu mir um, die Hand auf die Brust gepresst. »Weißt du, es ist wirklich höchste Zeit, dass Hudson jemanden in seinem Leben hat, und ich bin sehr froh, dass es jemand ist, der ihn liebt und ihn versteht, so wie du es offenbar tust.« Ihre Worte und ihre ganz Haltung hätten auf die meisten Leute ziemlich melodramatisch gewirkt, doch sie sagte es zugleich so stilvoll, dass es keineswegs kitschig rüberkam.

»Danke. Das tue ich wirklich. Ich verstehe ihn.« Wahrscheinlich verstand ich ihn besser, als er oder ich es jetzt ahnen konnten.

»Ich weiß, dass es so ist.« Sie wurde ernst. »Er hat mir auch ein paar Dinge über dich erzählt. Ich hoffe, das macht dir nichts aus.«

Sie konnte sich nur auf meine verrückte Stalker-Vergangenheit beziehen. Einiges davon war echt peinlich. Ich hatte zum Beispiel mal gegen eine einstweilige Verfügung verstoßen, und deswegen hatte ich eine Vorstrafe. Das tauchte nirgendwo mehr auf, dafür hatten Hudson und mein Rechtsanwalt-Bruder gesorgt, aber es änderte nichts daran, dass ich so was nun mal getan hatte. Und das war nur eine von vielen idiotischen Aktionen, die ich gebracht hatte.

Normalerweise hätte ich mich gedemütigt gefühlt, dass jemand über meine Vergangenheit Bescheid wusste. Aber jetzt, mit allem Guten, was mir mit Hudson widerfahren war, machte es mir nichts aus. »Nein, es ist okay. Überraschenderweise.«

»Gut.« Sie lächelte. »Natürlich werde ich niemandem davon erzählen. Ich bin aber froh, dass ich es weiß. Ich verstehe, wie gut du zu ihm passt, wegen dem, was du selbst durchgemacht hast. Ich bin auf deiner Seite.«

»Danke, das weiß ich zu schätzen.«

Sie zwinkerte. »Jetzt bin ich aber wirklich weg. Viel Glück!«

Nachdem Celia gegangen war, stand ich noch lange in der Bibliothek und dachte über ihren Besuch nach. Ich speicherte ihre Nummer und freute mich darauf, mit ihr einen Kaffee trinken zu gehen, aber, ganz ehrlich, ich war ein bisschen nervös. So sicher ich mir war, dass sie eine unverzichtbare Quelle für Insiderwissen über Hudson war, so sicher war ich auch, dass er nicht gerade glücklich darüber sein würde. Und zwar zu Recht. Wenn ich mehr über seine Vergangenheit erfahren wollte, dann müsste das eigentlich über ihn laufen.

Und doch – es war ja wohl nichts dabei, wenn wir uns mal auf einen Kaffee trafen!

Ich traf die Entscheidung, die Entscheidung darüber bis morgen früh aufzuschieben.

Ich blickte auf die Kartons. Hudson hatte gesagt, ich sollte es mir gemütlich machen, und das Einräumen würde mich davon abhalten herumzuschnüffeln. Obwohl er es mir erlaubt hatte, war es nicht gerade das gesündeste Verhalten.

In einer der Schreibtischschubladen fand ich einen Brieföffner und kniete mich neben den ersten Karton. Mit dem Brieföffner stach ich das Klebeband durch. Oben im Karton lagen ein Molière und ein Shakespeare. Darunter fand ich mehrere andere Klassiker, von Dante bis Dickens. Ich setzte mich auf die Fersen, warf einen Blick auf die Regale und überlegte mir, wie ich die Bücher in der Bibliothek aufstellen könnte.

In meiner Bibliothek.

Hudson hatte zwar nicht gesagt, dass es meine wäre, aber ich konnte nicht anders, so dachte ich nun mal von ihr. Ich liebte Bücher – nicht nur die Geschichten, die sie enthielten, sondern das Gefühl, die Bücher in Händen zu halten, die Seiten umzublättern, die sich seidig anfühlten, die Worte in mich aufzunehmen, die alle an einem Ort gesammelt standen. Hudson hatte kein Interesse an echten Büchern, das war ganz klar ersichtlich, die kahlen Bretter waren der Beweis dafür. Er las alles auf seinem E-Reader. Das hier waren meine Bücher. Ich hatte sie bereits adoptiert und ich war sicher, Hudson hätte nichts dagegen. Er hatte sie nur bestellt, um seine Mutter in die Irre zu führen, obwohl ich bezweifelte, dass Sophia oft in sein Penthouse kam.

Neben vielen anderen Lügen hatte Hudson seiner Mutter eröffnet, dass ich bei ihm einziehen würde. Wie lange noch, bis das tatsächlich wahr sein würde?

Nein, darüber durfte ich noch nicht nachdenken. Ich hatte mir vorhin schon gesagt, dass es viel zu früh dafür war, wir waren noch nicht dazu bereit.

Aber es kostete ja nichts, ein paar Minuten davon zu träumen … Mir vorzustellen, dass ich mit ihm in diesem Penthouse lebte. Und was noch? Dass ich den Nachtklub leitete, mit Hudson an meiner Seite. Verlobungsringe und mein Junggesellinnenabschied geisterten durch meinen Tagtraum. War es wirklich schlimm, auf so etwas zu hoffen?

Ja, das war es! Ich musste sofort damit aufhören, denn Tagträume konnten sehr leicht zu einer Fixierung führen. Ich brauchte rasch eine Obsession, die das ersetzte. Etwas anderes, mit dem ich mich beschäftigen konnte.

Ich versuchte mich erneut auf die Bücher zu konzentrieren, aber meine Gedanken wanderten immer wieder in die Zukunft – Hochzeit, der Klub, Partys.

Und da traf mich der Gedanke wie ein Blitz. Ich ließ alles stehen und liegen und suchte mein Handy, um Jordan anzurufen. Ich brauchte ihn und das Auto.

»Junggesellinnenabschiede?« David Lindt lehnte sich in seinem Schreibtischstuhl zurück und drehte sich von links nach rechts und wieder zurück.

Ich war nicht sicher gewesen, ob David schon so früh in der Sky Launch sein würde, aber ich hatte Glück gehabt. Er war der Manager des Nachtklubs, und weil Hudson ihm die Leitung übertragen hatte, war er derjenige, an den ich mich mit allen Vorschlägen wenden musste.

Deshalb war ich sechs Stunden vor Beginn meiner Schicht hergekommen, um ihm meine geniale Idee mitzuteilen. »Genau. Junggesellinnenabschiede.«

»Ernsthaft? Das ist deine Wahnsinnsidee?«

»Jetzt komm schon, das ist einfach perfekt!« Ich warf meine Hände in die Luft, um meine Worte zu unterstreichen. Meine Idee war super, aber sie David ganz ruhig zu erzählen, hatte offenbar nicht ausgereicht, um ihn zu überzeugen. »Jetzt geht bald die Hochzeitssaison wieder los. Unsere Kugeln sind der perfekte Ort für Junggesellinnenabschiede: Man hat seine Privatsphäre und ist doch gleichzeitig mitten im Klub. Du weißt doch genauso gut wie ich, was in den Kugeln so alles läuft.«

Die »Kugeln« waren meiner Meinung nach der Clou der Sky Launch. Die zehn runden Räume umgaben kreisförmig die obere Etage. Jeder kleine Raum hatte seinen eigenen Zugang und war ganz in sich abgeschlossen, sodass die Privatsphäre sichergestellt war. Oder genauer gesagt eine Art von Privatsphäre. Sie war eine Illusion, denn durch die gekrümmte Glasfläche jeder Kugel konnte man auf die Tanzfläche und die untere Ebene schauen, und jeder, der hochschaute, konnte seinerseits in die Kugel hineinschauen. Und oft genug war das, was darin vor sich ging, nicht jugendfrei.

Doch die Kugeln waren bei der Vermarktung des Klubs bisher vernachlässigt worden. Ich war zum Teil deshalb befördert worden, weil ich versprochen hatte, einen Weg zu finden, um diese einzigartige Einrichtung besser zu nutzen. Und sie für Junggesellinnenabschiede zu promoten – diese Idee war Gold wert.

Aber David schien da nicht unbedingt einer Meinung mit mir zu sein, offenbar konnte er mit dieser Vision nicht viel anfangen. »Wir haben hier ein paar Junggesellinnenabschiede gefeiert, nicht viele, aber immerhin ein paar.«

»Und die liefen doch immer gut, oder?«

»Die Kunden sind immer zufrieden.« Er verzog den Mund, als er darüber nachdachte.

Bei seinem ständigen Grimassenschneiden und den merkwürdigen Gesichtsausdrücken fragte ich mich kurz, wie ich mir je hatte einbilden können, mich zu diesem Mann hingezogen zu fühlen.

Die Antwort war: Ich hatte mich nicht zu ihm hingezogen gefühlt, jedenfalls nicht richtig. David war mir wie eine gute Lösung vorgekommen, als ich zu viel Angst gehabt hatte, mich nach anderen Männern umzusehen, die mich wirklich antörnten. Ich hatte gedacht, dass ich eine Zukunft mit David haben könnte, hatte mir vorgestellt, dass ein Mann wie David die Heilung von meiner Besessenheit bedeuten könnte. Ich hatte gedacht, dass die Tatsache, dass ich mir nicht so riesig viel aus ihm machte, mich von den haarsträubenden Verhaltensweisen meiner Vergangenheit abhalten könnte.

Er war auch wirklich ein süßer Kerl. Wir waren nie *so weit* gegangen, aber wir waren ein paarmal kurz davor gewesen.

Doch jeder Gedanke an David hatte sich in Luft aufgelöst, als Hudson in mein Leben getreten war. Ich hatte diese Kompromisslösung zugunsten des echten Lebens aufgegeben, und auch mit all dem Auf und Ab, das die Liebe zu Hudson mit sich brachte, bedauerte ich das nicht im Geringsten.

David hingegen schon. Er wünschte sich mehr zwischen uns, das hatte er mir erst gestern gesagt. Aber er wusste, wen ich liebte und wem mein Herz gehörte.

Jetzt biss er auf dem bereits abgekauten Ende seines Stifts herum und fragte: »Wie willst du denn die Leute dazu bringen, die Kugeln für ihre Feier zu buchen?«

»Durch Marketing natürlich.« Das war ja wohl klar. Marketing war bei meinem brandneuen MBA-Abschluss mein Spezialgebiet gewesen, und ich war scharf darauf, meine Kenntnisse endlich in die Praxis umzusetzen. Genau das konnte ich in den Nachtklub einbringen – meine Kompetenz. »Wir haben die Kugeln noch nie einem bestimmten Kundenkreis angeboten. Sie sind selten alle belegt, sie sind völlig unterschätzt und verschwendeter Raum, obwohl sie uns so viel einbringen könnten. Und wenn wir mit den Kugeln ein Paket anbieten, das genau auf die Kunden, die Bräute nämlich, zugeschnitten ist, dann, glaube ich, könnten wir wirklich einige Aufmerksamkeit damit erregen.«

»Ja gut, ich sehe da auch ein gewisses Potenzial.« *Na endlich!* »Und wie sieht deine Strategie nun genau aus?«

»Ich brauche ein bisschen Zeit, um konkrete Angebote auszuarbeiten, aber ich denke, ich könnte schon mal Treffen mit ein paar Hochzeitsplanern vereinbaren. Wenn ich denen ein gutes Angebot mache, werden sie es ihren Kundinnen vorschlagen. Vielleicht können wir ihnen eine Prämie für eine Empfehlung zahlen oder ihnen einen bestimmten Prozentsatz unserer Buchungsgebühr als Provision geben. Aber erst mal müssen wir ein paar Angebotspakete entwickeln. Packen wir doch ein kleines Partybuffet und einen bestimmten Freibetrag für Getränke dazu – und schon haben wir was anzubieten.«

Hinter mir zeigte mein Handy piepend den Eingang einer Nachricht an. Der Akku hatte auf dem Weg zum Klub schlappgemacht, direkt nachdem ich Hudson geschrieben hatte, was ich am Nachmittag vorhatte. Zum Glück hatte ich ein zweites Ladekabel im Aktenschrank im Büro und hatte das Handy sofort zum Aufladen angeschlossen. »Also, was denkst du?«, fragte ich und ging rüber zu meinem Handy.

»Ich glaube, das ist gar keine dumme Idee von dir. Also kümmer dich mal um die Sache.«

Ich grinste triumphierend und schaute auf mein Display.

»Ich hab uns eine Köchin besorgt. Schaffst du es, zum Essen wieder zu Hause zu sein?«

»Ich würde das Essen um nichts auf der Welt versäumen«, schrieb ich zurück, und dass Hudson *zu Hause* schrieb, ließ mein Herz genauso höherschlagen wie heute Morgen.

»Pierce?«

Davids Frage drang durch meine Euphorie. »Ja, es ist Hudson.«

»Was Gutes?«

Ich hatte bis dahin nicht gemerkt, dass ich lächelte. »Nur Gutes.«

Ich ließ das Handy am Ladekabel und kehrte zu dem Stuhl zurück, auf dem ich gesessen hatte. »Ich treffe ihn zum Essen. Keine Sorge, bis meine Schicht anfängt, bin ich wieder hier.«

»Darüber wollte ich mit dir sprechen. Ich möchte deinen Schichtplan umstellen.« David stand auf, kam um den Schreibtisch herum und lehnte sich dagegen. »Ich habe dich befördert, damit du genau das hier tust. Um die Abläufe im Klub können sich andere kümmern. Wenn wir jemanden brauchen – und ich bin sicher, dass wir jemanden brauchen werden, wenn dein Plan funktioniert, und ich weiß genau, dass er funktionieren wird –, ist Sasha als Manager sicher eine gute Wahl. Das Talent, das du in die Sky Launch einbringst, sind deine Geschäftsideen. Ich brauche dich, um Wunder zu wirken. Dafür bin ich nämlich nicht zuständig.«

»Und worauf willst du hinaus?«, fragte ich stirnrunzelnd.

»Ich will damit sagen, dass du dir deine Arbeitszeit selbst einteilen solltest. Du musst vierzig Stunden pro Woche arbeiten – das ist für dich als Workaholic gar kein Problem. Aber du kannst arbeiten, wann du willst. Mach Termine mit den Hochzeitsplanern. Und ich möchte eine genauere Ausarbeitung deiner Vorstellungen über zusätzliche Serviceangebote und erweitere Öffnungszeiten. Da wird einiges an Planung tagsüber anfallen. Du wirst dich mit Köchen und zusätzlichem Personal treffen müssen. Das wird ein Haufen Arbeit.«

Mir traten fast die Augen aus dem Kopf, so erstaunt war ich. »Ehrlich? Ich soll wirklich diese ganzen großartigen Sachen organisieren *und* ich kann mir die Zeit dafür auch noch selbst einteilen?« Das war mein Traumjob, der da gerade Wirklichkeit wurde. Die stundenlangen Streitereien mit meinem Bruder Brian darüber, dass meine Ausbildung vor die Säue geworfene Perlen wären und dass ich Stellenangebote von großen börsennotierten Unternehmen abgelehnt hatte – all die Zweifel und Ängste zahlten sich nun endlich aus.

»Ja, natürlich. Ich würde darüber doch keine Witze machen. Fang damit an, dass du dir heute Abend freinimmst.«

»Sei nicht albern. In der oberen Bar braucht ihr doch mehr als nur eine Person.«

»Liesl springt ein, ist alles schon geklärt.«

Natürlich würde Liesl für mich einspringen. Sie war so ungefähr die einzige Freundin, die ich in dieser Stadt überhaupt hatte. Halb verpeilt, halb Genie verkörperte sie all das, was ich nicht war – frei und entspannt und ständig in Flirtlaune, ohne dass sie sich je Gedanken darüber machte, sich an jemanden zu binden. Obwohl wir total unterschiedlich waren, verstand sie mich wie kein anderer und war mir gegenüber oft viel großzügiger, als ich es verdient hatte. »Sie ist die ganze Zeit für mich eingesprungen, als ich in den Hamptons war. Das kann ich ihr echt nicht antun.«

»Sie hat es von sich aus angeboten. Wir haben eine neue Kellnerin eingestellt, und Liesl hat entschieden, dass sie *anständig eingearbeitet werden muss* – sie hat das gesagt, nicht ich. Und wenn du dich morgen mit ein paar Leuten treffen willst, wirst du dich daran gewöhnen müssen, tagsüber wach zu sein. Im Moment bist du ja eher eine Art Vampir.« Er schaute an meinen Beinen hinunter. »Zwar ein braun gebrannter Vampir, aber trotzdem ein Vamp.«

Ich lachte und unterdrückte das Unbehagen, das ich bei der sichtbaren Lust in seinem Blick empfand. Ich stand auf, damit ich genauso groß war wie er, sonst fühlte es sich so an, als würde er auf meine Brüste herunterstarren. »Danke schön, David. Vielen, vielen Dank, ich danke dir, ich ...« Ich konnte mit Worten gar nicht ausdrücken, wie dankbar ich ihm für diese Chance war. »Einfach nur danke.«

»Du hast es verdient.« Er stand auf und ließ die Arme an die Seiten fallen. »Umarmung?«

»Das hat mir letztes Mal ganz schön Ärger eingebracht.« Hudson war reingekommen und hatte uns überrascht und war ganz schön angepisst gewesen. Er wollte mich mit niemandem teilen. Ich hatte es geschafft, ihm die Vorstellung auszureden, dass da zwischen David und mir etwas war, und ich hatte ihn davon überzeugt, dass unsere Umarmung völlig unschuldig gewesen war – was auch stimmte, soweit es mich betraf. Doch Hudson vermutete immer noch, dass zwischen David und mir mehr gelaufen war. Und feige, wie ich war, hatte ich mich nicht dazu durchringen können zuzugeben, dass er recht hatte. David und ich hatten etwas miteinander gehabt. Aber verglichen mit dem, was ich für Hudson empfand, war das alles Kinderkacke.

Ich streckte David die Hand hin. Er hielt sie länger fest, als er es hätte tun sollen, und streichelte mir mit dem Daumen über die Haut, sodass ich eine Gänsehaut auf den Armen bekam.

Ich zog die Hand weg und hoffte, dass er es nicht bemerkt hatte. Obwohl ich nichts für David empfand, reagierte mein Körper immer noch auf ihn. Er war unscheinbar, aber attraktiv – seine Augen ein mattes Blau, sein Haar dunkelblond und gelockt. Er machte Sport, aber er war stämmig. Er war nie mein Typ gewesen, und mein Körper reagierte wahrscheinlich nur aus reiner Gewohnheit. Aber es reichte aus, dass ich mich plötzlich schuldig fühlte – ich sollte meine Vergangenheit mit David wirklich nicht vor Hudson geheim halten. Ich war schnell bei der Hand gewesen mit der Beschuldigung, dass Hudson in unserer Beziehung Geheimnisse vor mir hätte, und jetzt tat ich genau das, was ich ihm vorgeworfen hatte. Es war falsch, und das wusste ich genau.

Ich wusste aber auch, dass ich es ihm nicht sagen würde. Ich bezweifelte, dass er mich weiterhin mit David zusammenarbeiten ließe, wenn er wusste, dass wir etwas miteinander gehabt hatten. Und wenn er es herausfand, dann würde mein Schweigen für mich sprechen. Ich würde Hudson erklären, dass ich nichts gesagt hatte, weil es nichts zu sagen gab. Das würde er verstehen.

Vielleicht würde ich es auch irgendwann glauben, wenn ich es mir selbst nur oft genug einredete.

Kapitel vier

Hudson war schon zu Hause und hatte sein Jackett abgelegt, als ich an diesem Abend ins Penthouse zurückkehrte. Er kam mir entgegen, als ich aus dem Aufzug trat, und begrüßte mich mit einem heftigen Kuss, der mich fast umriss.

»Hoppla, dir auch einen guten Abend.«

»Du bist spät dran«, sagte er dicht an meinen Lippen.

»Und?«

»Ich hab mir Sorgen gemacht.« Sein Mund glitt über meine Wange zu meinem Ohrläppchen.

Ich riss die Augen auf vor Überraschung und vor Freude darüber, was er da mit der empfindlichen Stelle unter meinem Ohr anstellte. »Sorgen, dass mir etwas zugestoßen ist?«

»Dass du nicht kommen würdest.«

Ich schob ihn weg und schaute ihm in die Augen. »Wieso, Hudson Alexander Pierce, hast du dir Sorgen gemacht, dass ich dich versetzen könnte?« Es war lächerlich, so etwas auch nur zu denken. »Hast du noch nicht kapiert, dass ich eine Frau bin, die klammert?«

Er beugte sich wieder zu mir hin und rieb seine Nase an meiner.

»Wenn du dich so klug verhalten hättest, wie du bist, dann hättest du mich schon vor Wochen abserviert.«

»Na, dann ist es ja gut, dass ich doch dümmer bin als gedacht.«

»Ja, für mich ist das außerordentlich günstig.« Er ließ mich los, nahm mir die Handtasche ab und verstaute sie in der Garderobe. Dann ergriff er, unsere Finger ineinander verschränkend, meine Hand und zog mich durch den Flur in Richtung Wohnzimmer.

»Ich hab eine Überraschung für dich«, sagte ich, während ich seinen Hintern und die straffen Muskeln unter seinem Hemd bewunderte.

»Du musst heute nicht arbeiten.«

Ich blieb überrascht stehen. »Woher weißt du bloß immer schon alles?«

»Ich weiß nicht *alles*.« Er drehte sich um und schaute mir ins Gesicht, und auf seinen perfekten Lippen lag ein Lächeln. »Aber wenn du das Thema bist, strenge ich mich an, alles darüber zu wissen. David hat mich heute Nachmittag angerufen und gefragt, ob es in Ordnung ist, wenn du dir die Arbeit ab jetzt selbst einteilst.«

»Und da hast du gesagt: ›Ja, denn so können wir unsere Arbeitszeiten besser aufeinander abstimmen, sodass wir so viel Sex haben können wie möglich.‹« Ich lachte, weil ich seine Stimme so schlecht nachmachte.

»Ich habe gesagt, ich hielte das für eine gute Idee.« Sofort lag ich wieder in seinen Armen. »Aber ich habe auch an das gedacht, was du gesagt hast.« Sein Mund glitt neckend über meinen.

»Ich liebe dich.«

Er drückte sich noch fester an mich. »Ich hoffe, das liegt nicht nur daran, dass ich deine Arbeitszeitänderung genehmigt habe.«

»Das ist bei Weitem nicht der einzige Grund, das kannst du mir glauben.« Diesmal küsste ich ihn und leckte über seine Oberlippe.

Als er sich von mir löste, waren seine Augen vor Begierde verschleiert. »Das Abendessen ist fertig, mein Schatz.«

Er führte mich ins Esszimmer. Auf dem Tisch stand ein Bukett weißer Orchideen, zwei Kerzen waren angezündet, eine geöffnete Weinflasche stand auf dem Tisch, und an einem Ende des Tisches war für zwei gedeckt.

Er wies auf die Kerzen. »Das würde alles noch viel eindrucksvoller wirken, wenn es hier drin nicht so hell wäre.«

»Ja, es ist ganz schrecklich, dass dein Penthouse Fenster hat, die von der Decke bis zum Boden reichen«, neckte ich ihn. »Aber im Ernst, es ist wunderschön.« Wir schauten uns einen Augenblick tief in die Augen, ganz ineinander versunken.

Du liebe Güte, wenn wir uns weiterhin so anschauten, würde das Essen warten müssen. Ich spürte schon, wie ich allmählich feucht wurde.

Ich bemerkte den Duft von frischen Kräutern, riss meinen Blick von Hudson los und schaute in Richtung Küche, wo es ganz still war. »Wo ist denn die Köchin? Hat sie dich im Stich gelassen?«

»Hat sie nicht. Sie hat alles hergerichtet, und dann ist sie gegangen. Unsere Teller warten im Speisewärmer.« Er zog mir einen Stuhl zurück und bedeutete mir, mich hinzusetzen. »Ich schätze, das Servieren krieg ich auch ohne sie hin.«

Ich hielt die Augen auf ihn gerichtet, während ich mich setzte. »Schatz, du könntest mir auch was anderes servieren.«

»Na, na.« Er tippte mir auf die Nasenspitze und tadelte mich sanft. »Zuerst das Essen. Ich brauche Energie, wenn ich mit dir mithalten will. Aber wenn wir das hinter uns haben, dann gibt es möglicherweise noch einen Nachtisch.«

»Einen saftigen Nachtisch, will ich hoffen.«

»So viel ist sicher.«

Hudson schenkte erst mir und dann sich selbst Weißwein ein. Er verschwand in der Küche und kehrte kurze Zeit später mit zwei angerichteten Tellern zurück, stellte sie auf den Tisch und setzte sich. Wir saßen einander schräg gegenüber, schlangen unsere Beine unter dem Tisch umeinander und erzählten, wie unser jeweiliger Tag gewesen war. Als ich ihm von meiner Idee der Junggesellinnenabschiede für den Klub berichtete, war er beeindruckt und unterstützte die Idee sofort.

»Möchtest du, dass ich ein paar Kontakte zu den Eventmanagern meiner Firma herstelle? Nicht dass sie viel Ahnung in diesem Bereich hätten, aber …«

»Das ist nicht notwendig, ich hab schon ein paar Termine festgeklopft.«

Er trank einen Schluck Wein, und ich schätzte, es war nicht ganz leicht für ihn, dass ich bei diesem Projekt die Zügel in der Hand hielt. »Sag mir einfach Bescheid, wenn du deine Meinung ändern solltest.«

Das Essen war ganz ausgezeichnet – Hühnerbrust gefüllt mit Artischocken und mit sonnengetrockneten Tomaten. Dazu gab es gedünstete Zucchini und Jasminreis. Ich war den ganzen Nachmittag im Büro geblieben und hatte Treffen für die kommenden Tage vereinbart, deshalb hatte ich das Mittagessen ausfallen lassen. Erst als ich jetzt aß, merkte ich, wie hungrig ich eigentlich war.

»Das ist unglaublich lecker, Hudson«, sagte ich, als ich meinen Teller halb leer gegessen hatte. »Wo hast du bloß eine solche Köchin aufgetan?«

»Sie war stellvertretende Küchenchefin in einem meiner Restaurants. Dort hat sie sich aber mit einem anderen Koch nicht so gut verstanden, also arbeitet sie jetzt privat für mich.«

Ich dachte einen Augenblick darüber nach, was ich über Hudsons Firmen wusste. »Hat sie bei Fierce gearbeitet?«

»Genau.«

Das Fierce war eins der angesagtesten Restaurants der Stadt, und seinem Chefkoch ging der Ruf voraus, dass er ein echtes Arschloch war. Ich brauchte gar nicht erst zu fragen, ob sie das Restaurant seinetwegen verlassen hatte.

Ich war mit dem Kopf noch immer bei der Arbeit. »Meinst du, sie würde eventuell auch für die Sky Launch arbeiten?«

»Und wer würde dann für uns kochen?«

Ich ignorierte den Rausch, den ich verspürte, weil Hudson *uns* gesagt hatte, und sprach weiter. »Nur für private Veranstaltungen dort, es muss keine Vollzeitsache sein.«

»Es gefällt mir wirklich, wie gut dein beruflicher Verstand funktioniert, Alayna, aber lass uns das doch heute Abend ausblenden. Ich würde gern etwas Zeit mit den anderen sexy Körperteilen meiner Freundin verbringen.«

Jetzt war ich aber wirklich platt. Er nannte mich zum ersten Mal seine Freundin – und das stellte so einiges mit mir an. Mein Herz fing an zu glühen, als wäre es radioaktiv, und die Hitze breitete sich durch den ganzen Körper aus und stieg mir in die Wangen. *Meine Freundin.* Ich war die Freundin von Hudson Pierce.

Er tat so, als hätte er gar nicht gemerkt, was diese Worte bei mir bewirkt hatten – dabei wusste er es ganz genau. Er plauderte weiter, wie es ein Paar tut, das sich den ganzen Tag nicht gesehen hat. »Mal abgesehen von der Arbeit: Hast du einen schönen Nachmittag gehabt? Ich habe gesehen, dass die Bücher gekommen sind. Hat mit der Lieferung alles geklappt?«

Ich nickte, aß weiter und trank einen Schluck Wein, ehe ich antwortete. »Ja, sie sind gekommen, und alles lief prima. Celia war auch dabei.«

Obwohl sein Gesicht gefasst blieb, hielt er einen kurzen Moment mit dem Kauen inne. »Ach wirklich?«

Ich hatte mir schon gedacht, dass Hudson nicht gerade glücklich darüber sein würde. Seit Celia mir so einiges über Hudsons früheres manipulatives Verhalten erzählt hatte, schien er sich Sorgen zu machen, was sie mir noch alles erzählen könnte. Ihm war nicht klar, dass nichts, was sie mir je sagen könnte, je etwas daran ändern würde, wie ich für ihn empfand. Vielleicht hätte ich ihm gar nichts von ihrem Besuch erzählen sollen, aber es fühlte sich falsch an. Ich verschwieg Hudson schon meine

Vorgeschichte mit David, und ich wollte kein weiteres Geheimnis vor ihm haben.

Ich konnte nur eines versuchen: ihn davon zu überzeugen, dass er mir vertrauen konnte, wenn Celia und ich zusammen waren. »Sie hat mich überrascht. Ich stand unter der Dusche und habe das Klingeln nicht gehört, also hat sie die Männer selbst reingelassen.«

Er runzelte die Stirn. »Ich sollte den Schlüssel von ihr zurückfordern.«

»Ja, das solltest du.« Ich wollte mir keine Sorgen darüber machen müssen, dass sie jederzeit vorbeikommen konnte. »Aber es war nicht schlimm. Im Gegenteil, wir haben uns nett unterhalten.«

Hudsons ganzer Oberkörper spannte sich an. »Das gefällt mir nicht. Ganz und gar nicht.«

So ein besitzergreifendes Verhalten hatte ich bei ihm erst ein paarmal gesehen. Es war beängstigend und erregend zugleich und schickte Hormonblitze in meine unteren Körperregionen, sodass ich selbst alarmiert und erregt zugleich war.

Und sein besitzergreifendes Verhalten war außerdem völlig unnötig. »Keine Panik, es war völlig in Ordnung.«

»Ich will nicht, dass ihr beiden Zeit miteinander verbringt. Denk dran, laut meinem Drehbuch seid ihr keine Freundinnen.« Er stach mit der Gabel in die Luft, um seine Worte zu betonen.

Ich schnalzte mit der Zunge. »Ach komm schon, das ist nicht fair. Ich will dir doch nur nahe sein, und sie ist schließlich deine beste Freundin.«

Er schüttelte betont den Kopf. »Sie ist meine einzige Freundin. Das ist ein großer Unterschied.«

Ich strich unter dem Tisch mit dem Fuß seinen Unterschenkel entlang und hoffte, ich würde ihn ein bisschen aufheitern können. »Sie verrät mir keine dunklen Geheimnisse über dich.«

»Das meinst auch nur du!«

»Sie hat nur gesagt, dass sie sich freut, dass du mich gefunden hast.« Ich machte eine Pause, damit dieser Satz bei ihm sacken konnte. »Sie findet, du hast jemanden wie mich verdient.«

Statt sich zu entspannen, wurde sein Gesichtsausdruck noch härter. »Das ist bereits ein dunkles Geheimnis über mich.« Er beugte sich näher zu mir und sagte leise: »Ein dunkles Geheimnis, und außerdem ist es nicht wahr. Ich habe dich nicht verdient und ich werde dich nie verdienen.«

»Ach, red keinen Unsinn.« Ich verdrehte die Augen und legte meine Hand auf seine. »Du verdienst etwas viel Besseres als mich. Du spielst in einer ganz anderen Liga, das weißt du doch genau.«

»Alayna ... « Sein Tonfall war eine Warnung.

Ich kniff die Augen zusammen. »Statt darüber zu diskutieren, wer wen verdient, sollten wir uns lieber darauf einigen, dass wir wahnsinnig gut zusammenpassen, und es fürs Erste dabei belassen.«

»Ich will nicht, dass du dich mit Celia triffst.«

Verdammt, er meinte es tatsächlich ernst. So viel zum Thema »Wir gehen zusammen einen Kaffee trinken«. Andererseits: Wer war er denn, dass er mir vorschreiben wollte, wen ich in meiner Freizeit traf?

Aber wir arbeiteten an unserer Beziehung. Wenn ihm diese Sache also wichtig war ... »Na gut, dann werde ich mich nicht mit ihr treffen. Aber ich will auch nicht, dass du dich mit ihr triffst.«

»Mit diesem Kompromiss kann ich gut leben.«

»Ach wirklich?« Ich versuchte, nicht so überrascht zu klingen.

»Ja, ich sehe sie ohnehin kaum. Und von jetzt an werde ich sie, wenn es sich nicht anders machen lässt, nur noch mit dir gemeinsam treffen.«

»Einverstanden.« Für mich war das nicht so ein großes Opfer wie für ihn. Meine Freundin war sie ja schließlich nicht.

»Gut.« Dann trat ein verruchter Schimmer in seine Augen. »Wir passen tatsächlich wahnsinnig gut zusammen.«

»Werden wir jetzt unanständig?«

Er legte seine Gabel hin und schaute auf unsere Teller, die beinahe leer waren. »Zeit für den Nachtisch.«

»Vergiss nicht, was du sagen wolltest – ich bin gleich wieder da.« Ich wischte mir mit der Serviette den Mund ab und stand auf. Vom Esszimmer aus konnte man die Toilette im Flur nicht sehen, und ich hoffte, Hudson würde denken, ich wäre dort. Stattdessen ging ich ins Schlafzimmer und betrat meinen Kleiderschrank, holte das Negligé mit dem Tanga aus der Schublade und zog mich um, so schnell ich konnte.

Vor dem Spiegel blieb ich stehen und verwuschelte mir leicht das Haar, sodass es ein bisschen sexy zerzaust aussah, so gut das eben bei meinen glatten Strähnen ging, und ich fand, ich sah wirklich gut aus. Ich trug jetzt ein korallenfarbenes Babydoll, das meine ohnehin schon kecken Brüste in schwindelerregende Höhen stemmte. In der Mitte öffnete sich das Teil und gab den Blick auf meinen flachen Bauch und den

Spitzentanga frei. Oh Mann, ich würde mich selbst auch zum Anbeißen finden.

Ich schlich mich zurück zum Esszimmer und sah, dass der Tisch schon abgeräumt war und Hudson sich an der Bar einen Drink mixte. Er stand mit dem Rücken zu mir. Verlegen versuchte ich mich an einer Stripperinnenpose, aber als er sich zu mir umdrehte, stellte ich nur eine Hüfte heraus und stützte die Hand in die Taille.

Er ließ beinahe das Glas fallen und riss die Augen auf. »Verdammt noch mal, Alayna. Du siehst so verdammt heiß aus, das ist nicht mehr nur ›schmutzig‹, das ist ›verdorben‹.«

»Ähm – danke schön.« Ich ging auf ihn zu, und sein lustvoller Blick löste sich keinen Moment von meinem Körper. Als ich nahe genug bei ihm war, griff ich nach seinem Schlips und zog Hudson zu mir heran. Seine Augenbrauen hoben sich überrascht, aber er ließ sich von mir zu seinem Stuhl führen und sich herunterdrücken.

Ich beugte mich vor, sodass er meine Brüste voll im Blick hatte, und ließ die Hände seine Schenkel hinaufgleiten bis zur Hüfte, wo ich seinen Gürtel öffnete und den Reißverschluss aufziehen wollte.

»Was machst du da?« Seine Stimme war heiser, und sein Blick auf meinen Ausschnitt geheftet.

»Du hast dich ums Essen gekümmert. Ich dachte, ich könnte mich dann mal um den Nachtisch kümmern.« Ich war nicht sicher, ob er zulassen würde, dass ich die Führung übernahm. Das tat er selten, egal worum es ging. Aber statt auf sein Einverständnis zu warten, ergriff ich einfach die Initiative.

Ich zog an seinem Hosenbund und wartete, um zu sehen, ob er mitspielen würde. Nach einer Sekunde des Zögerns ergab er sich und hob die Hüfte, damit ich seine Hose und die Unterhose herunterziehen konnte. Ich zog sie nur gerade so weit herunter, dass sein Schwanz frei lag, der bereits hart wie Stein war.

»Verdammt noch mal, Hudson«, wiederholte ich seine Worte von gerade eben, während ich ihn in die Hand nahm. »Wo wir gerade von verdorben reden …« Ich behielt ihn in der Hand, kniete mich vor ihn und schob seine Beine so weit auseinander, dass ich dazwischenpasste.

Dann beugte ich mich vor und schob seinen nackten Schwanz zwischen meine Brüste.

Er stieß einen schweren Seufzer aus, und ich wiederholte das Ganze. Außerdem fuhr ich ihm mit den Fingernägeln über die Brust und kratzte ihn durch sein Hemd hindurch. Seine Augen waren weiter auf meine Titten gerichtet, als ich den Penis streichelte, der zwischen ihnen ruhte.

»Du bist so verdammt schön, Alayna.« Seine Stimme krächzte, als würde er gleich die Kontrolle verlieren. »So gottverdammt schön!«

»Du auch.« Diesmal glitt ich mit den Händen unter sein Hemd und kratzte direkt über seine Haut, während ich meine Titten an seinem pulsierenden Schwanz entlangrieb. »Gefällt es dir, meine Titten zu ficken?«

»Ich liebe alles, was du mit mir anstellst.«

»Tatsächlich?« Ich setzte mich zurück auf die Fersen, beugte mich vor und leckte seinen Schaft entlang.

Er knurrte – er knurrte tatsächlich –, und bei diesem Geräusch erschauerte ich.

Aber obwohl seine Geräusche und Reaktionen mich total schwach und benommen machten, fühlte ich mich plötzlich zugleich sehr mächtig. Ich konnte mir nichts auf der Welt vorstellen, was stark genug wäre, damit Hudson Pierce auf seine Macht verzichtete – nichts im ganzen Universum, das ihn dazu veranlassen würde, sich jemandem zu ergeben.

Und doch ergab er sich mir.

Ja – ich fühlte mich sehr mächtig.

Ich leckte auch die andere Seite seines Schafts, dann glitt ich mit der Zunge über den Kopf und bearbeitete ihn zugleich mit der Hand.

Hudson zuckte auf seinem Stuhl zusammen und klammerte sich an die Armlehnen. »Oh Gott, ja!«

Ich wollte seine Hände auf mir spüren, ich wollte, dass er sich in mein Haar krallte. Aber ich wusste, wenn er das tat, wenn er mich berührte, dann würde er auch die Führung übernehmen und sagen, wo es langging. Die Abwesenheit von Körperkontakt war ein Geschenk, und ich nahm es dankbar entgegen. Geradezu gierig.

Ich begann sanft mit seinen Eiern herumzuspielen, legte meine Lippen über seine Krone und glitt mit dem Mund über seinen zarten und doch steinharten Schwanz, und meine Hand packte das Stück von ihm, das ich nicht mehr in den Mund bekam. Ich bewegte meine Hand unaufhörlich an ihm rauf und runter und saugte mit unersättlicher Begierde an ihm.

Ich spürte, wie sich seine Schenkel um mich anspannten, und merkte, dass er kurz vor dem Höhepunkt war.

»Alayna, mach langsamer!«, bat er mit zusammengebissenen Zähnen.

Ich kümmerte mich nicht darum und fuhr fort, ihn zu streicheln und ihn zum Orgasmus zu saugen.

»Alayna!« Er packte mich an den Schultern.

Im nächsten Augenblick lag ich plötzlich auf dem Boden, und Hudson kauerte über mir, zerrte an meinem Tanga und riss mir das hauchdünne Ding vom Körper. Dann war er in mir, füllte mich aus, dehnte mich, stieß mit einer solchen Wucht in mich, dass ich dachte, es würde mich zerreißen.

Und, mein Gott, es fühlte sich so gut an – einfach unglaublich gut!

»Du bist einfach umwerfend, Alayna«, sagte er, während er in mich stieß, das Gesicht schweißüberströmt und vor Anstrengung verzerrt. »Ich war ganz kurz davor, in deinem Mund zu kommen.«

»Das wäre völlig in Ordnung gewesen.« Ich hätte ihn dann leer gesaugt und abgeleckt.

»Aber ich komme sehr viel lieber in deiner engen Muschi.« Seine Stöße wurden langsamer, als ich mich um ihn zusammenzog und ihn in seiner Bewegung einengte. »Verdammt, jetzt komme ich!«

Ich stöhnte mit ihm gemeinsam, als er sich auf seinem Höhepunkt noch tiefer in mich hineindrückte, und in meiner eigenen Erregung kam ich gleich nach ihm. Es war nicht die Art von welterschütterndem Orgasmus, an die ich mich mit ihm schon gewöhnt hatte, sondern ein ganz sanfter, und irgendwie machte es das Ganze sogar noch süßer und schöner.

Als er sich vollkommen entleert hatte, fiel Hudson neben mir auf den Rücken und holte ein paarmal tief keuchend Atem. »Ich entschuldige mich.«

Ich stützte mich auf die Ellenbogen und warf ihm einen fragenden Blick zu. Ich konnte mich nur an sehr wenige Male erinnern, dass er sich für irgendetwas entschuldigt hatte, und ganz sicher nicht für Sex.

»Ich habe mich hinreißen lassen und dir nicht die Aufmerksamkeit gewidmet, die du verdient hast.«

Ich lachte und rollte mich auf ihn. »Ich liebe es, wenn du dich hinreißen lässt. Du gibst selten die Kontrolle ab, das ist mal eine schöne Abwechslung. Ganz davon zu schweigen, dass es wirklich scharf ist.«

Hudsons Brust hob sich, als er leise lachte – ein weiteres Geräusch, das ich sehr selten von ihm hörte –, und er legte mir einen Arm über den Rücken.

Ich stützte mich noch einmal auf. »Aber irgendwann musst du mir erlauben, dass ich es dir mit dem Mund besorge.«

»Du weißt doch, dass ich es liebe, in dir drin zu kommen.«

»Oh ja, das liebe ich auch.« Ich lächelte verträumt. »Aber es würde mir auch wahnsinnig gefallen, wenn du mal in meinem Mund kommst. Um ehrlich zu sein, ich lechze geradezu danach.«

Sein Arm schlang sich fester um mich. »Du bleibst heute Nacht hier.«

Das war keine Frage und auch keine Einladung. Es war eine Feststellung, dass ich bleiben würde, und ich würde selbstverständlich bleiben. Aber ich antwortete trotzdem. »In Ordnung.«

Wo sonst hätte ich sein wollen?

Hudson hatte am Morgen seine übliche Trainingseinheit verpasst, weil wir verschlafen hatten. Obwohl ich davon überzeugt war, dass wir im Schlafzimmer mehr als genug trainiert hatten – und außerdem auch noch in der Küche und im Esszimmer –, entschloss er sich, kurz in den Fitnessraum des Penthouses zu gehen. Und weil ich gern in seiner Nähe sein wollte, ging ich mit.

Der Raum lag im hinteren Bereich der Wohnung neben dem großen Schlafzimmer, und dort standen ein Laufband, ein Crosstrainer, eine Rudermaschine und eine Lastzugmaschine. Ich zog mir einen Sport-BH und Shorts an und stieg aufs Laufband. Hudson fing auf dem Crosstrainer an und wechselte dann für den Hauptteil seines Trainings zur Lastzugmaschine über.

Ich war immer schon eine gute Läuferin gewesen und zog normalerweise im Central Park meine Runden oder lief den Weg vom Klub zu meiner Wohnung, aber jetzt hatte ich beim Laufen einen tollen Blick auf Hudsons Waden und Arme, die auf dem Crosstrainer arbeiteten. Es war eine echte Meisterleistung, dass ich nur ein paarmal stolperte.

Nach dem Training duschten wir und machten es uns im Schlafzimmer bequem. Hudson zog nur eine Unterhose an, während ich mir eines seiner T-Shirts schnappte und überzog. Er holte seinen Laptop und beantwortete einige E-Mails, und ich rollte mich zusammen und las eines der Bücher, die mit der heutigen Lieferung gekommen waren. Es gab mehrere Bücher, die ich noch nicht gelesen hatte, die aber auf der Liste der »besten Bücher aller Zeiten« standen, die ich im Laufe der Zeit abarbeiten wollte.

Ich war völlig gefesselt von den ersten Kapiteln meines Buches und merkte erst nach einer Weile, dass es ganz still geworden war. Hudson tippte nicht mehr. Ich blickte auf und sah, dass er mich anschaute.

Ich bekam eine Gänsehaut. »Was ist denn?«

»Du siehst in meinem T-Shirt richtig gut aus.«

»Ich weiß.«

Seine Lippen verzogen sich zu einem sexy Lächeln. »Aber ohne mein T-Shirt siehst du noch besser aus.«

Ich lachte.

Er wies mit dem Kinn auf mein Buch. »Was hast du dir für eine Lektüre ausgesucht?«

Ich hielt das Buch hoch, sodass er den Umschlag sehen konnte.

»*Der talentierte Mr. Ripley*. Interessant. Ein Buch über einen echten Soziopathen.«

Mich überlief ein unerwarteter Schauer. Hudsons Mutter hatte mir gesagt, er sei ein Soziopath und nicht in der Lage, Empathie oder Liebe zu empfinden, er sei anderen gegenüber gleichgültig und nur mit sich selbst beschäftigt. Ich war da anderer Ansicht, denn ich hatte Hudson völlig anders kennengelernt. Er liebte mich und kümmerte sich um mich, wie das noch nie zuvor jemand in meinem Leben getan hatte.

Aber obwohl ich ihm nie von der Unterhaltung mit seiner Mutter erzählt hatte, war ich sicher, dass Sophia ihn ganz offen als *Soziopathen* bezeichnete. Ich fragte mich, ob er das wohl für eine zutreffende Beschreibung seiner selbst hielt. Es war schwierig, dieses Thema zur Sprache zu bringen und es mit ihm zu diskutieren, wo ich doch so wenig über das wusste, was er in der Vergangenheit getan hatte. Ich kannte nur die grobe Richtung – dass er Menschen manipuliert und gegeneinander ausgespielt hatte.

Wenn ich ehrlich war, konnte ich mir schon vorstellen, wo ein Therapeut den Begriff *Soziopath* ins Spiel bringen würde. Aber ich wusste einfach nicht genug. Obwohl ich an Hudson und an seine Gefühle für mich glaubte, gab es einfach zu viele Unbekannte in dieser Gleichung.

Ich legte das Buch aufgeschlagen auf den Nachttisch neben mir und wandte mich meinem Freund zu. »Hudson, darf ich dich mal was fragen?«

Er klappte seinen Laptop zu, stellte ihn auf seinen Nachttisch und schaltete die Nachttischlampe ein. »Ja, ich werde ganz verdorbene Dinge mit deinem Körper anstellen, aber nur wenn du mir versprichst, dass du mit meinem Körper das Gleiche machst.«

Ich kicherte. »Ich meine es ernst.«

»Ich auch.« Seine Augen glühten, als er seinen Blick über meine nackten Beine gleiten ließ, dann sah er mir wieder in die Augen. »Aber das mit den verdorbenen Dingen hat noch Zeit. Stell deine Fragen.«

»Ich habe darüber nachgedacht, ob …« Ich biss mir leicht auf die Unterlippe, während ich mir überlegte, wie ich es am besten formulieren sollte. »Celia hat gesagt, dass du Frauen manipuliert hast. Das klang so, als wären es mehrere gewesen, nicht nur sie. Was bedeutet das? Ich meine, was hast du denn eigentlich gemacht?«

Seine Kiefermuskulatur verkrampfte sich. »Du hast doch gesagt, ihr hättet bloß ein bisschen geplaudert.«

»Das haben wir auch.« Ich beeilte mich, die Sache klarzustellen. »Das hat sie nicht heute gesagt, da war überhaupt nichts in dieser Richtung, das schwör ich dir.« Ich holte tief Luft. »Das war bei einer ganz anderen Gelegenheit, auf der Wohltätigkeitsveranstaltung deiner Mutter, und ich habe mir so meine Gedanken darüber gemacht. Es wäre doch gut, wenn ich darüber Bescheid wüsste, meinst du nicht? Wenn wir offen und ehrlich miteinander sein wollen, muss ich mehr über deine Vergangenheit wissen.«

»Nein, das musst du nicht.« Er stand auf, und einen Augenblick dachte ich, er würde aus dem Zimmer gehen. Aber er machte nur die Zimmerlampe aus und kam zurück ins Bett.

»Ich muss es wissen.«

»Auf keinen Fall.« Er sagte das mit großer Bestimmtheit. Ende der Diskussion.

Aber das wollte ich nicht einfach so akzeptieren. Ich zog die Beine an den Körper. »Hudson, ich versteh dich ja, ehrlich. Du willst das Vergangene ruhen lassen und würdest es am liebsten völlig ignorieren. Aber dann wirst du immer Angst haben, dass ich dich wegen dieser Dinge nicht genug lieben könnte. Du musst mir die Chance geben, dir zu beweisen, dass ich es trotzdem kann.«

Er stand an der Bettkante und kniff die Augen zusammen. »Aber was ist, wenn du es nicht kannst? Hast du darüber mal nachgedacht? Ist dir schon mal in den Sinn gekommen, dass ich vielleicht Dinge getan habe, die du mir niemals vergeben könntest?«

»Es gibt nichts, was …«

Er fiel mir ins Wort. »Das weißt du nicht.«

Ich änderte meine Taktik. »Gibt es irgendetwas, das du mir niemals verzeihen würdest, sodass …?« … *du mich nicht mehr liebst*, dachte ich. Es fühlte sich komisch an, das laut zu sagen, wo er es doch selbst noch nie gesagt hatte. »… sich deine Gefühle für mich verändern könnten?«

»Das ist etwas ganz anderes.«

»Das kannst du genauso wenig wissen.« Fairerweise musste man sagen, dass er sehr wenig darüber wusste, was ich früher alles für Mist gebaut hatte. Ich hatte es ihm nicht erzählen wollen, ich wollte nicht, dass er Bescheid wusste, auf welche schreckliche Art und Weise ich in die Leben anderer Menschen eingedrungen war. Ich verstand sein Bedürfnis, die Vergangenheit ruhen zu lassen, voll und ganz.

»Dann erzähl mir was aus deiner Vergangenheit.«

Ich schluckte, aber ich ließ mir nicht anmerken, wie viel Angst ich hatte. »Irgendwas?«

Er setzte sich aufs Bett und schaute mich an. »Erzähl mir von der einstweiligen Verfügung, die Paul Kresh gegen dich erwirkt hat. Wer war er?«

Ich schloss ganz kurz die Augen. Hudson hatte die Polizeiberichte gelesen. Und natürlich erinnerte er sich an die Details.

Mein Zögern spornte ihn an. »Siehst du? Du kannst es mir nicht erzählen.«

»Das war so ein Typ«, stieß ich hervor. Ich war schließlich nicht blöd. Wenn ich wollte, dass Hudson mir etwas erzählte, dann musste ich das Gleiche tun. »Ein Typ, mit dem ich einmal nach Hause gegangen bin.«

»Du hast mit ihm gefickt.«

Ich holte tief Luft. »Ja.«

Hudsons Auge zuckte. »Weiter.« Seine Stimme klang angespannt.

»Er hat mich mit zu sich nach Hause genommen. Und nachdem wir … na ja, also danach wollte er, dass ich gehe. Aber ich habe so getan, als wäre ich zu betrunken, und bin die Nacht über bei ihm geblieben.«

»Und was ist dann passiert?«

»Ich habe seine Sachen durchsucht, während er schlief, und habe Hochzeitseinladungen entdeckt. Er hatte eine Verlobte. Sie war an diesem Wochenende nicht in der Stadt, und ich war für ihn einfach nur irgendein Mädchen, das er abgeschleppt hatte. Er hatte nicht gemerkt, dass ich schon seit Wochen auf ihn stand. Ich hatte ihn zwar schon mit einer Frau zusammen gesehen, aber es war mir völlig egal gewesen. Als ich begriffen habe, dass er an dem Abend allein unterwegs war, hab ich mich an ihn rangemacht.«

Meine Hände waren feucht vor Schweiß, und ich ballte sie immer wieder zu Fäusten. Ich wischte sie an der Bettdecke ab und redete weiter. »Natürlich wollte er, dass ich verschwinde und dass wir so tun, als hätte es diese Nacht nie gegeben. Ich sollte seine Adresse vergessen. Seine Nummer hatte er mir nie gegeben, aber die hatte ich mir besorgt, während er schlief. Ich hab mir von seinem Handy aus einfach eine Nachricht geschickt.«

Ich hielt inne und versuchte, mich daran zu erinnern, wie ich mich gefühlt hatte, wie verzweifelt ich Paul in meinem Leben hatte haben wollen. »Ich konnte ihn einfach nicht mehr loslassen. Ich dachte …« Ich verstummte bei der Erinnerung daran. »Ich weiß auch nicht, was ich mir dabei gedacht habe.«

Hudson setzte sich anders hin, sodass er sich gegen das Kopfteil des Bettes lehnen konnte. »Doch, das weißt du. Sag's mir.«

Ich setzte mich neben ihn, lehnte mich ebenfalls gegen das Kopfende und streckte die Beine aus. »Ich dachte, er wäre mein Seelenverwandter. Dass es vorherbestimmt war, dass ich mit ihm zusammenkommen würde oder so was in der Art. Noch ehe ich je mit ihm gesprochen hatte. Verrückt. Es war verrückt.« Ich starrte auf meine Zehenspitzen. »Ich war verrückt.«

»Nein, du warst nicht verrückt. Du wolltest einfach nur geliebt werden.«

Hudsons Stimme klang belegt, und ich sah ihm in die Augen. »Ja«, sagte ich, und das bedeutete so viel mehr als nur: *Ja, ich wollte geliebt werden.* Es bedeutete: *Ja, wir verstehen einander, ja, wir begreifen das. Ja, wir sind nicht verrückt und auch keine Soziopathen oder schreckliche Menschen.* Wir wollten einfach nur geliebt werden.

»Jedenfalls …« Ich strich mir die Haare hinters Ohr. »Ich hatte keinen Job und lebte von meinem Erbe, das jetzt aufgebraucht ist, und deswegen hatte ich jede Menge Zeit. Ich wartete draußen vor seiner Wohnung und folgte ihm zur Arbeit. Und zwar jeden Tag, wochenlang. Zwei Monate vielleicht, oder drei? Ich weiß es nicht mehr genau. Eines Tages erzählte ich dem Sicherheitsmann seiner Firma, ich wäre seine

Freundin, und ich bequatschte den Mann, sodass er mich während der Mittagspause ins Büro ließ. Als Paul aus der Pause kam, wartete ich dort auf ihn.« Ich senkte die Lider. »Und zwar nackt.«

Hudsons Auge zuckte wieder.

»Er hat mich abgewiesen, H. Die Sicherheitsleute gerufen, ehe ich auch nur die Chance hatte, mir wieder etwas überzuziehen.« Bei dieser peinlichen Erinnerung hatte ich einen Kloß im Hals. »Danach hat er die einstweilige Verfügung erwirkt.«

Ich betrachtete Hudsons Gesicht genau und versuchte, die kleinste Veränderung wahrzunehmen, um darauf zu schließen, was er dachte. Aber ich sah nichts. Seine Gesichtszüge waren wie aus Stein gemeißelt.

Würde er mir je etwas anvertrauen?

Hudson rieb sich übers Kinn. »Aber das ist noch nicht alles, oder? In deiner Akte steht, dass du gegen diese Verfügung verstoßen hast.«

Ich spürte, wie ich rot wurde. »Ähm, ja, das hab ich.« Mein Gott, war das peinlich, darüber zu sprechen! Wenn ich nur daran dachte, hätte ich mich am liebsten in ein Loch verkrochen. Von all den dummen, idiotischen, selbstschädigenden Dingen, die ich getan hatte, war das hier das Schlimmste gewesen. »Ich habe mich mit Melissa angefreundet.«

Er nickte kurz und begriff auf der Stelle. »Mit seiner Verlobten.«

»Ja. Ich bin in ihren Pilates-Kurs gegangen und hab einen auf dicke Freundschaft gemacht. Sie hat mich ab und zu gefragt, ob ich mitkommen will, wenn sie mit ihren Freunden ausging. Irgendwann landete ich dann auf einer Party, wo auch Paul war. Er war stinksauer. Und er musste sich entscheiden, ob er mich ignorieren oder anzeigen wollte. Wenn er mich anzeigte, dann würde Melissa erfahren, dass wir miteinander geschlafen hatten. Aber er hatte erkannt, dass ich die Dinge nicht ruhen lassen würde, also zeigte er mich an. Und dann hat sie die Verlobung gelöst.«

»Das hatte er auch verdient.«

»Vielleicht.« Ich war mir da nicht so sicher. Ja gut, er hatte seine Verlobte betrogen, aber das machte meine Rolle in der ganzen Sache auch nicht besser.

»Wenn es nach mir gegangen wäre, wäre nur *er* bestraft worden.« Obwohl Hudson sich mit der Reaktion auf meine Geschichte sehr bedeckt hielt, halfen die beiläufig eingestreuten Krümel der Unterstützung, dass ich mich besser fühlte. »Und ist Paul der Einzige, mit dem so etwas passiert ist?«

Nein. Nicht mal annähernd. »Er war der Einzige, der zur Polizei gegangen ist.«

»Aha.« Hudson schwieg ein paar Sekunden, dann runzelte er die Stirn und sah mir in die Augen. »Warum glaubst du, das würde etwas daran ändern, wie ich dir gegenüber empfinde?«

»Soll das ein Witz sein? Machst du dir keine Sorgen, ich könnte von dir genauso besessen sein?«

»Ich *hoffe* sogar, dass du von mir genauso besessen bist.« Er legte mir den Arm um die Schultern. »Paul war ein Arschloch, das nicht begriffen hat, was für ein Schatz da vor ihm lag. Ich hingegen begreife das. Sei besessen von mir!«

»Ich bin schon von dir besessen.« Ich küsste ihn auf die Schulter. »Aber sei vorsichtig mit dem, was du dir wünschst. Wenn ich bei dir durchdrehe, wirst du dir wünschen, ich wäre ganz weit weg.«

Er legte die Wange auf mein Haar. »Ich würde dich niemals fortschicken. Nicht vorsätzlich.«

Es war süß – er hielt mich im Arm und sagte mir, dass er mich wollte. Mehr konnte ich ja nun wirklich nicht verlangen.

Und doch fühlte ich eine Beklemmung, als würde Hudson nicht ganz begreifen, wie schwerwiegend die Dinge waren, die ich getan hatte.

Ich rutschte von ihm weg, wandte mich ihm mit dem ganzen Körper zu und hockte mich auf die Fersen. »Aber was ist, wenn ich anfange, an dir zu zweifeln? Das ist mir auch schon mal passiert. Ich habe damals nichts mehr geglaubt, was mein jeweiliger Freund mir gesagt hat, dabei waren sie völlig unschuldig. Und immer wieder habe ich angefangen herumzuschnüffeln und in das Privatleben anderer Leute einzudringen, und dabei habe ich einige Menschen sehr verletzt.«

»Dann muss ich einfach nur dafür sorgen, dass du niemals Grund hast, an mir zu zweifeln.« Er machte eine wegwerfende Handbewegung. »Schnüffel nur rum, ich habe nichts vor dir zu verbergen.«

Und damit schloss sich der Kreis, und wir waren wieder da, wo unsere Unterhaltung begonnen hatte. »Du verbirgst deine Vergangenheit vor mir.«

Er stöhnte. »Ich verberge meine Vergangenheit nicht. Es lohnt sich nur einfach nicht, darüber zu reden. Sie ist hässlich. Warum willst du dich unbedingt auf die schlechten Dinge konzentrieren?«

»Ich konzentriere mich nicht darauf. Wir erzählen uns unsere Vergangenheit, und dann blicken wir nach vorn in die Zukunft.«

Er schüttelte den Kopf.

»Ich hab dir von meiner Vergangenheit erzählt. Das ist unfair.«

Diesmal schaute er mich fest an.

»Komm schon, irgendwas! Nur eine einzige Sache.« Ich war ein bisschen verzweifelt. Es war mir schwergefallen, mich zu öffnen, und jetzt bekam ich noch nicht mal die Belohnung, auf die ich gehofft hatte.

Ich starrte ihn mit aufgerissenen, bittenden Augen an.

»Eine Sache – und dann lässt du mich damit in Ruhe?«

Ich nickte begeistert.

»Na gut, eine Sache also.« Er seufzte. »Es war ein Spiel, für mich war das alles immer bloß ein Spiel. Und mein Lieblingsspiel war das, was ich auch mit Celia gespielt habe: dafür sorgen, dass eine Frau mir regelrecht verfällt, und wenn ich sie dann so weit hatte, war die Sache für mich vorbei.« Er machte eine Pause, und einen Augenblick lang fürchtete ich, dass das alles gewesen war.

Aber dann sprach er weiter, und seine Augen blickten in die Vergangenheit. »Einmal war es aber so, dass ich gucken wollte, ob ich es auch hinbekommen würde, dass sich ein Mädchen in jemand anders verliebt, in jemanden, für den sie sich eigentlich gar nicht interessierte. Ich kannte da einen Typen, Owen, der ein echter Arsch war, eine richtiger Aufreißer. Und eine Frau, Andrea, eigentlich noch ein Mädchen. Sie war in meinem zweiten Collegejahr im gleichen Tennisklub wie ich. Sehr schüchtern, leichtgläubig, häuslich. Ich merkte, dass sie auf mich stand. Wenn eine auf mich stand, war das für sie sehr gefährlich.« Er starrte mich nachdrücklich an. »Ist es immer noch.«

Ich verdrehte die Augen. »Nein, ist es nicht. Erzähl weiter!«

»Ich wollte Andrea mit Owen zusammenbringen. Nicht einfach nur für ein Date, sondern für mehr. Ich spielte in aller Stille den Heiratsvermittler und überzeugte Owen davon, ein paarmal mit ihr auszugehen. In der Zwischenzeit erzählte ich ihm jede Menge Geschichten darüber, wie unglaublich Andrea war, dass ihre wahre Schönheit in ihrem Inneren läge. Und es klappte tatsächlich – sie verliebten sich ineinander, und zwar mit Haut und Haaren.«

Ich zwinkerte. Zweimal. »Das ist eine sehr schöne Geschichte.«

»Dann habe ich sie gefickt und Owen Bilder davon gezeigt.«

»Oh Gott.« Ich hielt mir unwillkürlich die Hand vor den Mund. Auf so etwas war ich nicht vorbereitet gewesen, und ich schämte mich sofort dafür. Ich hatte versucht, ihm eine Hilfe zu sein. Er hatte versucht, mich zu schockieren. Und er hatte es geschafft.

Hudson redete weiter, als hätte er mich gar nicht gehört. »Andrea versuchte, Owen davon zu überzeugen, dass es ein Fehler gewesen war, dass ich sie reingelegt hatte, und das hatte ich ja schließlich auch. Ich hatte sie nicht vergewaltigt – ich habe nie eine Frau vergewaltigt. Aber er hat ihr gar nicht mehr zugehört. Sie waren alle beide … am Boden zerstört, so könnte man es am besten beschreiben. Andrea ging mitten im Semester vom College ab. Ich habe nie wieder etwas von ihr gehört.«

»Und Owen?« Meine Stimme klang viel schwächer, als ich mir das gewünscht hätte.

»Er hat wieder angefangen, mit allem zu schlafen, was zwei Beine hatte. Als Letztes habe ich gehört, er hätte sich mit HIV infiziert, und mehr weiß ich nicht. Ich habe keinen Kontakt mehr zu ihm.«

Er schaute mich aufmerksam an, genau so, wie ich ihn zuvor intensiv angesehen hatte, und ich wusste, dass er mich genau durchschaute und sah, was ich fühlte. Ich konnte nicht so stoisch sein wie er, ich schaffte es nicht, meine Gefühle zu verbergen.

Seine Gesichtszüge verdunkelten sich. »Ich hab dir ja gesagt, du willst es lieber nicht hören. Ich hab dir gesagt …«

»Lass mir mal einen Augenblick Zeit, um das Ganze zu verarbeiten«, stammelte ich und schämte mich, dass ich diese Zeit überhaupt brauchte. Ich hatte gesagt, seine Vergangenheit würde nichts daran ändern, wie ich für ihn empfand. Stimmte das wirklich? Ich schob die Schrecken dieser Geschichte zur Seite und konzentrierte mich auf Hudson, den Mann, der diese fürchterlichen Geschehnisse in Gang gebracht hatte. Dass ich diese Dinge jetzt wusste – änderte das etwas an meinen Gefühlen für ihn?

Meine Pause dauerte ihm zu lang. »Siehst du, Alayna? Verstehst du jetzt, warum deine Vergangenheit mir nichts bedeutet? Im Vergleich zu mir bist du ein Engel gewesen. Du hast Menschen wehgetan, weil du zu sehr geliebt hast. Ich habe Menschen wehgetan, einfach nur weil ich es konnte.«

Ich riss mich zusammen und blickte ihm in die Augen. Nein, meine Gefühle für ihn hatten sich nicht verändert. Wenn überhaupt, dann waren sie nur noch tiefer geworden. Wie einsam, wie traurig, wie kaputt musste ein Mensch sein, dass er auf die Idee kam, Menschen um sich herum zu zerstören? Und wie stark und wertvoll war der gleiche Mann, wenn er versuchte, nun ein anderer zu werden?

Ich saß auf seinem Schoß, ehe eine weitere Sekunde vergangen war, saß rittlings auf ihm, und meine Hände lagen an seinem Hals. »Nein.« Ich brachte mein Gesicht auf gleiche Höhe mit seinem und sagte noch einmal: »Nein. Du hast Menschen wehgetan, weil du keine Ahnung hattest, was Liebe wirklich bedeutet. Du hast es auf die einzige Art zu verstehen versucht, die dir zur Verfügung stand. Das ist schrecklich, ja. Aber es ist entschuldbar. Ich verzeihe dir. Ich verzeihe dir noch tausend schlimmere Dinge, die du vielleicht getan hast. Ich kann dir alles verzeihen.« Ich strich ihm mit der Handfläche über die Wange. »Denn ich liebe dich. Ich liebe dich viel zu sehr, wie ich auch sonst immer geliebt habe, aber diesmal tut es mir nicht leid, und ich wünsche mir auch nicht, dass ich es zurücknehmen könnte, denn du brauchst es. Also nimm es von mir an, H. Nimm alles von mir an.«

Er barg seinen Kopf in meiner Halsbeuge und seufzte. Es war ein tiefer Seufzer, der so gequält wie befreit klang. Ich schlang die Arme um ihn, strich ihm übers Haar und flüsterte seinen Namen dicht an seinem Ohr.

Bald fand er meine Lippen, und wir versanken im allersüßesten, sanftesten Kuss, der immer länger dauerte und weder an Schwung verlor noch hektisch wurde.

Erst sehr viel später entledigten wir uns unserer Kleider, und Hudson brachte uns in eine liegende Position, sodass ich ganz auf ihm lag. Und genau wie der Kuss ewig lang gedauert hatte, liebten wir uns langsam und ohne Eile bis in die frühen Morgenstunden. Bis wir sicher waren, dass die Erinnerung an unsere vereinten Körper stärker und heller brannte als die entsetzlichen Erinnerungen an unsere Vergangenheit, die wir jetzt miteinander geteilt hatten.

Kapitel fünf

»Wie nennen Sie diese Räume noch mal? Die sind ja wirklich was ganz Besonderes!« Julia Swaggert, die Gründerin von Party Planning Plus, drückte ihre Stirn gegen das Glas und blickte auf die leere Tanzfläche der Sky Launch.

»Kugeln«, antwortete ich hinter ihr und freute mich, dass Julia von der Sky Launch beeindruckt schien. Unsere geschäftliche Verabredung hatte um elf Uhr begonnen, und jetzt, nach fünfundvierzig Minuten, war Julia immer noch ganz bei der Sache und interessiert an meinen Vorschlägen für eine Zusammenarbeit.

»Und wenn sie besetzt sind …« Ich knipste den Schalter an, der anzeigte, dass eine Kugel benutzt wurde.

Julias Gesicht strahlte auf, als der Raum plötzlich rot erleuchtet war. »Ha, das ist ja super. Und können die Leute von unten reinschauen?«

»Leider ja. Es hätte zu viele rechtliche Probleme gegeben, wenn wir versucht hätten, hier Einwegspiegel anzubringen. Aber wenn es auf der Tanzfläche dunkel ist, erkennt man nicht besonders viel von dem, was sich in den Kugeln abspielt, man sieht fast nur die Umrisse der Leute.«

»Ist ja heiß.«

Julia war mir von Anfang an sympathisch. Sie war lustig und begeisterungsfähig und klug zugleich. Ich begriff sofort, warum sie mir in der Welt der Eventmanager wärmstens empfohlen worden war. Sie würde ganz klar dafür sorgen können, dass die Auslastung der Sky Launch ordentlich anstieg. Während ich sie im Klub herumführte, wurde ich immer aufgeregter, wenn ich an die Möglichkeiten dachte, die vor uns lagen.

»Das ist wirklich perfekt für Junggesellinnenabschiede, genau wie Sie beschrieben haben.« Julia machte sich mit dem Eingabestift ein paar

Notizen auf ihrem Tablet und wandte sich wieder zu mir. »Wenn Sie mir ein paar Angebotspakete schnüren könnten …« Sie tippte sich mit dem Stift gegen die Wange und überließ es mir, den angefangenen Satz zu Ende zu denken.

»Klar doch.« Verdammt, hatte ich jetzt zu eifrig geklungen? Ich wollte wirklich nur zu gern mit ihr ins Geschäft kommen. Als ich mich damals um die Beförderung im Klub beworben hatte, hatte ich von vielen Dingen behauptet, ich könnte sie, und das wollte ich jetzt beweisen. Und um ehrlich zu sein, ich wollte auch, dass Hudson stolz auf mich war.

Ich machte mir keine Notizen auf Papier, sondern nur im Kopf. »Gibt es spezielle Dinge, die Sie als Teil eines Angebots gern dabeihätten?«

Sie nickte energisch und ihre glanzlosen braunen Locken hüpften ihr dabei auf den Schultern. »Ein bestimmter Betrag für die Getränke an der Bar ist ein Muss, vielleicht auch eine kleine Auswahl an Vorspeisen. Nur wenige Kundinnen werden richtiges Essen erwarten, wenn sie feiern gehen, also wenig Essen, dafür viel Alkohol.«

Das war so ziemlich das, was ich mir auch gedacht hatte. »Wären eventuell ein paar Zugaben von Interesse? So was wie ausschließlich männliche Kellner oder ein Kuchen in Penisform?«

Sie lachte. »Ich glaube, Sie wissen genau, was Sie tun.«

Aus ihrer Handtasche erklang ein Piepen. »Ah, das ist mein Partner«, sagte sie und wühlte in der Tasche. »Er hat sich um die Vorbereitungen für eine Veranstaltung gekümmert, und wir wollten uns hier treffen, wenn er fertig ist.« Sie zog ihr Handy heraus und las die Nachricht. »Jawohl, er ist unten. Macht es Ihnen was aus, wenn er raufkommt?«

»Gar nicht, aber die Türen sind zu, weil wir ja tagsüber nicht geöffnet haben. Ich muss runtergehen und ihn reinlassen.«

»Ich komme mit.« Sie folgte mir, als ich die Kugel verließ. »Ich will wissen, was er von der ganzen Sache hier hält – und zwar sobald er reinkommt! Ich fass es einfach nicht, dass ich bis heute gar nicht wusste, dass es diesen Klub überhaupt gibt.«

Wir gingen die Treppe hinunter und durch den Klub, und Julia kommentierte alle Besonderheiten, an denen wir vorbeikamen.

Sie nickte zu der Bar auf der unteren Ebene hin, als wir vorübergingen. »Ich bin sehr froh, dass es auf jedem Stockwerk eine eigene Bar gibt.«

»Auf diesem Stockwerk gibt es sogar zwei Bars: hier die große und eine kleinere an der Seite, die aber nur an den Wochenenden zusätzlich geöffnet wird. Essen servieren wir nur oben, hier unten trinkt und tanzt man eher, und oben in den Kugeln und im Loungebereich zielen wir eher auf Gespräche ab.«

»Aha. Und Sie würden auch den gesamten Klub für Veranstaltungen vermieten?«

»Natürlich.«

»Können Sie uns dafür auch ein paar Angebote machen? Ich hätte da einige Firmen im Kopf, denen es sicher gefallen würde, hier ihre Weihnachtsfeiern oder etwas Ähnliches zu veranstalten.« Sie wies auf die Theke in der Nähe des Eingangs. »Und was ist das, so was wie eine Infotheke?«

»Das ist die Garderobe.« *Oder ein wunderbarer Ort zum Rummachen*, dachte ich und erinnerte mich daran, wie Hudson und ich dort einmal vor meiner abendlichen Schicht einige Zeit verbracht hatten. »Hoppla! Das gehört hier aber nicht hin.« Ich griff mir das Tablett, das auf dem Garderobentisch stehen geblieben war.

»Ich bring es rasch weg, und Sie können inzwischen Ihren Partner reinlassen.«

Ich bewegte mich leichtfüßig die Rampe zur vorderen Bar hinauf und stellte das Tablett hinter die Theke.

Als ich zurückkam, hörte ich, wie Julia ihrem Partner von der Sky Launch vorschwärmte. Er stand mit dem Rücken zu mir. »Es ist wirklich ein irrer Klub, Süßer, ein echtes Juwel.«

Süßer – aha. Partner waren die beiden also in mehr als nur einer Beziehung.

»Außerdem hätten wir damit eine Verbindung zu Pierce Industries, und das wäre für uns von großem Vorteil. Wir müssen diesen Deal unbedingt unter Dach und Fach bringen. Mir fallen auch schon zwei Hochzeitspaare ein, denen die Location ganz sicher gefallen würde.« In Julias Tonfall schwang genau die Aufregung mit, die ich auch verspürte, wenn ich an unsere bevorstehende Zusammenarbeit dachte. »Zum einen Fredericks …«

Dann sah Julia mich. »Da ist sie ja! Alayna Withers, darf ich Ihnen meinen Freund und Partner bei Party Planners Plus vorstellen …«

Der Mann drehte sich um und schaute mir in die Augen, und mir blieb fast die Luft weg, während Julia ihre Vorstellung beendete.

»Paul Kresh.«

Mir blieb das Herz stehen. Es setzte wirklich und wahrhaftig zwei Schläge lang aus. Paul Kresh – der Mann, den ich gestalkt und terrorisiert hatte. Oh Gott, oh Gott. Er hatte eine einstweilige Verfügung gegen mich erwirkt, und die galt noch immer. Ich durfte ihm nicht näher als dreißig Meter kommen. Und hier stand er nun, keinen Meter von mir entfernt, und seine Gesichtszüge waren wie vor Schreck versteinert. Wahrscheinlich sah ich ganz genauso aus.

Verdammt!

Damit war meine geschäftliche Verbindung mit Party Planners Plus gestorben.

Julia merkte nicht, was Merkwürdiges zwischen ihrem Freund (immerhin hatte sie ihn so genannt) und mir vorging. »Paul, das ist Alayna, die … Moment mal!«

Sie machte eine Pause und ich fürchtete, jetzt hätte sie alles begriffen, die Puzzleteile zusammengesetzt, als sie seinen Gesichtsausdruck sah und meinen Namen aussprach. Natürlich nur, falls sie über die ganze Geschichte Bescheid wusste.

Aber als sie weitersprach, waren ihre Worte völlig harmlos. »Tut mir leid, ich weiß gar nicht, wie Ihre Funktion hier genau heißt.« Sie lachte, und ich zwinkerte bei dem merkwürdigen Geräusch, der in solchem Gegensatz zu der Panik stand, die mir durch den Körper geschossen war.

David und ich hatten uns meinen offiziellen Titel erst gestern überlegt, aber dass Paul hier war und Julia nichts von unserer gemeinsamen Vorgeschichte wusste, überraschte mich derart, dass ich etwas länger für die Antwort brauchte. »Ähm – Event- und Promotionmanager.«

Ich wusste nicht, ob ich Paul die Hand geben oder lieber wegrennen sollte.

Er traf die Entscheidung für mich. Er lächelte kühl und streckte mir die Hand hin. »Freut mich, Sie kennenzulernen.« Sein Tonfall war ruhig. Nicht sicher und befehlend wie Hudson, aber trotzdem gefasst.

Ich ergriff seine Hand, und meine Finger umfassten sie schlaff. »Ganz meinerseits.« Das sagt man doch, wenn man einen neuen Geschäftspartner kennenlernt, oder? Denn nichts, was mir einfiel, klang richtig oder auch nur harmlos. Das klang doch jetzt hoffentlich nicht etwa so, als wollte ich mit ihm flirten? Denn das wollte ich nicht – auf gar keinen Fall! Ich hatte keinerlei Interesse an ihm – ich wünschte mir nur eines, nämlich möglichst weit weg zu sein.

Ich zog die Hand als Erste zurück, denn ich wollte ihn keinesfalls länger als nötig berühren.

»Paul, du musst dir den Laden hier unbedingt anschauen. Können wir noch mal kurz die Runde machen?« Sie schaute mich mit aufgerissenen Augen erwartungsvoll an.

Um Himmels willen, nein!, hätte ich am liebsten gesagt. Das hätte ich sagen sollen. Aber ich war wie betäubt und brachte kein Wort heraus.

Wieder rettete mich Paul. »Eigentlich müssen wir sofort los, Schatz.«

Sie schnappte sich sein Handgelenk und drehte es so, dass sie einen Blick auf seine Uhr werfen konnte. »Verflixt, du hast recht. Wir haben heute Abend eine Veranstaltung und müssen uns jetzt um die letzten Einzelheiten kümmern. Darf ich noch rasch auf die Toilette gehen, ehe wir losgehen?«

Sie hatte schon zweimal geblinzelt, bis ich begriff, dass diese Frage an mich gerichtet war.

»Ja, natürlich, die Toiletten sind oben an der Rampe, da, wo …«

Sie schnitt mir das Wort ab. »Super. Danke schön.«

Ich sah zu, wie Julia die Rampe emporging und um die Ecke verschwand. Dann fand ich endlich meine Stimme wieder. Die Worte stürzten mir geradezu aus dem Mund, genau wie die Schweißtropfen mir über den Nacken liefen. »Paul, ich schwöre dir, ich wusste von nichts! Ich hatte keine Ahnung, dass Julia deine Partnerin ist oder dass du bei Party Planners Plus arbeitest oder dass du heute oder überhaupt jemals herkommen würdest. Ich hätte das Treffen sofort abgesagt, wenn irgendwo auf der Website dein Name aufgetaucht wäre. Wie hätte ich überhaupt wissen sollen, dass du jetzt im Eventmanagement arbeitest? Denn als ich dich kannte, warst du Buchhalter in dieser bescheuerten Firma in der siebenundvierzigsten Straße …«

»Es reicht, Alayna.« Er schnaubte verärgert und fuhr sich mit den Händen durchs Haar. »Ich weiß, dass du das hier nicht geplant hast. Du hättest es auf keinen Fall wissen können.« Ich war nicht sicher, ob er mir zustimmte, dass ich an diesem Treffen keine Schuld trug, oder ob er sich nur selbst beruhigen wollte. »Ich bin noch kein offizieller Partner in der Firma. Ich habe für Julia die Buchführung gemacht, und wir haben erst vor Kurzem beschlossen …«

Er ließ die Hand sinken. »Egal, das ist unwichtig. Wichtig ist nur, dass …«

»Dass wir auf keinen Fall zusammenarbeiten können, ich weiß.« Während ich das sagte, wurde mir schwer ums Herz. Alle Ideen, die ich für die Zusammenarbeit mit Julia gehabt hatten, zerplatzten wie ein Ballon, in den man eine Nadel sticht. »Die einstweilige Verfügung gilt fünf Jahre lang, und ich glaube, es sind noch zwei Jahre übrig.«

»Ein bisschen weniger als zwei Jahre«, korrigierte er mich. »Aber das ist egal. Wir müssen auf jeden Fall zusammenarbeiten.«

»Was?« Ich glaube, ich zuckte vor Überraschung zusammen.

Er fuhr sich wieder mit der Hand durch sein dunkelblondes Haar, wie er es schon immer getan hatte, wenn er gestresst oder erschöpft war. »Ich kann Julia diesen Deal nicht versauen. Sie hat gerade erst neue Leute eingestellt und will expandieren. Sie braucht Verbindungen wie die zu diesem Klub hier. Verbindungen zu Leuten wie Hudson Pierce.«

»Aber ich darf nicht in deiner Nähe sein, geschweige denn mir dir arbeiten.« Weil Hudsons Name gefallen war, war es mir jetzt noch unbehaglicher dabei, allein mit Paul Kresh zu sein. Es gefiel mir nicht, dass Hudson mit den Fehlern meiner Vergangenheit irgendwie in Verbindung kam. Ich beging hier einen schlimmen Verstoß gegen eine einstweilige Verfügung, gegen die ich bereits einmal verstoßen hatte. Meine Hände ballten sich zu Fäusten und meine Fingernägel drückten sich in die Haut bei dem Gedanken daran, was passieren würde, wenn das hier rauskäme.

Als könnte er meine Gedanken lesen, sagte Paul: »Ich werde dich nicht anzeigen. Du hast das nicht wissen können. Und in Zukunft verlieren wir kein Wort mehr darüber.« Er kniff die Augen drohend zusammen. »Es sei denn, du stehst auf einmal bei mir vor der Haustür oder im Büro …«

»Das werde ich sicher nicht!« Ich rang die Hände, hielt sie mir vor den Mund und beruhigte mich, ehe ich weitersprach. Ich zählte bis zehn. »Ich bin nicht mehr so. Mir geht es besser, ich war bei einer Beratungsstelle. Ich habe nicht an dich gedacht seit …« Seit gestern Nacht, als ich Hudson von ihm erzählt hatte. »Also, mir geht es jedenfalls besser. Und ich bin mit jemandem zusammen.«

Es ging mir so viel besser. Es hatte eine Zeit gegeben, da wäre mir allein beim Gedanken an Paul Kresh ganz schwindelig geworden und schwerer Herzschmerz hätte mich gepackt. Jetzt war er nur noch ein Fehler, ein Problem, das ich gar nicht schnell genug beseitigen konnte.

»Gut. Das ist schön zu hören. Ich bin froh, dass es dir besser geht.« Paul musterte mich. »Ich glaube dir. Du siehst besser aus … gesund irgendwie.«

»Danke schön.« Dass es mir emotional und psychisch besser ging, hatte meinen Körper tatsächlich verändert. Ich hatte ein kleines bisschen zugenommen – fast ausschließlich Muskelmasse –, und meine Haut hatte eine gesündere Farbe als zuvor.

Paul schien diese Veränderungen in sich aufzunehmen. Mein Magen krampfte sich zusammen, und mir war zumute, als müsste ich mich übergeben.

Er musste sich selbst dabei erwischt haben, dass er mich anstarrte, denn plötzlich wandte er sich ab und schaute die Rampe hinauf, dorthin, wo Julia verschwunden war. »Schau mal, Julia weiß nichts von dir oder Melissa oder dass ich schon mal verlobt war.«

»Sehr schön. Geheimnisse in Beziehungen sind echt super«, sagte ich voller Sarkasmus.

Er ignorierte meine Bemerkung. »Wir werden uns einfach darauf einigen, die ganze Vergangenheit unter der Decke zu halten. Kein Wort darüber, dass wir uns vor dem heutigen Tag schon mal begegnet sind. Das schaffen wir, ich weiß genau, dass du das kannst.« Sein Tonfall war ätzend, als hätte er einen schlechten Geschmack im Mund. »Du warst immer schon gut darin, so zu tun, als wäre alles in schönster Ordnung.«

Ich musste mich zurückhalten, um ihm nicht vors Schienbein zu treten. »Paul, das ist keine gute Idee. Das ist wirklich eine ganz schlechte Idee.«

Er trat auf mich zu und zeigte auf mich. »Du bist mir noch was schuldig. Das ist doch wohl das Allermindeste, findest du etwa nicht?«

Verdammt, jetzt hatte er mich. Ich schuldete ihm wirklich einiges. Klar, er hatte sich bei jeder Gelegenheit wie ein echter Arsch verhalten, aber das war keine Entschuldigung dafür, wie ich mich in sein Leben eingeschlichen hatte. Und ihm das jetzt wiedergutzumachen, die Bilanz auszugleichen – das klang absolut sinnvoll.

Gegen alle Alarmglocken, die in meinem Kopf läuteten, sagte ich die Worte, von denen ich hoffte, ich würde sie nie im Leben bereuen müssen: »Nun gut. Ich tue so, als hätten wir uns gerade erst kennengelernt.«

»Gut. Du wirst ohnehin fast nur mit Julia zu tun haben, wir werden uns gar nicht sehen. Das sollte kein Problem sein.«

Ich legte mir die Hand auf den aufgewühlten Magen und nickte schwach.

»Alayna, hallo!« Eine weibliche Stimme kam aus der entgegengesetzten Richtung, nicht aus der, in die Julia verschwunden war.

Ich schaute mich um und sah Celia auf uns zukommen. War es denn eigentlich möglich, dass dieser Tag *noch* komplizierter wurde? Oder dass noch mehr Leute hierherkamen, die ich eigentlich gar nicht hätte sehen dürfen?

»Was ... was machst du denn hier?« Ich klang verstört.

»Du hast mich nicht angerufen wegen Kaffeetrinken, und ich hatte keine Nummer von dir, also bin ich einfach mal auf gut Glück vorbeigekommen.«

Ich hatte sie nicht angerufen, weil Hudson und ich uns darauf verständigt hatten, sie nicht ohne den jeweils anderen zu treffen. Ich hatte wirklich nicht erwartet, dass Celia einfach so hier auftauchen würde. Wie war sie überhaupt reingekommen? Ich runzelte die Stirn. Die Tür war doch zu, jedenfalls hätte sie eigentlich wieder zu sein müssen, nachdem Julia Paul reingelassen hatte. Vielleicht hatte sie die Tür nicht fest genug angedrückt.

»Woher wusstest du denn, dass ich hier bin?« War ich jetzt völlig durcheinander oder war ihr Auftauchen genauso rätselhaft wie das von Paul?

»Jordan hat's mir gesagt.«

Natürlich. Ihre vielen Verbindungen zum Leben von Hudson. Wieso war ich überhaupt noch überrascht?

»Stimmt irgendwas nicht?« Sie klang besorgt.

»Nein ... ich ... « Mir tat der Kopf weh, der Magen tat mir weh, ich hatte einen trockenen Mund und ich fühlte mich ganz zittrig. »Alles in Ordnung.«

Ich bemerkte den fragenden Blick, mit dem sie Paul ansah. Ach ja – der verdammte Paul. »Celia, das ist ein potenzieller Geschäftspartner, Paul Kresh.« Ich wandte mich an Paul und konnte ihm nicht in die Augen schauen. »Das ist eine Freundin meines Freundes, Celia Werner.«

Paul hob die Augenbrauen. »Werner – so wie Warren Werner?«

»Hmm.« Als der Name ihres Vaters fiel, richtete sich Celia ein wenig auf, um die übliche Show abzuziehen, zu der man sie erzogen hatte.

Paul strahlte über das ganze Gesicht. »Wir haben einmal ein Event für Ihre Mutter organisiert. Wir beide sind uns dabei nie direkt begegnet, aber ich habe Sie auf der Party gesehen.«

»Für welches Unternehmen arbeiten Sie noch mal?«

»Party Planners Plus. Meiner Freundin gehört die Firma, und ich bin kürzlich als Teilhaber eingestiegen.« Paul schaute zur Rampe. »Da kommt sie gerade.« Er wandte sich an seine Freundin. »Julia, das ist Celia Werner. Du erinnerst dich doch an die Party, die wir für Madge Werner organisiert haben.«

Julias Augen leuchteten auf. »Aber sicher. Das war letztes Frühjahr im MoMA.«

»Ach, das waren Sie? Freut mich, Sie kennenzulernen. Es war eine sehr schöne Party, völlig egal, was meine Mutter gesagt hat.«

Julia und Paul warfen sich einen Blick zu, der erkennen ließ, dass hinter dem Ganzen eine längere Geschichte stecken musste. Normalerweise wäre ich neugierig auf den Klatsch über Celias Mutter gewesen, aber im Augenblick war es mir völlig egal. Zu viele sich entgegenstehende Bereiche meines Lebens trafen auf einmal hier an diesem Ort aufeinander: Celia, Paul, der Versuch, meinen ersten großen Deal für den Klub abzuwickeln ... Schon wieder rebellierte mein Magen.

»Es ist hoffentlich in Ordnung, aber wie Paul schon sagte, wir müssen jetzt los.« Julia strahlte mich an. »Es war großartig, Sie kennenzulernen.«

Ich tat mein Bestes, um zu meiner vorigen Begeisterung zurückzufinden, die mich eben noch erfüllt hatte, als Julia und ich allein im Klub gewesen waren. »Ganz meinerseits. Ich kümmere mich um die Angebote und werde mich morgen bei Ihnen melden.«

»Wunderbar!«

Paul schien fertig zum Gehen, ohne etwas zu sagen, bis Julia ihm einen tadelnden Blick zuwarf. »Ja – wir freuen uns darauf, mit Ihnen zusammenzuarbeiten. Gemeinsame Projekte wären für uns beide von Vorteil.«

Ich hörte heraus, was er wirklich meinte, die Erinnerung dran, dass ich mit seinem lächerlichen Plan weitermachen sollte, so zu tun, als würden wir uns nicht kennen. »Das hoffe ich sehr«, sagte ich und setzte ein businessmäßiges Lächeln auf.

Ich hielt den Atem an, bis die Tür hinter Julia und dem unwillkommenen Geist aus meiner Vergangenheit ins Schloss gefallen war. Dann atmete ich ganz langsam aus.

»Was zum Teufel war das denn?«

Ein Stressfaktor war weg, aber der andere stand immer noch neben mir. Zumindest würde ich nicht dafür verhaftet werden, dass ich mit Celia sprach.

Ich ging die Rampe hinauf zum Hauptraum des Klubs und hoffte, ich könnte meiner Panikattacke irgendwie entkommen.

»Laynie?«, drängte Celia mich und folgte mir.

Ich zuckte mit den Achseln. »Ich weiß nicht, was du meinst.«

»Man hätte die Spannung ja mit dem Messer schneiden können.«

Ich machte den Mund auf und wollte ihr widersprechen, aber was hätte das für einen Sinn gehabt? »War das so offensichtlich?«

»Allerdings. Willst du darüber reden?«

Ich blieb stehen und schwieg.

»Oh – sie zögert.« Celia zwinkerte in Vorfreude auf Klatsch. »Komm, wir sprechen darüber. Aber nicht hier. Lass uns zusammen einen Kaffee trinken gehen.«

Ich rieb mir die Augenbrauen und hoffte, das Pochen hinter meiner Stirn würde abnehmen. »Na gut.« Ich hatte nicht die Energie zu diskutieren oder mir eine Ausrede einfallen zu lassen. Außerdem brauchte ich dringend was zu trinken, und weil es für Alkohol noch zu früh war, wäre ein Kaffee ein guter Ersatz.

»Wunderbar! Du musst wahrscheinlich nur noch abschließen, oder? Ich gehe schon mal ins Café nebenan und besorge uns einen Tisch.«

Eine Viertelstunde später saßen Celia und ich in meinem Lieblingscafé am Columbus Circle. Ich hatte schon ein Drittel von meinem Iced Espresso getrunken und merkte gerade, dass Koffein möglicherweise genau das Gegenteil von dem war, das ich brauchte, denn meine Zittrigkeit hatte sich noch verstärkt, und ich bibberte regelrecht.

Celia hatte bisher den größten Teil der Unterhaltung bestritten, mit harmlosen Themen, zu denen ich immer nur ein oder zwei Worte beisteuern musste. Mittlerweile war mir schwindelig, und ich konnte mich auf nichts mehr konzentrieren. Ich wusste nur eines: Ich hätte nicht mit Celia Werner Kaffee trinken sollen. Ganz sicher nicht!

»Wer war denn dieser Typ?«

Ich wiegte mich auf meinem Stuhl vor und zurück. »Niemand. Bloß ein Kunde.«

»Das ist gelogen, das weißt du genau. Es lag eine ganz komische Stimmung in der Luft.«

Ihre Augen bohrten sich regelrecht in meine, aber ich wollte nichts verraten und zuckte nur lässig mit der Schulter. Was hätte ich Celia auch sagen sollen? Hudson wollte noch nicht mal, dass ich mit ihr sprach, geschweige denn, dass ich ihr große und wichtige Dinge erzählte. Und wenn ich ihr die Sache mit Paul erzählen würde – was, wenn sie es Hudson sagte?

Verdammt, verdammt, verdammt. Hudson.

Ich hatte das ganz klare Gefühl, er würde es nicht gutheißen, dass ich mit Paul Kresh zusammenarbeitete. Aber das würde ich auf Dauer nicht vor ihm geheim halten können. Schließlich gehörte Hudson der Klub. *Verdammt, verdammt, verdammt.*

Celia merkte nicht, welcher Aufruhr in mir tobte, und versuchte einen neuen Weg, um ans Ziel zu kommen. »Ich meine, ich versteh das schon. Es ist ein ganz süßer Typ. Ich würde ihn auch nicht gerade von der Bettkante stoßen.«

Ich gluckste. »Na dann viel Glück. Seine Geschäftspartnerin ist auch seine Freundin.«

Natürlich war Paul auch schon verlobt gewesen, als er den One-Night-Stand mit mir gehabt hatte. »Aber wenn ich so darüber nachdenke, hast du vielleicht doch eine Chance.«

»Du sprichst da offenbar aus Erfahrung.«

Was du nicht sagst, Sherlock! Was Paul Kresh anging, hatte ich ungefähr so viel Erfahrung wie nur irgendwie möglich. Ich kannte seine Gewohnheiten, seinen Tagesablauf, seinen Trainingsplan. Einzelheiten seines Lebens, die mir so tief ins Gedächtnis eingegraben waren, dass ich sie nie wieder würde vergessen können. Und dass ich alles unter Verschluss hielt, half nicht gerade. Ich hatte gelernt, Dinge dadurch zu bewältigen, dass ich darüber sprach. Ich musste reden.

»Erzähl mir alles. Du würdest es doch gerne.«

Celia hatte recht. Ich wollte ihr gern alles erzählen. Also tat ich es schließlich.

Hudson hatte Celia ein paar Sachen über meine Vergangenheit berichtet, aber ich war mir nicht sicher, was genau, also erzählte ich ihr einfach alles. Als ich fertig war, schwieg sie und riss ein paar Sekunden lang einfach nur die Augen auf.

»Verdammt«, sagte sie schließlich.

»Nicht wahr?«

»Oje. Ich weiß gar nicht, was ich sagen soll.« Sie holte tief Luft und richtete sich auf. »Weiß Hudson von der Sache?«

»Er weiß Bescheid über die einstweilige Verfügung, klar. Er hat dir doch sicher davon erzählt, oder?«

Sie nickte. »Er hat so etwas erwähnt.«

Ich versuchte, mich nicht darüber zu ärgern, dass er Celia das anvertraut hatte. Ich hatte mir schon gedacht, dass sie so einiges wusste. Sie war schließlich eingeweiht gewesen in die Scharade, die wir für Sophia abgezogen hatten, und es war wichtig, dass Celia ein paar Einzelheiten kannte, nahm ich an.

Wie auch immer. Es war egal, was Hudson gesagt hatte oder warum, denn jetzt hatte ich Celia alles selbst erzählt. »Aber er weiß nicht, dass ich Paul heute getroffen habe. Ich wusste es selbst nicht, bis er plötzlich aufgetaucht ist. Und jetzt weiß ich nicht, was ich machen soll.«

Ich sog am Strohhalm meines Iced Espresso, der inzwischen zum Großteil nur noch aus Wasser bestand. »Die naheliegende Lösung wäre, nicht mit ihm zusammenzuarbeiten. Das muss ich tun. Und Paul kann sagen, was er will, aber ich kann mich und die Sky Launch nicht einem solchen Risiko aussetzen.«

»Na also! Du hast die Lösung ja schon gefunden.« Celia kniff die Augen zusammen, als würde sie nachdenken. »Es sei denn …«

Mir gingen jede Menge *Es sei denns* durch den Kopf. Mit Paul eine geschäftliche Verbindung einzugehen wäre gut für den Klub. Ich war ihm etwas schuldig. Er könnte sauer werden und Ärger machen, wenn ich nicht mitspielte. Außerdem wollte ich Hudson davon überzeugen, dass ich für seinen Klub gute Deals an Land zog.

Ich fragte mich, wie Celias *Es sei denn* aussah. »Es sei denn – was?«

»Party Planners Plus ist dabei, sich in der Stadt einen richtig guten Namen zu machen. Meine Mutter zufriedenzustellen ist ein Ding der Unmöglichkeit, und sie war beinahe glücklich mit der Party, die sie für sie im MoMA organisiert haben. Das heißt schon einiges. Es würde dem Klub sehr guttun, wenn ihr mit ihnen zusammenarbeiten würdet.« Sie trank einen Schluck von ihrem fettfreien Latte. »Und Hudson wäre stolz auf dich.«

»Kannst du Gedanken lesen?«

Sie lächelte. »Ich denke nur logisch.« Sie stellte ihren Latte ab und schien in den Planungsmodus umzuschalten. »Würdest du eng mit Paul zusammenarbeiten müssen?«

»Nein, ich glaube, ich könnte alles über Julia laufen lassen.«

»Du könntest das als Klausel in den Vertrag aufnehmen.«

»Aber Hudson würde ausflippen! Mein Bruder würde auch ausflippen!« Dann fiel mir ein, dass ich Brian völlig aus meinem Leben geworfen hatte. »Nicht dass ich noch Kontakt zu ihm hätte, aber er hat sich damals den Arsch aufgerissen, um mich aus dem Schlamassel mit Paul rauszuholen.«

Celia zuckte nicht mit der Wimper. »Dann sag's ihm einfach nicht. Sag es keinem von beiden.«

»Wie könnte ich die Sache mit Paul vor Hudson geheim halten? Ihm gehört schließlich der Klub.«

»Der Vertrag wird mit seiner Freundin geschlossen, oder? Wenn Hudson je diese Unterlagen in die Hände bekommt, was unwahrscheinlich ist, steht darauf ›Party Planners Plus‹. Und wenn ich das richtig in Erinnerung habe, ist Paul derzeit noch nicht Miteigentümer. Alle rechtlichen Angelegenheiten laufen ausschließlich auf Julias Namen.«

»Ja, stimmt. Da hast du recht.« Ich war beeindruckt. Celia war wirklich gut in dieser Art von Intrigen. »Aber gerade weil das so ist, sollte ich es Hudson vielleicht sagen.«

»Du kannst es ihm sagen, aber so wie ich Hudson kenne – und ich kenne ihn gut –, wird er dich diesen Vertrag auf keinen Fall abschließen lassen. Er will Dinge, die er als sein Eigentum betrachtet, immer beschützen. Und in diesem Fall ist das nicht nur die Sky Launch, sondern auch du.«

Meine feministische Seite wollte wütend werden, weil man mich als Objekt und Besitz eines Mannes hinstellte, aber die Liebe gewann die Oberhand, und ich errötete zustimmend. »Ich weiß. Aber es wäre einen Versuch wert.«

»Du hast also zwei Möglichkeiten: Entweder du vergisst den Vertrag oder du vergisst, Hudson das Ganze zu erzählen.«

Mir gefiel weder die eine noch die andere Möglichkeit. Aber ich wollte diesen Vertrag unbedingt. Ich wollte ihn so sehr, dass ich es kaum mit Worten ausdrücken konnte. Und dass ich auf diesem Weg gleichzeitig bei Paul etwas wiedergutmachen konnte, machte die Sache noch besser. »Ich sag es ihm nicht. Ich arbeite einfach mit Party Planners zusammen, und Hudson wird nie drauf kommen.«

»Dann werde ich ihm auch nichts davon sagen.« Sie hob die Hand wie zum Schwur. »Versprochen!«

Kaum hatte sie mir ihr Versprechen gegeben, ging es mir besser. Ich fühlte mich, als hätte ich jemanden auf meiner Seite. Es schien die Gefahr zu verringern, dass mir die Sache jemals um die Ohren fliegen würde. »Danke schön. Mit dir zu reden hat mir wirklich geholfen, eine Entscheidung zu treffen.«

»Na klar, Reden hilft immer.« Sie lächelte auf ihre hinreißende Art. »Sag mal, warum hast du mich heute Morgen eigentlich nicht angerufen?«

Ich trank noch einen Schluck von meinem verwässerten Espresso und überlegte, ob ich ihr die Wahrheit sagen oder eine Ausrede erfinden sollte. Nachdem ich bei allem anderem ehrlich gewesen war, sagte ich auch hier die Wahrheit. »Ich hielt es für keine gute Idee, mich mit dir zu treffen. Hudson war nicht besonders glücklich, als er mitbekommen hat, dass wir gestern miteinander geplaudert haben.«

»Hm. Ich kann mir vorstellen, dass er nicht so glücklich war.« Sie presste die Lippen zusammen, und ich fragte mich kurz, wie sie es schaffte, dass ihr Lipgloss immer so frisch aussah. »Ich sag dir was«, meinte sie nach einer Minute. »Wir müssen es ihm ja nicht unbedingt erzählen. Ich habe Jordan nicht gesagt, dass ich dich suche, und ich bin mir sicher, dass er es nicht erwähnen wird. Du könntest auch einfach nichts sagen.«

Daran hatte ich auch schon gedacht, aber nur ganz flüchtig. »Ich bin nicht sicher, ob ich das vor ihm geheim halten kann.« Die Liste der Dinge, die ich Hudson nicht sagen wollte, wurde viel länger, als mir ratsam schien. Meine Vergangenheit mit David, die geschäftliche Beziehung mit Paul, jetzt auch noch, dass ich mich hinter seinem Rücken mit Celia traf. Ich schaute auf die Uhr. Es war kurz nach eins. War es wirklich noch zu früh für ein Bier?

»Klar, das versteh ich. Ich will dich nicht ermutigen, Geheimnisse vor Hudson zu haben, aber er ist so merkwürdig, was dich angeht. Beschützend irgendwie. Als ich das letzte Mal mit dir gesprochen habe, war er tagelang sauer. Er glaubt, dass ich dich gegen ihn aufwiegeln würde oder so.« Sie verdrehte die Augen. »Aber die Entscheidung liegt bei dir. Sag mir einfach Bescheid, damit ich mich danach richten kann.«

»In Ordnung.« Aber ich nahm mir vor, Hudson von Celia zu erzählen. Wir wollten an unserer Offenheit arbeiten, und das Gewicht von zwei Geheimnissen wog schon schwer genug, da brauchte ich nicht noch ein drittes.

Kapitel sechs

»Schatz.«

Es war Viertel nach zwei, als ich ans Telefon ging und Hudsons Stimme hörte. Wir hatten uns heute Morgen nicht gesehen, er war leise verschwunden, als ich noch geschlafen hatte. Aber er hatte mein Handy neben das Kopfkissen gelegt, und eine Textnachricht hatte mir versprochen, er würde mich später anrufen.

Als ich ihn jetzt am Telefon hörte, merkte ich, wie sehr ich ihn vermisst hatte – dabei hatten wir uns doch nur ein paar Stunden nicht gesehen.

»Hallo«, seufzte ich in den Hörer. »Ich bin froh, dass du anrufst.«

»Ich hab's dir doch versprochen.«

Wir telefonierten so selten miteinander, dass es für mich noch immer ganz ungewohnt war und mich unglaublich freute. »Ich freue mich über beides: dass du gesagt hast, du würdest anrufen, und dass du es auch getan hast.«

»Du bist ja leicht zu erfreuen.« Durchs Telefon konnte ich ihn lächeln hören. »Wie war dein Tag bisher?«

»Bis gerade eben war er schrecklich.« Nachdem Celia und ich uns verabschiedet hatten, hatte ich mich in die Arbeit gestürzt und verschiedene Angebotspakete für Julia zusammengestellt. Das hatte Spaß gemacht und mich abgelenkt. Doch der Schreck des heutigen Morgens lag noch immer auf mir wie ein bedrohlicher Schatten.

»Oh, warum denn? Stimmt etwas nicht?« Sofort war Hudson wachsam und schien bereit, in jede Schlacht einzugreifen, die ich schlug.

Bei seiner Reaktion wünschte ich mir, ich könnte ihm von meiner Begegnung mit Paul erzählen, aber ich erinnerte mich rasch daran, warum das eine ganz schlechte Idee war. »Nein, es ist alles in Ordnung. Aber alles ist schrecklich im Vergleich dazu, mit dir zusammen zu sein.«

»Das geht mir ganz genauso.«

Und schon bekam ich weiche Knie. Wie schaffte Hudson das bloß einfach so? »Du weiß ja gar nicht, was es in mir auslöst, wenn du das sagst.«

»Ich kann es mir vorstellen.« Der heisere Ton deutete darauf hin, dass er sich wesentlich schmutzigere Dinge vorstellte, als er laut aussprach.

»Wie sind deine Meetings gelaufen?« Er wechselte ganz abrupt das Thema, und ich war sicher, dass er an unanständige Sachen gedacht hatte und jetzt ein unverfänglicheres Gesprächsthema brauchte.

Obwohl mich Hudsons offensichtliche Erregung freute, wurde mir bei der Erwähnung meines Treffens von heute Vormittag ganz kalt. »Ich habe mich erst mit einer Firma getroffen, und das lief sehr gut. Ich muss jetzt noch ein paar Ideen konkretisieren, aber ich bin mir ziemlich sicher, dass es klappt.«

»Natürlich klappt es! Es gibt vermutlich niemanden, der nicht gern mit dir zusammenarbeiten würde!«

»Doch, da könnte ich dir eine ganze Liste mit Leuten zusammenstellen.« Vor heute Vormittag hätte auf dieser Liste auch Paul Kresh gestanden. Witzig, wie schnell sich die Dinge ändern konnten.

»Ja, tu das. Und dann lasse ich jeden Einzelnen erschießen, der auf dieser Liste steht.« Irgendwas sagte mir, dass Hudson das nicht ganz im Scherz sagte. Vielleicht halb im Ernst? »Hast du heute Abend schon was vor?«

Ich öffnete auf meinem Laptop den Browser und googelte ein Bild von Hudson, damit ich es während unseres Telefonats betrachten konnte. »Ich hatte eigentlich vor, mich von einem scharfen und männlichen Kerl anbeten zu lassen.« Ich fuhr mit dem Finger über Hudsons ausgeprägten Kiefer, den ich auf dem Bildschirm meines Laptops sah. »Aber das könnte ich absagen, wenn du was Besseres weißt.«

»Du willst mich wohl ärgern.«

»Ach ja, will ich das?«

»Das tust du gerade, und es gefällt mir überhaupt nicht.« Sein eifersüchtiges Knurren machte mich schwer an. »Ein paar Leute, die ich kenne, haben eine Veranstaltung im Botanischen Garten von Brooklyn organisiert, da würde ich gern hingehen. Und zwar mit dir.«

»Ich stehe ganz zu deiner Verfügung, H. Immer.«

»Gut. Ich hole dich gegen sechs vor dem Klub ab.«

Ich schaute an mir herunter und betrachtete meine Kleidung – ein dunkelgrünes ausgestelltes Kleid mit einer Reihe ausgesparter Kreuze auf Bauchhöhe. Es hatte irgendwie Klasse, aber vielleicht war es ein bisschen zu gewagt. »Nein, hol mich bei meiner Wohnung ab. Ich muss mich erst umziehen.«

»Was du anhast, ist perfekt.«

»Woher weißt du denn, was ich trage?« Ich schaute mich um und war ein bisschen überrascht, dass er nicht in der Tür stand. »Hast du vielleicht Sicherheitskameras hier im Klub oder so was in der Art?« Das traute ich ihm glatt zu. Ich zitterte, als ich begriff, was die Kameras alles aufgezeichnet haben könnten. Zum Beispiel mein Zusammentreffen mit Paul.

»Natürlich habe ich Kameras. Aber ich schaue mir die Übertragung nicht an. Jordan hat mir gesagt, was du anhast.«

»Ach ja, Jordan.« Das war schon das zweite Mal, dass er heute etwas über mich ausgeplaudert hatte. Wenn Hudson mit meinem Fahrer gesprochen hatte, hatte er dann auch erfahren, dass Celia sich nach mir erkundigt hatte? In welchem Ausmaß ließ Hudson sich von Jordan über mich auf dem Laufenden halten?

Ich war angespannt. Der Stress, meine Geheimnisse zu bewahren, machte sich bemerkbar, und eine gewisse Paranoia begann sich in mir breitzumachen. »Sag mal – ist Jordan mehr als nur mein Fahrer?«

»Du wolltest ja keinen Leibwächter. Ich musste einen Kompromiss finden.«

Hudsons sachliche Aussage brachte mich fast genauso aus der Fassung wie das, was er damit zugab. »Heißt das, Jordan spioniert mir in deinem Auftrag nach?«

»›Spionieren‹ ist nicht der passende Ausdruck dafür. Er fährt dich dahin, wo du hinwillst, kümmert sich darum, dass du sicher bist, und erstattet mir dann Bericht.«

Einen Augenblick dachte ich darüber nach, mit Hudson über dieses Arrangement zu diskutieren. Aber nachdem ich das Ganze kurz hatte sacken lassen, merkte ich, dass es gar nicht so schlecht war, wenn man einen übervorsichtigen Freund hatte, der sich so um einen kümmerte.

Ich atmete tief aus, und mein Unbehagen wurde schwächer.

»Ich habe genau gehört, dass du geseufzt hast. Sag mir, was dir an der Sache nicht passt.«

»Eigentlich gar nichts. Nur hätte ich Jordan nicht so unmissverständlich angebaggert, wenn ich gewusst hätte, dass er dir über alles Bericht erstattet.« Das war ganz klar ein Scherz, wenn man bedachte, dass Hudson Jordan gerade deshalb für mich ausgewählt hatte, weil er schwul war.

»Wir wissen beide genau, dass du das nie getan hast«, schimpfte er. »Das ist heute schon das zweite Mal, dass du versuchst, mich zu ärgern. Was willst du eigentlich damit erreichen?«

»Ich will gar nichts erreichen. Es macht einfach nur Spaß zu hören, wie du zum besitzergreifenden Alphamännchen wirst.«

»Wenn du ein besitzergreifendes Alphamännchen willst, kann ich dir eins liefern.«

Ich lächelte und lehnte mich in meinem Stuhl zurück. »Ich will, dass du einfach du selbst bist. Und du bist schon ein beeindruckend besitzergreifendes Alphamännchen, aber wenn du noch mehr in der Richtung zu bieten hast, dann immer her damit.«

»Ich habe mich gerade umentschieden. Ich hole dich schon um halb sechs ab.«

»Alles klar. Planst du irgendwo noch einen Zwischenstopp?«

»Nein, ich brauche die Zeit, um dich unterwegs in der Limousine zu ficken, ohne dass ich mir Gedanken machen muss, dass wir zu spät kommen.«

Ich war froh, dass ich schon saß, sonst wären mir jetzt vermutlich die Knie weggesackt. »Musst du dein Gebiet markieren?«

»Ich muss in dir sein. Sonst bin ich die ganze Zeit ungemütlich hart und kann mich nicht auf meine Geschäfte konzentrieren.«

Ich senkte meine Lider und ließ Bilder seiner verruchten Pläne vor meinem inneren Auge vorbeiziehen. »Dann erwarte ich dich um halb sechs.«

»Sei bereit für mich.«

»Das werde ich.« Ich war noch mit einem anderen Eventplaner verabredet, aber schon um vier, also blieb mir bis halb sechs jede Menge Zeit. »Ich denke, mein Termin wird nicht länger als bis fünf dauern.«

»Als ich *bereit* sagte, meinte ich, du sollst schon feucht sein.«

»Oh – nun ja, ich bin sicher, das wird kein Problem sein.« Das war es nie, was Hudson anging, und besonders nicht, wenn er einen auf Alphamännchen machte. »Aber vielleicht kannst du mir auf dem Weg hierher ein paar anzügliche Nachrichten schicken, das könnte mir helfen, in Stimmung zu kommen.«

»Ich bin sicher, das lässt sich einrichten.«

»Großartig.«

Um zwanzig nach fünf schickte Hudson seine erste Nachricht, und ich hatte die Sache zwischenzeitlich total vergessen. Als mein Handy summte und die Nachricht einging, las ich sie, ohne vorbereitet zu sein. Ein schwerer Fehler.

»Ich will den Geschmack deiner Muschi auf meinen Lippen.«

»Ist alles in Ordnung?« David war einige Minuten zuvor gekommen und musste mir den Schock über Hudsons Nachricht vom Gesicht abgelesen haben.

»Ja, mir geht's gut. Ich bin nur …«

Eine zweite Nachricht brummte, ehe ich den Satz beenden konnte. *»Ich habe den ganzen Tag daran gedacht. An deine Muschi. Wie sie sich anfühlt, wie sie schmeckt, wie sie riecht.«*

Und dann kam eine dritte. *»Und an die Geräusche, die du machst, wenn ich dich berühre und dich lecke.«*

Mir wurde heiß. »Ähm – Hudson ist unterwegs«, stieß ich hervor. »Ich hab gar nicht gemerkt, dass es schon so spät ist.«

»Dann mach mal schnell fertig, du willst den Boss ja sicher nicht warten lassen.«

Innerlich wand ich mich, dass David Hudson als Boss bezeichnete. Hudson konnte das nicht leiden. Ich schickte rasch eine Antwort: *»Ich bin schon feucht.«* Das war so zutreffend wie selten was.

Ich hatte gerade den Laptop zugeklappt und war von der Couch aufgestanden, wo ich gearbeitet hatte, da kam schon die nächste Nachricht von Hudson.

»Ich bin hart für dich, so hart, dass es wehtut.«

Ich drehte mich von David weg, aus Angst, er könnte erraten, worum es in meiner elektronischen Unterhaltung mit Hudson ging, und schrieb: *»Was willst du mit mir anfangen, wenn wir zusammen sind?«*

Die Antwort kam schnell, aber ich wartete, bis ich den Laptop in der Tasche verstaut hatte, ehe ich las, was er zu sagen hatte.

»Zuerst versohle ich dir den Hintern, weil du mich mit deinem Gerede über andere Männer geärgert hast.«

»Und dann?«

»Komm raus, dann wirst du's schon sehen!«

»Bist du schon da? Du kommst aber früh.« Zum Glück war ich schon mit allem fertig, denn ich sehnte mich plötzlich verzweifelt danach, Hudson zu sehen, und war froh, dass ich sofort gehen konnte.

»Einen schönen Abend, David«, sagte ich und achtete kaum auf seine Antwort, während ich das Büro verließ. Im Gehen las ich Hudsons nächste Nachricht.

»Nein, ich bin steinhart für dich, aber ich werde auf keinen Fall früh kommen.« Und die anschließende Nachricht kam, ehe ich auch nur die Chance auf eine Antwort hatte. *»Komm raus!«*

Die Computertasche über die Schulter gehängt, die Handtasche mit hineingestopft, rannte ich mehr oder weniger und blieb nur kurz stehen, um eine rasche Antwort zu tippen: *»Ich komme.«*

Seine Antwort las ich kurz bevor ich durch die Tür des Klubs schlüpfte: *»Ja, das wirst du allerdings.«*

Ich hielt mir schützend die Hand vor die Augen, als ich nach draußen ins Sonnenlicht trat, und sah Jordan schon auf der Straße stehen und warten. Er hielt mir die Autotür auf – es war nicht irgendein Auto, sondern in der Tat eine Limousine.

Ich hob überrascht eine Augenbraue, als ich das sah. »Schicke Karre!« Vielleicht hätte ich doch darauf bestehen sollen, nach Hause zu fahren und mich umzuziehen. Für eine Abendeinladung war meine Aufmachung ganz klar unpassend.

Jordan nickte, gab aber keine weitere Erklärung ab.

Ich steckte den Kopf hinten ins Auto und kreischte auf, als Hudson mich mit starken Armen hineinzog, sodass ich auf dem Bauch auf seinem Schoß landete. Seine Hand war sofort unter meinem Rock und liebkoste mich, noch ehe Jordan die Tür hinter mir zugemacht hatte.

»Dir auch einen guten Tag«, schnurrte ich unter seiner Berührung.

Er schob mir das Kleid über die Hüften und legte meinen Stringtanga frei. »Die schicke Karre ist bloß für die Privatsphäre da. Niemand braucht mitzukriegen, was ich auf dem Weg zu unserer Abendveranstaltung mit dir vorhabe.«

Ich verrenkte mir fast den Hals, damit ich Hudson ins Gesicht sehen konnte, und fragte: »Und was, bitte schön, hast du mit mir vor?«

»Zunächst mal das hier.« Er schlug mir hart auf den Hintern, und ich schnappte nach Luft. Hudson hatte mich schon mal spielerisch geschlagen, aber Spanking – das war neu. Und es war echt scharf.

Ich merkte kaum, dass wir noch gar nicht losgefahren waren, als er mir den nächsten Schlag versetzte, diesmal einen noch härteren. »Ein Schlag für jedes Mal, als du mich heute mit Sprüchen über andere Männer geärgert hast«, sagte er.

Die ganze Sache fühlte sich für mich plötzlich sehr nach Dom und Sub an – etwas, das ich kürzlich in einem kitschigen Liebesroman gelesen hatte, in dem der Protagonist, ein Alphamännchen und Milliardär, auf Peitschen und Ketten abfuhr. Obwohl Hudson ganz klar ein dominanter Mensch und das Spanking ein hübsches Vergnügen war, war ich mir ziemlich sicher, dass keiner von uns beiden vorhatte, diese Art von Lebensstil weiterzupraktizieren. Hudson würde diese Art von Beherrschung nicht interessant genug finden, er zog es vor, seine Dominanz mit einer kräftigen Dosis Manipulation zu würzen. Zumindest nach dem, was ich über seine Vergangenheit wusste.

Aber Rollenspiele – das war etwas anderes und vermutlich viel eher Hudsons Fall. Ich entschied mich, das mal anzutesten. Mit gekünstelt unterwürfiger Stimme sagte ich: »Danke, Sir, danke für das Spanking.«

Hudson lachte. »Möchtest du noch einen Schlag dafür, dass du dich über mich lustig machst?«

Entweder begriff er es nicht oder er stand wirklich nicht drauf. Ich probierte meinen unterwürfigen Ton noch mal aus. »Ich mache mich nicht lustig, Sir. Mir gefällt meine Strafe, wenn sie Euch gefällt.«

»Ach, das Spielchen spielen wir also.« *Na endlich geht ihm ein Licht auf!* »In diesem Fall noch einen Schlag, denn es gefällt mir.« Er schlug mich wieder, und das Klatschen machte mich so an, dass ich mich auf seinem Schoß wand. »Und noch einer für dein Geheimnis.«

Mir stockte der Atem. Wir spielten hier ein Spiel, das konnte er doch nicht ernst meinen? Doch ich fürchtete mich, wenn ich daran dachte, was er möglicherweise herausgefunden hatte. »Und welches Geheimnis soll das sein, Sir?«

»Dass dir das Spanking gefällt. Ich rieche genau, wie feucht du bist.«

Eine Mischung aus Erleichterung und Erregung überlief mich. »Ja, Sir, es gefällt mir.«

Sein Finger glitt an dem kleinen Dreieck aus Stoff in meinem Schritt vorbei und in meine Muschi hinein. »Ja, du genießt es ganz klar, es tropft ja schon fast aus dir raus.«

Er zog die Hand zurück und schlug mich noch mal, dann rieb er über den stechenden Schmerz auf meinem Hintern und zog mich hoch, sodass ich aufrecht neben ihm saß. Er griff über mich hinweg nach dem Gurt und zog ihn quer über mich. »Ich bestehe darauf, dass du dich während der Fahrt anschnallst. Ich muss schließlich das beschützen, was mir gehört.«

Ich lächelte. Eigentlich war ich es, die auf dem Anschnallen bestand, sobald wir ins Auto stiegen. Dass meine Eltern bei einem Autounfall ums Leben gekommen waren, hatte mir klargemacht, wie wichtig das war. Doch es war ein guter Schachzug von Hudson, es passte zu seiner Rolle. Nicht zum ersten Mal sah ich den Mann aufblitzen, der gern ein bisschen spielte. Vielleicht könnte so ein kleines Rollenspiel ein Weg für ihn sein, ein bisschen die Rolle auszuleben, die er so lang bei anderen Frauen eingenommen hatte.

Weil Hudson das Ganze zu genießen schien, drehte ich noch ein bisschen auf. »Aber, Sir, wie kann ich Euch zu Gefallen sein, wenn ich an einen Ort gefesselt bin?«

»Willst du meine Entscheidung etwa infrage stellen?« Seine Augen blinzelten gehässig. »Ich bin mir nicht zu schade dafür, dich noch mal übers Knie zu legen.«

»Ich bin mir sicher, das seid Ihr nicht, Sir.« Er hatte das Spanking genauso genossen wie ich.

Hudson kniff die Augen zusammen, aber er ließ mich auf meinem Platz sitzen. Als er sich auch angeschnallt hatte, drückte er die Gegensprechanlage. »Jordan, wir können losfahren.«

Als das Auto sich in Bewegung setzte, schaute Hudson mich an. »Dreh dich auf deinem Sitz so weit herum, wie du kannst, und schau mich an.«

Ich tat, was er befohlen hatte, und drehte mich so weit, wie es der Gurt zuließ. Ich hatte keine Ahnung, was Hudson vorhatte, wohin dieses Spiel führen sollte, und mich überlief vor lauter Erwartung ein Schauer.

Er schlang mir eine Hand um den Nacken und zog mich für einen harten Kuss zu sich heran. Ich hörte, wie er mit der anderen Hand den Reißverschluss seiner Hose öffnete, während er wieder und wieder mit seiner Zunge rau in meinen Mund fuhr. Das tat er einige Minuten, bis meine Lippen ganz angeschwollen und taub waren, und dann riss er mich am Haar von sich weg.

Wie magnetisch angezogen richtete sich mein Interesse sofort auf seinen umwerfenden Schwanz, nackt und bereit.

Er zog mich wieder am Haar, damit ich ihm in die Augen blickte. »Schau mich an!«

Der Klugscheißer-Teil in mir wollte sagen, dass ich ihn schließlich angeschaut *hatte* – ein wunderbar erregendes Teil von ihm. Aber ich wusste, was er meinte, und ich spielte hier nicht die Rolle eines Klugscheißers, also hielt ich den Mund.

»Braves Mädchen.« Seine Hand krallte sich noch immer in mein Haar. »Mit diesem Kuss hab ich die Richtung vorgegeben. Jetzt wirst du mir einen blasen, und ich will, dass es sich anfühlt wie dieser Kuss.«

»Na gut. Jetzt sofort?« Du liebe Zeit, ich spielte meine Rolle als unterwürfige Frau echt beschissen.

»Ja, jetzt sofort.«

Ich atmete Hudsons einzigartigen Geruch ein, als ich mich vorbeugte. Wie immer war ich begierig darauf, ihn in den Mund zu nehmen. Normalerweise gehörte zu meinem Programm immer viel Lecken und Reizen, aber wenn es hier so zugehen sollte wie gerade eben bei dem Kuss, dann musste ich davon ausgehen, dass es in seinem Sinne war, wenn ich das Vorspiel wegließ. Statt ihn zu lecken, womit ich normalerweise angefangen hätte, legte ich sofort die Hände um seinen Penis und saugte an seiner Krone.

Sein leises Zischen nahm ich als Zeichen der Zustimmung.

Ich packte ihn mit einer Hand ganz unten am Schaft, stülpte die Lippen über die Zähne, machte die Wangen hohl und bearbeitete ihn mit Hand und Mund gleichzeitig.

Seine Stimme klang angestrengt, als er mich ermunterte. »Ja, Alayna, genau … oh Gott … genau so.«

Ich liebte es, ihn zu befriedigen, ihm Lust zu verschaffen. Er schwoll an, als ich das Tempo erhöhte, gierig saugte und meine Zunge über die breite Erhöhung in seinem Schaft gleiten ließ, während ich auf und nieder wippte.

»Ja, Alayna, das tut so gut!« Er hatte sich immer noch unter Kontrolle, und dabei wollte ich, dass er durchdrehte.

Ich umfasste mit meiner freien Hand seine Hoden und rollte sie sanft in der Handfläche, der totale Gegensatz zu der wilden Art, wie ich seinen Schaft mit Lippen und Zunge bearbeitete.

»Gott im Himmel … Alayna …« Dann übernahm er die Führung. Er krallte die Finger in mein Haar und bewegte meinen Kopf in seinem Tempo, er drückte mich weiter runter, sodass ich ihn tiefer in mich aufnahm, tiefer, noch tiefer, und seine Hüfte zuckte hoch, während er meinen Mund fickte.

Ich umklammerte ihn unten noch fester, geil und begierig auf seinen Höhepunkt. Er war so groß und so nah davor zu kommen, und die Vorstellung, dass Hudson mir befehlen würde zu stoppen, ehe er kam, machte mich nur noch gieriger, seine Entladung zu spüren. Ich wand mich vor Lust, angetörnt von seinem heißen Wollen, von der intensiven Lust, die ich ihm verschaffte – ich stöhnte tief und ordinär, und der Ton vibrierte in meinem Kopf und an seinem Schaft.

Hudson klammerte sich noch fester in mein Haar. »Fuck«, keuchte er rau. »Ich komme! Schluck es, Alayna, schluck alles!«

Ich stöhnte erneut, zum Teil, weil ich nicht verbergen konnte, wie erregt ich war, und zum Teil, um ihm den Rest zu geben.

Es funktionierte.

Hudson ergoss sich mit einem langen lustvollen Stöhnen in mich, während seine Hüfte in die Höhe schoss. Sein Schwanz zuckte, als er mich weit hinten in der Kehle traf. Mit der Hand bearbeitete ich ihn weiter, und er kam und kam und kam. Ich schluckte alles, genau wie er gesagt hatte, genau wie ich es mir wünschte, obwohl ich mich fühlte, als würde ich gleich ersticken, denn ich bekam kaum noch Luft. Ich schluckte auch noch den letzten Tropfen und leckte ihn sauber, während er unter mir erzitterte.

Als er völlig ausgesaugt war, entspannte sich seine Hand in meinem Nacken, und ich setze mich auf und schaute ihm ins Gesicht. Sofort zog er mich für einen Kuss an sich. Dieser hier war sanfter als der vorige. Der Geschmack seines Mundes vermischte sich mit dem seines Samens, bis alles zu einem neuen und einzigartigen Geschmack wurde, der doch ganz und gar Hudson war.

»Danke schön«, murmelte ich an seinen Lippen. Er hatte den Herrn und Meister gespielt und er hatte es geschafft, meine Wünsche zu erfüllen. Ich hatte ihn schmecken wollen, hatte mich danach gesehnt, dass er in meinem Mund kam. Nicht weil ich ihm besonders gern einen blasen wollte, aber ich wollte mit Hudson alle Erfahrungen machen – die guten, die schlechten und ganz besonders die fleischlichen. Ich erkannte es als das Geschenk, das es war, und das machte die ganze Begebenheit umso wunderbarer.

Hudson lehnte sich zurück und strich mir das Haar aus dem Gesicht. »Alayna.« Ich war verrückt danach, wie er meinen Namen aussprach, es fühlte sich immer an, als würde er mit diesen drei Silben so viel mehr sagen. Wie ein Gebet. Dadurch fühlte ich mich schön. Ach was, wem wollte ich was vormachen – es machte mich schön.

Seine grauen Augen blickten mich lange Sekunden an. »Wie fühlt es sich an, wenn man mir gehört?«

Ich wusste nicht, ob er noch immer spielte oder nicht. Was mich anging, war das Spiel zu Ende, und ich antwortete ganz ehrlich: »Perfekt.«

Kapitel sieben

Hudson ließ mich nicht gehen, ohne mich seinerseits befriedigt zu haben. Als wir den Botanischen Garten von Brooklyn erreichten, war ich fix und fertig und hätte ein Schläfchen vertragen können. Er hingegen schien zu sprühen vor Lebensfreude, nahm mich mit selbstzufriedenem Grinsen bei der Hand und half mir aus der Limousine.

Eine attraktive Blondine, deren Fingernägel im typischen Achtzigerjahre-Pink lackiert waren, stand am Haupteingang und kontrollierte die Einladungen. Erst dann durften die Gäste die Gärten betreten. Hudson hingegen ließ sie einfach durch, ohne dass er irgendetwas vorgezeigt hätte.

»Du scheinst unglaublich zufrieden mit dir zu sein«, flüsterte ich, als wir die Anlage betraten.

Er ging nicht darauf ein. »Man kennt mich eben.«

»Das ist es ja wohl nicht, was dich so freut.«

Er grinste mich verrucht an. »Ich finde, ich habe es verdient, mich zu freuen. In relativ kurzer Zeit habe ich viel erreicht.«

»Wenn du mit *viel erreicht* meinst, dass ich kaum laufen kann, dann hast du allerdings recht.« Ich hatte noch nie in einem fahrenden Auto Sex gehabt, und aufgrund meiner strengen Sicherheitsgurt-Politik wäre es mir auch nie eingefallen, das je zu tun. Mit Hudson hingegen erschien mir alles reizvoll, solange er nur dabei war. Und seine Fähigkeiten im Schlafzimmer schienen sich auch auf die Rücksitze von Autos zu erstrecken, seine gekonnten Techniken und Positionen ließen mich kommen, ohne dass ich mich hatte losschnallen müssen.

Wir gingen zu dem kleinen Hof, wo das große Buffet aufgebaut war. Auf dem Weg dorthin wurde ich überwältigt von den angenehmen

Düften und Aromen der Natur um mich herum, und rasch war ich so entspannt, wie das in der Stadt mit ihrer ganzen Hektik und dem Trubel gar nicht möglich gewesen wäre. Es war kaum zu glauben, dass so nahe an dem ganzen Chaos von Manhattan ein Ort wie dieser existierte.

»Worum geht es eigentlich bei dieser Veranstaltung?«

»Veranstalter ist CotF, antwortete Hudson, »Children of the Future. Es ist eine Stiftung, die sich um Pflegekinder kümmert. Dieser Abend ist ein Dankeschön für die Spender.«

»Und wie viel hast du gespendet?« Mich interessierte vor allem, warum Hudson dafür gespendet hatte.

»Nicht wie viel, sondern was.«

Ich schaute ihn fragend an.

»Ich habe eine Schule gespendet.«

Verdammt und zugenäht – eine ganze Schule! Das sah ihm ähnlich.

»Und ein paar Stipendien dazu. Heute Abend möchte ich den neuen Schulleiter kennenlernen. Ich habe zwar in der Praxis nicht viel mit dem Programm zu tun, aber die Vorstandsmitglieder sollen merken, dass ich trotzdem immer in der Nähe bin und mich dafür interessiere.«

Bei diesem Hinweis auf seine Macht lief mir ein Schauer über den Rücken. Er ging bei dieser Wohltätigkeitssache wie bei seinen geschäftlichen Angelegenheiten vor, fand ich. Er legte sie in fähige Hände, doch er war nie so weit weg, dass ihm irgendetwas entging. Hoffentlich vertraute er mir genug, dass er nicht alles kontrollierte, was in der Sky Launch geschah. Zum Beispiel mit wem ich die Verträge für Events abschloss.

Du liebe Zeit, ich musste aufhören, weiter über dieses Thema nachzugrübeln. Hudson würde es nicht rausfinden, es würde alles gut gehen.

Ich schnappte mir ein Glas Champagner vom Tablett eines vorübereilenden Kellners und kippte es gleich zur Hälfte herunter, dankbar für den leichten Schwips, den ich mir so antrinken konnte.

Hudson hielt mich im Arm, während er ein paar Leute grüßte, die am Buffet standen. Er hatte mir mal erzählt, dass er bei solchen Veranstaltungen nie etwas aß – und jetzt kapierte ich auch, warum. Er war zu bekannt, als dass er je auch nur einen Happen in den Mund bekommen hätte. Ich entschied, mich zurückzuhalten und später zusammen mit ihm zu essen, und ich nickte und lächelte, als er mich vorstellte und Small Talk machte. Aber weil ich noch nie im Botanischen Garten von Brooklyn gewesen war, wollte ich mich auch gerne hier umschauen. Als ein neuer Geschäftspartner hinzutrat, um Hudson zu begrüßen, entschuldigte ich mich höflich.

»Einen Augenblick.« Hudson hob die Hand, um den Mann mit der beginnenden Glatze, mit dem er sprach, kurz zum Schweigen zu bringen, und sagte zu mir: »Alayna, du kannst gern bleiben.«

Mein Herz klopfte so laut, dass ich fürchtete, er würde es hören. Es war schwierig für Hudson gewesen, mir so weit zu vertrauen, dass er mir Einblick in seine Geschäftsabschlüsse gewährte, und dass er mich jetzt einlud, bei einem solchen Gespräch dabei zu sein, war ein wichtiger Schritt.

»Danke, aber ich möchte mich gern noch ein bisschen umschauen, ehe es dunkel wird.« Ich drückte ihm die Hand. »Es sei denn, du brauchst mich …«

»Nein.« Doch sein Tonfall meinte das Gegenteil. In ihm lag ein Hauch von Begierde, einer Begierde, wie ich sie auch in jedem einzelnen Moment verspürte – das unauslöschliche Verlangen, immer in seiner Nähe zu sein. »Ich möchte nur nicht, dass du dich unbehaglich fühlst. Darf ich euch kurz miteinander bekannt machen, ehe du gehst: Alayna, das ist Aaron Trent. Aaron, das ist meine Freundin Alayna Withers. Was Sie möglicherweise mehr interessiert: Alayna ist auch die Event- und Promotion-Managerin der Sky Launch.«

Ich trat näher, um Hudsons Geschäftspartner die Hand zu geben.

Sein Griff war fest, aber nichts im Vergleich zu Hudsons. »Freut mich, Sie kennenzulernen.« Sein Gruß klang desinteressiert, er ließ meine Hand ziemlich schnell los und wandte sich wieder Hudson zu. »Die Sky Launch? Ich habe gehört, dass Sie den Laden umkrempeln wollen.«

»Das mache nicht ich, sondern Alayna.«

»Wunderbar«, sagte Aaron, aber er konzentrierte sich weiterhin auf Hudson. »Ich würde mich gern irgendwann mal mit Ihnen darüber unterhalten, was mein Team für Sie tun könnte.«

Hudson wies auf mich. »Dann ist Alayna Ihre Ansprechpartnerin. Ich bin sicher, sie wird sich gern mit Ihnen zusammensetzen. Alayna, Aaron hat eine Werbefirma, die ganz ausgezeichnete Arbeit leistet. Ich habe schon häufig mit ihm zusammengearbeitet.«

Ein leichtes Schwindelgefühl überkam mich und ich begriff, warum Hudson gewollt hatte, dass ich blieb. »Ach – Trent Advertising. Ich habe nicht gewusst, dass Sie *der* Mister Trent sind!« Mit seiner Firma kam man nur schwer in Kontakt. Dass Hudson mich ihm vorgestellt hatte, konnte ein großer Coup für mich sein. Wenn wir allein gewesen wären, hätte ich Hudson jetzt gezeigt, wie sehr ich die Verbindung zu schätzen wusste, die er da für mich hergestellt hatte.

Endlich wandte Aaron sich mir zu. »Ms ... ähm ...«

»Withers«, sprang Hudson ihm bei.

»Ach ja, Ms Withers. Tut mir leid, Namen waren noch nie meine Stärke.«

Nein, du hast dich einfach nicht für mich interessiert, bis du kapiert hast, dass ich dir nützlich sein könnte.

Ich entschied mich, es dem Mann leicht zu machen. »Mr Trent, ich würde mich sehr gern mit Ihnen zusammensetzen. Soll ich Ihr Büro anrufen, damit wir einen Termin vereinbaren können?«

»Ich würde gerne mal im Klub vorbeikommen, wenn geöffnet ist, und mich ein bisschen umschauen, sodass ich mir gleich ein paar Gedanken über eine Kampagne machen kann.«

»Wie wäre es denn mit morgen Abend?«, fragte Hudson.

Ich war vorübergehend ernüchtert beim Gedanken daran, einen Freitagabend von Hudson getrennt zu verbringen. Aber er hatte recht mit seinem Vorschlag: Ein Freitagabend war ein günstiger Termin. Aaron würde den Klub von seiner besten Seite kennenlernen.

Auch er schien zu bedauern, dass er seinen Freitagabend drangeben musste. Aber wer konnte Hudson schon etwas abschlagen? »Ja, sicher.«

»Wir machen um neun auf, aber wenn Sie ein bisschen früher kommen, sagen wir, so gegen halb neun, könnten wir uns noch ein bisschen in Ruhe unterhalten, ehe es losgeht.« Nur gut, dass ich mein Konzept schon fertig ausgearbeitet hatte, sonst hätte ich jetzt eine Nachtschicht einlegen müssen, um rechtzeitig fertig zu werden.

Trent stimmte zu und fing dann an, mit Hudson Ideen für eine Kampagne zu besprechen. Ich fühlte mich wie das fünfte Rad am Wagen, entschuldigte mich noch einmal und spazierte davon.

Zuerst ging ich zum Shakespeare-Garten, inzwischen hatte ich mein zweites Glas Champagner in der Hand, und blieb hier und da stehen, um die ungewöhnlichen Pflanzen zu bewundern, deren Düfte sich vermischten und schwer in der heißen Luft des Juniabends lagen. Von dort aus ging ich weiter in den Japanischen Garten mit seinen sanften Erhebungen und Teichen. Ich war überrascht von der stillen Schönheit der hügeligen Landschaft und suchte mir eine Bank, auf der ich den Anblick genießen konnte. Die Dämmerung brach herein, und ich nippte an meinem Champagner.

Ab und zu spazierten andere Gäste vorbei. Einer davon war ein Mann im dunkelblauen Anzug, in Begleitung eines älteren Herrn mit grau meliertem Haar, das hervorragend mit seinem silbernen Dreiteiler harmonierte. Sie blieben immer wieder am Teich und in den ruhigen Gärten stehen, und ihre Unterhaltung wehte zu mir hinüber.

»Am Montag haben Sie den Deal abgeschlossen?«, fragte der im blauen Anzug. »Das ist ja wirklich unglaublich. Sie sind ein verdammter Glückspilz, wissen Sie das?«

Ich machte die Augen zu und hoffte, ich würde die Unterhaltung ausblenden können, die so sehr im Gegensatz zur heiteren Ruhe der Umgebung stand. Aber dann fiel ein vertrauter Name, und ich spitzte die Ohren.

»Er wollte einfach nicht von Plexis lassen. Ich musste mit Zähnen und Klauen kämpfen.« Jetzt sprach der ältere Mann – und er sprach über Hudsons geliebte Firma. Hudson hatte sich mit allen Mitteln dagegen gewehrt, dass Plexis von seinen Vorstandmitgliedern verkauft wurde, aber er hatte den Kürzeren gezogen. »Zum Glück standen die anderen im Vorstand nicht auf der Seite von Pierce.«

Dieser Bursche arbeitet offenbar für die Firma, die Hudson Plexis abgeluchst hat.

»Und was haben Sie jetzt vor?« Der jüngere Mann stellte genau die Frage, die ich mir selbst gerade auch gestellt hatte.

»Mit Plexis? Nun ja, da lässt sich eine Menge Geld machen, wenn wir die Firma zerschlagen und die Teile einzeln verkaufen.«

Bei den Worten des Graumelierten sank mir das Herz. Genau das hatte Hudson befürchtet. Es würde bedeuten, dass viele Arbeitsplätze verloren gingen.

»Aber es besteht durchaus die Möglichkeit, dass wir sie im Ganzen weiterverkaufen.« Der ältere Mann wandte sich an den jüngeren und hob die Augenbrauen. »Vorausgesetzt, wir bekommen ein interessantes Angebot.«

»Oh, Sie erwarten doch nicht etwa, dass ich Ihnen ein Angebot mache?« Der Mann im blauen Anzug trat einen Schritt zurück. »Verstehen Sie mich nicht falsch, ich würde Plexis nur zu gern in die Hände bekommen, aber dazu fehlt mir im Moment das nötige Kapital.«

»Ich dachte, ich setze Ihnen mal einen Floh ins Ohr. Nur für den Fall …«

Die Männer gingen jetzt weiter, und als sie an meiner Bank vorbeikamen, lächelte der ältere mir zu.

Ich wartete, bis sie ein paar Meter entfernt waren, dann schoss ich hoch und ging in die entgegengesetzte Richtung, zurück zu Hudson. Das war seine Chance, Plexis zurückzubekommen und in die Firma zu verwandeln, die er sich vorgestellt hatte. Ich hatte ihm sogar geholfen, ein paar erste Ideen auszuarbeiten, wie Plexis rentabel arbeiten könnte. Ich war unglaublich aufgeregt und hoffte, Hudson würde es auch gleich sein – nein, ich *wusste*, er würde es sein.

Ich musste eine Zeit lang suchen, bis ich ihn in der Kirschbaum-Allee fand. Er unterhielt sich mit einer aparten Frau mit rotbraunem Haar, die vielleicht ein bisschen älter war als ich. Ich spürte unerwartete Eifersucht in mir aufsteigen und musste mich zurückhalten, um nicht sofort zu ihm hinzurennen.

Er sah, wie ich näher kam, und seine Augen leuchteten mit einer Zuneigung auf, bei der die Eifersucht in meinem Bauch sofort nachließ. »Alayna.«

Die Art und Weise, wie ihm mein Name über die Lippen kam, versäumte nie ihre Wirkung und machte mich benommen.

Hudson wandte sich an die Frau, und jetzt konnte ich erkennen, dass sie ganz klar älter war als ich, vielleicht zehn Jahre. »Das ist meine Freundin Alayna Withers. Sie ist Event- und Promotionmanager in einem meiner Nachtklubs.«

Die Frau stellte sich vor, ehe Hudson die Chance dazu hatte. »Hallo, ich bin Norma Anders.« Sie wandte sich wieder an Hudson. »Ich wusste gar nicht, dass Sie mit jemandem zusammen sind, Hudson.«

»Wir haben das nicht öffentlich gemacht. Alayna wollte das nicht.« Ich amüsierte mich über Hudsons Lüge. »Aber schließlich habe ich sie überzeugen können, dass wir es der ganzen Welt erzählen sollten.«

Norma kniff die Lippen zusammen und schaute mich von oben bis unten an. »Na dann, herzlichen Glückwunsch. Ich bin wirklich froh, dass das mit der Tochter der Werners vorbei ist. Sie war viel zu überschäumend für Sie, wenn Sie mich fragen. Und außerdem habe ich ihr nie über den Weg getraut. Sie hat irgendetwas im Schilde geführt, Hudson.«

Ich spürte, wie ich nervös wurde. Nicht nur, dass diese Frau sich meinem Freund offenbar nahe genug fühlte, um seine Freundinnen zu kommentieren, sie hatte auch noch geglaubt, dass Celia und Hudson ein Paar wären. Ich hatte gedacht, das sei ausschließlich die Sichtweise von Celias Eltern gewesen. Oder hatte ich da was verpasst?

Auch Hudson richtete sich bei der Erwähnung von Celia auf, und ich spürte sein Bestreben, von Norma wegzukommen – *mich* von Norma wegzubekommen.

»Es war schön, dass wir uns hier begegnet sind, Norma. Diese Berichte, von denen Sie sprachen ...«

Sie berührte seinen Arm, als wäre das so ihre Gewohnheit. »Die schicke ich Ihnen gleich am Montag.«

»Danke schön, Norma.«

Nur gut, dass Hudson mich an sich zog und mit mir davonging, sonst hätte ich der Frau möglicherweise eins ihrer haselnussbraunen Augen blau geschlagen. Oder ich hätte Hudson eine reingehauen. »Aha, wir reden uns also mit Vornamen an? Das ist doch mal ganz was Neues.« Hudson redete fast niemanden mit Vornamen an, und wenn er es tat, mussten die Leute ihm wichtig sein.

Meine Verärgerung machte ihn verlegen. »Wir kennen uns seit Jahren. Nach so langer Zeit ist es irgendwann unvermeidlich, sich mit Vornamen anzusprechen.«

»Wieso glaubt sie, dass du mit Celia zusammen warst?« Immer wieder fühlte es sich an, als wären wir mit dem Thema Celia und Hudson durch und als wären alle Punkte ausdiskutiert, aber dann tauchten wieder neue Informationen auf, und ich biss mich wieder an diesem Thema fest.

»Celia hat mich oft auf Wohltätigkeitsveranstaltungen begleitet und auf Veranstaltungen, wo Norma und ich gesellschaftlich miteinander verkehren. Das weißt du doch.«

Ich wurde rot. Ich hatte Hudson nie gesagt, dass ich ihn via Internet gestalkt und alles über ihn gelesen hatte. Bei dieser Gelegenheit hatte ich auch Dutzende Bilder von ihm und Celia gesehen. Er kannte mich einfach zu gut.

Sein Griff um meine Hüfte lockerte sich ein wenig. »Norma muss davon ausgegangen sein, dass wir beide ein Paar sind. Ich habe nie die Notwendigkeit gesehen, sie aufzuklären.«

Ich hatte einen bitteren Geschmack im Mund. »Weil es dir gefiel, dass die Leute dachten, du wärst mit Celia zusammen.«

»Weil es mir gefiel, dass Norma dachte, ich wäre nicht zu haben.«

»Oh – ach so.« Vielleicht konnte ich die Sache mit Celia doch eine Weile ruhen lassen. Aber dafür hatte ich jetzt jede Menge Fragen zu Norma.

Ehe ich sie stellen konnte, fing er schon an zu reden. »Norma leitet die Finanzabteilung eines meiner Unternehmen.«

»Dann seid ihr also Kollegen.« Ich fragte mich, wie sie an diese Topposition gekommen war. Hatte sie sich hochgeschlafen? Die Vertrautheit, die sie ihm gegenüber an den Tag legte, störte mich.

Sein Mund zuckte, und er unterdrückte ein Lächeln. »Mensch, Alayna, so ein bisschen Eifersucht steht dir unheimlich gut.«

Ich presste die Kiefer zusammen. »Das ist keine beruhigende Antwort.«

»Wir sind keine Kollegen, wir sind Boss und Angestellte.«

Obwohl ich es zu schätzen wusste, dass er meine Verstimmung ernst nahm, ärgerte mich seine Antwort. Schließlich war Hudson, technisch gesehen, auch mein Boss. »Das kommt mir doch sehr bekannt vor.«

Er blieb abrupt stehen und wandte sich zu mir, seine Augen durchbohrten mich. »Ich bin nie dein Boss gewesen, Alayna. Wenn überhaupt, dann bist du diejenige, die über mich bestimmen kann.«

Uff!

Was auch immer da zwischen Norma und Hudson war, es war ganz bestimmt nicht das, was zwischen ihm und mir war. Diese Erkenntnis bewegte mich sehr.

Ich konnte ihm nicht länger so intensiv in die Augen schauen und betrachtete die Fläche vor uns, auf die ich bisher noch gar nicht so geachtet hatte. Das leuchtende Grün war mit großen Kirschbäumen bewachsen, voll und üppig.

Hudson folgte meinem Blick. »Kennst du die Bilder, wie hier alles in voller Blüte steht?«

»Nein.« Ich hatte Bilder vom Kirschblütenfest in Washington D.C. gesehen und stellte mir vor, das Feld hier müsste in etwa genauso schön aussehen.

»Es ist atemberaubend. Die Bäume sind Pink vor Blüten und der Duft ist einfach unglaublich.« Er fuhr mir mit dem Daumen über die Wange. »Wir werden mal im Frühling herkommen.«

»Das klingt wunderbar.« Und das meinte ich auch genau so. Mein Magen schlug Purzelbäume, zum einen bei der Vorstellung, dass Hudson und ich im Frühjahr immer noch zusammen sein würden, zum anderen bei dem Gedanken, dass ich über ihn bestimmte. Beides war so unfassbar schön – und auch viel zu übereilt. Konnte eine Beziehung mit ihm so lange gut gehen? Würde ich seinen Erwartungen von der Frau gerecht werden, die er offenbar in mir sah? Bevor ich noch weiter darüber nachgrübelte, konzentrierte ich mich lieber auf die Neuigkeiten, die ich ihm erzählen wollte. Deshalb war ich ja überhaupt erst zu ihm gekommen. »Du, ich habe dir was zu sagen, was dich möglicherweise interessiert.«

Er legte mir die Hand auf den Rücken und dirigierte mich weg von der Grünfläche.

»Es muss aber nicht unbedingt sofort sein«, sagte ich, als ich merkte, dass er mir sogleich seine volle Aufmerksamkeit zuwandte. »Du kannst auch erst deine Gespräche hier zu Ende bringen.«

Ich spürte seinen Mund heiß an meinem Ohr. »Das einzige Gespräch, das mich im Augenblick interessiert, ist das Gespräch mit deinen Geschlechtsteilen.«

»Du bist einfach unersättlich! Du hast mich doch schon im Wagen gehabt.« Aber bei seinem Vorschlag kribbelte mir die Haut vor Begierde und Vorfreude.

»Das war nicht genug.« Er zog mich vom Weg herunter und durch eine Lücke in der Hecke und schob mich zu einem großen Baum, wo wir ganz bestimmt nicht hätten stehen dürfen. Seine Hüfte drückte sich gegen mich und hielt mich an Ort und Stelle. »Ich bekomme nie genug von dir.«

Mir stockte der Atem vor Staunen und Bewunderung für den Mann vor mir. Dieser Mann, der seine Dämonen bekämpft hatte, damit ich ein Teil seines Lebens werden konnte. Er hatte seine lang gehegte Vorliebe über Bord geworfen, sich von allen abzugrenzen, und tat sein Allerbestes, um auf eine Art mit mir zusammen zu sein, wie wir es beide wollten.

Ich schaute ihm tief in die Augen. »Ich liebe dich.«

Er beugte sich näher und glitt mit der Nase über meine Wange. »Und deswegen hast du mich zur Seite genommen, um mir das zu sagen? Ich beschwere mich aber nicht.«

Ich kicherte. »*Du* hast *mich* zur Seite genommen, nicht umgekehrt, du Dummkopf. Und es ist auch nicht das, was ich eigentlich sagen wollte. Aber ich freue mich jedes Mal, wenn ich es sagen kann.«

Hudsons Mund verzog sich langsam zu einem Lächeln. Im gleichen Moment bemerkte ich eine Bewegung auf dem Weg hinter der Hecke. Ich wandte den Kopf und sah ein Grüppchen vorbeigehen, ganz hinten der grau melierte Mann. »Du hast genau den richtigen Ort für uns ausgesucht – siehst du den Mann da drüben?«

Hudson folgte meinem Blick. »Den braun gebrannten?«

»Nein, den daneben.« Ich ließ ihm ein bisschen Zeit, damit er ihn genau betrachten konnte. »Kennst du ihn?«

»Nicht dass ich wüsste. Müsste ich ihn denn kennen?«

Ich zuckte mit den Achseln. »Nicht unbedingt. Aber ich habe zufällig mitgehört, wie er sich mit einem anderen unterhalten hat ...« Ich verdrehte mir den Hals, um zu sehen, ob er auch in der Nähe war. »... den sehe ich aber jetzt nicht. Egal, nicht so wichtig. Der grau melierte Mann arbeitet für die Firma, die – jetzt kommt's – Plexis gekauft hat.«

Hudson lockerte den Griff um meine Hüfte und betrachtete den Mann noch einmal genau, bis er vorübergegangen war. »Woher weißt du das?«

»Das habe ich vorhin gehört, als ich allein herumspaziert bin. Er hat damit geprotzt, was er für ein Glück hatte, dass er eine so unglaubliche Firma Leuten wie Hudson Pierce vor der Nase wegschnappen konnte.«

Hudsons Körperhaltung versteifte sich. »Weiter.«

Ich biss mir auf die Lippen. »Du hattest recht. Sie haben vor, die Firma zu zerschlagen.«

»Verdammt!« Hudson zeigte nur selten Gefühle, wenn es ums Geschäft ging – eigentlich zeigte er überhaupt nur selten Gefühle. Aber ich hatte vermutet, dass er bei der Firma, die er verloren hatte, leidenschaftlich werden würde. Und ich hatte wohl recht gehabt.

Und das machte den nächsten Teil der Neuigkeiten, die ich ihm servieren konnte, umso viel schöner. »*Aber* er hat erwähnt, dass sie möglicherweise interessiert sind, die Firma als Ganzes zu verkaufen, wenn ihnen jemand ein gutes Angebot macht.« Ich wartete, bis ich regelrecht sah, wie sich die Rädchen in Hudsons Kopf zu drehen begannen. »Weißt du, was das bedeutet? Es bedeutet, dass du nur noch eins tun musst: ihnen ein gutes Angebot machen.«

Schnell wie der Blitz drückte er mich wieder gegen den Baum und presste seinen Körper gegen meinen. »Und wie wär's, wenn ich dir ein gutes Angebot mache?«

»Hudson!« Ich stupste ihn leicht vor die Brust. »Ich meine es ernst!«

»Ich auch.« Er knabberte an meinem Kinn entlang.

Ich konnte seinen Zärtlichkeiten nicht widerstehen, und mein Körper wurde schon willig, schmolz geradezu dahin und pochte vor Begierde, ihm näher zu sein. Doch mein Hirn war noch immer auf der Suche nach Antworten. »Ich dachte, Plexis würde dir etwas bedeuten.«

»Das tut es auch.« Er lächelte und beugte sich zu meinen Lippen hinunter.

Ich drehte den Kopf zur Seite und schaute ihm wieder in die Augen. »Und wie kommt es dann, dass du offenbar nur daran denken kannst, mich anzumachen? Glaubst du, dass das alles ist, was ich kann?« Ich wusste genau, dass dem nicht so war, und ich meinte es eher scherzhaft, aber ich war enttäuscht, dass ich mich geirrt hatte, was Hudson und Plexis anging.

Er packte mich fester, drückte sich eng an mich und glitt mit den Lippen an mein Ohr. »Nein, ich weiß, dass das nicht alles ist, was du kannst. Du weißt genau, dass dein Sinn für Geschäfte mich wahnsinnig antörnt, und ganz besonders, wenn du damit auch noch meine Interessen verfolgst. Und weil ich nicht besonders gut darin bin, in Worten auszudrücken, wie ich empfinde, wünschte ich, ich könnte dir genau in diesem Augenblick zeigen, wie großartig ich dich finde.«

Ich schmolz dahin.

Noch immer kämpfte mein Gehirn um mehr Bestätigung, und meine Stimme klang nachgiebig und voller Begierde. »Also bist du mir für diese Information dankbar?«

»Sehr dankbar.« Er stieß mit der Hüfte gegen mich, und die harte Ausbeulung in seiner Hose zeigte mir genau, wie dankbar er war.

Ich drehte und wendete mich, damit unsere Körper sich an so vielen Stellen wie nur möglich berührten. »Und bist du auch über das Körperliche hinaus von mir angezogen?« Meine Stimme klang belegt und abgehackt.

Aber ich musste zusammenhängend genug gesprochen haben, dass er mich verstand, denn er antwortete und küsste und leckte zwischendurch immer wieder meinen Hals. »Mich zieht an dir einfach alles an – dein Körper, dein Geist, dein Arsch. Sogar deine ›Verrücktheit‹, wie du es nennst.«

»Du bist auch verrückt, wenn du das jetzt ernst gemeint hast.«

Sein Kopf schoss hoch, sodass ich sehen konnte, wie ehrlich er es meinte. »Ich habe nie etwas ernster gemeint, Alayna. Du bist der erste Mensch, dem ich je begegnet bin, der mich hoffen lässt, dass ich vielleicht *nicht* verrückt bin. Das ist das Beste, was mir je passiert ist. *Du* bist das Beste, was mir je passiert ist.«

Die Welt hörte auf, sich zu drehen, und ich konnte nur noch Hudson vor mir sehen und hören und spüren, auf meiner Haut, in meinen Knochen. »Du musst das Ganze mit dem Ich-bin-nicht-besonders-gut-mit-Worten noch mal überdenken, denn diese Worte waren absolut perfekt.«

Seine Nase glitt an meiner entlang, als er nickte. »Und jetzt hör auf zu reden, ich möchte mit deinem Mund etwas anderes machen.«

»Und was ist mit dem guten Angebot, das du mir machen wolltest?«, fragte ich und schob meine Hüfte nach vorne, auf der Suche nach etwas, an dem ich mich reiben konnte, um die wachsende Begierde zwischen meinen Beinen ein wenig zu stillen.

»Geduld, mein Schatz, Geduld.« Er ergriff meine Lippen mit seinen und liebkoste sie zuerst sanft, dann immer heftiger, während seine Zunge gierig in meinen Mund glitt. Er hielt mein Gesicht zwischen den Händen und kontrollierte unsere Bewegungen. Mir entwichen kleine Seufzer aus der Kehle, und er küsste mich erneut ganz tief. Ich klammerte mich an den Baum, und die harte Borke drückte sich in meine Haut, ein herrlicher Gegensatz zu der süßen Ekstase von Hudsons weichem Mund auf meinem.

Ich war völlig verloren und nahm nur noch ihn und seinen alles umfassenden Kuss wahr.

»Entschuldigen Sie bitte! Hallo – Entschuldigung!« Ich hörte eine Frauenstimme wie von Weitem und merkte kaum, dass sie sich räusperte. »Entschuldigen Sie!«

Wir fuhren auseinander, als wir endlich realisiert hatten, dass jemand mit uns sprach.

»Entschuldigen Sie, aber es ist verboten, den Rasen zu betreten …« Die Stimme brach ab. »Oh, Mr Pierce. Ich wusste nicht, dass … Alayna?«

Noch immer benommen, wandte ich mich der Stimme zu. »Julia? Was machen Sie denn hier?« Julia hatte gesagt, dass sie heute Abend noch eine Veranstaltung hätte. »Ist Ihre Firma heute Abend hier verantwortlich?«

»Ja.«

Die wunderbaren Gefühle, die sich während Hudsons dominierendem Kuss von Kopf bis Fuß in mir ausgebreitet hatten, lösten sich auf der Stelle in Nichts auf. Das hier war eine Veranstaltung von Julia. Julia stand neben mir. Und wenn Julia hier war, dann musste auch Paul hier irgendwo sein.

Mit einiger Anstrengung schluckte ich. »Wow! Na so ein Zufall.« Klang ich irgendwie merkwürdig? Nervös? Fast verrückt vor Angst?

Ich wies auf Julia. »Hudson, das ist Julia Swaggert. Ihr gehört Party Planners Plus. Wir haben uns heute getroffen.« *Und auch mein Ex-Stalking-Objekt Paul Kresh. Es wäre besser, wenn er nicht in der Nähe ist, sonst mach ich mir vor Angst in die Hosen.* »Julia, darf ich Ihnen Hudson Pierce vorstellen?«

Die normalerweise selbstbewusste und souveräne Julia schien durcheinander. »Ich bin ... Mr Pierce, es ist mir eine Ehre, Sie kennenzulernen. Ich bin wirklich ganz begeistert von der Aussicht, dass unsere Firmen zusammenarbeiten könnten.« Sie strahlte vor Freude, und ich begriff, wie unglaublich viel ihr diese geschäftliche Verbindung bedeutete. Und jetzt verstand ich auch, warum Paul meine Nähe in Kauf nahm.

Wie er es schon vorhin bei Aaron getan hatte, lenkte Hudson die Aufmerksamkeit wieder auf mich. »Bei Alayna sind Sie in guten Händen. Sie kümmert sich um alles, ich bin nur ein Name auf dem Papier.« Er berührte mich leicht am Arm. »Wenn ihr beiden mich bitte entschuldigen würdet, da drüben ist noch jemand, mit dem ich sprechen muss.«

Es war kein Mensch in der Nähe unseres Verstecks zu sehen, und ich verstand Hudsons Worte als Wink, dass er mich meiner Arbeit überlassen wollte. Nie war ich dankbarer gewesen, dass er mir für meine Verträge und Verhandlungen freie Hand ließ, schließlich bedeutete das auch, dass dadurch die Gefahr gebannt war, dass Julia ihm gegenüber Paul erwähnte oder dass dieser sogar selbst plötzlich vor Hudson auftauchte.

Julia starrte Hudson hinterher, als er davonging, und ich konnte es ihr nicht übel nehmen. Er war nun mal scharf, egal ob er ging oder kam.

»Sie und Hudson Pierce also?« Sie hob die Augenbrauen. »Ist das nur ein romantischer Moment im Mondschein ... oder das ganze Paket mit allem Drum und Dran?«

»Es ist … na ja, beides. Wir sind zusammen, falls Sie das mit dem ganzen Paket meinen.« Aber ich wollte nicht über meinen Freund reden, ich wollte lieber wissen, was mit ihrem Freund war. »Wo wir gerade von ›zusammen‹ reden, wo ist denn *Ihr* Freund?«

Sie lächelte. »Er wuselt irgendwo hier herum. Normalerweise bleibt er bei solchen Anlässen eher hinter den Kulissen.«

»Ach so, natürlich.« Aber Paul war also hier. Und das bedeutete, ich sollte mich schleunigst aus dem Staub machen. »Tja, ich denke, Hudsons Gespräche hier neigen sich allmählich dem Ende zu …«

»Ja, es sah ganz danach aus. Sie haben vielleicht ein Glück!«

Julia seufzte, und ich fragte mich, wie lange es wohl her war, dass sie und Paul einen romantischen Moment im Mondschein genossen hatten. Andererseits interessierte es mich auch nicht wirklich. An Paul und seine Beziehungen zu denken war das Letzte, was ich wollte. Ich war jetzt das genaue Gegenteil der Frau, die ich früher gewesen war.

»Nun ja, ich sollte auch mal besser wieder zurückgehen«, sagte sie zögernd.

Aber ich war schon durch die Lücke in der Hecke geschlüpft, drehte mich um und winkte ihr zum Abschied zu. »Wir sehen uns! Und diese Party hier haben Sie toll hinbekommen.«

»Danke.«

Voll ängstlicher Hektik machte ich mich auf die Suche nach Hudson. Paul Kresh war in der Nähe. Wir mussten weg, wir mussten unbedingt weg, ehe Hudson entdeckte, dass mein schlimmster Fehler wieder in mein Leben getreten war.

Ich war erst ein paar Meter den Weg hinunter, da trat Hudson aus dem Gebüsch hervor, nahm mich an der Hand und zog mich zurück zum Eingang.

»Wir müssen gehen, und zwar sofort.« Sein Tonfall war energisch und drängend.

Verdammt! Er wusste Bescheid. Hatte er gehört, was wir miteinander gesprochen hatten? Wusste er, dass der erwähnte Paul Paul Kresh war?

Ich spielte die Unschuldige für den Fall, dass ich mich irrte – ich hoffte zumindest, dass ich mich irrte. »Warum? Was gibt es denn für ein Problem?« Mein Herz stand still in der Erwartung seiner Antwort.

Statt etwas zu sagen ergriff er meine Hand und legte sie auf seinen Schwanz, der noch immer hart war.

»Oje.« Ich hoffte, mein Ausatmen klang ehrfürchtig und nicht erleichtert. Besonders, weil ein guter Teil davon wirklich Ehrfurcht war. Ich war immer von Hudsons Penis beeindruckt, sogar wenn ich total neben der Spur war.

Ich schaltete mein Flirten wieder auf volle Touren, denn ich wusste, dass ich so ganz leicht hier wegkommen würde. »Du könntest mich gleich hier im Botanischen Garten nehmen.«

»Führ mich nicht in Versuchung! Ich bin kurz davor, dich da drüben auf die Bank zu werfen, aber das wäre schlechter Stil. Und außerdem möchte ich deinen Ruf nicht schädigen.« Sein Blick schoss wieder zu mir. »Außerdem: Was ich für dich auf Lager habe, wird den Großteil der Nacht dauern, und ich bin sicher, die Brooklyn Botanic Society würde den Garten schließen, ehe ich auch nur ansatzweise fertig wäre.«

Sofort hätte ich ein frisches Höschen brauchen können. »So, ähm, aha.«

»Hast du irgendein Problem?«

»Nein, gar nicht.«

Wir waren fast schon am Ausgang, als Hudson leise fluchte.

»Was ist denn?«

»Ich sehe da gerade jemanden, mit dem ich noch reden muss. Ist das okay für dich?«

Ich war heiß und wollte so schnell wie möglich besprungen werden, also war es ganz und gar nicht okay. Aber ein Blick auf Hudson verriet mir, dass es für ihn noch weniger okay war. »Wenn man sich anschaut, wie du gehst, glaube ich, du bist derjenige von uns, der schlechter dran ist.«

Er warf mir einen gequälten Blick zu und schob mich in Richtung einer Gruppe Männer, die sich in der Nähe unterhielten.

Da sah ich ihn aus den Augenwinkeln. Ich wandte kurz den Kopf, um sicher zu sein, dass er es war. Er war es. Paul Kresh höchstpersönlich. Zweimal an einem Tag – wie unwahrscheinlich war das denn! Er stand nicht bei den Männern, mit denen Hudson sprechen wollte, Gott sei Dank, sondern in der Nähe des Besucherzentrums und sprach mit einem Kellner, der ein Tablett mit leeren Champagnergläsern trug.

Ich schaute weg, aber nicht früh genug. Unsere Blicke begegneten sich über den Weg hinweg. »Hudson, ich lass dich mal allein mit deinen Leuten reden und gehe zur Toilette.«

Er zog mich enger zu sich. »Vielleicht sollte ich dich dort besuchen, wenn ich hier fertig bin«, flüsterte er und küsste mich auf die Stirn.

Ich spürte, wie ich rot wurde, obwohl seine Worte ziemlich unschuldig waren im Vergleich zu dem, was er sonst so sagte. Aber ich war schon so erregt, dass alles, was er sagte oder tat, mich nur noch weiter anmachte. Und das war mir sehr unangenehm. Ich wollte nicht durcheinander und erregt sein, wenn ich mit Paul sprach, denn er könnte annehmen, das gelte ihm.

Ich holte tief Luft, während ich auf Paul zuging, und versuchte, mich zu beruhigen. Er wartete, bis ich ganz nahe herangekommen war, ehe er sprach. »Muss ich mir jetzt Sorgen machen, dass du mich wieder stalkst?«

Ich verdrehte die Augen.

»Du brauchst es mir gar nicht zu erklären.« Er nickte zu dem Mann hinüber, von dem ich gerade kam. »Das ist doch Hudson Pierce, oder? Wenn du mit ihm unterwegs bist, dann kapiere ich auch, weshalb du heute Abend hier bist.«

Es hätte mir nichts ausmachen sollen, dass er so viel über mein Privatleben wusste. Julia würde ihm sowieso auf lange Sicht alles erzählen. »Ja, das ist Hudson. Wir sind zusammen.«

»Ist nicht wahr!«

Ich sah, wie sein Gehirn zu rattern begann. Ich hatte nicht umsonst Monate damit verbracht, jede noch so kleine Einzelheit über Paul herausfinden, deswegen wusste ich sofort, was er dachte. »Aus dieser Information kannst du keinen Gewinn schlagen, Paul. Er weiß über dich und meine Vergangenheit Bescheid, er weiß alles über die einstweilige Verfügung, und falls du die Absicht hast …«

»Was für eine Absicht sollte ich denn haben? Du tust ja, als würde ich dich erpressen wollen oder so. Und das ist ganz schön mutig von einer, die sich nackt mit Handschellen an meinen Schreibtisch gekettet hat.«

»Ich würde sagen, meine Vermutung ist leider verdammt begründet, weil du mich heute Nachmittag mehr oder weniger erpresst hast.«

»Das war … keine Erpressung. Nicht so richtig jedenfalls.« Er rieb sich die Nase wie Pinocchio, der versucht, seine Lügen zu verbergen. »Das war unbeholfene Überredungskunst.«

»Was immer es war, es war Druck im Spiel, und das hat mir nicht gefallen.«

»Schau mal, Laynie …«

»Ich weiß, ich weiß.« Er musste seine Überredungskünste oder wie zum Teufel er es nennen wollte nicht erneut einsetzen, ich hatte es schon kapiert. »Du willst diesen Deal für Julia, und weil ich auch sehr gern mit ihr arbeiten will, mache ich hier mit. Aber mit dir will ich nichts zu tun haben – gar nichts, nada. Ich will dir nicht auf irgendwelchen Veranstaltungen über den Weg laufen, ich will nicht, dass du in meinem Klub auftauchst oder mich anrufst – absolut gar nichts. Ich will, dass die in der einstweiligen Verfügung festgelegten Einschränkungen eingehalten werden. Die Sache darf für mich auf keinen Fall üble Folgen haben, klar?«

»Na gut, wie auch immer.« Aber in seinen Augen schimmerte Siegesgewissheit auf. »Es wird keine üblen Folgen für dich haben. Diese Angelegenheit geht nur dich und mich etwas an.«

»Das erklär einer mal Hudson. Es würde ihm nicht gefallen, wenn er herausfindet, dass ich einen Vertrag geschlossen habe, mit dem du auch nur im Entferntesten zu tun hast.« Und plötzlich fiel mir etwas auf: Wenn ich nicht wollte, dass Hudson von Paul wusste, dann konnte ich ihm auch nicht von dem Treffen mit Celia erzählen. Denn er würde wissen wollen, worüber sie und ich gesprochen hatten. Über Paul zum Beispiel. Und Hudson würde das auf keinen Fall einfach so laufen lassen.

»Warum sollte es ihm etwas ausmachen? Solange wir nur beruflich miteinander zu tun haben und auf Distanz bleiben, wie du sagst, hat das Ganze ja überhaupt nichts mit ihm zu tun.«

»Du und ich, wir wissen beide, dass fast alles, was zwischen uns gelaufen ist, meine Schuld war …«

»Fast alles? Alles, würde ich mal sagen!«

Ich schaute ihn streng an. »Du hast deine Verlobte betrogen.«

Paul zuckte die Achseln.

So ein Arsch! »Egal, Hudson findet dich nicht völlig unschuldig. Und darauf habe nicht ich ihn hingewiesen, sondern es liegt daran, dass …« Ich konnte nicht zu Ende sprechen, denn ich wusste nicht, woran es lag. »Ich weiß nicht, warum. Aus irgendeinem Grund sieht er das Gute in mir.« Das Gute, von dem ich allmählich bezweifelte, dass es überhaupt existierte.

Paul gluckste. »Ich wusste ja gar nicht, dass er ein Psycho ist.«

Ich trat einen Schritt vor, sodass ich ihm eigentlich viel zu nahe war. »Weißt du was? Du hältst jetzt verdammt noch mal die Klappe. Er ist kein Psycho, und ich bin auch kein Psycho. Du hingegen bist ein

Arschloch. Ich kann noch jederzeit von der ganzen Sache zurücktreten. Los, weiter so, wirf mir alles an den Kopf, was du willst, ich habe schließlich Hudson Pierce an meiner Seite.«

»Und es würde ihm sicher richtig gut gefallen, wenn die ganze Welt über die kriminelle Vergangenheit seiner Freundin Bescheid wüsste. Er würde sich zum Gespött der Leute machen. Besonders wenn ich allen erzähle, dass du Party Planners Plus nur deshalb ausgewählt hast, damit du wieder mit mir zusammenarbeiten kannst.«

Mein Herz fühlte sich an, als wäre ich drei Stockwerke tief gestürzt. »Aber das stimmt nicht.«

Er zuckte wieder mit den Achseln, das sorglose Verhalten von jemandem, der alle Trümpfe in der Hand hielt. »Den Leuten ist es völlig egal, ob es stimmt. Sie lieben Klatsch, ganz besonders, wenn es um die Reichen und Schönen geht.«

Ich hatte einen bitteren Geschmack im Mund. »Ich dachte, das hier ist keine Erpressung?«

»Nein, noch ist es das nicht.« Paul schaute zu mir hinab. »Muss es das erst werden?«

Mir lief ein Schauer über den Rücken. Ich saß in der Falle, das hatte ich bereits geahnt, und jetzt wusste ich es ganz sicher. »Na schön, Paul, ich mache den Deal mit Julia, aber zu meinen Bedingungen.« Über Pauls Schulter hinweg sah ich Hudson auf uns zukommen. »Ich gehe jetzt. Lächle höflich und geh in die andere Richtung.«

Ich wusste nicht, ob er tat, was ich gesagt hatte, denn ich ging auf Hudson zu, ehe er näher kommen konnte. »Hallo!« Meine Stimme war belegt, und ich fühlte mich leichtsinnig, auf keine gute Art.

»Hast du die Toiletten gefunden?«

»Ähm, nein.« Zum Glück hatte ich sie ja gar nicht gebraucht. »Es geht schon, ich warte einfach, bis wir zu Hause sind.«

Ich versuchte, ihn Richtung Ausgang zu bugsieren, aber Hudson warf einen fragenden Blick zurück dorthin, wo Paul gerade verschwand.

Ich überlegte rasch und präsentierte ihm eine Geschichte, ehe er nachfragen konnte. »Das war einer, der für die Eventfirma arbeitet. Ich habe probiert, ihn ein bisschen über Party Planners auszuquetschen und ihre schmutzigen Geheimnisse zu erfahren.«

Er hob eine Augenbraue. »Das schien eine recht angeregte Diskussion gewesen zu sein.«

»Ja, er ist ziemlich lebhaft geworden bei dem, was er erzählte.« Dann merkte ich, dass ich es wahrscheinlich gewesen war, die erregt ausgesehen hatte. »Und mich hat es auch ziemlich angestachelt. Er sagt, es ist eine rundum tolle Firma. Jetzt freue ich mich noch mehr drauf, mit ihnen zusammenzuarbeiten.« Die Lüge kam mir nur schwer über die Lippen, und ich wand mich innerlich und fragte mich, wie ich so viele Jahre mit Lügen und Manipulieren hatte zubringen können, nur um Männern nahe zu sein, die mich gar nicht wollten. Damals war das alles so leicht gewesen. Und jetzt, mit diesem Mann, der mich wirklich wollte, fühlte es sich ekelhaft und abstoßend an.

Hudson kaufte mir die Lüge ab, und ich fühlte mich noch schlechter. »Das ist ja wunderbar.« Er zog mich an sich. »Und willst du wissen, worüber ich mich noch mehr freue als jemals zuvor? Darüber, endlich nach Hause zu kommen. Genauer gesagt, *dich* nach Hause zu bekommen. Oder zumindest bis ins Auto.«

»Darauf freu ich mich auch.« Was immer er vorhatte, es würde mich von allem anderen auf der Welt ablenken. Es würde mich von meinen Geheimnissen ablenken, von der Erpressung und den Versprechen, die ich gebrochen hatte. Zumindest hoffte ich es.

Kapitel acht

Wir lagen eng aneinandergekuschelt da, als der Wecker am nächsten Morgen klingelte. Hudson küsste mich so, dass mir der Atem wegblieb, und zog mich dann mit aus dem Bett.

»Du machst die Dusche an«, kommandierte er, »und ich die Kaffeemaschine.«

Grinsend schlurfte ich erst mal ins Bad, um zu pinkeln. Dann drehte ich die Dusche auf und wartete kurz, bis das Wasser schön heiß war, ehe ich darunterstieg.

Es war einfach großartig!

Nicht nur die doppelten extragroßen Düsen, die auf mich herabsprühten und meine vom Sex schmerzenden Muskeln entspannten, sondern die ganz normalen Abläufe: sich mitten in der Nacht lieben, mit meinem Geliebten aufwachen, die Dusche für ihn, für uns, vorbereiten – das hätte ich wirklich gern jeden Tag gemacht.

Bei dem Gedanken daran seufzte ich leicht, und der vorschnelle Tagtraum, mit Hudson zusammenzuleben, trug mich ein paar Augenblicke lang davon.

»Wenn ich mir dein Gesicht so anschaue, sieht es aus, als würdest du mich zu deiner Befriedigung gar nicht mehr brauchen.« Hudson trat in die Duschkabine und zog mich sofort in seine Arme, als suche er, genau wie ich, ständig Körperkontakt.

»Diese Dusche ist einfach supergeil«, sagte ich, und mein Blick richtete sich sofort auf seine wachsende Erektion, die ich zwischen uns spürte. Würde ich denn nie genug davon bekommen, Hudson nackt zu sehen?

»Supergeil?«

»Aber sie kommt nicht im Entferntesten an das heran, was du mit mir machst.« Meine Hand ergriff seinen göttlichen Penis, und ich wurde ganz feucht, wie immer, wenn ich seine Größe und Form spürte.

Er stöhnte und wurde unter meinem Griff härter. »Was wäre, wenn ich mit dir supergeile Dinge anstellen würde, während wir unter der supergeilen Dusche stehen?«

Ich musste mich zusammennehmen, um nicht zu kichern, als ich hörte, dass er sich meine Umgangssprache zu eigen gemacht hatte. Es war so fremd, so gar nicht seine Art. Und es war absolut unwiderstehlich. »Es gibt gar kein Wort dafür, wie unglaublich supergeil das wäre!«

Nach unserer ausgiebigen Dusche machten wir uns fertig. Hudson bestimmte eines der Waschbecken zu meinem, und wir standen nebeneinander, während er sich rasierte und ich mein Make-up auflegte, jeder von uns nur mit einem Handtuch bekleidet. Und wieder überlegte ich, wie leicht es sein würde, sich in sein Leben einzufügen. Wie natürlich.

Er war als Erster fertig, und als ich aus dem Bad kam, trug er schon einen zweiteiligen schwarzen Anzug, bei dem mir die Schenkel zuckten. Mein Gott, dieser Mann war wirklich zum Anbeißen. Etwas Knackigeres konnte es auf der ganzen Welt nicht geben.

»Hast du Lust?«

Konnte er etwa Gedanken lesen? »Ach so, du meinst, auf Frühstück …«

»Ja, Lust auf Frühstück. Hör mal mit deinen versauten Gedanken auf, mein Schatz. Ich habe heute Morgen schon mehr Zeit mit dir verbracht, als ich dafür vorgesehen hatte.«

Bei der Erinnerung daran, wie er mich gegen die Wand der Dusche gepresst hatte, seinen Schwanz in mir, überlief mich ein Schauer. »Nun, ich freue mich zu hören, dass du mir ein gewisses Zeitkontingent zugeteilt hast.«

»Das hab ich allerdings.«

Er ging an mir vorbei zur Tür, und ich atmete den Duft seines Aftershaves. »Magst du Toast und Grapefruit?«

»Das wäre perfekt«, sagte ich und sog seinen wunderbaren Geruch noch einmal tief in mich ein. »Dann sehen wir uns gleich in der Küche.«

Ich zog mir das einzige Kleid über, das jetzt noch im Schrank hing, und wünschte mir, ich hätte für meine heutigen Termine etwas gehabt, das businessmäßiger aussah. Und damit musste ich mich mit einem Thema beschäftigen, das ich bisher ausgeblendet hatte: meine Wohnung. Ich musste unbedingt dort vorbei. Und ich musste mir auch überlegen, was ich in puncto Wohnung weiter unternehmen wollte. Mein Mietvertrag lief aus, und weil mein Bruder in Zukunft die Miete nicht mehr bezahlen würde, musste ich etwas Preiswerteres finden.

Es wäre auf jeden Fall einfacher, bei Hudson einzuziehen.

Aber es wäre keine gute Idee, erinnerte ich mich selbst. *Es ist zu früh, zu früh, zu früh.* Und außerdem hatte er es mir noch nicht mal angeboten.

Als ich angezogen war und mir das Haar im Nacken zu einem Knoten geschlungen hatte, trat ich zu Hudson, der am Küchentisch saß. Er hatte mir mein Frühstück schon hingestellt, und daneben stand mein Kaffee in einem Warmhaltebecher zum Mitnehmen.

»Ich wusste nicht, wann du hier wegwillst, also habe ich ihn dir so fertig gemacht.« Er nickte zum Warmhaltebecher hin.

»Ich muss bald los. Ich bin um halb elf mit einem Grafikdesigner verabredet und will mit ihm über die Neugestaltung der Karte reden. Und ich will vorher meine Präsentation für das Treffen mit Aaron Trent fertig machen, denn ich muss am Nachmittag noch einen riesigen Haufen anderer Sachen erledigen.« Ich kam ein bisschen ins Schwafeln, denn ich war leicht nervös, wenn ich an all das dachte, was heute auf meinem Programm stand.

Hudson hob eine Augenbraue. »Einen riesigen Haufen Sachen?«

»Ja. Ich bin sicher, dass Trent auch einen richtigen Marketingplan will, und ich muss ein paar Termine für Vorstellungsgespräche mit einem zusätzlichen Koch vereinbaren.« Ich trank einen Schluck Kaffee. »Und ich sollte wirklich mal nach Hause gehen.«

»Nach Hause.« Das war keine Frage, er wiederholte nur meine Worte, aber sein Tonfall war dunkler, überrascht, vielleicht auch enttäuscht.

»In mein Apartment.«

»Das hab ich schon verstanden. Und warum?«

Ich stach mit dem Löffel in die Grapefruit. »Ich weiß nicht. Ich muss gucken, was an Post gekommen ist, und mal nach dem Rechten sehen. Du weißt schon, ich hab ja meinen ganzen Kram dort.«

Dass diese Unterhaltung irgendwie unangenehm werden würde, hatte ich schon geahnt, ehe sie begonnen hatte. Es war nötig, dass ich mal nach Hause ging, aber Hudson sollte auf keinen Fall denken, ich wollte nicht mit ihm zusammen sein. Ich würde mich so gern wieder von ihm einladen lassen, bei ihm zu übernachten. Und am besten sprach ich das direkt aus. »Ich will mir einfach ein paar Kleider zum Wechseln holen, für den Fall, dass du mich wieder mal einlädst, über Nacht zu bleiben.«

Hudson ließ seinen Löffel fallen, er schlug mit einem metallischen Klirren auf den Tisch. »Wenn ich dich mal wieder einlade, über Nacht zu bleiben? Wovon redest du eigentlich? Ich habe dir einen Schlüssel gegeben. Du kannst jederzeit kommen und gehen, wie du willst.«

Ich beugte mich vor, ein breites Grinsen auf dem Gesicht. »Dann brauche ich ganz klar ein paar Klamotten zum Wechseln. Denn es gefällt mir, die Nacht mit dir zu verbringen.«

»Es gefällt mir, dass es dir gefällt, die Nacht mit mir zu verbringen, denn mir gefällt es auch.« Er wischte sich den Mund mit der Serviette ab und legte sie auf den Teller. »Und wo wir gerade davon reden: Es würde mir gefallen, wenn du in Zukunft all deine Nächte hier verbringen würdest und wenn auch all deine Sachen hier wären.«

Ich erstarrte. Das war es! Wenigstens glaubte ich, dass es das war. Ich musste das klären, ehe ich ausflippte. »Was meinst du … ich weiß nicht, was du damit meinst.«

»Doch, das weißt du. Aber ich kann es auch aussprechen, wenn es dir damit besser geht.« Er stand auf und brachte seinen Teller zur Spüle. Als er zurückkehrte, blieb er stehen und lehnte sich mit dem Rücken gegen die Frühstückstheke. Er merkte wahrscheinlich gar nicht, welche Wirkung es auf mich hatte, dass er so vor mir aufragte. Oder vielleicht merkte er es doch, vielleicht tat er es mit Absicht. Er wusste genau, wie er eine Situation zu seinem Vorteil nutzen konnte.

»Ja, sprich es aus.« Meine Stimme klang piepsig, ich wusste nicht, ob ich aufgeregt oder erschreckt sein sollte.

»Wozu brauchst du noch dein Apartment? Dein Mietvertrag läuft doch ohnehin aus. Zieh hier ein.«

Ich konnte mich nicht einmal daran erinnern, woher er das von meinem Vertrag wusste. Wenn ich zu angestrengt darüber nachdachte, würde ich mir nur Gedanken machen, wie sicher meine anderen Geheimnisse waren. Außerdem war ich von seiner Aussage viel zu verblüfft, als dass ich in der Lage gewesen wäre, an irgendetwas anderes zu denken als an diese drei Worte: *Zieh hier ein.*

»Es gefällt mir sehr, dass ich dich noch immer schockieren kann.« Hudson legte den Kopf schräg. »Aber es wäre mir lieber, wenn das hier kein solcher Moment wäre. Was schockiert dich an diesem Plan so sehr?«

Mir zitterte die Hand, und ich legte meinen Löffel hin. Ich hatte meine Grapefruit zwar erst halb gegessen, aber ich konnte jetzt auf keinen Fall weiteressen. Ich konnte kaum einen klaren Gedanken fassen, ganz zu schweigen von Kauen und Schlucken. »Tja, ähm, es ist nur, es ist einfach wahnsinnig früh.«

Er runzelte die Stirn. »Das stimmt. Es ist wirklich etwas unglücklich, dass man im Allgemeinen eine übermäßig lange Zeitspanne für so wichtig hält, ehe man in einer Beziehung einen weiteren Schritt tut. Die Zeit sollte dabei wirklich keine Rolle spielen.«

»Sollte sie nicht?« Ich drehte mich auf meinem Stuhl so, dass ich ihm direkt ins Gesicht blickte.

»Für mich nicht. Wie ich schon sagte, wenn ich einen Plan habe, dann verfolge ich ihn auch konsequent. Ich habe vor, so viel wie möglich mit dir zusammen zu sein. Und das meine ich nicht nur in körperlicher Hinsicht. Es ist nur logisch, dass du hier einziehst, um dieses Ziel zu erreichen.«

Ich stand auf und brachte mein Geschirr zur Spüle. Ich musste es fest gegen meinen Körper drücken, sonst hätte Hudson gehört, wie es in meinen unsicher zitternden Händen geklirrt hätte. »Und das ist ein weiterer Grund, aus dem es möglicherweise keine gute Idee ist: Es macht ein bisschen den Eindruck, als wäre das Ganze ein Wirtschaftsplan. Das nächste Häkchen auf einer Liste. Nicht gerade besonders romantisch.«

Seine Stimme klang angespannt. »Es war mir nicht klar, dass du unbedingt Romantik brauchst. Du weißt, dass das nicht meinem Charakter entspricht.«

»Hey!« Ich wartete, bis er sich zu mir umdrehte und mich ansah, die Frühstückstheke zwischen uns. »Das ist Schwachsinn. Du sagst, du wärst nicht romantisch, aber in Wirklichkeit bist du sehr romantisch.« Die Dinge, die er in der vergangenen Nacht gesagt hatte, zum Beispiel. »Ich habe mich nicht über dein romantisches Angebot beschwert.«

»Worüber beschwerst du dich denn dann?« Jetzt schien er völlig durcheinander.

»Über gar nichts! Ich beschwere mich über gar nichts.«

»Du hast dich darüber beschwert, wie ich dich gebeten habe, bei mir einzuziehen.«

»Nein, das hab ich nicht.« Ich schaute weg. »Okay, doch, das hab ich schon. Ein bisschen, aber das ist nicht der Grund, aus dem ich nicht will.«

Er war bestürzt. »Du willst nicht?«

»Nein.« *Moment mal!* »Ich meine, doch.« Ich wollte eigentlich nicht Nein sagen. Ich wollte die ganze Zeit mit Hudson zusammen sein, genau wie er die ganze Zeit mit mir zusammen sein wollte. Aber trotzdem, wir waren doch erst so kurz zusammen … »Ich meine, ich weiß es nicht.«

Hudson kam um die Theke herum und legte mir die Hände auf die Oberarme. »Alayna, weißt du, wie du für mich empfindest?«

»Ja. Ich liebe dich. Das weißt du doch.«

»Dann zieh bei mir ein.«

Ich biss mir auf die Lippen und zog an seinem lavendelfarbenen Schlips. »Ich muss darüber nachdenken.«

Er legte mir einen Finger unters Kinn und hob mein Gesicht an, sodass ich gezwungen war, ihm in die Augen zu schauen. »Warum?«

»Einfach so.« Ich machte mich los, denn ich konnte mich nicht konzentrieren, wenn er mich berührte. Ich konnte meine Stellung nicht behaupten, wenn diese Art von Spannung zwischen uns bestand, wie es immer war, wenn wir einander berührten.

Ich musste mich irgendwie ablenken und wandte mich wieder zur Spüle, warf die Schalen der Grapefruits in den Abfall und ließ Wasser über die Teller laufen. »Das ist eine wichtige Sache, und ja, es würde die Dinge vereinfachen, und ich kann nicht leugnen, dass ich es gerne möchte …«

»Dann tu es doch einfach.«

» … aber ich weiß nicht, ob es richtig ist.« Ich drehte den Wasserhahn ab und schüttelte mir das Wasser von den Händen. Ohne ihn anzuschauen, gab ich den Hauptgrund zu, aus dem ich zögerte: »Ich verfalle dir, Hudson, viel zu sehr. Und das macht mir Angst.«

»Du verfällst mir? Oder bist du mir schon verfallen?«

Beides. Immer wenn ich sicher war, dass ich jetzt an die Grenzen meiner Liebe für ihn gestoßen wäre, dass ich ihm bereits so sehr verfallen war, wie es mehr gar nicht möglich war, tat oder sagte Hudson etwas

Außergewöhnliches, und ich merkte, dass ich ihn sogar noch mehr liebte. »So oder so, macht das einen Unterschied?«

»Wenn du mir schon verfallen bist, warum machst du dir dann noch Gedanken, ob es zu sehr oder zu schnell geschehen ist? Es ist ohnehin schon passiert. So gehe *ich* zumindest damit um.«

Und da war es wieder – eine Anspielung, wie er für mich empfand, ohne dass er mir eine echte Liebeserklärung gemacht hatte. Das war doch ein Problem, oder nicht? Wie konnte ich mit einem Mann zusammenleben, der mir noch nicht mal gesagt hatte, dass er mich liebte?

Ich holte tief Luft und wandte mich ihm wieder zu. »Lässt du mir ein bisschen Zeit, darüber nachzudenken? Ohne dass du in der Nähe bist?«

Er erstarrte. »Willst du damit andeuten, dass ich dich unter Druck setze?«

»Ich will damit andeuten, dass du mich ablenkst. Und ja, es ist Druck, ob du willst oder nicht. Und ehrlich, es ist auch ein ganz winziges bisschen Manipulation im Spiel. Bei deiner Vergangenheit kommt es mir in den Sinn, dass du mich möglicherweise kontrollieren willst und dass das hier der einfachste Weg für dich ist, dieses Ziel zu erreichen.«

Sein Gesichtsausdruck wurde hart, und ich rannte zu ihm und schlang die Arme um ihn. »Nein, nicht, werd bitte nicht böse, H! Ich sage doch nicht, dass du mich manipulierst oder dass du mich kontrollieren willst, ich sage einfach nur, dass ich Zeit zum Nachdenken brauche. Um mir darüber klar zu werden. Lass mir ein bisschen Zeit! Bitte.«

»Wenn es das ist, was du brauchst.« Sein Ton war kühl, seine Arme hingen reglos an seiner Seite, sogar jetzt, da ich ihn in den Arm genommen hatte.

Ich berührte seinen Nacken und glitt mit den Fingern in sein Haar. »Hudson!«

»Was?«

»Sei nicht so.«

Er blieb stocksteif stehen. »Ich mache doch überhaupt nichts.«

»Sind wir wieder gut miteinander?« Ich drückte ihm Küsse auf den Kiefer, ich wollte, dass er sich erweichen ließ – nein, ich *brauchte* es unbedingt, er musste meine Umarmung erwidern.

Er atmete aus und schlang endlich die Arme um mich. »Natürlich.« Er küsste mich auf den Kopf. »Immer.«

Hudson wurde zur gleichen Zeit von seinem Fahrer abgeholt wie ich von Jordan. Sobald ich allein auf der Rückbank des Maybach saß, holte ich mein Handy raus, um Liesl anzurufen. Ich musste mit jemand über Hudsons Vorschlag reden, bei ihm einzuziehen, und ich wandte mich immer an Liesl, wenn die Dinge kompliziert wurden. Doch ich hielt inne, noch ehe ich wählte. Liesl hatte am Vortag gearbeitet, sie würde noch schlafen. Außerdem kannte sie zwar mich, aber sie kannte Hudson nicht. Jedenfalls nicht richtig. Und dass man Hudson kannte, war eine wichtige Voraussetzung, um mir zu helfen, eine vernünftige Entscheidung zu treffen.

Aber es gab eine Person, die Hudson kannte – ihn sehr gut kannte. Und ich hatte ihre Nummer.

Als Celia nicht ranging, legte ich wieder auf und wählte erneut, genau wie sie es mir gesagt hatte. Doch erst beim dritten Versuch kam ich durch. Ich überlegte, ob ich ihr meine Neuigkeiten am Telefon erzählen sollte, aber ich entschied, dass das einen anderen Rahmen brauchte. Ich zumindest brauchte einen etwas anderen Rahmen, also verabredeten wir uns für ein Uhr zum Essen.

Celia saß schon am Tisch, als ich im A Voce ankam. Ich wartete, bis die Kellnerin meine Bestellung, Eistee und Hühnchen mit Brunnenkressesalat entgegengenommen hatte, ehe ich mich in die Unterhaltung stürzte.

Obwohl ich vorgehabt hatte, mit Hudsons Angebot anzufangen, bei ihm einzuziehen, kam mir etwas ganz anderes über die Lippen: »Was weißt du über Norma Anders?« Ich hatte immer wieder über sie nachgedacht, seit sie Hudson die Hand auf den Arm gelegt hatte und er sie mit dem Vornamen angesprochen hatte.

Celia hob die Augenbrauen. »Aha, du hast also von der Schlampe gehört.«

»Du meinst, Hudson und …« Mir drehte sich der Magen um. Vielleicht hätte ich besser nicht fragen sollen.

»Ganz ehrlich: Ich weiß es nicht. Es ist ja nicht so, als hätte Hudson seine Eroberungen mit mir besprochen. Und wenn ich raten sollte, würde ich sagen: Nein, denn wenn er sie gefickt hätte – Entschuldigung, das war ein bisschen grob, aber du weißt ja, was ich meine –, wenn er das getan hätte, dann wäre er fertig mit ihr, und sie würde ganz sicher nicht mehr mit ihm zusammenarbeiten.«

Ich hätte mich am liebsten an Celias Worte geklammert wie an einen Rettungsring und geglaubt, dass es absolut unmöglich war, dass Hudson mit Norma Anders … intim gewesen war. Aber ihre Theorie war nicht ganz verlässlich. »Das heißt, falls er mit ihr geschlafen hat, als er, du weißt schon, noch mit Frauen gespielt hat. Das hat er jetzt schon eine ganze Weile nicht mehr gemacht, oder? So ungefähr seit zwei Jahren nicht mehr.«

Sie runzelte die Stirn. »Hm, natürlich.«

»Also hat Hudson möglicherweise mit ihr geschlafen, nachdem er mit seiner Therapie angefangen hatte, und dann wäre es für ihn kein großes Ding gewesen, wenn sie weiterhin für ihn arbeitet.«

Celia nickte. »Ich verstehe, was du meinst. Aber ich glaube es trotzdem nicht. Und zwar aus folgendem Grund: Norma ist immer hinter ihm her gewesen. Schon lange, bevor er mit der Therapie begonnen hatte. Und ich kann dir nicht sagen, bei wie vielen Gelegenheiten ich gesehen habe, wie sie versucht hat, ihn anzumachen, deswegen nenne ich sie auch *Die Schlampe*. Doch trotz all ihrer Anstrengungen ist er nie auch nur im Geringsten darauf eingegangen.«

»Und das macht es immer wahrscheinlicher, *dass* er zu ihr gegangen ist, nachdem er mit seiner Therapie angefangen hat. Glaub mir, ich weiß, wovon ich rede.« Es war so glasklar. Die Männer, mit denen ich ausgegangen war, während ich meine Therapie machte, waren die Sicheren gewesen. Es waren Männer gewesen, für die ich bisher nicht besonders viel empfunden hatte. Wenn Hudson nie an Norma interessiert gewesen war, war das hier vielleicht ähnlich.

Andererseits hatte Hudson mir mehr als einmal gesagt, dass er nie das Bedürfnis gehabt hätte, mit mir zu spielen. Hatte er aus ähnlichen Gründen auch davon abgesehen, mit Normas Gefühlen zu spielen? Weil er etwas für sie empfand?

Allein die Vorstellung machte mich krank vor Eifersucht.

Und sie lieferte mir keine Antworten auf die Frage, ob Norma für ihn heute oder früher einmal etwas Besonderes gewesen war. Wenn ich das wirklich wissen wollte, musste ich mir Norma genauer anschauen. Ich machte mir eine gedankliche Notiz, sie demnächst zu googeln, wenn ich Zeit hatte.

Dann löschte ich diese Notiz wieder.

Was zum Teufel dachte ich mir dabei? Internet-Stalking – das war eine Sache, die die alte Alayna Withers gemacht hatte. Ich würde mich nicht wieder auf dieses Niveau herabbegeben. Hudson wollte mich bei sich haben. Und zwar immer. Was brauchte ich noch mehr, um zu wissen, dass ich die wichtigste Frau in seinem Leben war?

Wir schwiegen einen Moment, als die Kellnerin das Essen brachte. Als wir wieder allein waren, redete ich weiter. »Nein, du hast wahrscheinlich recht. Ich weiß gar nicht, warum ich mir Gedanken darüber mache, ehrlich. Ich bin schließlich diejenige, die er gebeten hat, bei sich einzuziehen, und nicht sie.«

»Genau!« Ihr Lächeln verschwand. »Moment mal, wie war das? Er hat dich gebeten, bei ihm einzuziehen? Das ist ja grandios!«

Es war grandios. Absolut grandios, und zum ersten Mal erlaubte ich mir ohne Angst, mir selbst darüber klar zu werden, wie großartig es tatsächlich war. Ich spielte es aber ein bisschen herunter und tat so, als sei es nichts Besonderes. »Ich weiß nicht. Es ist zu früh dazu, meinst du nicht auch?«

»Egal – für solche Sachen gibt es doch keine Regeln, oder?« Celia redete weiter, über ihren Salat hinweg. »Wenn Hudson weiß, was er will, dann zögert er nicht.« Ich versuchte, mich von dieser Anmerkung nicht aus der Fassung bringen zu lassen.

»Ungefähr das hat er auch gesagt.« Ich schluckte. »Als ich Nein gesagt habe.«

»Hast du nicht!« Celia schnappte nach Luft, und ihr Gesichtsausdruck passte genau zu ihrem überraschten Ausruf.

»Doch, hab ich. Nun ja, ich habe gesagt, ich denke noch mal drüber nach.«

Sie war begeistert. »Und jetzt hast du drüber nachgedacht und sagst Ja. Du musst Ja sagen! Wie könntest du denn was anderes sagen? Wir reden hier von Hudson Pierce!«

»Das ist nicht der Grund, aus dem ich ihn liebe.« Nicht weil er der weltberühmte Milliardär und Wirtschaftsmogul Hudson Pierce war. Sondern weil er der war, der er war – einzigartig und etwas ganz Besonderes, auf mehr als nur auf eine Art.

»Ein Grund mehr, dass du Ja sagst. Genau deswegen bist du diejenige, die er will. Du bist nicht in diese ganze Show verwickelt, die um ihn herum abläuft. Du kannst dir nicht vorstellen, auf wie wenig Leute das zutrifft.« Celia warf ihr blondes Haar nach hinten. »Du liebe Güte, Alayna, du bist genau die Richtige für ihn. Du musst bei ihm einziehen!

Du brichst ihm das Herz, wenn du es nicht tust. Es ist ganz klar, dass er dich liebt.«

War das wirklich so klar? »Das hat er mir aber noch nicht gesagt.«

»Hat er es dir nicht schon längst auf andere Art und Weise zu verstehen gegeben? Dass er dich bittet, bei ihm einzuziehen … das scheint mir genau das Gleiche, als ob er es gesagt hätte. Auf die einzige Art, wie er es sagen kann.«

Genau wie er mir am Vorabend hatte zeigen müssen, wie er für mich empfand. Er hatte es mir mit seinem Körper zeigen müssen, denn mit Worten konnte er es nicht.

Nun ja, vielleicht hatte Celia recht.

Sie verstand meinen Geliebten viel besser, als ich es tat.

»Verdammt.« Ich hatte diesmal verantwortungsbewusst sein wollen. Diese Beziehung mit Vorsicht angehen und sie nicht wieder versauen wollen, wie ich das normalerweise machte. Und jetzt hatten sowohl Hudson als auch Celia mir verlockende Gründe präsentiert, alle Vorsicht in den Wind zu schlagen. »Mein Mietvertrag läuft sowieso demnächst aus.«

»Zieh aus! Das ist doch perfekt! Als wäre es Schicksal oder so.«

Es war mir sehr gelegen gekommen, dass Hudson und ich uns begegnet waren, als Brian sich gerade entschieden hatte, mich nicht mehr finanziell zu unterstützen. Ich habe nie an die Vorstellung von Schicksal oder Bestimmung geglaubt, aber vielleicht war doch was an der Sache dran. Oder Hudson hatte einfach ein unschlagbares Timing. Wie auch immer, wir hatten einander gefunden, und allein bei dem Gedanken daran, was für ein unermessliches Glück das für mich gewesen war, musste ich schlucken. »Ich kann jetzt nicht mehr darüber sprechen. Es macht mich ganz unruhig und emotional.«

Celia lächelte und hatte genau wie ich Tränen in den Augen. »Aber du wirst doch Ja sagen, oder?«

Ich nickte fast unmerklich.

»Ja!« Sie klatschte in die Hände. »Ich habe das Gefühl, ich müsste dich jetzt umarmen. Ich bin jemand, der gerne knuddelt. Aber wir sitzen hier beim Essen in einem Restaurant, und das würde wahrscheinlich sehr merkwürdig aussehen. Also muss das hier reichen.« Sie legte ihre Hand auf meine und drückte sie.

Ich war mehr als dankbar, dass wir in einem Restaurant waren, denn ich war ganz und gar nicht der Typ, der gerne auf Tuchfühlung geht.

Der Händedruck war ein guter Kompromiss und irgendwie auch sehr nett. Es tat gut, eine Freundin zu haben, die wirklich begriff, was ich durchlebte. Denn das war Celia inzwischen für mich geworden – eine Freundin.

Sie strahlte immer noch, als sie ihre Hand wieder wegzog. »Und wann willst du es ihm sagen? Heute Abend?«

»Nein, ich glaube nicht, Ich habe um halb neun einen Termin, und wir essen früh zusammen zu Abend, so gegen sechs, aber da will ich es ihm noch nicht sagen, weil alles terminlich so knapp ist.«

Sie runzelte die Stirn. »Heute Abend hast du einen Termin?«

»Ja, findest du das merkwürdig?« Oder hatte ich ihren Ausdruck missverstanden?

»Nicht merkwürdig. Ich finde nur die Idee schrecklich, dass du an einem Freitagabend arbeiten musst. Du schläfst schließlich mit dem Boss – kann man da nicht irgendwelche Privilegien erwarten?«

Ich lachte. »Sollte man meinen. Aber Hudson hat den Termin für mich gemacht, und einem geschenkten Gaul schaut man nicht ins Maul.«

»Ach, interessant.« Sie fuhr sich mit dem Zeigefinger über die Augenbrauen. »Mit wem triffst du dich denn?«

»Mit Aaron Trent.«

»Wow – das ist die oberste Liga, Laynie.« Einen Augenblick dachte ich, sie würde die Hand heben, um mich einschlagen zu lassen. »Ich schätze, du kannst dich nicht beschweren, dass du einen Termin mit Aaron Trent hast, selbst wenn es dir den Freitagabend versaut.«

»Das ist einer der Vorteile davon, dass ich mit dem Boss schlafe: gute Kontakte. Ich bin Hudson was schuldig dafür.« Ich dachte über das nach, was ich gesagt hatte. »Aber er hasst es, wenn man ihn meinen Boss nennt.«

»Wieso überrascht mich das bloß nicht?«

»Also sag ich ihm morgen, dass ich bei ihm einziehe. Dann kann ich mir was ganz Besonderes dafür ausdenken, wie ich es ihm sagen will.« Oder zumindest dafür sorgen, dass wir danach Zeit zum Feiern hatten, denn ich würde es auf keinen Fall bis zum Ende der Unterhaltung schaffen, ohne dass er über mich herfiel. Nicht dass ich mich beschweren würde … »Kann ich mal einen Augenblick dein Telefon haben?« Celia streckte die Hand aus.

»Ähm, klar.« Ich gab meinen Code ein und hielt ihr das Handy mit fragendem Blick hin.

»Danke. Meins spinnt mal wieder. Es klingelt oft einfach nicht, und das ist zum Teil auch der Grund, warum ich nie rangehe, wenn mich jemand versucht zu erreichen.« Sie tippte ein paar Zahlen in mein Telefon und wartete. »Siehst du? Es klingelt wieder nicht!« Sie drückte die Wiederwahl-Taste und versuchte es erneut. »Nichts. Ich schätze, ich muss es mal zur Reparatur bringen. Danke dir.«

»Kein Problem.« Ich nahm mein Handy wieder an mich und steckte es mir in den BH. »Oh, übrigens habe ich, ähm, ich habe Hudson nicht erzählt, dass wir uns gestern getroffen haben.«

»Hast du dir überlegt, dass unsere Unterhaltung doch zu heikel war?«

»Ich bin gar nicht dazu gekommen, es ihm zu erzählen. Und nach heute …«

»… wirst du es ihm auch nicht mehr sagen«, beendete sie den Satz für mich. »Würde ich auch nicht tun. Ich meine, ich will dich wirklich nicht ermutigen, Geheimnisse vor ihm zu haben. Und es ist keine große Sache. Aber Hudson würde eine große Sache daraus machen.«

»Eine riesengroße Sache.« Besonders wenn man sich überlegte, worüber wir gesprochen hatten. »Dann sind wir uns also einig, dass wir schweigen?«

»Ich erzähle ihm nichts. Großes Indianerehrenwort.«

Hoffentlich zählte dieses Ehrenwort in der reichen, exotischen Welt von Celia Werner und Hudson Pierce auch wirklich was. Denn die Dinge in meinem Leben liefen unglaublich gut, und das hieß auch, dass ich hatte einiges zu verlieren hatte. Wenn sie oder ich uns dumm verplapperten, würde mein ganzes schönes Kartenhaus in sich zusammenstürzen.

Kapitel neun

Der restliche Nachmittag verging wie im Flug, während ich meinen Marketingplan für das Treffen mit Aaron Trent fertigstellte. Dann hatte ich so lange mit einer E-Mail von Julia mit Vorschlägen für die Angebotspakete zu tun, dass ich es nicht mehr schaffte, noch in meine Wohnung zu gehen. Insgesamt war es ein produktiver Tag, und als Hudson mir schrieb, er sei unterwegs, war ich schon halb verhungert und ganz begierig darauf, ihn zu sehen.

Ich machte an der oberen Bar halt, wo ich rotes Haar hinter der Theke auf und ab tanzen sah. »Liesl!« Ich hätte nicht gedacht, wie sehr ich meine Kollegin vermissen würde, wenn ich nur noch tagsüber arbeitete.

»Hallo, mein Mädchen!« Liesl kannte mich gut genug, um zu wissen, dass ich meinen persönlichen Freiraum brauchte, also umarmte sie mich nicht, hob die Hand, damit ich einschlagen konnte. »Scharf siehst du aus!« Sie kaute Kaugummi und schaute mich von oben bis unten an. »Scheint immer noch gut zu laufen mit Houston Piers.«

»Hudson Pierce«, korrigierte ich sie. »Los, sprich mir nach …«

Sie machte eine große Blase und ließ sie platzen. »Ich kenne seinen Namen inzwischen, ich wollte dich nur ein bisschen verarschen.« Sie grinste. »Los, erzähl mir alles über dich und den wahnsinnig scharfen Kerl, angefangen beim Sex.«

»Das würde ein ganzes Weilchen dauern.« Ich wünschte mir plötzlich, ich wäre nicht auf dem Weg nach draußen, sondern hätte Zeit, mich hinzusetzen und ein Schwätzchen mit meiner Freundin zu halten. Ich hatte sie angelogen, genau wie alle anderen, als die Sache mit dem Paar Hudson und Alayna noch gespielt gewesen war, obwohl ich mich damals schon danach gesehnt hatte, ihr die Wahrheit zu sagen. Und als ich sie jetzt sah, drängte es mich erneut, ihr zu erzählen, wie großartig alles lief, aber dann würde ich ihr auch den ganzen Hintergrund erklären müssen, damit sie begriff, warum die Dinge inzwischen ganz anders lagen als letztes Mal, wo ich auch gesagt hatte, alles laufe großartig. Wenn ich Zeit gehabt hätte, hätte ich Liesl alles erzählt. Aber die hatte ich im Moment nicht, und ich wurde traurig, als ich merkte, wie sehr wir uns in den vergangenen Wochen voneinander entfernt hatten.

Sie starrte mich durchdringend an. »Aber es ist alles in Ordnung?«

Ich wusste, was sie eigentlich fragte: Hatte ich meine Obsessionen noch unter Kontrolle? War ich noch völlig gesund? »Es ist alles absolut in Ordnung. Wollen wir bald mal zusammen zu Mittag essen und uns auf den neuesten Stand bringen?«

Sie riss die Augen auf. »Auf jeden Fall! Ich vermiss dich nämlich ganz schön.«

»Du fehlst mir auch.« Ich hatte jetzt Celia als Freundin, aber das ersetzte mir Liesl nicht. Ich musste mich mehr anstrengen, damit wir nicht den Kontakt zueinander verloren.

»Du hast deine Handtasche über der Schulter – heißt das, du gehst gerade?« Sie stützte sich mit den Ellenbogen auf die Theke und legte das Kinn in die Hände.

»Ja, ich bin auf dem Weg nach draußen, aber ich komme später zurück. Hudson führt mich zum Essen aus.«

»Ja, schon klar, so nennt man das also heute.« Sie zwinkerte. »Aber David hat gesagt, du wärst den ganzen Tag da gewesen, wieso kommst du dann noch mal zurück? Deine Schicht für heute Nacht haben wir schon abgedeckt.«

»Das weiß ich, und ich bin euch wahnsinnig dankbar dafür, aber ich habe später noch eine Besprechung.«

»Oh.« Sie zupfte an ihren rot-violetten Strähnen und ich merkte, dass ein paar blaue Strähnchen dazugekommen waren. »Moment mal, hat diese Besprechung zufällig was zu tun mit einem Typen namens Trent?

»Ja …« *Woher wusste sie …?* »Liesl, hast du vielleicht vergessen, mir irgendwas weiterzugeben?«

Sie ließ die nächste Kaugummiblase platzen und verbreitete einen Geruch von Wassermelone. »Ja, seine Sekretärin hat eben angerufen und gesagt, er müsse einen neuen Termin ausmachen.« Sie zuckte mit den Schultern.

Ich schlug mir die Hand vor den Kopf.

»Tut mir leid, ich hab's ganz vergessen.«

»Nein, ist schon in Ordnung. Eigentlich sind das gute Neuigkeiten. Na ja, vielleicht nicht ganz so gut, denn ich hab den ganzen Tag damit zugebracht, mich auf das Treffen mit dem Typen vorzubereiten, aber dann hab ich immerhin heute Abend frei.«

»Und jetzt kommst du nicht noch mal zurück.« Liesl zog einen Schmollmund.

»Nein, tut mir leid.« Mein Handy summte – eine Nachricht von Hudson, dass er unten vor der Tür stand. »Das ist Hudson, ich muss los.«

»Aha, du hast ihn also lieber als mich.« Liesl liebte es, einen auf beleidigt zu machen.

»Du hast nun mal bestimmte Qualitäten nicht, die Hudson hat.« Ich zog mir den Riemen meiner Handtasche über die Schulter.

»Ich habe andere Qualitäten, die sind auch ganz schön gut. Du musst es nur einfach mal ausprobieren!«

Ich lachte im Weggehen und winkte ihr zum Abschied über die Schulter zu. Liesl war bi-neugierig und tat oft so, als würde sie mit mir flirten. Zumindest glaubte ich, dass sie nur so tat, aber es war auch egal, ich hatte in sexueller Hinsicht kein Interesse an Frauen und überhaupt kein Interesse an irgendjemandem außer dem Mann, der draußen auf mich wartete.

Ich trat aus dem Klub und beschattete die Augen mit der Hand, damit ich gegen die Sonne etwas sehen konnte. Ich hatte den Maybach erwartet, aber stattdessen stand wieder eine schwarze Limousine am Bordstein. Sobald Jordan mich sah, stieg er aus und kam um das Auto herum, um mir die Tür aufzuhalten.

»Hallo«, sagte ich zu ihm und starrte ihn so diskret an, wie ich konnte, denn er sah nun mal einfach schnuckelig aus. Ich konnte es nicht lassen.

»Guten Abend, Ms Withers.«

Ich stieg ins Auto, und mein Herz schlug augenblicklich schneller, als ich Hudson drinnen warten sah. »Zwei Abende hintereinander eine Limousine? Was ist denn heute der Anlass?«

»Ich fand, wir hatten gestern so eine gute Fahrt.«

Die Tür fiel hinter mir ins Schloss, und schon stürzte ich zu Hudson hinüber, der die Hände nach mir ausstreckte und mich auf seinen Schoß zog.

»Eine gute Fahrt oder einen guten Ritt?« Ich war schon feucht, wenn ich nur an unsere Fahrt zu dem Botanischen Garten dachte. Gegen eine Wiederholung der Ereignisse während dieser Fahrt hätte ich nichts einzuwenden gehabt.

»Wenn ich mich richtig erinnere, bist du geritten, ich hingegen bin gefahren.« Er drückte seinen Mund auf meinen, eine Hand umfasste mein Gesicht und die andere schlang sich um meine Taille. Er sog an meiner Unterlippe, glitt dann mit der Zunge in meinen Mund und leckte an meinen Zähnen entlang. Ich schob meine Zunge unter seine, und sofort nahm er die Einladung an, und unsere Zungen schlangen sich umeinander und tanzten miteinander, während unsere Lippen sich bewegten und miteinander verschmolzen.

Der Ruck, mit dem das Auto sich in Bewegung setzte, riss mich aus unserer Umarmung. Ich manövrierte mich auf den Platz neben Hudson und legte den Gurt an. Ich war ein bisschen überrascht, dass er noch nichts zum Thema Einzug gesagt hatte oder dass er nicht angespannt auf meine Antwort wartete. Da ich heute Abend frei hatte, konnte ich es ihm beim Essen sagen. Ach was, vergiss das Essen – ich konnte es ihm hier und jetzt sagen. Aber ich wollte den richtigen Moment erwischen. »Also … wie war dein Tag?«

Er legte mir den Arm um die Schultern und zog mich so eng an sich, wie der Sicherheitsgurt es erlaubte. Seine Finger spielten mit meinem Haar. »Der einzige Teil des Tages, der heute bemerkenswert war, war der mit dir. Und der war fantastisch.«

Er nahm meine Hand und liebkoste sie, und die Art, wie er seine Finger über meine Haut gleiten ließ, ließ meinen ganzen Körper in Flammen auflodern. »Und wie war dein Tag?«

»Ganz genauso.« Ich war begierig darauf gewesen, ihm die Einzelheiten zu berichten, die ich für den Klub ausgearbeitet hatte, aber jetzt, da ich mit ihm zusammen war, konnte das Geschäftliche warten. Jetzt interessierte ich mich nur noch für uns – für uns beide – uns zwei als Liebende. »Aber ich hab eine Überraschung für dich.«

Seine Lippen verzogen sich zu einem teuflischen Grinsen. »Trägst du vielleicht keine Unterwäsche?« Seine Hand glitt zwischen meine Schenkel, als ob er entschlossen wäre, die Antwort selbst herauszufinden.

Ich schlug seine Hand weg, obwohl ich darauf brannte, dass seine Finger sich noch weiter nach oben bewegten, damit er auf seine gekonnte Art meine Klit reiben könnte. Aber dazu würden wir noch früh genug kommen. Ich konnte mir Zeit lassen und ihn ein bisschen necken. Jetzt, wo meine Besprechung abgeblasen war, hatten wir schließlich die ganze Nacht Zeit. »Ich trage sehr wohl Unterwäsche, du Perversling. Wenn du wolltest, dass ich keine trage, hättest du keine Höschen für mich kaufen dürfen.«

»Die Höschen sind für die Zeit gedacht, in der du mit anderen zusammenarbeitest. Aber jetzt sind wir alleine.«

Ich nickte in Richtung Vordersitze im Auto, doch ich wusste genau, dass Jordan uns hinter der dunklen Trennscheibe weder sehen noch hören konnte. »Mehr oder weniger.«

»Mehr oder weniger reicht mir.« Er ließ legte seine Hand oben auf meinen Schenkel, und das Leuchten in seinen Augen verriet mir, dass er vorhatte, sich hier und jetzt in der Limousine über mich herzumachen, auf dem Weg zum Abendessen. Schon wieder. »Erzähl mir deine Überraschung.«

»Ich habe den Großteil des Tages damit verbracht, mich auf das Treffen mit Aaron Trent vorzubereiten, und gerade habe ich rausgefunden, dass er abgesagt hat.«

»Er hat das Treffen abgesagt?« Hudson wurde sauer. Er holte sein Handy hervor und scrollte durch seine Kontakte. »Ich rufe ihn an. Wenn er es nicht für nötig hält, heute Abend zur Besprechung zu erscheinen, dann ist es auch nicht mehr nötig, dass er andere Projekte für mich übernimmt.«

Ich legte meine Hand auf seine, sodass er nicht mehr weitersuchen konnte. »Er wird sicher einen guten Grund für seine Absage gehabt haben. Ich rufe ihn gleich Montagfrüh an. Das ist keine große Sache, ich hatte ohnehin einen langen, anstrengenden Tag, und ich bin froh, dass wir das Treffen verschieben.«

»Dann rufe ich an und mache gleich einen neuen Termin mit ihm aus.«

»Nein, lass mich das machen. Bitte.« Es war mir bis gerade eben nicht klar gewesen, wie wichtig mir diese Sache war. Ja, ich hatte diese Verbindung nur durch Hudson und ich würde wahrscheinlich ein gutes Angebot bekommen, auch nur wegen Hudson. Aber ich brauchte eine Chance, um zu beweisen, was ich draufhatte. »Ich würde das gerne auf meine Weise klären.«

Hudson seufzte und steckte sein Handy wieder weg. »Wenn du willst. Aber sag mir sofort Bescheid, wenn er dir nicht den Respekt entgegenbringt, den du verdienst.«

»Weil mein reicher, mächtiger Freund dann für mich eintritt und sich die Wertschätzung für mich erkämpft.«

»Sollte ein Freund das nicht tun?«

»Ähm, mein Freund nicht.« Ich lehnte mich in seine Armbeuge und glitt mit dem Finger die Kurve seines Kinns entlang. »Ich sage dir Bescheid, wenn ich dich brauche, H. Aber lass mich das diesmal selbst übernehmen, ja?«

»Natürlich.« Er fing meinen Finger mit dem Mund ab, nahm ihn zwischen die Zähne und knabberte leicht daran herum. Ich war sofort feucht.

Ich löste den Blick nicht von seinem Mund, völlig fasziniert davon, was er mit meinem Finger machte – lauter Versprechungen für den späteren Abend. Oder schon für früher, so wie sich die Dinge entwickelten. »Und das Wunderbare daran, dass er abgesagt hat, ist, dass du mich jetzt die ganze Nacht lang für dich hast. Was willst du denn so alles mit mir machen?«

Er ließ meinen Finger aus dem Mund gleiten. »Du gehst heute Abend nicht mehr zurück in den Klub?«

»Nein, ich gehöre ganz dir. Du kannst mich ausführen, und dann kann ich dich in mich einführen.« Ich hob anzüglich die Augenbrauen. Ich hatte noch nicht viele Gelegenheiten gehabt, bei denen ich mit Hudson hatte herumblödeln können, und es gefiel mir ausnehmend gut. Unsere Beziehung war vorher beschränkt gewesen auf Showtime und Sex. Alles drum herum war noch immer neu und unglaublich schön.

Hudson setzte sich aufrechter hin, nahm den Arm von meiner Schulter und legte ihn auf seine Rücklehne. »Ich kann nicht.« Er schaute mich nicht an. »Ich habe mich mit dir zum Essen verabredet, aber dann habe ich etwas anderes vor.«

»Oh.« Ich schluckte. »Ja, natürlich. Ich hätte nicht voraussetzen dürfen, dass du Zeit hast.« Nur weil wir zusammen waren, hieß das nicht, dass er nicht auch noch sein eigenes Leben hatte. Hudson war ein viel beschäftigter Mann – mit Geschäftsabschlüssen und Wohltätigkeitsveranstaltungen und allen möglichen Dingen, mit denen ich nichts zu tun hatte. Warum fühlte es sich an wie eine Zurückweisung?

Hudson seufzte. »Alayna.«

»Nein, meine Schuld.« Ich fühlte, wie ich einen Kloß im Hals bekam, aber ich zwang mich zu einem Lächeln. »Ich schaue mir einfach einen Film an oder lese mein Buch weiter, das passt schon.«

»Aber wir haben noch immer unser Abendessen.«

»Ja.« Ich nickte viel zu lang. Als ob das Nicken den Verdacht ausräumen könnte, der mir durch den Kopf schoss. Zum Beispiel: Was hatte er anderes vor? Mit wem traf er sich am Freitagabend um acht? Warum sagte er mir nicht, was er vorhatte, sodass ich nicht das Schlimmste annehmen musste? Denn jetzt nahm ich tatsächlich das Schlimmste an. Voll und ganz. Ich befürchtete, dass er mit anderen Frauen verabredet war und … und … na ja, hauptsächlich das: Verabredungen mit anderen Frauen. Mit Frauen wie Norma Anders.

Ich hätte ihn fragen können, aber ich wusste, wenn ich fragte, wäre das wie eine Anklage. Oder zumindest hatte ich Angst, es könnte klingen wie eine Anklage. Denn es wäre auch eine.

Also fragte ich nicht.

Eine halbe Minute lang saßen wir schweigend da.

Dann ertrug ich es einfach nicht mehr. »Und, ähm, was hast du heute Abend so vor?« Ich drückte sein Bein und hoffte, das würde die Spannung abbauen, die ich vielleicht durch meine Frage geschaffen hatte.

»Es ist …« Er schüttelte den Kopf. »Ach, gar nichts.«

So viel zum Thema Spannungsabbau. »Ist das dein Ernst? Du kannst nicht einfach sagen, es wäre nichts, und erwarten, dass das Thema damit für mich erledigt ist.« Ich lachte verlegen, um das Schrille, das sich möglicherweise in meinen Tonfall geschlichen hatte, etwas abzumildern. In meiner Brust baute sich die Paranoia auf – eine Paranoia, die mich wahnsinnig machte, wie Unkraut, das sich zielstrebig irgendwo ansiedelt und das man so gut wie nicht mehr wegbekommt, sobald es einmal Wurzeln geschlagen hat. Ich musste dagegen ankämpfen, es durfte nicht siegen.

Hudsons Kiefermuskeln bewegten sich, er überlegte. Oder vielleicht dachte er sich auch nur eine richtig gute Lüge aus. Schließlich sagte er: »Ich gehe zu einem Abendessen mit meiner Mutter.«

Sophia. Allein beim Gedanken an sie sank mir der Mut. Kein Wunder, dass Hudson sie nur ungern erwähnt hatte.

»Oh.« Ich rieb mir die Stirn und versuchte, mir über die Situation klar zu werden. »Aber wir gehen doch jetzt schon essen.«

Er zuckte nicht mit der Wimper. »Ich wollte jetzt nur eine Kleinigkeit essen.«

»Willst du wirklich zweimal zu Abend essen? Wir können das Essen jetzt auch ausfallen lassen. Iss mit ihr zu Abend. Ich esse einfach später eine Kleinigkeit.« Jetzt klang ich wie eine verständnisvolle Freundin, oder? Denn so musste ich unbedingt klingen, obwohl ich mich ganz und gar nicht so fühlte.

»Ich würde lieber mit dir essen und das Essen mit ihr ausfallen lassen.«

»Dann tu das doch.«

»Das kann ich nicht machen, sie hat heute Geburtstag.« Und da war er: der Rest dieser ganzen Geschichte. »Deine Mutter hat heute Geburtstag, und du hast es noch nicht mal erwähnt?«

Er nahm den Arm von der Rückenlehne und legte die Hände in den Schoß. »Es ist ja nicht so, als ob ihr beide euch blendend verstehen würdet.«

»Aber wir zwei uns schon!« Ich drehte mich, damit ich ihm ins Gesicht sehen konnte. »Sie ist deine Mutter. Deine Familie ist dir wichtig, ob du es zugeben willst oder nicht. Wenn ich dir auch wichtig bin, solltest du mir dann nicht erzählen, was mit ihnen los ist?«

Er schaute mir in die Augen, so durchdringend, dass ich mich genau auf das konzentrieren musste, was er sagte. »Du bist mir wichtig, Alayna, und dass ich dir nichts davon erzählt habe, hat nichts damit zu tun.« Jetzt schaute er entspannter drein. »Du hättest doch sowieso gearbeitet, also gab es keinen Grund, es überhaupt zu erwähnen.«

»Aber jetzt arbeite ich nicht …«

»Und deshalb habe ich es dir jetzt gesagt.«

Ich wusste es nur, weil ich es ihm regelrecht aus der Nase gezogen hatte. Ich wusste es, weil die Umstände sich geändert hatten und er nicht darum herumkam, es mir zu sagen. Und ich hätte nur aus einem einzigen Grund gearbeitet, nämlich weil Hudson es für mich so arrangiert hatte. Er hatte alles getan, damit ich nichts von diesem Abendessen erfahren würde. Glaubte er tatsächlich, er könnte sich die Dinge heraussuchen, die er erzählte, wenn er in einer Beziehung war?

Vielleicht glaubte er das wirklich. Man musste ihm zugestehen, dass er noch nie zuvor in einer echten Beziehung gewesen war.

Und suchte ich mir nicht auch das heraus, was ich ihm erzählen wollte?

Aber darüber wollte ich jetzt nicht nachdenken. Meine Geheimnisse waren für die Unterhaltung, die wir hier gerade führten, irrelevant. Meine Geheimnisse waren noch immer sicher, sein Geheimnis hingegen nicht. Und herauszufinden, dass er mir etwas verheimlicht hatte, fühlte sich nicht richtig an, es fühlte sich nicht gut an. Er hätte es mir sagen müssen! Zum Teufel, er hätte mich einladen müssen!

Ich drängte eine Träne zurück, die zu fallen drohte. »Wer ist denn bei dem Essen, nur sie und du?«

»Nein, der Rest meiner Familie ist auch da.«

Meine Lippe begann zu zittern. »Und trotzdem willst du mich nicht einladen?«

»Nein, das will ich nicht.«

Ich sagte nichts. Die Tränen liefen mir übers Gesicht und machten es mir unmöglich zu sprechen. Du liebe Zeit, seit ich mit Hudson zusammen war, hatte ich mich zu einer totalen Heulsuse entwickelt, es war echt peinlich.

Hudson machte eine Bewegung, als wollte er mir eine Träne abwischen, aber ich wandte mich ab und wollte nicht, dass er mich berührte.

»Es ist nur die Familie, Alayna, keine große Sache.«

»Nur die Familie, schon klar.« Ich versuchte, mich von diesen Worten nicht allzu sehr treffen zu lassen. Natürlich gehörte ich nicht zur Familie, aber ich war von den meisten Familienmitgliedern willkommen geheißen worden – von Mira, ihrem Mann Adam, von Hudsons Vater Jack. Und jetzt wollte Hudson, dass ich bei ihm einzog. Bedeutete das denn nicht automatisch, dass ich auch zu Familienfesten eingeladen wurde?

»Nur die Familie. Und du kommst doch mit Sophia nicht besonders gut aus. Warum solltest du dann gern dabei sein wollen?«

»Weil du dabei bist.« Ich wischte mir mit der Handfläche übers feuchte Gesicht. »Und wir beide sind ein Paar, Hudson. Als wir nur so getan haben, als wären wir ein Paar, wolltest du die ganze Zeit, dass sie mich mit dir zusammen sieht. Und jetzt, wo wir wirklich ein Paar sind, willst du das nicht mehr. Das ergibt doch überhaupt keinen Sinn.«

»Jetzt bist du mir wichtiger als sie, und ich werde dich keinen weiteren Abend meiner Mutter aussetzen.« Seine Stimme klang ruhig. In jeder anderen Situation hätte ich seine gelassene, gefasste Art bewundert, aber jetzt konnte ich nur eines denken: *Wie kann ihm das so egal sein? Wie kann ihm das so egal sein?*

»Verstehst du denn nicht: Wenn du mich nicht mitgehen lässt, fühlt es sich an, als würdest du mich außen vor lassen und aus deinem Leben fernhalten.« Mir brach die Stimme. »Es tut mir weh.«

»Ich halte dich nicht aus meinem Leben fern. Ich halte *sie* aus *deinem* Leben fern.«

»So funktioniert das aber nicht. Du kannst mich nicht immer beschützen. Und außerdem klingt das wie eine Entschuldigung. Es fühlt sich an, als würdest du dich für mich schämen oder als wäre ich nicht gut genug, um mit deiner Familie zusammenzutreffen.« Ich fing allmählich an zu zweifeln, ob ich wirklich bei ihm einziehen sollte. Zum Glück hatte ich ja noch nichts gesagt. Wenn er Schranken zwischen uns errichtete, war es da wirklich eine gute Idee zusammenzuziehen?

»Mach dich nicht lächerlich, du bist doch schon oft mit meiner Familie zusammen gewesen.«

»Und warum soll ich dann heute Abend nicht dabei sein?« Das war genau der Punkt! Wenn ich vorher gut genug für sie gewesen war, warum dann auf einmal nicht mehr?

Er schwieg, und ich wusste, dass er es mir nicht erklären würde.

Wenn er mit seiner Familie allein sein wollte, nun gut. Aber gegen meine Gefühle konnte ich nun mal nichts tun – ich fühlte mich niedergeschmettert, am Boden zerstört.

Ich musste jetzt alleine sein, ehe ich mich ihm gegenüber schrecklich benahm. Ich traute mir selbst nicht mehr über den Weg.

Ich schaute mich um und sah, dass an beiden Türen eine Gegensprechanlage gab. Ich schnallte mich ab und rutschte rüber zur Tür, die weiter von Hudson entfernt lag, und drückte den Knopf. »Jordan, könnten Sie mich bitte an meiner Wohnung absetzen?«

Schnell wie der Blitz betätigte Hudson den Knopf auf seiner Seite. »Jordan, ignorieren Sie das.«

»Ich will nach Hause, Hudson. Ich kann jetzt gerade nicht mit dir zusammen sein.« Vor lauter Tränen konnte ich kaum noch etwas sehen, aber ich hörte, wie er sich losschnallte, und spürte, wie er zu mir herüberrutschte. »Ich will jetzt nicht, dass du mich anfasst. Bitte!«

Er ignorierte meine Bitte und zog mich in seine Arme. Ich wehrte mich, aber es war zwecklos. Er konnte mich ohne Weiteres überwältigen.

Noch immer drückte ich mich an die Tür und schob ihn von mir.

»Hör auf, bitte. Wehr dich nicht gegen mich.« Er hielt meine Arme fest, seine Hände lagen mit solcher Kraft auf meinen Oberarmen, dass ich nichts mehr machen konnte. »Hör auf zu kämpfen.«

»Dann hör du auf, mir wehzutun«, schluchzte ich.

Er wusste, dass ich nicht von körperlichen Verletzungen sprach, denn so fest hielt er mich nicht.

»Na gut.« Er ließ mich los, und seine Stimme klang resigniert. »Dann komm mit. Wenn du wirklich Teil dieses grauenhaften Abends sein willst, dann kannst du mich gern begleiten.«

Meine Tränen versiegten auf der Stelle, so überrascht war ich. Einen solchen Streit hatte ich noch nie gewonnen. Normalerweise endete eine solche Situation damit, dass ich vor dem Typen zu Kreuze kroch, und dann, wenn er sich weigerte, weiterhin etwas mit mir zu tun zu haben, begann ich auszuflippen – zum Beispiel ihn zu stalken. Oder ich klaute seine Post. Und ich tauchte an Orten auf, wo er ganz bestimmt sein würde.

Es endete nie damit, dass ich immer noch mit dem Typen zusammen war.

Vielleicht weil ich so erleichtert war oder weil ich völlig schockiert war oder, wahrscheinlicher noch, weil ich mich plötzlich schrecklich schuldig fühlte angesichts dieser ganzen Situation, brach ich von Neuem in Tränen aus.

»Und was stimmt jetzt nicht?«

Ich heulte weiter, aber ich ließ zu, dass er mich in die Arme nahm. »Ich bin so ein Miststück«, schluchzte ich in seine Schulter.

»Was?«

Ich hob den Mund von seiner Jacke. »Ich bin ein echtes Miststück. Ich wollte dich nicht zu einer Einladung zwingen, und dann habe ich es doch getan. Ich werde nicht mitkommen, ich bleibe zu Hause.« Er wollte mich nur mitnehmen, weil ich ihn dazu gezwungen hatte, und das fühlte sich beschissen an.

Hudson zog mich enger an sich und küsste mich auf den Kopf. »Du bist kein Miststück. Und du hast mich zu gar nichts gezwungen. Du kommst mit. Es wird ein schrecklicher Abend, aber zumindest finden wir es dann gemeinsam schrecklich.«

Ich wischte mir die Tränen vom Gesicht und schaute zu ihm auf. »Bist du sicher?«

»Ich bin ganz sicher, dass es schrecklich wird.«

Ich kicherte. »Bist du sicher, dass ich mitkommen kann?«

Er lehnte seinen Kopf an meinen und legte mir die Hand auf die Wange. »Ja, das bin ich. Ich will, dass du dabei bist.« Er glitt mit der Hand meinen Hals hinunter. »Aber meine Mutter ist gemein und schrecklich, und sie will mich verletzen. Und sie weiß, dass sie mich am einfachsten verletzen kann, wenn sie dich verletzt.« Seine Hand packte mich fester um die Taille, und seine Finger bohrten sich durch mein Kleid hindurch in meine Haut hinein. »Ich kann es nicht ertragen zuzusehen, wie du das durchmachst.«

Jetzt war ich an der Reihe damit, ihn zu trösten. Ich legte ihm die Hände ums Gesicht und zwang ihn, mich anzuschauen. »Nichts, was sie sagt oder tut, bedeutet mir irgendwas. Hörst du? Ich habe schon gewonnen. Ich habe dich.«

Seine Augen verschleierten sich – nicht einfach nur vor Lust, die seine grauen Augen so oft verdunkelte, wenn er mich anschaute, sondern mit einem Gefühl, das ich nur als Liebe bezeichnen konnte.

Er zog mich noch enger an sich, als könnte er sich in mich hineinpressen, wenn er es nur intensiv genug versuchen würde. »Du hast mich. Voll und ganz.«

Ich wusste nicht, ob ich zu ihm herüberrutschte oder er zu mir, ich wusste nur, dass unsere Münder zusammenkamen und sich so bewegten, dass es viel mehr war als nur ein Kuss. Es war eine Liebeserklärung – die offizielle Bescheinigung einer Vereinigung zwischen uns beiden, die wir noch nicht anders zum Ausdruck bringen konnten als mit unseren Körpern.

Als Hudson sich von mir löste, war ich außer Atem und ganz erhitzt.

Seine Augen glitten an mir herunter. »Du brauchst etwas anderes zum Anziehen. Wir müssten noch genug Zeit für einen Zwischenstopp in der Boutique haben.« Er griff über mich hinweg und drückte den Knopf für die Gegensprechanlage. »Jordan, eine kleine Programmänderung: Bitte bringen Sie uns zu Mirabelle's.«

Kapitel zehn

Mirabelle besaß eine der angesagtesten Boutiquen von New York City. Obwohl das mittlere der Pierce-Kinder es nicht nötig gehabt hätte, auch nur einen einzigen Tag im Leben zu arbeiten, setzte sie hier ihr Gespür für Mode gewinnbringend ein. In ihr Geschäft kam man nur mit persönlichem Termin, und ich hatte mich wie im Siebten-Mode-Himmel gefühlt, als Hudson mich vor etwa zwei Wochen dorthin mitgenommen hatte, um die Kleidung fast schon regalweise zu kaufen.

Nachdem er Jordan ins Greenwich Village dirigiert hatte, wo Mirabelle's war, holte Hudson sein Handy heraus und rief seine Schwester an. Ich hörte der kurzen Unterhaltung nur halbherzig zu. »Danke, wir sind unterwegs«, sagte er und beendete das Gespräch.

»Mira selbst ist nicht da«, sagte er zu mir und steckte das Telefon wieder ein. »Sie macht sich schon fertig für die Party, aber Stacy wird sich um dich kümmern.«

Innerlich stöhnte ich bei dem Gedanken an Stacy, Miras dürre blonde Assistentin. Sie schwärmte für Hudson und war mindestens einmal mit ihm ausgegangen. Ich muss wohl nicht groß erwähnen, dass sie mich nicht gerade mochte. Die Blicke, die sie mir zuwarf, waren so giftig, dass sie eine ganze Armee hätten töten können.

Außerdem wurde ich eifersüchtig, wenn ich sie sah. Mira hatte mir zwar versichert, dass Hudson keinen Gedanken an Stacy verschwendete, aber als ich ihn eines nachts cyber-gestalkt hatte, hatte ich ein Bild von Hudson und Stacy gesehen. Sie waren ein schönes Paar. Und ich wette, sie hatte keine so Psycho-Vergangenheit wie ich.

Wenn ich Stacy nicht sehen müsste, würde mich das mehr als glücklich machen. »Tja, wenn Mira nicht da ist, dann brauchen wir eigentlich gar nicht in die Boutique. Wir könnten stattdessen lieber in meine Wohnung fahren und etwas holen, das wir letztes Mal bei Mira gekauft haben.«

»Nein, wir brauchen etwas Neues. Ich will mit dir angeben.«

Ich war nicht sicher, ob ich darüber froh oder irritiert sein sollte. Einerseits gefiel ich Hudson gut genug, dass er mich für vorzeigbar hielt. Andererseits: Kam es denn nur aufs Äußere an? Ich war schließlich kein aufgeputztes Zirkuspferd, das man durch die Manege führt. Oder war das hier ein Rest von unserem Wir-überzeugen-alle-dass-wir-jetzt-zusammen-sind-Spielchen?

Wahrscheinlich waren es einfach nur schmeichelhafte Worte eines Mannes zu der Frau, mit der er zusammen ist. Ich war von der letzten Viertelstunde her gefühlsmäßig noch völlig durcheinander – eigentlich vom ganzen letzten Tag her –, und irgendwie schien alles ziemlich kompliziert zu sein. Ich hatte das Gefühl, als könnte ich gar nichts mehr unbesehen glauben. In jeder Geste, jedem Kommentar, jedem Augenblick schwang etwas Merkwürdiges mit, und es fiel mir schwer, alles überhaupt zu begreifen.

Die dreiviertelstündige Fahrt von Uptown ins Village verschaffte mir keine Erleichterung. Ich kuschelte mich an Hudson, schloss die Augen und versuchte, ein Nickerchen zu machen, aber das klappte nicht. Als Jordan schließlich vor der Boutique hielt, fühlte es sich an, als wäre eine halbe Ewigkeit vergangen.

Hudson wartete nicht erst darauf, dass Jordan uns die Tür öffnete. Er stieg aus der Limousine, half mir hinaus und hielt auf dem Weg zum Laden meine Hand. Ich musste an das letzte Mal denken, als wir hier gewesen waren, und daran, wie er mich damals auch an die Hand genommen hatte. Damals war das alles Theater gewesen – und diesmal war es echt. Es war doch echt, oder?

Als könnte er Gedanken lesen, drückte Hudson mir die Hand. Wir klingelten und warteten, dass Stacy uns öffnete. Ich wandte mich Hudson zu, und seine Lippen verzogen sich zu einem schwachen Lächeln.

In den letzten vierundzwanzig Stunden hatte ich ihn häufiger lächeln sehen als in den ganzen drei Wochen zuvor, die ich ihn kannte. Ja – das hier war echt.

Hinter ihm sah ich Bauarbeiter im Laden nebenan, die ihre Arbeit für heute beendeten.

»Ich frage mich, was da wohl für ein Laden reinkommt.«

Hudson folgte meinem Blick. »Mirabelle's vergrößert sich, ich glaube, der Umbau ist fast fertig. Wir kommen zur Eröffnung, sie wird sich sicher wünschen, dass du auch dabei bist.«

»Wow, eine noch größere Kleiderauswahl für mich. Bist du sicher, dass dein Konto das aushält?« Es war ulkig, an sein Konto zu denken, denn Hudson hätte vermutlich ein kleines Land mit Kleidung versorgen können. Wahrscheinlich sogar ein großes.

Wir lachten beide, und da ging auch schon die Tür auf. Stacy schaute uns kaum an, als sie zur Seite trat und uns hereinließ. »Ich bediene gerade noch eine Kundin zu Ende, aber ich habe im großen Ankleideraum schon mal ein paar Sachen für Sie bereitgehängt.«

So viel zum Thema höfliche Begrüßung.

Stacy kehrte zu ihrer Kundin zurück, und ich warf Hudson einen verstohlenen Blick zu, um seine Reaktion abzuschätzen. Sein Gesicht war unbeweglich. Was immer er von Stacy hielt, er zeigte es nicht. Vielleicht bedeutete sie ihm tatsächlich nichts. Aber wenn dem so war, warum war er dann überhaupt mit ihr ausgegangen? Selbst wenn es nur ein einziges Date gewesen war – musste er da nicht wenigstens den Hauch einer Anziehung für sie gespürt haben?

Nach meinem Trotzanfall in der Limousine schien jetzt nicht der geeignete Moment, Hudsons Beziehung zu Stacy anzusprechen – wenn man es überhaupt so nennen konnte. Aber ich machte mir eine gedankliche Notiz, ihn demnächst mal danach zu fragen. Und nicht nur nach Stacy, sondern nach allen Frauen in seiner Vergangenheit. Ich musste einfach endlich Bescheid wissen.

Wie Stacy gesagt hatte, hatte sie mehrere Kleider in den Ankleideraum gehängt. Meine Befürchtung, dass sie aus lauter Gehässigkeit nur scheußliche Sachen für mich herausgesucht hätte, erwies sich als grundlos – zu meiner Überraschung war genau das Gegenteil der Fall. Nicht dass es bei Mirabelle's überhaupt was auch nur im Entferntesten Hässliches gegeben hätte. Trotz ihres ganzen mürrischen Getues musste Stacy doch gut aufgepasst haben, was wir beim letzten Mal gekauft hatten. Sie hatte anscheinend gesehen, was mir gut stand, denn alles, was hier hing, war wie maßgeschneidert für mich. Ich riss die Augen auf. Einige Kleider schienen geradezu nach mir zu schreien, ich hätte am liebsten alles anprobiert.

Hudson konzentrierte sich aber sofort auf ein Kleid – ein magenta glänzendes Jerseykleid. Es war wunderschön, aber ganz schlicht, und ich fand die Farbe zu grell, als dass ich es auf einer Familienfeier angezogen hätte.

Doch er zupfte bereits an den verstellbaren Trägern. »Das hier.« In seiner Stimme lag eine gewisse Endgültigkeit.

»Ich hab es doch noch gar nicht anprobiert. Du weißt noch nicht mal, wie es …«

»Doch, das weiß ich.« Er nahm den Bügel, drehte mich zum Spiegel und hielt mir das Kleid vor den Körper, während er hinter mir stand. »Es ist einfach perfekt.«

Ich schaute in den Spiegel und versuchte, mir das Kleid an mir vorzustellen, aber ich konnte nur an eins denken: Als ich das letzte Mal in diesem Ankleideraum gewesen war und mit Hudson vor genau diesem Spiegel gestanden hatte, hatte er mit meinem Körper unglaubliche Dinge angestellt, und dann hatte ich im Spiegel dabei zugesehen, wie ich durch die Liebkosungen seiner Hände auf meinen Brüsten und zwischen meinen Schenkeln gekommen war. Dann war er in mich eingedrungen und hatte mich mit solcher Macht und Lust genommen, dass ich gleich noch einmal gekommen war.

Bei der Erinnerung daran wurde ich rot. Unsere Blicke trafen sich im Spiegel.

Hudson beugte sich vor und flüsterte mir ins Ohr: »Ich weiß, woran du denkst. Lass das sein.« Er knöpfte sein Jackett auf und drückte sich an mich, sodass ich seine Härte an meinem Hintern spüren konnte. »Ich denke auch daran. Aber wir haben jetzt nicht die Zeit, diesen Gedanken so nachzugehen, wie ich es gern tun würde.«

»Bist du sicher?« Ich griff hinter mich und strich über seine Erektion.

Er holte tief Luft. »Du bist jetzt ganz klar eine andere. Letztes Mal, als ich dich hierher mitgenommen habe, wolltest du die Sache frei von Sex halten.« Seine Stimme klang angestrengt, aber das war der einzige Hinweis darauf, was meine Berührung für Auswirkungen auf ihn hatte.

»Ich wollte die Sache nie frei von Sex halten. Ich dachte nur, es wäre am besten für mich, wenn wir das tun würden.« Damals hatte ich eine kurze Zeit geglaubt, ich hätte eine Chance, mich von ihm fernzuhalten. Ich hatte gefürchtet, er könnte sonst zu meinem nächsten Objekt der Begierde werden. Damals war mir noch nicht klar gewesen, wie sehr ich ihm zu diesem Zeitpunkt schon verfallen war.

Er legte seine Hand auf meine und übernahm die Kontrolle über den Druck. »Und, meinst du jetzt immer noch, das wäre das Beste für dich?«

Wir glitten mit vereinten Händen die ganze Länge seines Schwanzes unter der Hose rauf und runter. Ich lechzte danach, ihn nackt zu berühren, mit meinen Fingern über seine Spitze zu gleiten, ihn in meiner Faust zu spüren. So lief es immer, er machte mich total an, sodass ich feucht wurde und an nichts anderem mehr interessiert war als daran, seine Lust zu befriedigen, während er meine Lust befriedigte.

»*Du* bist das Beste für mich.« Meine Worte waren voller Begierde. »In jeder Hinsicht – neben mir, in mir …«

»Verdammt, Alayna, du machst mich so scharf, dass ich …«

Es klopfte und wir konnten gerade noch auseinanderspringen, da kam auch schon Stacy herein.

Ihre Augen glitten von meinem Gesicht zu seinem und wieder zurück. »Ich hätte wohl ein ›Herein‹ abwarten sollen.«

»Das hättest du allerdings.« Es war das erste Mal, dass Hudson direkt das Wort an Stacy richtete, und sein Ton war kurz und bündig. Er drehte sich um und hängte das Kleid zurück auf den Ständer, dann knöpfte er sein Jackett zu und drehte sich wieder zu uns um. »Ich geh mal raus, solange du dich umziehst, Alayna.« Er nickte zu dem magentafarbenen Kleid hin. »Das da.«

Stacy verzog keine Miene, aber ihre Augen zuckten wegen der Abfuhr. Sie tat mir fast schon leid. Ich war früher genauso gewesen, abgewiesen von Männern, auf die ich zu stehen glaubte. Am liebsten hätte ich die Hand ausgestreckt und Stacy getröstet.

Aber dann kehrte die Gehässigkeit in ihren Blick zurück. »Mit diesem Kleid hier würden Sie also gern anfangen?« Ihre Stimme war eiskalt, als sie das magentafarbene Jerseykleid vom Bügel nahm, ohne auf meine Antwort zu warten.

Ich griff nach hinten, zog mir den Reißverschluss meines Kleides auf und ließ es zu Boden fallen. »Ja, Hudson will dieses Kleid gerne sehen.« Ich benutzte seinen Namen wie eine Waffe, als würde ich ihn damit für mich beanspruchen. »Er glaubt, es ist perfekt.«

Und so war es auch, das wusste ich, sobald ich das Kleid über den Kopf gestreift hatte. Die Farbe ließ meine Haut leuchten und brachte meinen olivfarbenen Teint besonders zur Geltung. Es war tief genug ausgeschnitten, um meine Brüste zur Geltung zu bringen, auf die ich so stolz war. Hudson liebte meinen Busen ganz besonders, und das war sicher einer der Gründe, warum er gerade dieses Kleid ausgewählt hatte. Es war kurz, sodass ich ordentlich Bein zeigen konnte, aber der Stoff fiel weich, und es saß nicht so eng und figurbetont wie die meisten meiner anderen Kleider, sondern überließ vieles nur der Fantasie. Es war ein ganz neuer Stil für mich, und das hätte mich möglicherweise davon abgehalten, es überhaupt für mich in Erwägung zu ziehen. Aber Hudson kannte meinen Körper gut, besser als ich selbst.

»Er hat recht, es steht Ihnen perfekt.« Ich war von meinem Anblick im Spiegel so fasziniert gewesen, dass ich bei Stacys Worten zusammenzuckte.

Ich wandte mich zu ihr um und sah, dass ihr Gesichtsausdruck sanfter geworden war. Mir kam der Gedanke, dass sie sich möglicherweise mit mir verglich, so wie ich mich mit Celia verglich, und dass sie ihre Mängel gegen meine abwog. Solche Vergleiche konnten einen Menschen in tiefe Depressionen stürzen, zumindest ging mir das so. Wieder fühlte ich mit ihr. Vielleicht war es auch gar kein Mitleid, sondern etwas anderes – vielleicht war es Solidarität.

Stacy griff nach meiner Schulter und passte den einen Träger noch ein bisschen an. »Er hat einen wirklich guten Geschmack.«

Diese Bemerkung klang so, als beziehe sie sich nicht ausschließlich auf das Kleid. Ich spürte eine gewisse Verbindung zu ihr und wagte den Sprung. »Aber …?«

Sie runzelte die Stirn. »Aber was?«

»Ich spüre, dass Sie noch etwas anderes sagen wollten.«

Sie schaute weg und fummelte am Oberteil des Kleides herum. »Das steht mir nicht zu.«

»Nur zu. Was immer Sie sagen wollen, ich komme damit klar.« Klang ich jetzt zu begierig? Hoffte ich aus dieser Unterhaltung einen Nutzen zu ziehen? Ich wusste es nicht. Vielleicht war ich auch einfach nur neugierig.

Nein, das war gelogen. Ich war geradezu besessen. Egal wie »gut« es mir ging, egal wie gesund ich war, ich hatte immer schon tiefer graben und so viel wie irgend möglich über die Leute herausfinden wollen, von denen ich mich angezogen fühlte. Und hier war es nicht anders. Stacy hatte zum Thema Hudson etwas zu sagen – etwas, das mir einen tieferen Einblick in den Mann geben konnte, den ich liebte. Also musste ich tiefer graben.

Als Stacy nichts erwiderte, bedrängte ich sie regelrecht. »Ich weiß, dass Sie mal mit Hudson zusammen waren.«

Sie lachte kurz und scharf. »Hat er Ihnen das erzählt?«

Ich holte tief Luft und hoffte, ich könnte sie zum Weiterreden bewegen. »Er hat mir gar nichts von Ihnen erzählt. Ich habe ein Bild von Ihnen gesehen, bei irgendeiner Veranstaltung.«

»Richtig.« Sie nickte, als wisse sie genau, welches Bild ich meinte. »Ich war an diesem Abend seine Begleitung. Wir waren nie zusammen.«

»Seine Begleitung?« Meine Gedanken wanderten sofort zu Edelnutten und teuren Callgirls.

»Nicht so eine Art von Begleitung. Ich habe nie mit ihm geschlafen.«

Eine schwere Last fiel von mir ab. Ich wusste, dass Hudson mit anderen Frauen geschlafen hatte, natürlich hatte er das, aber ich wollte nicht daran denken. Denn wenn ich das tat, würde ich an nichts anderes mehr denken können, nur noch an ihn und wen auch immer, wie sie miteinander intim waren, so wie er und ich es jetzt waren. Jetzt wusste ich, dass Hudson und Stacy nie … Es war eine echte Erleichterung.

Mit einer Sorge weniger konnte ich mich auf die andere Sache konzentrieren, die irgendwo am Rande meines Bewusstseins schwelte und mir zu schaffen machte. Wenn da nicht mehr gewesen war, wenn sie nicht miteinander geschlafen hatten, warum ging dann von Stacy trotzdem so viel Bitterkeit aus … ?

Dann kapierte ich endlich. »Oh, ich glaube, ich verstehe.« Sie war eines seiner Opfer gewesen, eine der Frauen, mit denen er gespielt hatte. Er hatte dafür gesorgt, dass sie sich in ihn verliebte, er hatte mit jedem Wort und jeder Geste dafür gesorgt, und dann hatte er sie fallen lassen. Das machte mich ganz krank, und dafür verabscheute ich mich selbst. Ich wollte nicht, dass mir die Dinge so nahegingen, die Hudson getan hatte. Ich wollte ihn genug lieben, dass ich über alles hinwegsehen konnte.

Aber ich war auch nur ein Mensch. Und obwohl ich Hudson mehr liebte als alles auf der Welt, so war es doch nicht besonders angenehm, sich mit den Dingen auseinanderzusetzen, die er getan und mit denen er andere Menschen verletzt hatte.

Wenn ich mich schon so fühlte, wenn ich begriff, wie übel sein früheres Verhalten gewesen war, welchen Schmerz und welche Last musste dann Hudson erst ertragen? Ich litt ja auch unter dem, was ich anderen Menschen angetan hatte, der spannungsreichen Beziehung zu meinem Bruder, der Art, wie ich Männern in meiner Vergangenheit wehgetan hatte. *Paul …*

Ich blendete den Namen meines früheren Liebhabers aus und konzentrierte mich wieder auf Stacy.

»Vielleicht verstehen Sie es wirklich«, sagte sie. »Und vielleicht hat sich Hudson geändert. Aber ich sollte Sie besser warnen …«

»Ich brauche keine Warnung.« Es war völlig schizophren, wie ich zwischen Ermutigung und Defensive hin und her taumelte. Ich biss mir auf die Lippen, und als ich wieder sprach, versuchte ich, die gleiche ruhige, einladende Haltung einzunehmen wie zuvor. »Ich meine, er hat mir schon alles erzählt.« *Hoffe ich zumindest.*

Stacy kleidete meine Befürchtungen in Worte, als sie die Augenbraue hob und rundheraus fragte: »So, hat er das?« Sie ließ ihre Worte ein paar Augenblicke wirken, und ich fragte mich, was genau sie damit sagen wollte.

Sie hob das Kleid auf, das ich achtlos hatte fallen lassen. »Glauben Sie, was Sie glauben möchten. Ich sage nur, dass er nicht so ist, wie er sagt.« Sie hing das Kleid auf. »Egal was er Ihnen erzählt, es ist gelogen.«

Nicht dass mir diese Gedanken nicht auch schon durch den Kopf gegangen wären: Er sagt mir, dass er nicht lügt, und wenn ich das glaube, dann kann ich ihm absolut alles glauben. Aber wenn schon die Aussage selbst eine Lüge ist …

»Aber es geht nicht nur um das, was er sagt«, dachte ich laut vor mich hin. »Er hat mir gezeigt, wer er ist. Und Celia hat gesagt …«

Stacy erstarrte. »Celia Werner?«

Ich nickte.

Ihr Gesicht wurde ernst. »Glauben Sie bloß nichts, was die Ihnen erzählt. Die beiden sind ein Paar.«

»Nein, sie sind nur Freunde.« Ich wollte eigentlich bestimmt klingen, aber mein Widerspruch kam sehr schwach und es klang schon wieder wie eine Verteidigung.

»Sie sind ein Paar.« Stacy klang bestimmt. »Oder zumindest waren sie es mal. Das kann ich auch beweisen, wenn …«

Die Tür ging auf und unterbrach sie mitten in ihrer Erzählung. Anders als Stacy klopfte Hudson gar nicht erst, er nahm einfach seinen Platz in der Welt ein, und genau das liebte ich so an ihm.

»Umwerfend!« Er wollte mich, das konnte man ihm ansehen: angefangen von seiner Körperhaltung bis hin zum Glitzern in seinen Augen und der rauchigen Stimme.

Und alles, worüber Stacy und ich gesprochen hatten, löste sich auf der Stelle in nichts auf, alle Zweifel, die ich je gehabt hatte, verschwanden. Er war hier und konzentrierte sich ausschließlich auf mich, da war ich mir so sicher, wie ich nur sein konnte.

»Danke schön.« Ich leuchtete regelrecht und spürte die Wärme, die von jedem Teil meines Körpers ausging. »Es ist umwerfend, du hast wirklich einen guten Geschmack.«

»Das habe ich – angefangen bei dir.«

Wie konnte ich eigentlich noch hier stehen, wenn es sich so anfühlte, als würde jeder Teil von mir vor Lust vergehen?

Hudson sah, welche Wirkung er bei mir hervorrief, und seine Lippen kräuselten sich zu einem wissenden Lächeln. »Sie behält es gleich an.« Sein Blick löste sich keine Sekunde von mir, obwohl er mit Stacy sprach.

Stacy.

Unsere Unterhaltung fiel mir wieder ein, und die wunderbaren Gefühle, die Hudson in mir geweckt hatte, waren plötzlich wie gedämpft. Ich sollte die Sache lieber nicht weiterverfolgen, ich sollte mich einfach nur in diesen wunderschönen, wärmenden Gefühlen verlieren.

Aber sie hatte gesagt, sie hätte einen Beweis …

»Hudson, ich bin gleich so weit, ich muss mich noch ein bisschen frisch machen.«

Er nickte, und ich begriff, dass er hier warten würde, während ich mein Make-up auffrischte. Aber ich wollte, dass er rausging.

Mein Blick fiel auf die Schuhe, die ich angehabt hatte. Sie lagen unter dem Kleiderständer, wo ich sie mir von den Füßen geschleudert hatte. »Würde es dir was ausmachen, mir ein anderes Paar Schuhe auszusuchen, H? Diese hier passen nicht zum Kleid.«

Er folgte meinem Blick. »Nein, die passen wirklich nicht. Ich hab da ein paar hochhackige silberne Sandalen gesehen, die würden toll dazu aussehen.«

Genau wie ich hatte Hudson etwas für Schuhe übrig, eine weitere Eigenschaft, die ich an ihm ganz toll fand.

»Könntest du die mal holen?« Ich musste gar nicht erst sagen, dass ich ihn später mit Sex belohnen würde, denn das wusste er schon. Er war ohnehin derjenige, der darüber entschied. Er konnte mich in allem beherrschen, mir war es recht.

»Klar doch, Baby.« Er zwinkerte mir zu, und ich lächelte bei diesem Kosenamen. Er war so wenig an zärtliche Worte gewöhnt, dass sie aus seinem Mund angestrengt und gezwungen klangen. Außer wenn er mich »Schatz« nannte, das kam ihm mit hundertprozentiger Ehrlichkeit über die Lippen.

Er öffnete die Tür und verschwand, um die Sandalen zu holen. Stacy wollte ihm nach, aber ich fasste sie am Arm. »Sie haben gesagt, Sie könnten es beweisen.« Ich hoffte, mein Flüstern klang nicht so zittrig, wie es für mich selbst klang. Tat ich das hier gerade wirklich? Gab ich meinen Zweifeln über Celia und Hudson Raum? Das war gar kein gesundes Verhalten, es konnte sogar der Anfang eines Absturzes in den Kontrollverlust sein. Vielleicht hatte ich sogar schon die Kontrolle verloren, denn gegen mein besseres Wissen fragte ich: »Können Sie das wirklich?«

»Ja. Nicht hier, aber ...«

»Geben Sie mir Ihr Handy.«

Sie holte es aus der Tasche, und ich tippte meine Nummer ein. »Sie können mir eine Nachricht schreiben.« Das war eine ganz schlechte Idee – mit den sogenannten Beweisen, die Stacy mir zeigen wollte, die Zweifel geradezu einzuladen.

Andererseits würde ich mir nach diesem Gespräch einen Haufen fürchterlicher Dinge ausmalen, die Stacy mir zeigen könnte, um zu beweisen, dass Celia und Hudson mehr als nur Freunde gewesen waren. Der echte Beweis wäre vermutlich wesentlich weniger schlimm.

Zumindest versuchte ich mir das einzureden.

Kurz nach acht waren wir am Restaurant. Diesmal wartete Hudson, bis Jordan uns den Wagenschlag der Limousine geöffnet hatte, vielleicht des besseren Auftritts wegen. Ich war noch nie in diesem Restaurant gewesen und wusste nichts darüber, ich hatte noch nicht einmal davon gehört. Ich wusste nur, dass wir wieder Richtung Uptown unterwegs gewesen waren. Wir fuhren Hand in Hand und schweigend im Aufzug nach oben. Ich schwieg, weil ich nervös war, Sophia wiederzusehen, besonders weil sie nicht mal wusste, dass ich uneingeladen auf ihrer Geburtstagsparty auftauchen würde.

Warum Hudson schwieg, wusste ich nicht. Vielleicht war er auch nervös.

»Mr Pierce«, sagte der Angestellte, der uns begrüßte und der Hudson auf der Stelle erkannte. »Ihre Gesellschaft hat bereits Platz genommen, hier entlang, bitte.«

Wir folgten ihm durchs Restaurant zu einer Reihe Fenster, durch die man eine tolle Aussicht auf die Stadt und als i-Tüpfelchen auch noch auf den grünen Central Park hatte. Für die Familie Pierce waren zwei Tische zusammengerückt worden. Ich warf einen raschen Blick auf die Gäste, während der Mann ein weiteres Gedeck für mich, den unerwarteten Gast, auflegte. Da saßen Chandler, Hudsons Teenager-Bruder, und, mit vollkommen ausdruckslosem Gesicht, Sophia. Als Nächstes kam Jack, Hudsons Vater, ein echter Charmeur. Ich war überrascht, dass er neben seiner Frau saß, denn er verabscheute sie. Den beiden gegenüber saßen Mira und Adam.

Das hätten eigentlich alle sein sollen, aber mit dem Rücken zu mir, sodass ich sie zuerst gar nicht gesehen hatte, saßen Warren und Madge Werner. Und Celia.

Ich erstarrte, und mir gingen jede Menge widersprüchlicher Gedanken durch den Kopf, Gefühle, die so stark waren, dass sie von meinem ganzen Körper Besitz ergriffen. Hudson hatte mich nicht eingeladen, er hatte mich bei diesem gesellschaftlichen Ereignis nicht dabeihaben wollen. Und Celia hatte die ganze Zeit auf der Einladungsliste gestanden. War das der wahre Grund, warum er mir nichts von Sophias Geburtstag erzählt hatte? Wir hatten uns geeinigt, Celia alle beide nicht zu sehen. Na gut – ich hatte mich nicht an diese Abmachung gehalten, aber zumindest war es bei mir eher unwahrscheinlich, dass ich Sex mit ihr haben würde. Zumindest war *ich* früher nicht mal so gut wie verlobt mit dieser Frau gewesen. Hatte Hudson mich wegen unserer dämlichen Abmachung nicht zu diesem festlichen Abendessen eingeladen? Oder hatte er mit ihr allein sein wollen? Nun ja, allein im Sinne von »ohne mich«.

Und Celia, der ich vertraut und mit der ich einen Pakt geschlossen hatte, heute Nachmittag erst, hatte auch nichts von der abendlichen Einladung erzählt.

Mein Blick flog von der Blondine zu dem Mann neben mir. Sein Gesicht war ausdruckslos. Deswegen hatte er im Aufzug geschwiegen. Er wusste, ich würde mich aufregen.

Und ich regte mich auch auf!

Ich ertrug das hier einfach nicht, ich musste weg. Mit zusammengebissenen Zähnen zischte ich: »Ich dachte, du hättest gesagt, es kommt nur die Familie.«

Damit drehte ich mich um und rauschte davon.

Kapitel elf

Ehe ich außer Hörweite war, bekam ich noch mit, wie Hudson meinen raschen Abgang erklärte. »Sie hat etwas im Auto liegen lassen. Entschuldigt uns einen Augenblick.«

Verdammt, er kam mir nach!

Die sicherste Art, ihn abzuhängen, wäre gewesen, in der Damentoilette zu verschwinden – nicht dass ich es Hudson nicht auch zugetraut hätte, dass er mir auch dorthin folgen würde –, aber ich wusste nicht, wo die Toiletten waren, und dann war ich auch schon durch den Eingang des Restaurants und draußen. Ich ließ den Blick durch den Flur schweifen. Ich hätte den Aufzug nehmen können, aber dann hätte ich warten müssen, bis einer kam, also entschied ich mich für das Treppenhaus.

Ich merkte sofort, dass es keine besonders gute Idee wäre, fünfzig Stockwerke auf High Heels runterzusteigen, also ging ich treppauf.

Als ich aufs Dach trat, spürte ich leichten Wind auf meinem Gesicht, und die schwere Tür fiel hinter mir ins Schloss. Ich ging einfach weiter.

Es war so gut wie niemand auf dem Dach, als also die Tür hinter mir erneut ins Schloss fiel, wusste ich, dass es nur Hudson sein konnte. Trotzdem ging ich weiter, eilte durch den Dachgarten und an den Sitzgelegenheiten vorbei und suchte einen Ort, wo ich allein sein konnte, wo ich atmen konnte, wo ich meine Gedanken ordnen und mir überlegen konnte, was da gerade wirklich passierte und was nur meiner Paranoia zuzuschreiben war.

Am gegenüberliegenden Ende des Daches blieb ich stehen, lehnte mich über die Brüstung und holte tief Luft. Ich musste ganz tief atmen, sonst wäre ich zusammengeklappt und hätte angefangen zu weinen.

Die Schritte hinter mir waren fast lautlos, aber ich hörte sie trotzdem, als wäre ich mir Hudsons Bewegungen ganz genau bewusst. Erst blieb er stehen, dann trat er auf mich zu, berührte mich aber nicht, sondern versuchte, mich mit Worten zu erreichen. »Die Werners gehören mehr oder weniger zur Familie.«

Wenigstens wusste er, warum ich weggerannt war. Und er war tapfer genug, sich nicht dumm zu stellen, das musste ich ihm lassen.

Aber ich glaubte ihm einfach nicht. »Ja, schon klar.« Ich drehte mich nicht zu ihm um, denn ich wollte sein Gesicht nicht sehen, wenn er seine blöden Entschuldigungen vorbrachte, wenn er mir zu verstehen gab, dass ich mich hier lächerlich machte – das hätte mir den Rest gegeben.

»Was, glaubst du, hab ich dir absichtlich verschwiegen?« Seine Stimme war ruhig.

Ich lachte schroff. »Du willst doch gar nicht wissen, was ich denke.«

»Doch, ich will es wissen.«

Ich fuhr herum. »Nein, willst du nicht!« Ich wich zurück, bis ich die mannshohe Wand an der Ecke des Daches im Rücken hatte. Er kapierte es einfach nicht. Es bestand die Möglichkeit, dass meine Gefühle völlig übertrieben waren – ich konnte nicht beurteilen, wie berechtigt sie waren, wenn ich derart durcheinander war. Meine Erfahrung und die Therapie hatten mich gelehrt, dass ich eine solche Situation erst beurteilen sollte, wenn ich mich wieder beruhigt hatte. Ich brauchte erst mal Zeit, um runterzukommen.

»Du kannst mir schon glauben, wenn ich dir sage, dass ich es wissen will.«

»Hudson, das kannst du gar nicht beurteilen, wenn du nicht weißt, was ich sagen will. Es ist nichts Gutes. Du musst mich unbedingt allein lassen, sonst mache ich dich für Dinge verantwortlich, die ich jetzt wahrscheinlich völlig falsch einschätze. Und dann bist du beleidigt, und dann verliere ich dich.«

Das war das Einzige, was ich sicher wusste. Was immer ich sagte, was immer ich fühlte – ich würde ihn damit vertreiben. Meine intensiven Gefühle hatten die Männer in meinem Leben immer vertrieben, ausnahmslos, sogar mein eigener Bruder war es irgendwann leid gewesen, sich damit herumzuschlagen.

»Du verlierst mich nicht.« Hudson machte einen Schritt auf mich zu, nicht vorsichtig, sondern ganz selbstsicher. Als wollte er sagen, dass er die Situation völlig in der Hand hätte, als wollte er sagen: *Versuch's doch, ich mach eh keinen Rückzieher.*

Ich drückte mich fester gegen die Betonwand in meinem Rücken und wünschte mir, ich könnte in ihr versinken. Ich wollte nicht, dass er mich in diesem Zustand sah. »Du kennst diese Seite von mir nicht, Hudson. Du weißt nicht, wie ich dann bin.«

»Dann muss ich erst recht bleiben. Ich muss dich von allen Seiten kennenlernen.«

Er war ganz ruhig. Ich schüttelte den Kopf, biss mir auf die Lippen und drängte die Tränen zurück, die mir über die Wangen zu laufen drohten. Verdammt, ich konnte doch jetzt nicht weinen! Ich würde irgendwann ins Restaurant zurückmüssen, und da durfte ich nicht verheult aussehen.

Aber wenn Hudson blieb, wenn er nicht locker ließ, dann würde ich nicht mehr an mich halten können.

Vielleicht konnte ich es ihm ja wirklich sagen? Wenn wir über unsere Probleme reden wollten, gehörte das hier dann nicht auch dazu? Sollte er nicht eigentlich der Mensch sein, an den ich mich mit all meinen Problemen wenden konnte? Er hatte mir in der Vergangenheit immer Frieden und Ruhe schenken können, wenn ich ihm erklärt hatte, was in meinem Kopf vorging.

»Na los, frag mich, was du willst«, bat er mich.

»Ich werde keine Fragen stellen, ich werde dich anklagen.« Ich wehrte mich noch, aber meine Verteidigung wurde schon schwächer.

Und unter den ganzen Anschuldigungen, die in meinem Kopf umherschwirrten, wiederholte sich immer wieder der eine Gedanke: Es war nicht fair. Es war so verdammt unfair! Alles – dass meine Eltern umgekommen waren, dass mein Vater getrunken hatte, meine Besessenheit. All das – alles, was dazu geführt hatte, dass die Situation so war, wie sie heute war – dass meine psychotische Vorgeschichte es mir unmöglich machte zu sagen, ob das, was ich in diesem Moment fühlte, berechtigt war oder nicht. Ich hätte nicht sagen können, ob ich mit den Fäusten auf Hudson einschlagen sollte, weil er mich verraten hatte, oder ob ich mich bei ihm entschuldigen sollte, weil ich einfach weggerannt war.

»Sag's einfach, ich will es hören. Ich muss wissen, was du denkst. Vertrau mir!«

Vertrau mir. Darauf lief es immer wieder hinaus. Entweder vertraute ich ihm – oder nicht.

Und es war ganz einfach: Ich vertraute ihm.

Ich schluckte. »Du hast mich heute Abend nicht eingeladen, weil du wusstest, dass sie da sein würde.« Es war kaum ein Flüstern, aber er hörte mich.

Er nickte zum Zeichen, dass er verstanden hatte. »Das ist nicht wahr. Ich habe dir gesagt, warum ich dich nicht eingeladen habe. Und letztlich hab ich dich eingeladen. Du bist hier.«

»Aber zuerst wolltest du mich nicht dabeihaben.« Ich starrte auf meine Schuhe, aber meine Stimme wurde allmählich lauter, als ich alle Anschuldigungen aussprach, die mir auf der Seele lagen. »Wahrscheinlich musstest du mich deshalb so herausputzen. Um Celia bloßzustellen, was immer du für ein Spielchen mit ihr treibst. Es ging überhaupt nicht um deine Mutter.«

»Du hast recht.«

Mein Kopf flog hoch.

»Du hast recht damit, dass es nicht um meine Mutter ging. Es ging um dich. Ich wollte, dass alle sehen, wie schön du bist. Wie schön die Frau ist, die mich liebt.«

Seine Aussage schürte meine Wut aufs Neue. Wollte er meine Liebe als Trophäe einsetzen? Als Waffe gegen seine Mutter?

So fühlte es sich an.

»Celia.« Ich spuckte ihren Namen regelrecht aus. »Du wolltest, dass Celia es sieht, meinst du wohl.«

Er schüttelte wieder den Kopf.

»Sie ist hier, Hudson!« Es war mir egal, dass ich brüllte. Die paar Leute auf dem Dach sollten die Szene ruhig mitkriegen. Ich kümmerte mich nicht mal drum, ob jemand sich nach uns umschaute, so wütend war ich. »Sie ist einfach hier, und ich musste betteln, dass ich mitkommen durfte. Und du hast mir gesagt, du würdest dich nicht mit ihr treffen, wenn ich nicht dabei bin. Was bedeutet sie dir wirklich?«

»Nichts, sie ist nur eine alte Freundin.«

»Schwachsinn!« Meine Stimme überschlug sich, aber ich konnte die Tränen noch immer zurückhalten. »Sonst hättest du mir von Anfang an von diesem Essen erzählt. Du hast es vor mir geheim gehalten.« Ich zeigte mit zitterndem Finger auf ihn. »Weil du wusstest, dass sie auch hier sein würde.«

»Ich habe nichts davon gewusst.« Er schloss einen langen Augenblick die Augen und holte Luft. »Ich hab es vermutet«, gab er zu. »Aber sie ist nicht meinetwegen hier. Ihre Mutter ist die beste Freundin meiner Mutter, das weißt du doch.«

»Scheiß drauf! Sie ist achtundzwanzig, sie ist alt genug, dass sie nicht hinter ihrer Mutter zu jeder gottverdammten Feier mittrabt. Sie ist deinetwegen gekommen.«

»Und ich bin mit dir hier.« Er sprach ganz ruhig und unbeirrt, seine Stimme war das genaue Gegenteil von meiner.

»Sie ist immer noch in dich verliebt.«

»Und ich bin mit dir zusammen.«

Er trat näher zu mir, und ich seufzte insgeheim erleichtert auf und drückte meine Handflächen gegen die Wand auf der Suche nach Halt. Hudson stützte sich rechts und links von mir auf. »Ich bin mit dir zusammen.«

Meine Finger verkrallten sich und versuchten sich an irgendwas festzuhalten. An der glatten Wand ging das nicht, also schossen sie vor und griffen sich stattdessen Hudsons Revers.

Er nahm das als Einladung, näher zu kommen. Oder vielleicht kam er auch einfach näher, und es war ihm gleich, ob ich ihn dazu aufgefordert hatte oder nicht. Er drückte sich gegen mich, und ich konnte nicht anders, ich drückte mich meinerseits gegen ihn und genoss seine Wärme. Ich hatte gefürchtet, ich würde ihn mit dem, was ich sagte, in die Flucht schlagen, und obwohl meine Zweifel noch nicht völlig ausgeräumt waren, war Hudson nicht verschwunden. Er stand hier.

Er stand vor mir und begehrte mich.

Seine Erektion drückte sich an meinen Bauch.

Ich schaute ihn überrascht an. Er war angetörnt? Wie … warum … lag das an meinen Zweifeln? Hatte meine verkorkste Angst dazu geführt, dass er mich noch mehr begehrte?

»Ich bin hart für dich und für niemand sonst.« Er sprach leise, seine Stimme heiser vor Lust. »Dich bete ich an und niemanden sonst.« Er beugte sich vor und küsste meinen Hals entlang. Ich ließ den Kopf zur Seite fallen, um mich ihm darzubieten, und stöhnte, als seine Lippen meine Haut berührten.

Dann, einfach so, nur durch seine Berührung, entspannte ich mich und sank regelrecht gegen ihn. Genau das brauchte ich – seinen Mund, seinen Körper an mir. Was kümmerte mich das Warum? Es war nur wichtig, dass er hier war.

Ich schlang ihm die Arme um den Hals, und sein Mund drückte sich fest auf meinen. Seine Zunge drang in meinen Mund ein, streichelte und liebkoste mich – und ich wurde feucht, denn ich wollte seine Zunge auch anderswo in mir spüren.

Er zog meine Unterlippe zwischen die Zähne und ließ sie wieder los. »Ich bin mit dir zusammen«, sagte er noch einmal, während seine Hände mir das Kleid über die Hüfte schoben und den Stoff unter dem Gummizug meines Höschens feststeckten, dann kehrten seine Finger zurück, und seine Hand glitt in mein Höschen.

Sie umkreiste meine empfindliche Stelle, und ich bäumte mich stöhnend auf.

»Genau so.« Er fuhr mit seinen gekonnten Liebkosungen fort, küsste und ermutigte mich. »Entspann dich. Ich will einfach nur bei dir sein.«

Ich wimmerte, als seine Finger meinen Schlitz entlangglitten. Aber er drang nicht in mich ein, wie ich es ersehnte, wie ich es so sehr brauchte. Stattdessen sank Hudson auf die Knie und zog mir das Höschen bis zu den Knöcheln hinunter.

Ehe ich protestieren konnte, dass seine Hand nicht mehr auf meiner Mitte lag, küsste er schon meine Lippen. »Du bist es, vor der ich auf die Knie sinke.« Zwischen den einzelnen Worten leckte er mit langen Strichen meine Vagina. »Du bist es, die unter meinem Mund kommen wird. Und wenn wir wieder runter ins Restaurant gehen und du dich unsicher fühlst, wirst du immer noch feucht sein und dich daran erinnern, wie meine Lippen auf dir waren und auf niemandem sonst.«

Ich war schon kurz davor, allein durch seine Worte zu kommen, so törnte mich sein besitzergreifendes Verhalten an, der Anspruch, den er auf mich erhob, mein Wissen, dass ich ihm gehörte.

Er hob einen Fuß aus meinem Höschen und legte sich mein Bein über die Schulter. Dann widmete er mir wieder seine volle Aufmerksamkeit und saugte an meiner Klit. Seine Finger stießen in meine Öffnung – ich hatte keine Ahnung, wie viele Finger, aber er bog sie und streichelte mich, bis ich bebte. Ich krallte ihm die Hände ins Haar, um mich festzuhalten, als mein Orgasmus explodierte und ich gegen seine Hand und seinen Mund zuckte.

Hudson wartete nicht, bis ich wieder zu Atem gekommen war, sondern stand auf und drückte seine Hüfte an mich, sodass ich mich seinem Schwanz zuwandte. Ich umfasste seine Länge – er war unglaublich hart.

»Hol ihn raus!«, befahl er.

Gelächter drang zu uns herüber, ich schaute über das Dach und sah eine Gruppe Leute bei den Sitzgelegenheiten. Wie lange waren die denn schon da? »Wir sind nicht mehr allein.«

»Hol ihn raus! Es ist mir egal, wer oder was da ist, ich will nur in dir sein, ich muss in dir sein!«

Und mir war es auch egal. Völlig egal.

Ich öffnete seinen Gürtel und zog den Reißverschluss auf. Er schob die Hose so weit hinunter, dass sein Schwanz freilag. Sofort umfasste ich ihn. Er war so hart, dass die Adern aus der weichen Haut auf seinem Schaft hervortraten.

Ich konnte ihn nicht so lange berühren, wie ich es gern getan hätte. Hudson hob mich hoch, meinen Rücken noch immer an der Wand, und stieß hart in mich hinein.

»Verdammt, deine Muschi ist so wunderbar.« Er drang mit raschen, abgehackten Stößen in mich. »Hörst du mich? Deine Muschi und nichts sonst ist es, die mich so hart macht.«

Ich bewunderte, dass er noch immer so zusammenhängend reden konnte, während ich schon unter ihm verging. Und seine Worte – seine unglaublichen Worte – ließen mich noch weiter dahinschmelzen. Ich sog sie in mich auf, während ich mich an ihn klammerte und er immer wieder in mich stieß.

Als er sich seinem Höhepunkt näherte, klang seine Stimme angestrengt, aber er sprach noch immer weiter. »Wenn wir wieder runter ins Restaurant zum Essen gehen, werde ich nach dir riechen, und du riechst nach mir. Und du wirst immer daran denken, dass wir zusammen sind. Ich bin mit dir zusammen.«

Wir kamen gleichzeitig, und ich biss ihn in die Schulter, um nicht laut herauszuschreien, während er stöhnte. »Niemand sonst, nur du.«

Niemand sonst, nur du.

Ich hüllte mich in dieses Gefühl ein wie ein Kind in seine Kuscheldecke. Wenn ich mir das bewahren konnte, die Gewissheit, dass ich mit ihm zusammen war, konnte ich alle Zweifel vergessen, die sich in mir breitgemacht hatten. Ich konnte Stacy und ihre abenteuerlichen Behauptungen vergessen, dass sie Beweise hätte. Ich konnte glauben, dass Celia wirklich nur eine gute Freundin von Hudson war.

Wenn ich das glauben konnte, dann wäre alles gut.

Kapitel zwölf

Überraschenderweise hielt die Ruhe, die mir Hudson auf dem Dach verschafft hatte, noch an, als wir zurück ins Restaurant gingen. Nicht mal Sophias verärgerter Blick machte mich nervös, als der Kellner mir einen Stuhl heranrückte.

Sophia trank einen Schluck von der bräunlichen Flüssigkeit in ihrem Glas. »Es wurde aber auch allmählich Zeit, dass ihr wiederkommt.«

Mir fiel wieder ein, was Hudson gesagt hatte, als wir so überstürzt verschwunden waren – dass ich etwas im Auto hätte liegen lassen –, und ich wollte etwas dazu sagen und mich entschuldigen.

Aber Hudson kam mir zuvor. »Wir wurden abgelenkt.« Er drückte mir die Hand, dann ließ er mich wieder los und schob mir den Stuhl zurecht. Sobald ich saß, nahm er wieder meine Hand, diesmal unter dem Tisch. Ich konnte mich nicht daran erinnern, dass jemand mir schon mal öffentlich solche Liebesbekundungen gemacht hatte. Und nachdem er gerade erst meinen Körper so in Besitz genommen hatte, schien es mir tatsächlich möglich zu sein, mich hier und jetzt mit Hudson zu entspannen.

Nein, es war nicht nur möglich, es passierte wirklich.

»Laynie!« Mira schien kurz davor, von ihrem Stuhl aufzuspringen. »Ich freu mich sehr, dass du es geschafft hast!«

Das letzte Mal, als ich sie gesehen hatte, war sie beunruhigt gewesen, ich wäre mit ihrem Bruder fertig. Dass ich jetzt hier war, bewies das Gegenteil.

»Ich auch.« Ich lächelte zurück und ging mit dem gleichen Lächeln kurz die anderen am Tisch durch, inklusive Chandlers Hinterkopf, der sich über sein iPhone beugte, und die Werners. Aber ich schaute Celia nicht in die Augen, als ich sie anlächelte. Ich merkte, dass sie versuchte, meinen Blick zu erhaschen, aber ich wollte nicht. Sie hatte mir nichts von diesem Abendessen erzählt, und deshalb war ich misstrauisch. Vielleicht zu Unrecht, aber ich konnte mir nicht helfen.

»Ich auch, damit sind wir schon zu dritt«, sagte Jack und zwinkerte mir zu.

Vielleicht bildete ich mir das nur ein, aber Hudson schien bei der Bemerkung seines Vaters zu knurren. Sein Beschützerinstinkt war manchmal richtig albern, aber andererseits wurde mir warm ums Herz.

Sophia trank ihr Glas leer und stellte es mit einem lauten *Klonk* auf den Tisch, um uns alle zur Aufmerksamkeit zu rufen. »Tja, wir haben bereits bestellt.«

»Das ist in Ordnung, wir holen euch schon ein.« Hudson hob die Hand, und der Kellner eilte herbei. Hudson bestellte für uns beide, in wunderschönem Französisch, bei dem ich ganz feucht wurde. Oder, genauer gesagt, noch feuchter.

»Wo Sie schon mal hier sind: Ich nehme noch einen hiervon.« Sophia hielt dem Kellner ihr leeres Glas hin, und ich sah, wie Mira und Hudson einen Blick wechselten. Ich konnte nur zu gut nachvollziehen, was sie fühlten – die üblichen Fragen und Sorgen, wenn man einen alkoholkranken Elternteil hatte. *Wird sie heute Abend zu viel trinken? Wird sie sich zum Narren machen? Wird sie uns blamieren?*

Damit das alles auch auf mein Leben zutraf, musste man nur das *sie* durch ein *er* ersetzen. Der Alkoholiker in meiner Familie, der mir Sorgen gemacht hatte, war mein Vater gewesen. Hatte ich auf diese Art und Weise verinnerlicht, mich ständig zu ängstigen? Das sollte ich vielleicht irgendwann mal mit einem Therapeuten besprechen. Oder, weil ich ja gar keinen Therapeuten mehr hatte, vielleicht mit meiner Suchtberaterin bei der Gruppe, zu der ich mehr oder weniger regelmäßig ging.

Hudson riss mich aus meinen Gedanken. Er lehnte sich zu mir herüber und flüsterte mir ins Ohr: »Ich hoffe, es macht dir nichts aus, dass ich für dich mitbestellt habe.« Bei seinem Atem an meinem Ohrläppchen standen mir die Haare zu Berge.

Es machte mir nichts aus, im Gegenteil, es hatte mir die Mühe erspart, die Speisekarte zu enträtseln. Und ich hatte Hudson in einer anderen Sprache reden hören … Ich seufzte, als ich an die zauberhafte Melodie seiner Worte dachte. »Solange keine Pilze im Essen sind, ist alles in Ordnung.

»Nein«, schmunzelte er, und mich durchzuckte es wie ein elektrischer Schlag. »Ich will doch nicht, dass dir beim Geburtstagsessen meiner Mutter schlecht wird.«

»Ganz im Gegenteil.« Jetzt lehnte ich mich zu ihm hinüber, sodass mich niemand anders hören konnte. »So wie du bestellt hast, läuft mir das Wasser im Mund zusammen. Ich wusste gar nicht, dass du Französisch kannst.«

»Französisch spreche ich fließend.«

Ich riss die Augen auf. »Sag doch bitte noch was auf Französisch!« Wir flirteten, etwas, das wir nicht oft vor anderen taten, und es fühlte sich so wunderbar natürlich an, dass ich mich mitreißen ließ, wohin immer es uns führen würde.

»*Oui. Plus tard, quand tu es enveloppée dans mes bras, je vais en parler jusqu'à ce que tu en frissonnes de plaisir.*«

Sein heiserer Tonfall und die weichen Wortmelodien machten mich verrückt. »Was hast du gesagt?«, fragte ich atemlos.

Er legte den Arm um mich und zog mich zu sich heran, ehe er weitersprach. »Ich habe gesagt: Ja, später, wenn du in meinen Armen liegst, werde ich Französisch sprechen, bis du vor Lust bebst.«

Ich wurde knallrot.

»Weißt du, es sitzen auch noch andere Leute am Tisch, Hudson«, tadelte Sophia.

Ich hoffte, dass diese anderen Leute genauso schlecht Französisch sprachen wie ich. Und dass seine Übersetzung wirklich leise genug gewesen war, dass nur ich sie hatte hören können. Aber angesichts des scharfen Blicks von Madge Werner auf der anderen Seite des Tisches fürchtete ich, sie hatte Hudson gehört.

Na wenn schon.

Mira verdrehte die Augen. »Mutter, jetzt lass die beiden doch mal in Ruhe.« Normalerweise war Mirabelles Geduld mit ihrer Mutter schier unendlich. Vielleicht wurde sie reizbarer, je weiter ihre Schwangerschaft voranschritt. »Siehst du denn nicht, dass sie verliebt sind?«

Hudson wandte sich zu mir und lächelte mich an. Für uns war dieses Wort noch immer ganz ungewohnt – es fühlte sich merkwürdig an, wenn jemand so über uns sprach. Aber es fühlte sich auch richtig an. Als bezeichne es etwas ganz Offensichtliches. Und tatsächlich: Was sollten wir denn sonst sein als verliebt? Und wie könnte das irgendjemandem entgehen?

Sophia entging es. »Oder sie bemühen sich nach Kräften, mich das glauben zu machen.« Sie strich sich übers Haar. Es war so hart, dass ihre Geste keinerlei Veränderung bewirkte.

Mira lehnte sich in ihrem Stuhl zurück und legte die Hände auf den Babybauch. »Warum um alles in der Welt sollten die beiden uns eine falsche Beziehung vorspielen?«

Ich schaute auf meinen Teller und machte mir Sorgen, ob mein Gesichtsausdruck mich verraten würde. Wie sollte Sophia zu einer solchen Schlussfolgerung kommen? Wir hatten tatsächlich zu Anfang versucht, eine Beziehung vorzutäuschen. Ich hatte sogar das Gefühl, dass Mirabelle so was in der Art vermutet hatte. Aber sie wusste auch, dass ich ihren Bruder liebte, und deshalb hätte sie ihrer Mutter niemals etwas von ihrer Vermutung verraten. Mira war die Art Mensch, für die die Liebe das Höchste ist. Wenn nur Liebe da ist, kann man jedes Hindernis überwinden, war ihr Wahlspruch.

Und zum ersten Mal im Leben fand ich diese Sichtweise nicht zum Totlachen.

Sophia nahm vom Kellner ein volles Glas entgegen, sie wartete nicht einmal, bis er es vor ihr auf den Tisch stellte, sondern genehmigte sich gleich einen großen Schluck. »Da bin ich überfragt. Warum macht Hudson diese ganzen miesen Dinge, die er den Leuten antut? Ich hab es schon lang aufgegeben, das herausfinden zu wollen.«

Celia rutschte auf ihrem Stuhl herum, aber ihre Eltern zeigten keinerlei Reaktion. Es wussten also alle am Tisch Bescheid über Hudsons Vergangenheit. Wenn die Werners seine dunklen Geheimnisse kannten, dann gehörten sie wirklich so gut wie zur Familie.

Andererseits: Wie hätten sie es nicht wissen können? Schließlich war ihre eigene Tochter eins seiner Opfer gewesen, wenn auch nicht in dem Ausmaß, wie sie dachten. Hudson hatte Celia jedenfalls nicht geschwängert. Was immer er ihr angetan hatte, wir waren alle in unserem Leben schon mal Menschen begegnet, die eine wichtige Rolle für uns gespielt hatten. Jemand anders für das eigene Handeln verantwortlich zu machen, war eigensüchtig. Jeder war selbst verantwortlich für das, was er tat. Das hatte ich auf die harte Tour gelernt.

Sophia war für ihre zickigen Kommentare verantwortlich, egal was für eine krasse Geschichte sie zu dem gemacht hatte, was sie jetzt war. Ihre Bosheit war abstoßend und unverzeihlich.

Aber Jack war offenbar der Einzige, der das Gefühl hatte, er müsse sie zurechtweisen, zumindest war er der Einzige, der etwas sagte. »Nur weil du heute Geburtstag hast, gibt dir das nicht das Recht, jede Höflichkeit zu vergessen.«

Mira schnaubte. »Nein, sie glaubt, dass sie dieses Recht allein dadurch hätte, dass sie auf der Welt ist.«

Alle schauten die lebhafte Brünette an, und sie wurde ein bisschen rot. Mira sprach sonst nie abfällig über andere, das kam für alle überraschend.

Adam an ihrer Seite hüstelte. Ob er ihr damit signalisieren wollte, das Thema zu wechseln, oder ob er die Spannung aus der Luft nehmen wollte, war mir nicht klar.

Mira schaute verlegen zu Boden. »Tut mir leid, das hätte ich nicht sagen sollen.«

»Ich nehme die Entschuldigung an. Bei dir ist das hormonell bedingt. Was Jack für eine Entschuldigung hat, so unverschämt mit mir zu sprechen, weiß ich hingegen nicht.« Sophia warf ihrem Mann einen Seitenblick zu, und ich fragte mich, ob es ihr je in den Sinn gekommen war, sich auch mal für irgendwas zu entschuldigen, statt immer nur umgekehrt Entschuldigungen von anderen zu erwarten.

Nein, das war ihr vermutlich noch nie in den Sinn gekommen. Ihr Gesichtsausdruck blieb unbewegt, es war nicht der mindeste Anflug von Reue zu sehen.

Sie spähte in die Runde, als wollte sie uns herausfordern. Niemand sagte etwas.

»Chandler«, tadelte Sophia dann, als ihr Blick auf seinen Haarschopf fiel, »leg dein verdammtes iPhone weg und unterhalt dich mit uns. Ich will, dass wir diesen Abend gemeinsam genießen. Wir alle.«

Aber ihr Blick glitt über mich hinweg. *Wir alle* schloss mich ganz klar nicht mit ein.

Nach diesem kleinen Zusammenstoß ging man allgemein zum Geplauder über, und die Aufmerksamkeit war nicht mehr auf Hudson und mich gerichtet. Ich aß meinen Salat, Hudson sprach mit Warren über Geschäftliches, und Celia scherzte mit Mira und Sophia. Sophia entspannte sich nach einer Weile sogar so weit, dass ich Anzeichen der sorglosen, lustigen Person erkennen konnte, die sie vor langer Zeit einmal gewesen sein musste. Vor so langer Zeit, dass davon nur ein ganz winziger Rest übrig geblieben war, der jedem verborgen blieb, der nicht genau genug hinschaute.

Ich wunderte mich fast, dass ich diesen Rest überhaupt sah ... nun ja, vielleicht hatte ich ja genau genug hingeschaut. Ich suchte den Menschen, dem Hudson so ungeheuer gern gefallen wollte, ich wollte wissen, warum seine Mutter noch immer Teil seines Lebens war, statt dass er sich ein für alle Mal von ihr lossagte, wie ich es mit Brian getan hatte.

Aber vielleicht war das nicht unbedingt der bessere Weg. Es tat weh, dass ich Brian aus meinem Leben verstoßen hatte. Ich hatte das Ganze in den letzten Tagen verdrängt und ich wollte auch jetzt nicht daran denken. Das hier war eine Familienzusammenkunft, es war nur natürlich, dass mir da meine eigene Familie in den Sinn kam. Das hieß aber nicht, dass ich mir jetzt groß Gedanken darüber machen musste.

Das Essen kam, und alles ging ganz normal seinen Gang. Das Gericht, das Hudson für mich bestellt hatte, war köstlich, ich hatte noch nie so etwas gegessen: fein gehackter Hummer und Fischklößchen in einer Dill-Sahnesoße. Am liebsten hätte ich den Teller abgeleckt.

Hudson hatte für sich eine Art Crêpe mit Ente bestellt. Er ließ mich ein Eckchen probieren, auf dem keine Pilzsoße war. Das Geflügel zerging mir im Mund, während meine Lippen über seine Gabel glitten. »Göttlich!«

Er schaute mich gierig an. »Das Gleiche könnte ich auch sagen.«

Madge bekam an diesem Abend den größten Teil unserer romantischen Vorführung ab, weil sie uns gegenübersaß. Jetzt räusperte sie sich.

Ich lächelte sie entschuldigend an, obwohl es mir alles andere als leidtat. Ich war mir dessen bewusst, dass Madge glaubte, Hudson hätte sich zur Abwechslung mal unters gemeine Volk gemischt und würde mich demnächst wieder fallen lassen, damit er mit ihrer geliebten Tochter zusammen sein konnte. Ich wusste, dass es sie ärgerte, und es gefiel mir, dass sie uns zusammen sah, aber ich verstellte mich nicht für sie. Ich genoss einfach den Abend mit meinem Geliebten. Es war alles echt.

Madge lächelte angesäuert zurück, dann wandte sie sich in Richtung Mirabelle.

So zu tun, als wäre ich gar nicht da, war natürlich auch eine Art, mit der Situation umzugehen ...

»Mira«, rief sie und schaute an Celia vorbei, die zwischen ihr und Mirabelle saß. »Nur noch vier Monate, bis das jüngste Mitglied der

Familie Pierce das Licht der Welt erblickt. Du bist sicher schon schrecklich aufgeregt!«

Mira legte sich instinktiv die Hände auf den Bauch. »Das bin ich auch.« Sie runzelte die Stirn. »Aber wenn du vier Monate sagst, muss ich fast kotzen.«

Sophia räusperte sich missfallend. Dass sie die Ausdrucksweise einer erwachsenen Frau korrigieren wollte, fand ich mehr als lächerlich. Ich musste auch fast kotzen.

Aber Mira war ja an Sophia gewöhnt. »Tut mir leid, nicht gerade passend für eine Unterhaltung beim Abendessen. Ich wünschte mir nur, es wäre schon bald so weit, das ist alles. Ich würde sie lieber draußen in der Welt haben, statt dass sie mir dauernd auf der Blase liegt.«

»Das Kind wird schon noch früh genug kommen, glaub mir.« Im Gegensatz zu seiner Frau klang Adam glücklich, dass er noch ein paar Monate Zeit hatte, sich vorzubereiten.

Warren schüttelte den Kopf und stieß seine Frau mit dem Ellenbogen an. »Du hast außerdem nicht ganz recht, Madge. Mira ist ja keine Pierce mehr. Es wird das jüngste Mitglied der Familie Sitkin.«

Mira schaute zu ihrer Mutter hinüber. »Oder Sitkin-Pierce, wenn wir uns für einen Doppelnamen entscheiden.« An Miras Blick konnte man sehen, dass sie diese Unterhaltung nicht zum ersten Mal führten. Mirabelle hatte den Namen Pierce beibehalten, aber die Idee mit dem Doppelnamen war neu. Ich hätte mein gesamtes Geld darauf verwettet, dass es ein Versuch war, Sophia eine Freude zu machen.

Aber Sophia konnte man gar keine Freude machen. »Das ist nicht dasselbe. Sitkin-Pierce ist nicht Pierce.« Sie seufzte dramatisch. »Die Linie setzt sich also fort, aber nicht der Name.«

Es war komisch, wie sehr sich die Frau Gedanken um einen Namen machte, den sie selbst nur durch eine lieblose Heirat erworben hatte. Es enthüllte ihr materialistisches Denken und bewies, wie viel sie auf Äußerlichkeiten hielt. Der Name Pierce hatte Bedeutung in der Welt. Sobald er mit einem anderen gekoppelt wurde, verlor er automatisch die Macht, die Pierce Industries verlieh – zumindest nach Sophias Sichtweise.

Adam richtete sich auf, als müsse er sich verteidigen. »Mira ist ja nicht die einzige Pierce. Chandler kann auch Kinder in die Welt setzen.«

Und Hudson, dachte ich bei mir.

»Dann würde der Name sich fortsetzen, aber nicht die Linie«, sagte Jack leichthin.

Es gab ja Gerüchte, dass Chandler nicht Jacks Sohn war, aber ich hatte keine Ahnung gehabt, dass man in der Familie Pierce so offen darüber sprach.

»Was?« Chandler schaute von seinem Schoß hoch, wo er versucht hatte, möglichst unauffällig Nachrichten zu schreiben oder was auch immer er da mit seinem iPhone veranstaltete.

»Nichts«, rief Mira vom anderen Ende des Tisches her. »Mach einfach weiter mit dem, was du gerade gemacht hast.«

Vielleicht wussten es alle, nur Chandler selbst nicht?

Sophia trank einen weiteren Schluck, es war inzwischen ihr drittes Glas. »Das Baby von Hudson und Celia hätte beides gehabt.«

Ich erstarrte. Hudsons und Celias fiktives Baby war Gegenstand nicht enden wollender Auseinandersetzungen in der Familie. Die Sache war Jahre her, doch sie war so wichtig gewesen, dass man sie einfach nicht vergaß. Warum Celia nicht einfach zugab und erklärte, dass das Kind gar nicht von Hudson war, ging über meinen Verstand. Es ärgerte mich sehr, dass sie ihn immer noch benutzte, um die erniedrigende Wahrheit zu verheimlichen, ohne Rücksicht darauf, was es ihn kostete. Ich konnte nicht anders, ich musste ihr einen Blick zuwerfen.

Celia sah mein finsteres Gesicht nicht, denn sie schaute Hudson an, oder vielleicht auch Jack. Die beiden saßen nebeneinander, daher war es schwer zu sagen, aber es schien mir nur folgerichtig, dass Celia Hudson anschaute.

Jack ließ seine Gabel auf den Teller fallen, und das Geräusch hallte in dem ruhigen Restaurant wider. »Nicht schon wieder, Sophia! Das ist ja wohl nicht dein Ernst. Verdammt, ich höre mir das nicht länger an.« Er wischte sich mit der Serviette den Mund ab und warf sie auf seinen erst halb abgegessenen Teller. Dann stand er auf. »Ich danke euch allen. Ich wünschte, ich könnte sagen, es sei ein schöner Abend gewesen, aber wir lassen das lieber auf sich beruhen. Ich werde mich um die Rechnung kümmern. Bleibt ihr anderen ruhig noch, macht es euch nett und bestellt euch noch einen Nachtisch. Ich würde meiner Frau ja wünschen, sie solle in der Hölle schmoren, aber das kann ich mir schenken, ich glaube, sie lebt ohnehin schon dort. Zumindest fühlt es sich an wie in der Hölle, wenn man mit ihr zusammen ist.«

Er hätte sich meines Erachtens stehende Ovationen verdient, aber alle starrten ihn nur fassungslos mit offenem Mund an, als er ging.

Sophia fand als Erste die Sprache wieder. »Liebe Zeit, so ein melodramatischer Auftritt!« Sie aß ungerührt ihr Hühnchen weiter. »Ich habe lediglich darauf hingewiesen, dass wir die Chance auf ein Pierce-Enkelkind gehabt hätten.«

»Melodramatisch – das sagt genau die Richtige.« Obwohl er den Kopf gesenkt hatte, sprach Adam laut genug, dass der ganze Tisch es hörte.

Sophia starrte ihren Schwiegersohn an, aber jetzt lenkte Hudson die Aufmerksamkeit der Gäste auf sich. »Ich könnte ein Kind mit Alayna bekommen.«

Ich erstickte fast an dem Bissen in meinem Mund. Natürlich hatte ich gedacht, dass Hudson auch Vater werden konnte, aber es war mir keine Sekunde lang in den Sinn gekommen, dass er ein Kind mit mir haben könnte.

Na gut, vielleicht war es mir doch einen Augenblick in den Sinn gekommen, aber wirklich nur eine winzige kurze Sekunde lang. Es war ganz sicher kein Gedanke, den ich jemals laut geäußert hätte.

Aber als Hudson es sagte, einfach so, zu allen hier am Tisch, wurde mir merkwürdig warm in der Brust. Es war nicht das normale, tiefe Brennen des Verlangens, sondern etwas anderes, etwas, das mit der Liebe zu tun hatte, die ich für diesen Mann empfand, zusammen mit einem Hauch von Hoffnung.

Ich wollte ihn wissen lassen, was mir dieser Satz bedeutete, und versuchte, seinen Blick zu erhaschen. Aber er konzentrierte sich auf seinen Teller und aß einen weiteren Bissen von seinem Crêpe, als wäre es ganz alltäglich und nichts Außergewöhnliches, über das Thema Kinder zu reden – Kinder, die er mit mir bekommen könnte.

Vielleicht bedeutete ihm dieser Satz gar nichts. Ich spürte, wie das warme Glühen in mir nachließ, und mir kam der Gedanke, dass er vielleicht einfach nur seine Mutter auf die Palme bringen wollte. Das hatte er auf jeden Fall geschafft.

Sophia legte die Gabel hin und wandte sich auf ihrem Stuhl zu ihm um. Zorn drang durch die kalte Maske, die sie normalerweise trug. »Sprecht ihr wirklich schon über Hochzeit und Kinder? Dafür ist es aber noch sehr früh, Hudson, viel zu früh.«

»Ach Mutter, sei doch nicht so altmodisch. Man muss doch heutzutage nicht mehr verheiratet sein, um Kinder zu bekommen.« Hudson trank einen Schluck Wein und tat weiterhin lässig, aber als er das Glas abstellte, sah ich seine Kiefermuskeln zucken, und daran merkte ich, wie sehr er innerlich kochte. »Und was Alayna und ich besprechen, geht dich nun wirklich nichts an.«

Sophia kniff wütend die Augen zusammen. »Du hast schließlich damit angefangen.«

»Ich habe gesagt, dass ich Vater eines Kindes werden könnte, und damit hättest du sowohl deine wertvolle Abstammung als auch deinen kostbaren Namen.« Seine Stimme war merkwürdig ruhig und doch bestimmt. Ich stellte mir vor, dass er diesen Ton auch bei Vorstandssitzungen anschlug. Er war kraftvoll und selbstbeherrscht. Und verdammt sexy.

Und dann brachte er seine Pointe. »Und die Einzige, mit der ich mir das je vorstellen könnte, ist Alayna.«

Diese Worte hatten den gleichen Knalleffekt wie seine Aussage kurz zuvor. Sein Satz hing in der Luft, als wäre jedes andere Geräusch verstummt, als spielte Hudson die erste Geige bei einem Streichkonzert, ein einsamer, durchdringender Klang, auf den sich alle konzentrierten.

Alle drei Werners rutschten auf ihren Stühlen herum, und obwohl Celia und Hudson nie ein Paar gewesen waren, erzeugte seine Aussage eine solche Spannung, als würde der Bogen des Geigers über eine zu straff gespannte Saite kratzen. Es war einfach zu viel.

»Hudson, ich ...« Ich verstummte. Ich hatte keine Ahnung, was ich sagen sollte, ich wollte nur, dass die Spannung nachließ, ich wollte den Hass nicht ertragen müssen, der mir aus so vielen Augen entgegenschlug.

Er griff mein Stichwort auf, legte mir beruhigend die Hand aufs Bein und schaute mich um Entschuldigung bittend an, dann wandte er sich wieder an Sophia. »Du musst die Vergangenheit ruhen lassen, Mutter.« Sein Ton war sanfter, aber noch immer bestimmt. »Wir sollten uns lieber auf die Zukunft freuen. Wir alle.«

Er wandte sich wieder mir zu, und wir schauten uns in die Augen. Und statt dass ich ihm sagte, wie es sich für mich anfühlte, ihn über eine gemeinsame Zukunft reden zu hören, sagte er es mir. Er sagte es mir mit seinem langen, stillen Blick, und seine Hand liebkoste meinen Schenkel, er streichelte mich auf eine Art, die eher tröstend war als sexuell. Sein Blick sagte alles – wie sehr er an uns glaubte, wie gut wir einander taten, wie sehr er mich liebte, obwohl er das nicht mit Worten ausdrücken konnte.

Die Tränen, die ich vorhin noch hatte zurückhalten können, stiegen mir jetzt in die Augen.

»Würden Sie mich bitte entschuldigen«, sagte ich und riss mich von seinem Blick los. »Ich muss mir die Nase pudern.«

Ich schaffte es gerade noch bis zur Damentoilette und in eine Kabine, ehe ich weinen musste. Es kamen nicht viele Tränen, nur ein paar, und es waren Tränen des Glücks, gut und voller Verheißung – auf Liebe.

Ich hörte die Tür ein paarmal auf- und zugehen, dann hatte ich fertig geweint. Ich pinkelte und drückte die Spültaste, wusch mir die Hände und machte mich auf den Weg zum Schminktisch, um mein Make-up aufzufrischen.

Zum Glück bringt glückliches Weinen ein Gesicht nicht so sehr durcheinander wie richtiges Weinen. Ich grinste idiotisch froh vor mich hin, als ich mich zum Spiegel vorbeugte, um den kleinen Flecken Mascara unter dem linken Auge wegzutupfen.

»Du siehst super aus«, sagte jemand hinter mir.

Im Spiegel sah ich Celia, und mein Lächeln verschwand auf der Stelle.

»Du brauchst nur einen Hauch Lipgloss. Ich hab welchen.« Sie machte ihre winzige Handtasche auf.

»Nein, ich möchte nichts von dir.« Ich drängte mich an ihr vorbei und ging Richtung Tür.

Sie hielt mich am Arm fest. »Warte doch mal!«

Ich machte mich aus ihrem Griff los, aber ich blieb stehen. Ich konnte mir ruhig mal anhören, was sie zu sagen hatte, und war gespannt, was für eine tolle Entschuldigung sie hatte, dass sie mir Sophias Geburtstagsessen verschwiegen hatte.

Ich verschränkte dramatisch gelangweilt die Arme und nickte ihr zu.

Die sonst so selbstsichere Celia sah ganz verlegen aus und trat von einem Fuß auf den anderen.

»Ich hab nicht den ganzen Abend Zeit, jetzt red schon.«

Sie runzelte verwirrt die Stirn. »Warum bist du denn so sauer auf mich? Ich spüre diese Spannung schon die ganze Zeit, du hast mich noch nicht mal angeschaut. Deswegen bin ich dir auch hierher nachgekommen. Warum bist du so wütend?«

»Spiel nicht die Dumme, Celia, das passt nicht zu dir.«

»Ich spiele gar nichts. Erklär's mir!« Sie ließ die Arme hängen, ihre Körperhaltung ganz offen, als hätte sie nichts zu verbergen. »Bitte.«

»Celia …« Verhielt ich mich lächerlich – wieder mal? Vielleicht beeinflusste mich Stacys rätselhafte Warnung über die schöne blonde Celia.

Ich seufzte und entschied mich, Klartext zu reden. »Wir haben uns heute Mittag gesehen, und da hast du nichts von diesem Dinner erzählt. Dabei hast du genau gewusst, dass ich keine Ahnung davon hatte, weil ich Sophia heute Abend nicht treffen wollte, sondern ein Meeting hatte. Und du behauptest, du wärst auf meiner Seite.« Ich klang ruhig und aufrichtig, weniger anklagend, als ich mich fühlte. Vielleicht hatte ich ja schon was von Hudson gelernt.

Celia seufzte ebenfalls. »Du hast ja recht, du hast ja recht.« Sie blickte auf ihre Schuhe und murmelte undeutlich vor sich hin. »Ich hab mir schon gedacht, dass es das ist.« Dann sah sie mir wieder in die Augen. »Ich hab nichts von diesem Essen erzählt. Ich hätte etwas sagen sollen. Aber du warst so glücklich, du hast richtig gestrahlt, weil alles so gut läuft, und als ich merkte, dass Hudson dir nichts von dem Abendessen erzählt hatte, wollte ich keine Zwietracht zwischen euch säen.«

»Oder du wolltest ihn heute Abend für dich allein.«

»Nein! Ich hab dir doch gesagt, dass ich nicht hinter Hudson her bin.« Sie fuhr sich mit der Hand über die Stirn, vorsichtig, als wollte sie ihre Foundation nicht verschmieren, aber so, als wäre sie so an diese vorsichtige Bewegung gewöhnt, dass sie gar nicht mehr darüber nachdenken musste. Sie war durch und durch High Class. Gar nicht mit mir zu vergleichen.

Ich blendete meine Eifersucht aus und konzentrierte mich auf das, was sie gesagt hatte.

»Laynie, ich bin auf deiner Seite, ehrlich. Begreifst du denn nicht, was passiert wäre, wenn ich dir von dem Geburtstagsessen erzählt hätte? Du hättest Hudson darauf angesprochen, aber dann hättest du ihm auch sagen müssen, woher du von der Sache weißt. Du hättest ihm also sagen müssen, dass wir uns hinter seinem Rücken getroffen und über ihn gesprochen haben. Und er hat dich doch ohnehin zum Essen mitgebracht! Es ist alles gut gelaufen.«

»Ja, es ist alles super gelaufen.« Ich reagierte, ehe ich ihre Worte noch richtig verdaut hatte. Erst dann begriff ich, dass an dem, was sie gesagt hatte, viel Wahres dran war. Wenn ich ehrlich war, hätte ich an ihrer Stelle wahrscheinlich das Gleiche getan.

Ich biss mir auf die Lippe. »Es tut mir leid. Ich bin … ich weiß einfach nicht, wem ich vertrauen kann und wem nicht. Ich hab das Gefühl, es sind so viele Leute gegen uns.«

Celias Gesichtsausdruck entspannte sich, und sie schaute nicht mehr sorgenvoll drein, sondern schenkte mir ein tröstendes Lächeln. »Das stimmt nicht. Sophia ist gegen dich, sie ist aber auch die Einzige. Und meine Eltern, aber die tun nur, was sie für mich für das Beste halten, wie alle Eltern. Sie verstehen es einfach nicht.«

Ihre Eltern wussten nicht, dass sie nie mit Hudson zusammen gewesen war. Sie wussten nicht, dass er nicht der Vater des Babys gewesen war. »Warum sagst du es ihnen eigentlich nicht? Es ist alles schon Jahre her, das hast du selbst gesagt. Warum sagt ihr beide ihnen nicht, wie das wirklich mit dem Baby war?« Das fragte ich mich schon, seit ich von der ganzen Geschichte erfahren hatte. »Wenn dir wirklich etwas an Hudsons Glück liegt, dann würdest du die Wahrheit sagen und ihn freigeben.«

»Es scheint, als wäre das das Richtige, nicht?« Ihre Augen trübten sich, während sie nachdachte, vielleicht versank sie in Erinnerungen. Als sie wieder zurückkehrte, schaute sie mich entschuldigend an. »Das ist … Es ist alles kompliziert, mehr kann ich dazu nicht sagen. Es tut mir leid, ich wünschte, ich könnte mehr sagen. Aber ich bin ja nicht allein in diese Sache verwickelt. Du musst mir vertrauen, dass es so das Beste für alle ist, Hudson eingeschlossen.«

Ich fand es beunruhigend, dass es an dieser Sache offenbar etwas gab, wovon ich nichts wusste, etwas, das Hudson mir nicht erzählt hatte. Aber vielleicht suchte Celia auch einfach nur eine Ausrede, damit sie ihren Eltern nicht die Wahrheit sagen musste. »Wie ich schon sagte, ich weiß nicht mehr, was ich glauben soll.«

»Alayna … «

Ich schauderte, als sie meinen vollen Namen sagte. Niemand außer Hudson nannte mich Alayna. Sie hatte nicht das Recht, mich so zu nennen, das durfte nur er.

Hinter uns ging die Tür auf, und jemand trat ein. Wir schwiegen beide, bis die Frau in einer Kabine verschwunden war.

»Das ist hier keine gute Gelegenheit für eine Unterhaltung, aber du hast ja meine Nummer. Ruf mich an, wenn du irgendwas brauchst, wenn du dir über ein paar Dinge klar werden möchtest oder wenn du einfach nur reden willst.«

Ich zögerte. Heute Abend war mir vieles klar geworden, unter anderem, wie leicht Hudson und ich mich durch Geheimnisse, die zwischen uns standen, voneinander entfremden konnten. Vielleicht war das eine gute Gelegenheit, meiner Freundschaft mit Celia ein Ende zu setzen. Vielleicht sollte ich Hudson sogar reinen Wein einschenken, was unsere bisherigen Treffen anging.

Celia schien meine Zurückhaltung zu spüren und legte ihre Hand auf meine. »Ich möchte, dass es für Hudson gut läuft. Das wünsche ich mir mehr, als du dir vorstellen kannst, ehrlich.«

Sie schenkte mir ein weiteres strahlend weißes Lächeln und ging hinaus.

Ich zog mein Handy aus dem BH und überlegte, ob ich ihre Nummer löschen sollte. Das wäre das Sicherste gewesen. Andererseits hatte es mir sehr geholfen, dass sie mir Einsichten verschaffte, die mir fehlten. Und sie war Hudson wichtig. Ich wollte keine Probleme machen, indem ich einen Keil zwischen die beiden trieb.

Komisch, mein früheres Ich hätte ganz genau das getan. Das frühere Ich, das vor der Therapie – dieses Ich hätte Hudson vor die Wahl gestellt: sie oder ich. Doch so verlockend die Vorstellung war, die Werners loszuwerden, ich hatte kein Interesse daran, Hudson ein Ultimatum zu stellen.

Abgesehen davon, dass es sehr unrealistisch und ein sehr ungesundes Verhalten war, war ich auch sicher, dass Hudson sich nie vor ein derartiges Ultimatum stellen lassen würde.

Kapitel dreizehn

Gerade als Celia gegangen war und ich das Handy wieder in meinem BH verstaut hatte, trat Mira aus dem Bereich der Toiletten zum Schminktisch. In den letzten Minuten hatte ich keine Toilettenspülung und auch keine Geräusche von den Waschbecken her gehört und ich begriff, dass sie schon einige Zeit dort gestanden haben musste. Sie schaute so ernst, wie ich sie noch nie gesehen hatte, und bei ihrem Blick fühlte ich mich auf unerklärliche Art und Weise schuldig.

»Hallo«, sagte ich und versuchte, das merkwürdige Gefühl abzuschütteln.

Sie schaute mich mit ihren großen braunen Augen durchdringend an. »Du hast mit Celia gesprochen.«

»Ja.« Ich legte meine Hand auf die Ablage, als ob ich mich festhalten müsste. Dabei hatte ich nichts falsch gemacht. Wir waren bei einer Familienfeier und waren insgesamt neun Leute. Da war es doch klar, dass ich mich mit den anderen Gästen unterhielt – mit der einzigen Freundin meines Freundes.

»Ich finde, das solltest du in Zukunft bleiben lassen.« Miras Stimme war klar und ohne jeden tadelnden Unterton.

»Warum?«

Sie wurde sanfter, als sie auf mich zutrat, und ihr gewohnter quirliger Charakter kam wieder zum Vorschein. »Sie ist deine Konkurrentin, Laynie! Hudson fährt zwar total auf dich ab, aber Celia ist hinter ihm her. Sie hat sich so lange ausgemalt, dass sie ihn mal heiraten würde, in ihrer Vorstellung ist das schon eine ausgemachte Sache.«

»Ich weiß, ich weiß.« Ein merkwürdiges Mitleid überkam mich. Vielleicht wollte Celia Hudson wirklich nicht, und alle behaupteten nach wie vor, dass sie ihn doch wollte. Sie unterstellten ihr etwas, was sie schon lange hinter sich gelassen hatte. Ich wusste genau, wie man sich in so einer Situation fühlte. Man hatte mich noch lange für verrückt gehalten, als es mir schon viel besser ging.

Ich schluckte und war selbst überrascht, dass ich Celia verteidigte. »Aber sie sagt, dass sie das nicht will, ihn nicht will, meine ich. Auf mich wirkt sie so, als wäre sie über ihn hinweg. Sie hat mir wirklich geholfen.«

Mirabelle fuhr sich mit den Fingern durch den hinteren Teil ihrer zum Bubikopf geschnittenen Frisur. »Okay, vielleicht stimmt das. Vielleicht übertreibe ich ein bisschen. Aber ich kenne sie schon ewig, und sie ist nicht gerade ein guter Mensch.«

Ich konnte mir vorstellen, welchen Eindruck es auf Mira gemacht haben musste, als Hudson Celia mit gebrochenem Herzen und am Boden zerstört verlassen hatte. Mira als junger, beeinflussbarer Teenager – für sie wäre es ein Leichtes gewesen, Celia für die Schrecken verantwortlich zu machen und nicht Hudson, besonders weil sie ihrem Bruder so unglaublich zugetan war.

Aber jetzt war sie erwachsen und sie musste doch sehen, dass an dieser Geschichte mehr dran war. Es war nicht alles so simpel, wie es früher ausgesehen hatte, selbst wenn Mira die genauen Einzelheiten nicht kannte. »Hudson ist auch nicht gerade ein guter Mensch gewesen«, gab ich zu bedenken.

Enttäuschung huschte über Miras Gesicht.

»Ich sage nicht, dass ich nicht auf Hudsons Seite stehe. Es ist mir egal, was er getan hat oder wer er war, ehrlich.« Ich würde zu ihm halten, egal, welchen Mist er gebaut hatte, genau wie er zu mir hielt bei dem ganzen dummen Zeug, dass ich getrieben hatte. »Es ist nur so, dass wir früher alle schlechtere Menschen gewesen sind.« Außer vielleicht Mira selbst. »Zumindest einige von uns«, fügte ich hinzu.

»Ich bin sicher, das stimmt.« Sie trat auf mich zu und legte mir die Hand auf den Arm. »Aber du musst nicht denken, dass Celia die Einzige ist, mit der du sprechen kannst, ja? Wenn du mal reden möchtest, Laynie, dann ruf mich an. Oder besser noch, sprich mit Hudson.«

Von dem ganzen Hin und Her brummte mir der Schädel – Celia beschuldigen, Celia verteidigen, Celia vertrauen, Celia nicht vertrauen. Die einzige Person, die ich wirklich verteidigen musste, war doch Hudson. Die einzige Person, der ich vertrauen musste, war er.

Ja, ich sollte mich an ihn wenden, wenn ich jemanden brauchte, mit dem ich reden wollte. Er war der Einzige, auf den es ankam, der Einzige, der wusste, wie er mich beruhigen konnte. »Ich werde mit Hudson sprechen, gute Idee.«

Sie grinste. »Manchmal hab ich tatsächlich gute Ideen. Muss mit der Schwangerschaft zusammenhängen, die beeinflusst das Hirn und so.«

Plötzlich kam es mir vor, als wäre ich schon viel zu lange von Hudson weg. Ich musste ihn unbedingt sehen. Das Verlangen wurde augenblicklich befriedigt, als wir aus der Damentoilette kamen und ich Hudsons besonders männliche und solide Gestalt warten sah. Seine Augen leuchteten auf, als er mich sah, und ich bekam weiche Knie.

Mira winkte uns zu und heftete sich auf dem Rückweg zum Tisch an Celias Fersen. Die musste ein bisschen herumgetrödelt haben, nachdem sie aus der Toilette gekommen war. Ich schätzte, sie hatte mit Hudson geredet. Und das war völlig in Ordnung, ehrlich. Für mich war das in Ordnung.

Hudson nahm mich bei der Hand, als ich zu ihm trat. »Bist du fertig, können wir gehen?«

Obwohl ich noch nicht zu Ende gegessen hatte, war die Aussicht, von dieser Geburtstagsparty verschwinden zu können, geradezu himmlisch. »Ich dachte schon, du fragst gar nicht mehr.«

»Dann komm, gehen wir.« Er schien ein bisschen zerstreut, als er mich zum Eingang des Restaurants zog, aber wer wäre das nach dem Abend, der hinter uns lag, nicht gewesen?!

Wir waren schon fast am Empfangstresen vorbei, als Sophia auf einmal vor uns stand. »Wolltet ihr euch etwa ohne Abschied davonschleichen?«

Ich verdrehte die Augen. Aber Hudson, ausgeglichen und kontrolliert wie immer, verzog kaum eine Miene. »Hast du etwa hier auf mich gewartet, um mir deswegen an die Kehle zu springen?«

Sophia runzelte die Stirn, und auf ihrem mit Botox glatt gespritzten Gesicht war kaum eine Bewegung zu erkennen. »Natürlich nicht. Ich bin hergekommen und habe kurz durchgeklingelt, damit man mein Auto vorfährt. Es ist unhöflich, so etwas zwischendurch am Tisch zu erledigen.« Sie klang wieder sehr tadelnd – als wäre es Hudson, der den ganzen Abend seine Nase nicht vom Display seines Handys gehoben hätte und nicht ihr anderer Sohn.

Hudson packte meine Hand fester. »Ich habe mich bereits von dir verabschiedet, Mutter.«

»Das hast du.« Sie wies mit dem Kopf auf mich. »Sie aber nicht. Ich kann mich nicht mal erinnern, dass sie mich begrüßt hätte.«

Mein Magen zog sich zusammen, und mir kamen in Sekundenschnelle ungefähr tausend pampige Erwiderungen in den Sinn. Ich nahm mir ein Beispiel an Hudson und entschloss mich, ganz cool zu bleiben. »Sie haben mich ja auch nicht begrüßt.«

»Stimmt, das habe ich nicht.« Sie lächelte gezwungen, aber ihre Augen leuchteten auf. Plötzlich begriff ich, dass es ihr Spaß machte, mit mir ihre Kämpfchen auszufechten. Wenn ich schlau war, würde ich gar nicht erst darauf eingehen, das würde ihr den Spaß an der Sache nehmen.

Aber irgendwie gefiel mir das Geplänkel auch, es war eine Herausforderung, so wie ein gutes Schachspiel. »Das fand ich übrigens sehr klug von Ihnen, Sophia. Der Abend ist doch ganz gut gelaufen, während wir so getan haben, als ob die andere gar nicht da wäre, finden Sie nicht auch?«

»Danke schön. Es war ja auch völlig unerwartet, da ich gar nicht wusste, dass Sie auch kommen würden. Hudson hat mich erst kurz vorher angerufen und Bescheid gesagt.« Sophia wollte mich reizen und versuchte, mich wütend zu machen, indem sie mir genau zu verstehen gab, dass ich nicht eingeladen gewesen war. Es war eine brillante Vorstellung und hätte sicher gut geklappt, wenn ich nicht schon Bescheid gewusst hätte.

Aber ich spielte mit. »Oh, hast du doch angerufen, H? Ich dachte, du wolltest mich als Überraschungsgast mitbringen.«

»Ja, ich habe kurz angerufen, während du dich umgezogen hast. Ich dachte, Sophia würde sich vielleicht besser benehmen, wenn sie auf dein Kommen vorbereitet ist.« Hudson spielte auch ohne Weiteres mit. Obwohl er mich lieber von den Bosheiten seiner Mutter fernhielt, fand Hudson es auch amüsant, wie ich mit ihr umging.

Sie drückte den Rücken kerzengerade durch. Diese Haltung stand in direktem Widerspruch dazu, wie sie sich fühlen musste, da ich ihren Schlag so leichthin pariert hatte. »Ja, es hat ganz gut geklappt. Ich merke mir diese Taktik mit dem Ignorieren fürs nächste Mal.«

Ich war wieder dran. »Dann haben Sie also endlich akzeptiert, dass es ein nächstes Mal geben wird?« *Treffer!*

Ihr Lächeln wurde stärker, als wäre ich in eine Falle getappt. »Ich bin ein sehr realistischer Mensch, Alayna Withers. Es ist nur die Frage, wie viele nächste Male es noch geben wird. Ich bin immer ein Teil von Hudsons Leben. Aber Sie?«

Ich wankte innerlich, meine Schultern spannten sich, mein Körper schaltete auf kampfbereit.

Hudson trat zwischen uns. »Mutter, hör auf. Du hast heute Geburtstag, und ich wünsche dir einen schönen Tag. Wenn es dir schlecht geht, liegt das nur daran, dass du nichts genießen kannst.« Er ließ mich los, nahm Sophia ungeschickt in die Arme und gab ihr einen Kuss auf die Wange.

Zum millionsten Mal fragte ich mich, was für eine Beziehung Mutter und Sohn eigentlich zueinander hatten. Ich hatte mir von meinem Bruder viel weniger gefallen lassen, bevor ich den Kontakt zu ihm abgebrochen hatte. Na gut, das war erst wenige Tage her, ich wusste noch nicht, wie es mit uns weitergehen würde. Auch über die Vergangenheit dieser beiden konnte ich nur Vermutungen anstellen, Einzelheiten kannte ich keine, und überhaupt wusste ich eigentlich kaum etwas über Hudsons Leben.

Lass ihm Zeit, sagte ich mir. Irgendwann würde ich schon mehr erfahren.

Hudson löste sich aus der Umarmung und schob Sophia sanft von sich.

»Du riechst nach Sex«, sagte sie, als sie zurücktrat.

Ich konnte nicht anders, ich musste das als Kompliment verbuchen.

»Es überrascht mich, dass du diesen Geruch überhaupt erkennst.« Ohne seine Mutter aus den Augen zu lassen, griff Hudson wieder nach meiner Hand.

Ich rieb meine Handfläche an seiner, und wie immer, wenn er mich berührte, war es wie ein elektrischer Stoß, der mir durch den Körper schoss.

Sophias Blick fiel auf unsere verschränkten Hände, dann schaute sie ihrem Sohn wieder ins Gesicht. »Ich bin ja schließlich nicht prüde.«

Hudson schüttelte gelangweilt den Kopf. »Das sagt auch keiner. Mich überrascht nur, dass du mit deiner Bourbon-Fahne überhaupt noch etwas anderes riechen kannst.« *Und – schachmatt!*

»Geh nach Hause, Hudson.«

»Mit Vergnügen.«

Schweigend fuhren wir mit dem Aufzug nach unten, und wir schwiegen auch in der Limousine. Ich hatte so vieles, worüber ich nachdenken musste – Jack, Sophia, Celia, Mira. So viele Aspekte des Abends, über die ich grübelte, lauter Gründe, um verwirrt und durcheinander zu sein.

Nur eine einzige Sache verwirrte mich nicht: Hudson. Nicht mehr, nicht seit unserem kleinen Stelldichein auf dem Dach, wo er einen rätselhaften Zaubertrick mit Sex angewandt hatte, der meine ganze Angst hatte verschwinden lassen. Er hatte meine Zweifel weggefickt, genau die richtigen Worte gefunden, und zum ersten Mal seit Ewigkeiten konnte ich mir vorstellen, dass ich vielleicht wirklich eine normale Frau in einer normalen Beziehung mit einem normalen Typen sein könnte.

Na gut, eine ganz normale Frau war ich nie gewesen, und Hudson würde nie ein normaler Typ sein, aber vielleicht kamen wir hier der Normalität so nahe, wie es für uns überhaupt möglich war. Und das tat verdammt gut.

Gedankenverloren schaute ich zu, wie die Gebäude am Autofenster vorbeiglitten, und es kam mir nicht mal in den Sinn, mich zu fragen, ob wir zu The Bowery fuhren oder ob Hudson mich nach Hause brachte. Er hatte Jordan keine Anweisung gegeben, und ich ging inzwischen ganz selbstverständlich davon aus, dass ich die Nacht mit meinem Geliebten verbringen würde. Hudson musste es auch für selbstverständlich gehalten haben, denn Jordan hielt vor dem Hochhaus, ohne dass ein Wort gefallen wäre.

Erst als wir im Penthouse waren und die Stille zwischen uns immer noch anhielt, merkte ich, dass ich nicht die Einzige war, die völlig in Gedanken versunken war. Hudson ging es genauso. Es war nichts Ungewöhnliches, dass er still und zurückgezogen war – so war er auch gewesen, als ich ihm zum ersten Mal begegnet war und mich sofort zu ihm hingezogen gefühlt hatte. Aber selbst wenn er völlig auf seine Arbeit konzentriert war, hatte er immer ein winziges bisschen Aufmerksamkeit für mich übrig gehabt. Kaum sichtbar zwar, doch unleugbar.

Heute Abend schien das anders zu sein. Wir stiegen wortlos aus dem Aufzug und Hudson ging sofort in Richtung Bibliothek. Ich folgte ihm unschlüssig. Er war nicht zu Hause gewesen, seit die Bücherlieferung eingetroffen war, doch er würdigte sie keines Blickes, sondern ging geradewegs auf seinen Schreibtisch zu, warf das Jackett über die Stuhllehne und setzte sich.

Ohne mich anzuschauen, sagte er: »Ich muss einiges an Arbeit erledigen, es wird wahrscheinlich spät. Ich erwarte nicht, dass du aufbleibst und auf mich wartest.«

»Oh – ja, in Ordnung.« Ich war eher schockiert als verletzt. Wir waren noch nie allein gewesen, ohne dass wir uns übereinander hergemacht hätten. Es war … irgendwie seltsam.

Ein paar Sekunden stand ich da wie angewurzelt und wusste nicht, was ich machen sollte. Dann schaltete sich der gesunde Menschenverstand ein. »Brauchst du irgendwas? Einen Absacker vielleicht?«

Er blätterte durch einige Papiere auf dem Schreibtisch und runzelte bei einem Blatt die Stirn. »Vielleicht hole ich mir nachher noch einen Scotch.« Dann wandte er sich seinem Computer zu und war abgetaucht.

Ich konnte ihm einen Scotch holen. Eigentlich wollte ich das auch, denn ich wollte mich gebraucht und begehrt fühlen. Als bräuchte ich einen Grund, um hier zu sein.

Aber Hudson hatte sehr entschieden geklungen. Aus irgendeinem Grund wollte er nicht, dass ich ihn bediente, und selbst wenn ich das ignorierte und ihm seinen Drink holte, wusste ich schon, dass er das nicht zu schätzen wüsste. Wahrscheinlich würde er es nicht mal bemerken.

Ich schenkte ihm trotzdem einen Scotch ein und stellte ihn auf die Ecke des Schreibtischs. Das bekam er mit, das wusste ich genau. Aber es war so, wie ich vermutet hatte: Er ließ es sich nicht anmerken.

Er war im Geist ganz weit weg, irgendwo, wohin er mich nicht mitnehmen wollte. Ich machte mich auf zum Schlafzimmer und setzte mich auf die Bettkante. Das Bett war seit heute Morgen nicht gemacht. Hudson Pierce, unverschämt reich und mächtig, hatte nicht mal jemanden, der täglich in die Wohnung kam, um sich um den Haushalt zu kümmern.

Ein ganz trivialer Gedanke, aber es war das Erste, was mir in den Sinn kam.

Dann überwältigten mich die Fragen, das immerwährende Hinterfragen, das mein Kopf offenbar nie leid wurde. Was hatte diese merkwürdig distanzierte Stimmung hervorgerufen? War es der Wortwechsel mit seiner Mutter gewesen? Oder der Abend insgesamt?

Vielleicht hatte er auch einfach nur einen Haufen Arbeit zu erledigen. Er war ja davon ausgegangen, dass ich die ganze Nacht in der Sky Launch sein würde. Ich hätte nicht erwarten dürfen, dass er den ganzen Abend Zeit für mich hätte. Wir hatten einander gefunden, aber das bedeutete ja nun nicht, dass der Rest unseres Lebens damit hinfällig war. Wir hatten beide auch noch anderes zu tun, andere Dinge, um die wir uns kümmern mussten, und das galt besonders für einen Mann wie ihn.

Ich war sicher, dass es nicht an mir lag, dass es nicht an uns lag. Er hatte mich besessen, das war noch keine zwei Stunden her. Ich gehörte ihm. Seine Laune hatte nichts mit mir zu tun.

Und falls ich noch einen weiteren Beweis brauchte: Er hatte mich zu sich mitgenommen, obwohl er mich doch auch einfach bei meiner Wohnung hätte absetzen können. Er wollte, dass ich hier war, selbst wenn er nicht die ganze Zeit über mit mir zusammen sein konnte. Das wusste ich einfach. Ich *wusste* es!

Ich holte tief Luft und lockerte beim Ausatmen meine verkrampften Muskeln.

Dann machte ich mich von allem frei – den Gedanken, den Sorgen, den Zweifeln. Ich war kein Psycho mehr, jetzt nicht mehr. Keine Besessenheit mehr, keine Schnüffeleien.

Mir wurde vieles klar. Jeder hatte ab und zu mal seine Launen. Ich war praktisch fremd in Hudsons Leben, und Beziehungen waren für uns beide neu. Ich konnte nicht erwarten, dass wir jetzt schon perfekt miteinander kommunizieren konnten. Das mussten wir erst lernen, und so was kostete Zeit.

Und die hatten wir ja schließlich auch.

Ich starrte auf die leere Türöffnung und überlegte, was ich jetzt machen könnte. Fernsehen schauen vielleicht oder ein Buch lesen? Mir stand eine Riesenauswahl zur Verfügung. Ich könnte mich zu Hudson in die Bibliothek gesellen und weitere Bücherkisten auspacken.

Aber mein Bauchgefühl sagte mir, dass er seine Ruhe brauchte. Er hatte zwar meine Bitte ignoriert, mich auf dem Dach allein zu lassen, aber umgekehrt würde diese Taktik nicht funktionieren. Hudson gefiel es nicht, wenn man über ihn entschied, so wie mir das gefiel. Ich für mein Teil mochte es, wenn er mich beherrschte, ich liebte es, ich sehnte mich danach.

Hudson hingegen … die Wälle, die er um sich errichtet hatte, konnte man nicht so leicht überwinden. Es waren regelrechte Berge. Ich musste sie vorsichtig erklimmen, listig und mit den richtigen Griffen. Manchmal würde ich mich auf einem Felsvorsprung ausruhen und auf besseres Wetter warten müssen, ehe ich meine Klettertour wieder aufnehmen konnte. Und irgendwann würde ich den Gipfel erreichen, und Hudson würde oben stehen und auf mich warten, nackt und schutzlos, und gemeinsam würden wir die umwerfende Aussicht genießen.

Im Moment stand ich gerade auf so einem Vorsprung und ruhte mich aus.

Ich musste lachen. Wer hätte je gedacht, dass ich in der Lage sein würde, die Dinge, die mit einem Mann zu tun hatten, so entspannt zu sehen! Hier saß ich nun und drehte nicht durch.

Ich stand auf und schaute mich im Spiegel an. Sah ich wirklich anders aus? Paul hatte das behauptet. Strahlten meine Augen mehr? Waren die allgegenwärtigen dunklen Ringe unter meinen Augen heller als sonst? Sah man so aus, wenn man gesund war? Auch wenn mein Spiegelbild völlig unverändert schien, war dieses Ich doch völlig neu und auf diese Art und Weise ganz erstaunlich.

Selbst wenn Hudsons derzeitige Stimmung mich verunsicherte und ich vor einem Rätsel stand, fühlte ich mich doch gut. Und stark.

Und ich würde bei ihm einziehen. Wenn er solche Anfälle hatte, dass er ab und zu allein sein wollte, könnte ich doch immerhin in der Nähe sein, selbst wenn wir innerlich mal getrennt waren. Außerdem hatte dieser Abend bewiesen, dass wir mit Spannungen umgehen konnten, und am besten schienen wir diese immer dann wegzustecken, wenn wir zusammen waren.

Es war schon nach zehn, aber ich entschloss mich, ein bisschen zu laufen. Ich zog mich um, ging in den Fitnessraum und verbrachte vierzig Minuten auf dem Laufband. Dann sprang ich rasch unter die Dusche. Nachdem ich mir überlegt hatte, ob ich ein leichtes Nachthemd, ein T-Shirt oder einfach nur ein Höschen anziehen sollte, ging ich schließlich nackt zu Bett und schlüpfte alleine unter die Decke. Es sollte eine Botschaft für Hudson sein: *Ich bin nackt für dich. Unbekleidet, deinetwegen. Nichts ist zwischen uns, wir halten keine Gefühle zurück.*

Wenn er später zu mir ins Bett käme, würde er es sehen und er würde das verstehen, was ich im Moment nicht sagen konnte, ein Echo jener Worte, die er mir vorhin auf dem Dach immer wieder gesagt hatte: *Ich bin mit dir zusammen. Ich bin mit dir zusammen.*

Irgendwann später erwachte ich in dem dunklen Zimmer und lag auf der Seite. Hudson hatte den Arm um mich geschlungen, strich über meine Brustwarze und ließ Küsse auf meine Schulter und meinen Hals regnen.

Ich seufzte auf, und selbst im Halbschlaf war mein Körper sofort auf ihn eingestellt, bereit, begierig. Ich fuhr mir mit der Hand zwischen die Beine und rieb an meiner Klit, und er stieß mit Leichtigkeit in mich. Wir fanden unseren Rhythmus sofort, und unser Keuchen war das einzige Geräusch, als wir uns miteinander auf das gleiche Ziel zubewegten.

Als sich mein Höhepunkt näherte, sehnten sich meine Finger danach, über Hudsons Brust zu streicheln. Mir gelang es nicht, um ihn herumzugreifen und seinen Arsch zu packen. Meine Hände fühlten sich leer an und es ging mir durch den Kopf, dass das gerade den Stand unserer Beziehung widerspiegelte: Wir schauten beide nach vorne und arbeiteten gemeinsam am gleichen Ziel, aber Hudson war noch immer nicht ganz in meiner Reichweite. Ich streckte die Hände nach etwas aus, das ich nicht richtig zu fassen bekam.

Wir kamen fast gleichzeitig, und dann lagen wir einige Zeit da, ohne uns zu regen oder zu sprechen. Als unser Atem wieder normal ging, brach ich das Schweigen. »Wo warst du vorhin in Gedanken?«

Er vergrub die Nase in meinem Haar. »Ist das wichtig? Jetzt bin ich doch hier.«

Ich hatte Mira gesagt, dass ich mit Hudson reden würde. Aber was sollte ich tun, wenn er sich verschloss? Selbst jetzt, mitten in dieser Intimität, verbarg er einen Teil seiner selbst vor mir.

Und möglicherweise geschah das auch zum Besten. Denn die Teile seiner selbst, die er öffnete, leuchteten hell und wegweisend, wie ein Signalfeuer im Dunklen. Also stellte ich ihm keine weiteren Fragen, sie lösten sich alle in nichts auf, als er mich zu sich hindrehte und mich unter sich zog. Vielleicht war eine Unterhaltung auch nicht das, was wir jetzt brauchten. Wir würden einfach so miteinander kommunizieren, wie wir das am besten konnten, mit der Berührung unserer Körper, die sich im gleichen Wellengang wiegten.

»Mon amour. Ma précieuse«, flüsterte er mir ins Ohr. *»Ma chérie. Ma bien-aimée.«*

Er sprach Französisch! Er hatte gesagt, er würde es später tun, wenn er mich in den Armen halten würde. Und so drängte ich mich noch enger an ihn.

Obwohl keine Worte nötig waren, murmelte er immer wieder welche, während wir uns liebten. Zwischen den Küssen, die er mir auf Hals und Mund drückte, während er in mich hinein- und aus mir herausglitt, im Rhythmus der wunderschönen Melodie dieser Sprache. »*Je suis avec toi.* Immer. Ich bin bei dir, *ma précieuse.*«

Kapitel vierzehn

Die Sonne hatte sich gerade erst über den Horizont erhoben und schien durch einen Spalt im Vorhang, als Hudson meine Brust losließ und auf die Uhr schaute. »Ich weiß, dass heute Samstag ist«, sagte er und küsste meine Schulter entlang, »und es ist noch früh, aber ich muss mich um etwas Geschäftliches kümmern, ehe es noch später wird. Und danach werde ich mich das restliche Wochenende ununterbrochen über dich hermachen.«

»Na gut, wenn's denn sein muss.« Ich erholte mich noch immer von zwei Guten-Morgen-Orgasmen und konnte kaum einen vernünftigen Satz herausbringen, ganz zu schweigen von einem vernünftigen Gedanken. Aber ich musste mich auch um eine wichtige Sache kümmern, eine, der ich bisher aus dem Weg gegangen war. »Ich hab auch ein paar Dinge zu erledigen, das passt also gut. Da hast du aber Glück gehabt.«

»Da hab ich allerdings Glück gehabt.«

Hudson sprang zuerst unter die Dusche, während ich eine Runde auf dem Laufband rannte. Als ich fertig war, hatte Hudson sich in die Bibliothek zurückgezogen. Ich duschte und setzte mich auf die Bettkante, das Handtuch um mich geschlungen, das Handy in der Hand, und dachte über den Anruf nach, den ich machen musste. Viermal legte ich, noch während das Telefon wählte, gleich wieder auf. Erst dann hatte ich genug Mut, das Handy wirklich wählen zu lassen. Ich hörte es am andern Ende der Leitung klingeln und wusste, dass man meine Nummer erkennen würde. Jetzt konnte ich nicht mehr auflegen. Aber er würde wahrscheinlich sowieso nicht rangehen – warum war ich also so ein Schisser?

Es schien ewig zu dauern, bis mein Bruder sich endlich meldete. »Mein Gott, Laynie, geht's dir gut?«

Sein besorgter Tonfall irritierte mich. Womöglich war er echt – aber dann war er wirklich ein bisschen spät dran damit. »Natürlich geht's mir gut. Warum denn nicht?« Ich hatte nicht auf seine Anrufe reagiert, aber das war ja kein Grund, besorgt zu sein.

»Weil du die ganze Woche nicht im Klub gewesen bist.«

»Wie kommst du denn darauf? Ich hab jeden Tag gearbeitet.«

Brian klang aufgebracht. »Ich habe diese Woche jeden Abend angerufen und nach dir gefragt, und du warst nie da. Zuerst hab ich gedacht, du hättest allen gesagt, dass du nicht mit mir reden willst, aber dann hab ich einen anderen Namen genannt und von einem anderen Telefon aus angerufen.«

»Du liebe Zeit, Brian, ich wusste ja gar nicht, dass Stalking bei uns in der Familie liegt.«

»Sehr witzig.« Er klang nicht gerade amüsiert. Es hatte ihm nie gefallen, wenn ich Witze über meine psychische Störung machte, genau deswegen machte ich sie.

»Ich war nicht im Klub, weil ich nicht mehr nachts arbeite, du Depp.« Als ob ihn das etwas anginge. Doch ich musste es ihm unbedingt erzählen – um anzugeben, um gelobt zu werden. »Ich bin befördert worden. Ich mache jetzt die Marketing- und Werbeplanung und arbeite tagsüber, ganz seriös, genau wie du wolltest.«

»Oh – wow! Ich gratuliere, Laynie. Ich bin stolz auf dich.«

Ungefähr eine Sekunde lang verspürte ich ein Gefühl von Wärme und Benommenheit. Doch dann fiel mir wieder ein, was für ein Arsch Brian gewesen war, wie er mir den Geldhahn zugedreht hatte, wie ihn meine Beziehung mit Hudson wegen meiner Vorgeschichte mit den obsessiven Neigungen aufgeregt hatte. Na, das war ja ein kurzes Vergnügen gewesen. »Tja, Brian, das interessiert mich nicht.«

»Ich mein es wirklich ernst.«

»Nur weil du dich freust, dass ich jetzt das mache, was du dir vorgestellt hast.« Brian hatte gemeint, die Nachtschichten und der Klub seien für jemand in meinem Zustand und mit meiner Ausbildung nicht das Richtige. Dabei hatte mir doch gerade die Tatsache, dass ich im Klub arbeitete, geholfen, etwas locker zu lassen, mich zu erholen. Wenn es nach Brian gegangen wäre, hätte ich einen Job im Marketing einer umsatzstarken börsennotierten Firma, würde ein Scheißgeld verdienen und seriöse Arbeit leisten. Aber wenn ich einen solchen Job angenommen hätte, wäre ich so zu Tode gelangweilt gewesen, dass ich mich vermutlich gleich in der ersten Woche erschossen hätte.

»Das stimmt nicht.« Er klang fast reumütig.

Ich fühlte mich fast schlecht.

»Moment mal, hat deine Beförderung was mit Hudson Pierce zu tun?«

Ich musste mich doch nicht schlecht fühlen. »Nein, hat sie nicht. Und fick dich dafür, dass du gefragt hast.«

»Was erwartest du denn, was soll ich denn glauben, Laynie? Soll ich alles, was ich mit dir erlebt habe, in die Tonne treten, nur weil du sagst, jetzt wäre alles anders?«

»Ich weiß nicht, was ich erwarte, Brian.« So sehr ich es mir wünschte, ich konnte ihm keinen Vorwurf machen. Ich war meinem Bruder eine Last gewesen und ich musste es ihm hoch anrechnen, dass er da gewesen war, als ich ihn am meisten gebraucht hatte. Wenn auch nur finanziell – nicht emotional. Wahrscheinlich war er genauso kaputt wie ich.

Aber dass ich ihn verstand, machte es auch nicht besser. Es bedeutete nur, dass ich ihn nicht hassen konnte.

Ich legte mich aufs Bett und fuhr mir mit der Hand über die Augen. »Was war denn so wichtig, dass du mich unbedingt sprechen wolltest?« Er hatte gesagt, er wäre fertig mit mir, und ich hätte gedacht, damit wäre auch unsere Kommunikation zu Ende.

Brian räusperte sich. »Der Mietvertrag für die Wohnung läuft diesen Monat aus.«

Natürlich – noch ein paar offene Probleme lösen. »Genau deshalb ruf ich dich an. Ich ziehe aus. Also mach, was immer du willst, kündige die Wohnung, nur zu!«

»Wo willst du denn wohnen?«

Wenn ich ihm sagte, dass ich bei Hudson einzog, würde er ausflippen, und zwar mächtig. »Das geht dich nichts an.« Warum wollte er das überhaupt wissen?«

»Na gut, zick halt rum, du glaubst sicher, ich hätte es verdient.«

Ich ignorierte diesen unverhohlenen Versuch, mir Schuldgefühle einzujagen. »Was soll ich mit dem Schlüssel machen?«

»Du kannst ihn mir persönlich geben, wenn ich komme. Wann willst du denn aus der Wohnung raus sein?«

»Nächste Woche irgendwann.« Wie ich Hudson kannte, würde er meinen Umzug innerhalb von einem Tag arrangieren, wenn ich ihm sagte, ich würde bei ihm einziehen. Es würde ohnehin nur ein kleiner Umzug werden, denn das Apartment wurde möbliert vermietet.

Aber ich wollte mich nicht mit Brian treffen, es gab gar keinen Grund dazu. »Warum musst du denn nach New York kommen?«

»Damit ich sicher bin, dass die Wohnung gut aussieht, ehe ich die Übergabe mache. Ich will schließlich meine Kaution zurück.«

Ich setzte mich auf. »Du warst doch am Montag da, Brian, und hast gesehen, in welchem Zustand die Wohnung ist. Ich habe keineswegs die Bude zerlegt, nachdem du weg warst, falls du das damit andeuten willst. Glaubst du, das würde ich machen, nur weil ich sauer auf dich bin?«

»Ich weiß nicht, was du tun würdest.« Brian wurde lauter. »Bei dir überrascht mich gar nichts mehr.«

»Diese Unterhaltung führt zu nichts. Schreib mir eine Nachricht, wenn du in der Stadt bist, dann bring ich dir die Scheißschlüssel. Ansonsten sind wir fertig miteinander.« Ich beendete das Gespräch und warf das Handy aufs Bett.

Was war nur geschehen, dass wir uns so auseinandergelebt hatten? Man hätte meinen können, der tragische Verlust unserer Eltern hätte zur Folge gehabt, dass wir sehr aneinander hingen, dass wir uns eng verbunden fühlten. Wir liebten einander, das war klar, aber jemanden lieben heißt nicht unbedingt, dass man auch gut mit ihm auskommt – es heißt nicht unbedingt, dass dieser Jemand auch gut in die eigene Welt passt. Das war ein Thema, zu dem in der Therapiegruppe wirklich jeder was sagen konnte.

Ich wollte mich nicht damit auseinandersetzen, was das für Hudson und mich bedeuten könnte, das war ein Gebiet, auf das ich mich nicht wagen wollte. Hudson war auf gewisse Art meine Rettung gewesen, auf eine Art, die nichts mit Geld zu tun hatte, sondern bei der alles auf echter Unterstützung beruhte.

Ich musste Brian aus meinem Leben kriegen. Es tat weh, sich ernsthaft damit zu beschäftigen, also ließ ich es bleiben. Brian war mein einziger lebender Verwandter – na und? Es war mir egal. Es musste mir egal sein.

Ich wollte mich gerade anziehen, als mein Telefon den Eingang einer Mail anzeigte. Das geschah eher selten, aber weil ich noch keine offizielle E-Mail-Adresse hatte, hatte ich Julia meine Vorschläge über meinen privaten Account geschickt. Ich versuchte mir keine allzu großen Hoffnungen zu machen, öffnete die E-Mail-App, hielt den Atem an und las.

Als ich den ersten Absatz zu Ende gelesen hatte, tanzte ich schon beinahe. Die Mail war tatsächlich von Party Planners Plus – und es waren gute Neuigkeiten.

Eilig schlüpfte ich in Shorts und ein ärmelloses Top in Schwarz und Weiß, die Unterwäsche ließ ich heute einfach mal weg, und lief in die Küche. Ich wollte mir schnell etwas zu essen holen, ehe ich zu Hudson rannte und ihm die großartigen Neuigkeiten erzählte. Auf der Theke fand ich einen halben Bagel und eine Banane, und gleich daneben wartete ein Becher Kaffee auf mich. Ich lächelte über Hudsons unglaubliche Aufmerksamkeit. Ja, es war ganz klar eine gute Idee, bei ihm einzuziehen.

Jetzt musste ich es ihm nur noch sagen.

Aber erst mal waren meine anderen Neuigkeiten dran.

Nachdem ich dreimal rasch in den Bagel gebissen hatte, schälte ich die Banane, schnappte mir den Kaffee und ging in die Bibliothek.

Hudson telefonierte gerade, als ich reinkam. Er hatte mir den Rücken zugewandt und stand am Fenster, mit Blick auf die Stadt. Sein Tonfall war direkt und bestimmt, als er in einer Mischung aus Englisch und Japanisch sprach. Wow – Hudson konnte auch Japanisch? Er würde mich immer wieder überraschen, und das liebte ich so an ihm.

Ich wollte nicht stören, also ging ich leise ins Zimmer und hockte mich auf die Kante des Schreibtischs hinter ihm. Ich war wohl nicht leise genug gewesen, denn er drehte sich um und schaute mich an, ohne auch nur eine Sekunde sein Gespräch zu vernachlässigen. Er trug Jeans und ein enges blaues Polohemd, das seine ausgeprägten Bauchmuskeln hervorhob, und er sah heiß aus – verdammt, heiß war er ja immer, aber an diesen Freizeitlook hatte ich mich noch nicht gewöhnt, er machte mich besonders scharf und begierig. Besonders wenn ich Hudson dabei zuhörte, wie er seine Geschäfte führte. Er sagte immer, mein Kopf mache ihn an. Ich fragte mich, ob er ahnte, dass es umgekehrt genauso war.

Er war genauso hingerissen von meinem Anblick wie ich von seinem, und er ließ die Augen nicht von mir, während er weitertelefonierte. Vielleicht war die Art, wie ich meine Banane aß, ein bisschen sinnlich. Ich konnte einfach nicht widerstehen. Konnte ich das je, wenn Hudson im gleichen Zimmer war?

Als er mit seinem Anruf fertig war, legte er den Hörer zurück auf den Apparat und ließ den Blick über meinen Körper gleiten, wie er das so oft tat, als ob er mich im Kopf schon fickte.

Sein Blick machte mich augenblicklich ganz geil. Mein Körper summte vor Elektrizität, meine Beine zitterten regelrecht vor nervöser Energie. »Stör ich dich?«

»Gar nicht, ich bin fertig für heute.« Er zischte, als ich meine Lippen langsam über den letzten Bissen der Banane gleiten ließ. »Fertig mit der Arbeit, meine ich.«

»Das klingt, als ob dein Anruf einiges erfolgreicher war als meiner.« Ich saugte an der Spitze meines Daumens und tat so, als wären dort Bananenreste, die ich ablecken müsste.

Als Nächstes wollte ich meinen Zeigefinger ablecken, aber Hudson schnappte sich meine Hand und saugte selbst daran. »Es ist ein Wunder, dass ich mich überhaupt konzentrieren konnte, als sich dein großartiger Mund um diese Frucht geschlossen hat. Aber genau das war ja schließlich deine Absicht.«

Ich zuckte mit einer Achsel. »Ich habe keine Ahnung, wovon du sprichst.«

Sein Mundwinkel hob sich zu einem Lächeln. »Du bist ein ganz schrecklich verdorbener Plagegeist.« Er setzte sich auf seinen Bürodrehstuhl und rollte herum, sodass er direkt vor mir saß. »Mit wem hast du denn telefoniert?«

»Mit meinem Bruder. Es war ganz schön unangenehm.«

»Möchtest du darüber reden?« Seine Hände glitten über meine Waden, und mir schossen die Funken nur so durch den Körper.

»Nein.« Zumindest jetzt noch nicht. »Ich werde nicht zulassen, dass er mir den Tag verdirbt. Dieser Tag ist grandios. Und weißt du auch, warum?«

»Weil ich kurz davor bin, über dich herzufallen?«

»Das auch.« *Du liebe Zeit, das auch noch.* Aus lauter Vorfreude schlug mein Herz schneller. »Und weil die Eventleute, mit denen ich mich getroffen habe, dem Deal zustimmen.«

»Natürlich tun sie das. Du bist schließlich brillant, hast du das etwa schon vergessen?« Seine Hände glitten über meine Knie hinauf zu meinen nackten Oberschenkeln und seine Finger strichen mir sanft über die Haut. »Party Planners Plus, richtig?«

Ich erstarrte unwillkürlich. »Wow, du hast echt ein gutes Gedächtnis.« Ich hatte gehofft, er würde die Einzelheiten vergessen, aber er hatte aufgepasst, und das erhöhte leider das Risiko: Möglicherweise würde er entdecken, dass Paul Kresh in der Sache mit drin steckte.

»Nur wenn es um dich geht.«

Davor hab ich Angst. Aber ich lächelte und tat so, als wüsste ich seine Aufmerksamkeit zu schätzen, was ja sonst auch stimmte. Nur nicht gerade, wenn es um Party Planners Plus ging.

»Glückwunsch. Ich bin sehr gespannt darauf, was du mit ihnen zusammen auf die Beine stellst.« Hudson beugte sich vor und drückte einen Kuss auf die Außenseite meines Oberschenkels, so nah und doch so weit entfernt von dem Ort, wo ich seinen Mund sehr viel lieber und gründlicher gespürt hätte.

»Ich auch.« Mir stockte der Atem, als er mich wieder küsste, diesmal innen am Oberschenkel. »Das ist ein Anfang. Ich bin ganz begeistert.« Ich war nicht sicher, ob ich noch vom Geschäftlichen sprach.

Hudson ergriff meine Hand und zog mich auf sich, sodass ich rittlings auf seinem Schoß saß. »Dann haben wir heute beide gute Neuigkeiten.«

»Erzähl mir doch deine Neuigkeiten.« Meine Hände wanderten über sein Hemd, und ich spürte die festen Muskeln darunter.

Er schloss kurz die Augen, und ich wusste, dass er meine Berührung sehr genoss. Er spiegelte meine Bewegungen, und seine Handflächen liebkosten meine Brüste. Ich trug keinen BH und er streichelte mich durch das Top hindurch. »Ich habe mit einem Kontaktmann in Japan telefoniert und ihn gebeten, mir für meine Reiseplanung in den nächsten Tagen behilflich zu sein.«

Ich stockte. »Was? Warum?« Japan war so schrecklich weit weg. Der Gedanke, dass Hudson dorthin fuhr, selbst wenn es nur für ein paar Tage war, machte mich ganz fertig.

»Ich unterbreite ein Angebot für Plexis.«

»Ehrlich? Oh, Hudson, das ist ja Wahnsinn!«

»Ich habe mich an den Mann gewandt, den du zufällig im Park gehört hast, er heißt Mitch Larson.« Hudson massierte meine Brüste, während er weiterredete, und ich lehnte mich in seine Berührung. »Es hat sich herausgestellt, dass seine Firma nicht genug Kapital besitzt, um mitzubieten, aber er hat etwas für mich arrangiert, sodass ich direkt – unter dem Decknamen seines Bosses – in Japan bieten kann. Ich hätte dieses Arrangement nie treffen können, wäre ich nicht über Mitch gegangen.« Ich stöhnte, als er mir in die Brustwarzen kniff und sie sich zu zwei stolzen Gipfeln erhoben. »Wenn du nicht gewesen wärst, hätte ich von Mitch gar nicht gewusst.«

Ich wand mich und versuchte, den Druck dorthin zu lenken, wo ich ihn brauchte, nämlich in meinem Unterleib. »Ohne dich wäre ich doch gar nicht erst auf der Party gewesen.«

»Du hättest die Unterhaltung ja auch ausblenden können. Oder mir gar nichts von der Sache erzählen. Aber das hast du getan, und ich bin dir dankbar dafür.«

Seine Hände lagen immer noch auf meinen Brüsten, aber ich wollte sie unbedingt auf der nackten Haut spüren. Ich sehnte mich danach, dass wir einander nackt berührten. Und zwar bald – er würde mich bald nehmen müssen.

Ich beugte mich vor und flüsterte ihm ins Ohr: »Wie dankbar genau bist du mir?«

»Ich glaube, das weißt du.« Er drückte sich leicht nach oben, und ich spürte seine Erektion – endlich – in der Körpermitte.

Sein Mund reckte sich zu mir hinauf, aber er ließ sich Zeit, stupste meine Lippen mit der Nase an und leckte mein Kinn. Er knabberte an meiner Unterlippe, und ich ertrug es nicht länger. Ich legte ihm die Hände ums Gesicht und hielt ihn fest, während ich meine Lippen auf seine drückte. Meine Zunge blieb ganz passiv, ich neckte nur seine untere Zahnreihe, bis er mir seine Zunge in den Mund schob. Dann aber nahm ich seinen Mund völlig in Besitz, saugte an seiner Zunge, als wäre es sein Schwanz, und freute mich über das Stöhnen, das von tief unten aus seiner Kehle drang.

Er strich mir über den Rücken, aber er hatte immer noch nicht unter mein Top gegriffen. Ich zog am Saum und signalisierte, was ich wollte, was ich so dringend brauchte.

Statt sich nach meinen Wünschen zu richten, legte er mir sanft die Hände auf die Schulter und schob mich weg. Wir schnappten beide nach Luft, und ich war so verwirrt und erregt, dass ich gar nicht still sitzen konnte.

»Alayna, es gibt da etwas, das ich dir sagen muss.« Hudson packte mich an den Hüften, damit ich nicht so herumwackelte. »Es geht um gestern, als ich dich gefragt habe, ob du hier einziehen willst.«

Verdammt, wollte er sein Angebot etwa zurückziehen? Mitten in einer echt scharfen Fummelei? »Ja?«

»Ich will nicht, dass du hier bist …«

Er stockte, und ich wurde nervös. War sein Satz etwa schon zu Ende?

Aber dann fuhr er fort. »… damit ich dich kontrollieren kann. Ich will, dass du hier bist, weil ich es nicht ertrage, wenn du nicht hier bist. Ich will, dass du hier bist, weil ich will, dass du bei mir bist – und zwar immer.«

Es war perfekt, absolut perfekt.

Ich atmete zitternd aus. »In Ordnung.«

Er entspannte sich, und seine Schultern sanken leicht nach unten. »Gut. Es war mir wichtig, dass du das verstehst.«

»Nein, nicht: ›In Ordnung, ich habe verstanden‹. Na ja«, gab ich zu, »das auch. Aber ich meinte: ›In Ordnung, ich will bei dir einziehen.‹«

Hudson riss erstaunt die Augen auf. »Wirklich?«

Mir wurde heiß. »Warum bist du denn so überrascht? Ich denke, du bist daran gewöhnt, dass du immer deinen Willen kriegst? Ich wette, du bekommst alles, was du willst.«

»Fast alles. Aber oft muss ich zuerst darum kämpfen. Und ich war darauf vorbereitet zu kämpfen. Um dich. Es war viel einfacher, als ich gedacht habe.«

»Wahrscheinlich, weil ich mich schon entschieden hatte, Ja zu sagen. Und wenn nicht, hättest du mich mit dem, was du gerade gesagt hast, für dich gewonnen.« Ich legte meine Hände um sein Gesicht. »Hudson, ich will auch immer bei dir sein. Wen interessiert schon, wenn die Leute sagen, es wäre verrückt oder zu voreilig, denn ich bin ohnehin schon verrückt, und ich bin schon wahnsinnig verliebt in dich.«

»Alayna.« Seine Stimme war schroff und belegt, als würde er meinen Namen mit aller Macht hervorstoßen. Als lägen so viele Bedeutungen in meinem Namen, die Hudson nicht ausdrücken konnte. Dieses eine Wort trug mich empor zu einem Gefühl, wie ich es nie zuvor verspürt hatte, tief und verwurzelt und zugleich hochfliegend und euphorisch. Ich verliebte mich von Neuem in jemanden, den ich bereits heiß und innig liebte.

Mit einem einzigen eleganten Schwung zog er mir das Top vom Leib und hob uns beide weit genug vom Stuhl, dass er seinen Schwanz herausholen konnte. Ich umschloss seine harte Länge mit meiner Hand und streichelte ihn mit einer fast verrückten Begierde, während er mich wie von Sinnen küsste. Er hatte den Blick immer noch auf mich gerichtet und versuchte meine Shorts aufzukriegen, er krallte sich in sie hinein, als wollte er sie aufreißen. Nach ein paar hektischen Versuchen griff er in die oberste Schublade des Schreibtischs hinter mir und kramte blindlings, bis er fand, was er suchte: eine Schere.

Dann schnitt er die Shorts auf.

Ich hätte nie gedacht, dass es so unerhört sexy sein könnte, wenn man mir die Kleider vom Leib schnitt – ich hatte mir überhaupt nie vorgestellt, dass das je ein Typ bei mir tun würde. Es war eine Sache, dass er mir ein dünnes Höschen vom Leib gerissen hatte, aber dass er eine Schere nahm und direkt auf meiner Haut entlangschnitt … es machte mich feuchter und schärfer denn je, angefeuert von seiner Begierde, mich endlich nackt zu sehen.

Sobald er die kaputte Hose zur Seite geworfen hatte, schob er mir die Hände unter den Arsch und hob mich an. Ich war so feucht, dass ich ganz leicht auf ihn glitt und ihn vollständig in mich aufnahm.

»Oh Gott, Hudson!« In dieser Haltung konnte ich ihn ganz in mir spüren, seinen klopfenden Schwanz an den Wänden meiner Vagina, sodass ich mich vor Lust wand. Ich stützte mich auf die Knie, sodass ich mich ein bisschen hochstemmen konnte, dann ritt ich ihn in fieberhaftem Tempo, so wie normalerweise er mich ritt.

Mein Orgasmus kam ohne jede Vorwarnung und durchzuckte mich wie aus dem Nichts. Jetzt wurde ich langsamer und kämpfte darum, dass er andauerte, während mich die Wellen überrollten, mich durchschüttelten und mich zerschlugen, bis ich mit einem lauten Lustschrei nachgab.

Ich bekam kaum mit, dass der Stuhl sich bewegte, erst, als ich den Schreibtisch am Rücken spürte und Hudson die Führung übernahm. Er stieß mit Kennerschaft und Präzision in mich, und ich schlang die Beine um seine Hüfte, als er unsere Position änderte.

Als ich wieder vernünftig sehen konnte, wurde ich mir der Fenster hinter uns bewusst. Obwohl das Penthouse im obersten Stock des Gebäudes lag und es sehr unwahrscheinlich schien, dass jemand hier hereinschaute, war es doch immerhin möglich, und das machte das Ganze noch ein ganzes Stück erotischer. Die wunderbare Spannung packte mich erneut und stieg gewaltig an, als Hudson sich mit einem tiefen Stöhnen in mich ergoss.

Er ließ sich keine Zeit zur Erholung, sondern legte mich nun komplett auf den Schreibtisch. Er schob den Stuhl zur Seite, kniete sich zwischen meine Schenkel und stützte meine Fußgelenke auf die Schreibtischkante. Ich lag direkt vor den Fenstern, vor meinem Geliebten, nackt und mit weit gespreizten Beinen – den nächsten Höhepunkt hatte ich schon fast erreicht, ehe Hudsons Zunge mich auch nur berührt hatte.

Er reizte mich nicht und schlug auch kein langsames Tempo an, wie er es oft tat, wenn er mich mit dem Mund befriedigte. Diesmal saugte und leckte er mit drängenden Strichen meine Klit. Ich kam auf der Stelle, aber er machte immer weiter. Es war einfach zu viel – es war alles zu intensiv für meine gereizten Sinne, und meine Hüfte hob sich.

»Noch ein Mal«, sagte Hudson und machte sich erneut ans Werk.

»Nein!« Ich wand mich, aber seine Hände umklammerten meine Knöchel ganz fest. »Das schaff ich nicht.«

»Noch ein Mal.« Er war hartnäckig und ließ sich nicht davon abbringen, aber er wählte einen anderen Ansatz und bewegte sich von meinem wimmernden Nervenbündel weg und schob seine Zunge stattdessen in meine Öffnung.

Ich griff ihm ins Haar und klammerte mich mit den Fäusten darin fest, während er mich zu einem neuen Höhepunkt brachte. Seine Zunge leckte immer wieder meinen Schlitz entlang zu meiner Klit und dann wieder zurück nach unten, wo er in meinen Mittelpunkt eintauchte.

Irgendwo in dem Teil meines Hirns, der noch denken konnte, wusste ich, was er tat: Er dankte mir, er zeigte mir, wie glücklich ich ihn gemacht hatte, indem ich mich entschieden hatte, mit ihm zusammenzuleben. Sein eigener Höhepunkt war vorbei, aber er konnte schnell wieder hart werden, das wusste ich aus Erfahrung. Er war auch vermutlich schon wieder hart, denn es musste ihn unglaublich antörnen, mich mit dem Mund zu befriedigen. Doch statt sich in mich zu versenken, überließ er mir die ganze Lust allein. Es war eine Botschaft, und sie kam klar und deutlich bei mir an.

Seine Anstrengungen wurden langsamer, doch seine Inbrunst ließ nicht nach. Mein nächster Orgasmus kam zögerlicher, und er entrang ihn mir mit süßer, ausgedehnter Hingabe. Ich zitterte, als mir die Hitze durch alle Glieder schoss, und zog die Zehen an.

Hudson blieb zwischen meinen Beinen, bis ich wieder zu mir gekommen war, leckte mich und überhäufte mich mit sanften Worten, während mein Herzschlag sich wieder dem Normalpuls näherte.

Dann stand er auf, trug mich zur Couch hinüber und legte mich darauf.

Er schaute mich an, die Augen noch immer halb verschleiert vor Lust, und zog sich aus. Ich hatte recht – er war wieder hart, hart und klopfend. Er legte sich neben mich und nahm mich in die Arme. Mit sinnlichen Bewegungen strich er mir übers Haar und sprach ganz dicht neben meinem Ohr. »Ich weiß, dass es irgendwie beängstigend ist. Wir haben beide nicht die beste Vorgeschichte, aber du tust mir gut. Nichts auf der Welt ist mir so wichtig wie du. Ich kann für dich dasselbe bedeuten, das weiß ich. Und ich bin dir sehr dankbar, dass du mir die Chance gibst, es dir zu beweisen.«

Ich drehte mich zur Seite, sodass ich ihn direkt anschauen konnte. »Du musst mir gar nichts beweisen. Du verkörperst schon alles, was gut für mich ist.«

»Pst.« Er küsste mich auf die Stirn. »Noch nicht. Ich konnte dir noch nicht alles geben, was du brauchst.«

Ich überlegte, woran er möglicherweise dachte. Was hatte er mir denn noch nicht gegeben, was ich brauchte? Die drei Worte – das war das Einzige, was mir einfiel. Aber ich wusste, dass es so war, auch wenn er es nicht aussprach. Ich wusste es mit jeder Faser meines Seins.

»Das ist schon in Ordnung, Hudson. Es ist …«

Er schnitt mir das Wort ab. »Es ist nicht in Ordnung. Aber du sollst wissen, dass ich es weiterhin versuche und dass ich nicht aufgebe, bis ich mein Ziel erreicht habe. Hast du gehört? Gib mich nicht auf!« Er war ungestüm, und sein Gesichtsausdruck war verzweifelt.

»Ich gebe dich nicht auf.« Ich strich ihm übers Gesicht, und er schmiegte sich in meine Berührung. »Wieso sollte ich das tun? Ich liebe dich, Hudson. Ich liebe dich so sehr.«

Er machte die Augen fest zu, fast, als schmerzte ihn meine Bemerkung. »Ich verdiene deine Liebe nicht. Ich glaube nicht, dass ich sie je verdienen werde.«

»Du verdienst mehr, als ich dir geben kann.«

»Da sind wir unterschiedlicher Meinung. Wir werden uns darauf einigen müssen, dass wir uneins sind. Wieder mal.« Er stupste mich an der Schulter. »Dreh dich um«, befahl er.

Ich drehte mich zur Rückenlehne der Couch, und sofort spürte ich, wie Hudsons riesige Erektion sich hinten an mich presste. Er hob mein Bein an, zog es leicht nach hinten über seine Hüfte und glitt wieder in mich. »Diesmal«, flüsterte er zwischen den Küssen, die er mir auf den Hals drückte, »werden wir es langsamer angehen lassen.«

Kapitel fünfzehn

Wie ich mir gedacht hatte, wollte Hudson meinen Umzug sofort in die Wege leiten. Nein, ich muss mich korrigieren: sofort nachdem wir es noch einmal miteinander getrieben hatten. Er platzte fast vor Aufregung, so wie ich das bei ihm noch nie gesehen hatte, und arrangierte, dass »seine Leute« schon am Samstagabend die paar Dinge, die ich hatte, in Kisten verpackt und ins Bowery gebracht hatten. Das alles geschah so rasch, dass ich nicht mal Zeit hatte, richtig Angst zu kriegen. Und auch wenn ich sie in mir heraufkriechen spürte, sagte ich mir einfach, ich würde sie bei meinem Treffen der Addicts Anonymus am Montag zur Sprache bringen.

Das Auspacken ging ganz schnell. Meine Klamotten passten in den zusätzlichen Kleiderschrank im Schlafzimmer – in *unserem* Schlafzimmer. Nur ein Möbelstück, eine Aussteuertruhe, die meiner Mutter gehört hatte, stellten wir ins Gästezimmer. Bis Sonntagabend war alles erledigt, und meine schmerzenden Muskeln kamen zwar nicht vom Kistenschleppen, sondern von anderen körperlichen Aktivitäten.

Viel zu schnell wurde es Montag, doch das war nicht so schlimm, weil ich unsere Aufwachroutine liebte. Unsere Handywecker klingelten gleichzeitig, es folgte ein Quickie unter der Dusche, dann machten wir uns Seite an Seite an den beiden Waschbecken fertig und aßen zusammen eine Kleinigkeit am Küchentisch – das alles war einfach Wahnsinn. Ich machte mich fast schon beschwingt hüpfend auf den Weg zum Klub. Auch das war für mich etwas völlig Neues, denn ich war alles andere als ein Frühaufsteher. Aber das lag an diesem erregenden neuen Gefühl, verbunden mit der Gewissheit, dass das alles nicht nur vorübergehend war.

Weil ich so gute Laune hatte, begann ich meinen Arbeitstag mit der Aufgabe, die mir am meisten Angst einjagte: Ich vereinbarte einen neuen Termin mit Aaron Trent. Ich hatte den Verdacht, dass er mich eigentlich nur wegen Hudson hatte treffen wollen, und seine Absage am Freitagabend hatte diesen Verdacht hinreichend bestätigt. Ein einziger Anruf meines Freundes würde reichen, damit das Meeting auf der Stelle wieder in Trents Kalender stand, aber ich wollte die Angelegenheit selbst klären.

Weil ich keine Durchwahl von ihm hatte und Hudson nicht fragen wollte, wählte ich die allgemeine Nummer von der Website der Agentur. Ich wurde zweimal durchgestellt, dann landete ich bei der Assistentin von Trent. »Ich möchte ein Treffen mit Aaron Trent vereinbaren. Bin ich da bei Ihnen richtig?«

Die Stimme am anderen Ende der Leitung klang munter und professionell. »Ich kann Ihre Anfrage gern entgegennehmen, aber ich muss es mit ihm besprechen, ehe ich Ihnen einen Termin geben kann.«

»Das leuchtet mir ein.« Ich fuhr mir mit der Hand übers Gesicht. Warum hatte ich auch gedacht, ich würde persönlich mit dem Mann sprechen können? Also begann ich mich vorzustellen. »Mein Name ist Alayna Withers von der Sky …«

»Ms Withers«, schnitt mir Fräulein Munter-Professionell das Wort ab. »Ich wusste nicht, dass Sie es sind. Mr Trent hat mir Anweisung gegeben, mit Ihnen gleich einen neuen Termin auszumachen, wann immer es bei Ihnen passt.«

»Ähm – okay.« Vielleicht hatte er doch nicht vorgehabt, mich sitzen zu lassen? Ich war positiv überrascht. Zwar glaubte ich nicht, dass sein Eifer irgendwas mit mir zu tun hatte, sondern vielmehr mit dem Mann, mit dem ich schlief. Aber ich wusste auch, wenn ich Trent erst vor mir hätte, würde ich ordentlich Eindruck bei ihm schinden.

Wir vereinbarten einen Abendtermin für diese Woche, aber ehe ich auflegte, stellte ich die Frage, die mir die ganze Zeit auf der Zunge gelegen hatte. »Wissen Sie, warum Mr Trent unseren ursprünglichen Termin abgesagt hat? Ich weiß, es geht mich nichts an, ich bin nur neugierig.«

Fräulein Munter-Professionell schien überrascht. »Mr Trent hat den Termin nicht abgesagt, jemand aus Ihrem Klub hat Freitagnachmittag angerufen und gesagt, es wäre etwas dazwischengekommen. Ich habe angenommen, Sie wären es selbst.«

Das war unmöglich! Es hatte doch niemand von dem Treffen an diesem Abend gewusst, bloß David und Hudson. Und die waren garantiert keine Frauen. »Ich war das nicht. Sind Sie sicher?«

»Ja, ich habe den Anruf selbst entgegengenommen.«

Entweder hatte jemand mein Treffen ohne meine Erlaubnis abgesagt, oder die Dame versuchte ernsthaft, mich zu verarschen. Was auch immer es war, ich brauchte Munter-Professionell nicht länger aufhalten, während ich darüber nachdachte. »Mein Fehler. Danke schön – und bitte richten Sie Mr Trent aus, dass es mir leidtut, wenn ich ihm Unannehmlichkeiten bereitet habe.«

»Ehrlich gesagt«, hier wurde ihre Stimme leiser, als würde sie mir ein Geheimnis verraten, »passte ihm das sogar gut in den Kram. Er hätte sonst einen Vater-Tochter-Tanz verpasst, und Rachel ist die Art Mädchen, die Enttäuschungen nicht besonders gut wegstecken kann. Also haben Sie ihm mit Ihrer Absage eigentlich einen Gefallen getan.«

Aha, dann war es vermutlich Rachel Trent gewesen, die meinen Termin abgesagt hatte. Ich hatte meinem Vater nie besonders nahegestanden, aber ich konnte gut verstehen, dass sie gern mit ihrem Dad zusammen sein wollte. Als Teenager hatte ich Dinge getan, die mindestens genauso manipulativ gewesen waren.

Ich bedankte mich, legte auf und ging zu den anderen Dingen über, die ich heute erledigen wollte.

Es war schon fast drei Uhr, als es am Personaleingang klingelte. Ich schaute auf das Display der Sicherheitskamera, denn wir erwarteten keine Lieferung. Es war Liesl.

»Komme sofort«, sagte ich durch die Gegensprechanlage und rannte hinunter, um sie reinzulassen.

Ich riss die Tür auf und streckte die Arme aus, damit Liesl mir ungestüm um den Hals fallen konnte. Sie gehörte zu den wenigen Leuten, die mich so persönlich berühren durften.

»Was machst du denn so früh hier?«, fragte ich in ihr Haar. »Arbeitest du heute?«

»Nö, hab heut frei.« Sie ließ mich los und wir klatschten uns ab. »Wir könnten später ein bisschen abhängen, wenn du willst.«

»Das will ich allerdings. Um halb sechs hab ich Gruppentherapie, aber vielleicht danach?«

»Mega. Ich hab gerade nebenan mit ein paar Freunden Kaffee getrunken. Sie haben gefragt, ob ich nächste Woche mit auf ein Konzert komme, also wollte ich mal 'nen Blick auf meinen Dienstplan werfen. Gibt's den schon?«

»Ja, ich glaube, den hab ich schon gesehen. Komm mit rauf.«

Zusammen stiegen wir die Hintertreppe zum Büro hinauf und auf der Müllhalde, die sich Davids Schreibtisch nannte, fand ich den Plan. Ich drehte mich um und wollte ihn Liesl geben, da sah ich plötzlich eine Gestalt in der Tür stehen und machte vor Schreck einen großen Satz. Ich brauchte einen Moment, bis ich erkannte, dass es Hudson war. Ich hatte fast vergessen, dass er seinen eigenen Schlüssel hatte.

»Hallo, was machst du denn hier?« Es war eine schöne Überraschung, dass er hier unangekündigt mitten am Tag auftauchte, aber es war auch irgendwie merkwürdig.

Sein Gesichtsausdruck blieb unbewegt. »Du musst mitkommen.«

»Warum, was ist denn los?« Ich machte einen Schritt auf ihn zu, und da merkte ich, wie angespannt er war, wie sein Kiefer zusammengepresst war, und dass das Leuchten in seinen Augen fehlte. »Sag mal, bist du sauer auf mich?« Er war bisher nie richtig wütend gewesen, jedenfalls nicht so, dass der Ärger wie in Wellen von ihm ausging und beinahe mit Händen zu greifen war.

»Nimm deine Sachen und komm.« Er spuckte die Worte geradezu aus, als würde es ihm schwerfallen, höflich mit mir zu sprechen.

»Diese bestimmende Art ist echt scharf!« Liesl flüsterte nicht mal.

Es hatte Zeiten gegeben, in denen ich diese bestimmende Art auch sehr scharf gefunden hatte, aber das hier war etwas anderes. Hudsons Ton und seine Körpersprache machten mir Angst. Ich glaubte nicht, dass er mich je verletzen würde – nicht körperlich und nicht vorsätzlich –, aber sein aufgebrachter Zustand verriet, dass er sich kaum noch im Griff hatte.

Ich verschränkte herausfordernd die Arme vor der Brust. »Hudson, ich komme nicht einfach mit, nur weil du das sagst. Ich will wissen, worum's geht.«

»Alayna, diese Diskussion führen wir nicht hier.« Er zitterte. So außer sich hatte ich ihn noch nie erlebt. »Du nimmst jetzt deine Sachen und kommst mit. Sofort.« Das war kein Vorschlag und keine Aufforderung, nicht mal ein Befehl. Es war eine Tatsache. Er sprach genau das aus, was ich tun würde, und es war genauso absehbar wie mein nächster Atemzug.

Er weiß es. Diese Gewissheit schoss mir durch den Kopf, und ich fühlte mich plötzlich schwindelig und schwach.

Ich konnte nicht sagen, hinter welches meiner Geheimnisse er gekommen war und auf welche Weise, aber er hatte zweifellos etwas herausgefunden. Mir wurde eines ganz klar: Wenn ich wirklich ernsthaftes Interesse an unserer Beziehung hatte, musste ich genau das tun, was er sagte. Hudson hatte guten Grund, wütend auf mich zu sein, er hatte sehr reale und schwerwiegende Gründe. Und wenn ich das retten wollte, was wir beide miteinander hatten, würde ich mich seinem Zorn stellen müssen. Ich hatte es verdient und ich war es Hudson schuldig.

Also holte ich meine Handtasche und wollte mitkommen, als mir Liesl einfiel. »Es ist noch eine Angestellte da, und ich bin im Moment die einzige Verantwortliche hier, David kommt frühestens um fünf.«

»Ist schon in Ordnung, Laynie.« Liesl hielt kurz die Hand hoch, und ich sah, dass ihre Handfläche vollgekritzelt war, vermutlich ihr Dienstplan für die kommende Woche. »Ich hab alles, was ich brauche, ich gehe mit euch raus.«

Es war fast schon komisch, dass Liesl nicht begriff, wie außer sich Hudson war. Sie ging davon aus, dass das sein ganz normales Benehmen war und dass es mir gefiel. Aber mir war die ganze Situation zu unangenehm, als dass ich darüber gelacht hätte.

Ich schluckte gegen den Klumpen in meiner Kehle an und schaute in Richtung Hudson, ohne ihm in die Augen zu sehen. »Ich muss noch abschließen. Die Bar ist offen, weil ich mir vorhin was zu trinken geholt habe, und die Computer sind hochgefahren …«

Hudsons Hände ballten sich an seinen Seiten zu Fäusten. Er war mit seiner Geduld am Ende. »Schreib David eine Nachricht, dass du auf meine Anweisung hin ganz kurzfristig weg musstest. Schalt den Alarm am Haupteingang an, das reicht.« Knapp fügte er hinzu: »Ich glaube kaum, dass das David was ausmacht.«

Ging es um David, war es das? Oder las ich zu viel in seine Worte hinein?

Ich war wie benommen, als wir rausgingen, und setzte automatisch einen Fuß vor den anderen, während Liesl ununterbrochen über den neuen Barkeeper quatschte. Ich bin sicher, ich nickte und gab an den richtigen Stellen die richtigen Laute von mir, denn sie schalt mich nicht für mangelnde Aufmerksamkeit.

An der Tür brauchte ich drei Versuche, bis ich mit meinen zitternden Händen den richtigen Alarmcode eingegeben hatte. Wir traten hinaus ins Tageslicht, nach der Dunkelheit im Klub blendete mich die Sonne. Liesl drückte mir zum Abschied die Hand. »Wir verschieben unsern Zweierabend auf ein andermal. Viel Spaß mit Mr Dominant!« Sie zog anzüglich die Augenbrauen nach oben, dann machte sie sich auf den Weg zur U-Bahn.

Ich schaute zum Bordstein, aber da wartete kein Auto auf uns. Als ich mich zu Hudson umdrehte, ging er schon in Richtung der angrenzenden Geschäfte und hatte schon ein paar Meter Vorsprung. Ich joggte los, um ihn einzuholen, aber ehe ich bei ihm war, verlangsamte ich meinen Schritt. Es war leichter, seinem Blick auszuweichen, wenn ich etwas hinter ihm lief.

Wir gingen schweigend weiter, und ich begriff die Situation immer noch nicht richtig. Hudson musste selbst gefahren sein, denn wir gingen auf die öffentliche Tiefgarage zu. Wahrscheinlich stand er auf einem der Plätze, die für den Klub reserviert waren. Normalerweise fuhr Hudson nur selbst, wenn er mit seinem Sportwagen unterwegs war, aber dafür schien er nun wirklich nicht in der richtigen Stimmung. Es musste einen anderen Grund geben, warum er ohne Fahrer da war – zum Beispiel weil er sich so aufgeregt hatte, dass es ihm zu lange gedauert hätte, einen Fahrer herbeizurufen. Er hatte sich einfach voller Zorn auf den Weg gemacht. Ich versuchte, mir das vorzustellen – wie er in seinem Büro saß, in die Arbeit vertieft, als … was? Was war geschehen, damit er alles stehen und liegen ließ und selbst hierher fuhr, um mich aus dem Klub zu zerren? Das war die Eine-Million-Dollar-Frage. Aber weil es hier um Hudson Pierce ging, war es wohl eher die Hundert-Millionen-Dollar-Frage.

In der Garage drückte Hudson die Entriegelung am Autoschlüssel, und der Maybach entriegelte sich mit einem Blinken. Wie ich vermutet hatte, stand Hudson auf einem der beiden VIP-Parkplätze des Klubs, wo nur selten jemand parkte. Trotz seines frostigen Verhaltens öffnete er mir die Beifahrertür und erinnerte mich daran, David eine Nachricht zu schicken, dann ging er ums Auto herum zur Fahrertür.

Ich tippte rasch eine Nachricht in mein Handy und betete, dass sie sinnvoll war, ohne gleichzeitig so zu klingen, als wäre ich in Schwierigkeiten. Aber war ich das nicht? In großen Schwierigkeiten sogar?

Nein, warum auch! Gut, ich liebte diesen Mann und wir hatten eine unbeschreibliche Bindung zueinander, die ich jetzt mit meinen Geheimnissen beschädigt hatte – aber das bedeutete nicht, dass ich hier neben ihm sitzen musste wie ein unartiges Kind, das auf seine Strafe wartete. Ich war schließlich erwachsen. Natürlich musste ich die Verantwortung für meine Taten übernehmen, aber ich verdiente es nicht, dass Hudson mich so lange im Dunkeln ließ und mich so feindselig und voller Zorn behandelte.

Er fuhr aus der Garage, und ich entschied mich, endlich Klartext zu reden. »Was ist denn eigentlich los?« Stille. »Hudson?«

»Ich kann noch nicht darüber reden.« Die Ader in seinem Hals zuckte. So hatte ich ihn noch nie gesehen, nicht mal, als er mich beschuldigt hatte, ich hätte eine Affäre mit David gehabt.

David. Wenn ich raten sollte, hätte ich gewettet, dass das der Grund für Hudsons Zorn war. Doch ich hielt mich bedeckt und gab nichts preis, obwohl ein Teil von mir ihm am liebsten auf der Stelle alles erzählt hätte. Aber ich hatte zu viel Angst, dass ich ihn verlieren würde, also hielt ich es ganz allgemein. »Was immer ich getan habe, es tut mir leid. Es tut mir wirklich leid und ich werde alles tun, um die Sache wieder in Ordnung zu bringen.«

Hudson wechselte die Spur und schnitt dabei ein Taxi, das uns wild anhupte. »Alayna, ich kann am Steuer nicht darüber reden.«

Vor einer gelben Ampel gab er Gas, und ich hielt mich am Armaturenbrett fest. »Ja, gute Idee, konzentrier dich lieber aufs Fahren, denn so machst du mir Angst.«

Er warf mir einen bitterbösen Blick zu. »Gut. Vielleicht solltest du auch Angst haben.«

Danach schwieg ich. Seine Fahrweise wurde nicht besser, und ich war dankbar, dass es nicht weit bis zum Bowery war. Erst als wir in die Einfahrt einbogen, merkte ich, dass es hier eine Tiefgarage gab. Wir hielten neben seinem Mercedes. Ich hatte mich schon gewundert, wo er den parkte, wenn er ihn nicht fuhr.

Ich hatte mich daran gewöhnt, dass Hudson mir alle Türen aufhielt, wenn ich mit ihm zusammen war, aber ich sprang aus dem Auto, sobald es stand. Hudson mochte wütend sein, und ich mochte es verdient haben, aber ich musste mich nicht benehmen wie ein Feigling.

Wir fuhren in eisigem Schweigen mit dem Aufzug nach oben, und im Penthouse ging Hudson geradewegs zur Bar. Ich folgte ihm, die Arme vor der Brust verschränkt, und wartete, dass er sich endlich dazu durchrang, mit mir zu reden.

Er schenkte sich einen Scotch ein und trank ihn halb, dann wandte er sich zu mir. »Sag mir eines. Eine Sache, und denk ganz genau nach, ehe du antwortest, denn ich möchte dir glauben können, was du sagst.« Seine Stimme war ruhig und bedächtig.

Ich lehnte mich gegen die Couch und machte mich bereit.

»Bist du immer noch in ihn verliebt?«

Es geht also um David. Wie Hudson davon erfahren hatte, war mir ein Rätsel. Ich konnte mir nicht vorstellen, dass David zu seinem Boss ging und ihm von der Geschichte mit uns erzählte, vor allem da er die Sache doch selbst beendet hatte, eigens damit Hudson nichts davon erfuhr.

Wie er es herausgefunden hatte, war auch gar nicht wichtig. Wichtig war nur, die Sache zu klären, und zwar gleich. »Nein, das bin ich nicht. Ich war nie in ihn verliebt.«

Hudson schloss kurz die Augen, fast, als wäre er erleichtert. Aber als er sie wieder aufmachte, blickten sie genauso stählern und kühl wie zuvor. »Was immer es war, sexuelle Anziehung, leidenschaftliche Gefühle – empfindest du immer noch so für ihn?«

»Ich habe nie so für ihn empfunden. Er war einfach nur sicher. Wir haben ein paarmal rumgemacht.« Ich zuckte zusammen, als ich sah, wie verletzt Hudson aussah. »Das ist auch schon alles, ehrlich. Er war einfach ein Kerl, mit dem ich auf einer Wellenlänge lag, aber nicht so sehr, dass ich seinetwegen verrückt geworden wäre.« *Anders als bei dir. Nie habe ich für jemanden so empfunden wie für dich.*

»Warum hat er dann eine einstweilige Verfügung gegen dich erwirkt?«

Es rauschte in meinen Ohren, und ich fühlte mich schwindelig und benommen. »Moment mal, von wem redest du?« Die einzige einstweilige Verfügung, die je gegen mich erwirkt worden war, war die von Paul. Und dass ich mit Paul zusammenarbeiten würde, wog viel schwerer als die Sache mit David.

Ich krallte die Finger ins Sofa hinter mir und wartete, dass Hudson den Namen nennen würde. Ich wusste genau, was kommen würde.

»Paul Kresh.«

»Oh.« Ich nickte mehrmals. »Oh.« Mehr brachte ich nicht heraus, keine Reaktion, nichts zu meiner Verteidigung. »Du hast die Sache mit Paul herausgefunden.«

Er knirschte so laut mit den Zähnen, dass ich es hören konnte. »Dir ist doch klar, dass ich über deine Vergangenheit mit Paul Bescheid weiß. Also beziehst du dich wohl darauf, dass er Partner bei Party Planners Plus ist.«

Ich schüttelte den Kopf.

»Das hast du nicht gewusst?« In seiner Stimme lag Hoffnung. Er wollte, dass ich es nicht wusste.

Aber ich konnte ihn nicht anlügen. Es war eine Sache, es ihm zu verschweigen, aber ihn anzulügen war etwas ganz anderes. »Nun ja, eigentlich ist er ja gar kein Mitinhaber.«

»Verdammt, Alayna, keine Spitzfindigkeiten jetzt! Ich würde gerne denken, dass du nie etwas so Dummes tun würdest: einen Vertrag unterschreiben, der eine enge Zusammenarbeit mit jemandem zur Folge hat, in dessen Nähe du von Rechts wegen nicht sein darfst. Die Alayna, die ich kenne, würde so etwas Dämliches nie tun.«

Aber ich hatte den Vertrag tatsächlich unterschrieben, heute Morgen erst. »Dann kennst du mich wohl nicht gut genug.«

Er knallte das leere Glas auf die Bar. »Verdammt noch mal, das ist kein Spiel!«

»Glaubst du vielleicht, das wüsste ich nicht?« Ich erhob die Stimme, so wie er. »Ich bin schließlich diejenige, die die einstweilige Verfügung bekommen hat. Ich kapier schon, wie ernst die Sache ist.« Ich drückte mir bei jedem »Ich« mit dem Finger so fest auf die Brust, dass es sicher blaue Flecken geben würde.

»Warum tust du dann so was?« Er schaute mich fragend an. »Du kannst doch nicht so verzweifelt hinter einem Vertrag her sein. Ich hatte gedacht – ich hatte gehofft, du wüsstest nicht, dass Kresh mit Julia Swaggert verlobt ist …«

»Verlobt? Ich dachte, sie sind einfach nur zusammen.«

Sein Gesichtsausdruck sagte, dass das keine besonders gute Aussage gewesen war.

Ich fuhr eilig fort. »Aber das ist ja auch egal. Ich wollte nicht an ihm interessiert scheinen, denn das bin ich nicht. Das bin ich wirklich nicht, Hudson. Es ist mir egal, mit wem er zusammen ist. Er hat bei unserem Gespräch nur nicht erwähnt, dass sie verlobt sind.«

»Du hast mit ihm gesprochen?«

Ich hätte nicht gedacht, dass er noch wütender werden könnte, aber da hatte ich mich geirrt.

»Ich kann nur für dich hoffen, dass ihr miteinander telefoniert habt, Alayna.«

Lüg ihn an, lügen, lügen!, erklang es in meinem Kopf, aber ich ignorierte es. »Nein, wir haben uns gesehen.«

Er trat auf mich zu, die Hände erhoben, als wollte er mich erwürgen. »Verdammt, Alayna! Was zum Teufel hast du dir dabei gedacht!«

»Wenn du aufhörst, mich anzuschreien, erklär ich's dir.« Obwohl ich wusste, dass er mich nicht schlagen würde, war sein Zorn nicht gerade hilfreich. So wütend, wie er war, hatte ich Angst, er würde seinen Zorn nicht überwinden können. Ich hatte Angst, er würde Schluss machen. Ich brauchte einen Hinweis, dass ich noch eine Chance hatte, dass es mit uns nicht vorbei war.

»Ich warte.« Er sprach jetzt leiser, aber sein Verhalten änderte sich nicht.

»Ich sage gar nichts, bis du dich nicht beruhigt hast. Du machst mir Angst.«

Er sah aus, als hätte ich ihn geschlagen. »Das ist nur fair.« Er fuhr sich mit der Hand durchs Haar. »Aber viel ruhiger kann ich nicht werden.«

Ich schluckte. »Ich, ähm, ich hatte doch dieses Treffen mit Julia. Am Donnerstag. Und ich wusste nicht, dass sie was mit Paul zu tun hatte. Aber zum Schluss ist er dazugekommen, und ich war natürlich überhaupt nicht darauf vorbereitet.« Mir lief ein Schauer über den Rücken, als ich daran dachte, wie ich Paul im Klub gesehen hatte, an den Schock, den ich bekommen hatte. »Er hat so getan, als würde er mich nicht kennen, und ich habe mitgespielt. Und als Julia dann zur Toilette gegangen ist, hat Paul mir gesagt, dass er ihr den Deal nicht kaputt machen will und dass wir so tun müssten, als hätten wir uns noch nie gesehen.«

Ich trat einen Schritt auf Hudson zu. Ich wollte nicht, dass er mich so anschaute, und hätte ihn am liebsten getröstet. »Ich habe ihm gesagt, ich könnte nicht mit ihm zusammenarbeiten, Hudson, und da hat er gesagt, das müsste ich. Er hat gesagt, Julia würde alles dafür geben, einen Vertrag mit Pierce Industries zu kriegen, und dass das der große Durchbruch für ihre Firma wäre, und wenn ich ihr das versauen würde …« Ich biss mir auf die Lippe und spürte, dass sie blutig wurde. »Er hat gesagt, ich wäre ihm was schuldig.«

»Alayna, du bist ihm gar nichts schuldig, verdammt.« Seine Stimme war noch immer rau, aber schon weniger rau als zuvor.

Ich spürte, wie mir die Tränen in die Augen traten. »Doch, ich habe schließlich sein Leben ruiniert!«

»Er hat damals seine Verlobte betrogen. Er hat selbst sein Leben ruiniert.«

»Ganz so einfach ist das nicht, das weißt du doch.«

»Du schuldest ihm einen Dreck. Du warst damals krank und nicht verantwortlich für das, was du getan hast.«

Ich verstand, was er sagen wollte. Ich war krank gewesen. Ich war nicht Herr über das gewesen, was ich getan hatte. Das wusste ich. Und in der Therapie hatte ich gelernt, es zu akzeptieren.

Aber das änderte nichts. »Es ist egal. Selbst wenn ich ihm nichts schuldig bin, kann er mich damit unter Druck setzen. Er könnte sagen, dass ich das Treffen nur arrangiert habe, um wieder an ihn ranzukommen. Das stimmt zwar nicht, aber es könnte so wirken.« Ich lachte höhnisch. »Sogar du hast es geglaubt. Und an dem Abend im Botanischen Garten war er auch da. Es sieht so aus, als wäre ich ihm gefolgt. Wer wird mir schon glauben – alle glauben doch ohnehin ihm und nicht mir!«

Ich hatte Hudson nicht angeschaut, aber jetzt blickte ich ihm in die Augen. »Wenn ich noch mal gegen diese Verfügung verstoße, komme ich vielleicht ins Gefängnis.« Gar nicht zu reden davon, was die Medien mit Hudson anstellen würden. Er würde zum Gespött der ganzen Stadt werden.

»Alayna.« Er machte zwei schnelle Schritte zu mir und nahm mich in die Arme.

Ich hatte gar nicht gemerkt, wie nahe ich den Tränen war, bis ich mich jetzt in seinen Armen in Sicherheit fühlte. Ich weinte leise an seiner Schulter, nicht nur wegen dem, was ich getan hatte, oder wegen des Drucks, unter dem ich die ganze Zeit gestanden hatte, weil ich geschwiegen hatte, sondern einfach nur, weil Hudson mich im Arm hielt. Es waren Tränen der Erleichterung.

Er zog mich noch enger an sich. »Warum bist du denn nicht zu mir gekommen? Ich würde niemals zulassen, dass dir etwas Schlimmes geschieht, nie! Das weißt du doch hoffentlich?«

Ich drehte den Kopf, damit ich nicht in sein Jackett hineinsprach. »Ich hatte Angst. Davor, was er mir antun könnte. Was er dir damit antun könnte.« Er strich mir mit langen liebevollen Bewegungen über den Rücken, und das machte es mir leicht weiterzureden und alles zu gestehen. »Und ich wollte doch, dass du stolz auf mich bist, wegen des Deals, den ich eingefädelt habe.«

Er schob mich plötzlich weg und packte mich an den Unterarmen. Er beugte sich zu mir herunter und schaute mir in die Augen. »Ich bin immer stolz auf dich, Alayna. Immer.«

Das haute mich um. Schon wieder.

Ich klammerte mich an sein Hemd unter dem Jackett. »Ich hätte es dir sagen sollen. Es tut mir so leid. Ich wusste nicht, was ich tun sollte, ich wollte es dir doch eigentlich erzählen. Bitte sei nicht wütend auf mich.«

Er redete sanft und beruhigend auf mich ein. »Nicht weinen, mein Schatz.« Er nahm mich wieder in die Arme, während ich schluchzte. Als ich endlich ruhiger geworden war, sagte er: »Ich bin nur so wütend, weil du dich in Gefahr gebracht hast. Du hast mir einen riesigen Schrecken eingejagt. Du kannst dir gar nicht vorstellen, wie ich mich gefühlt habe, als der Bericht über die Firma auf meinen Tisch flatterte und mir die Situation klar wurde. Weißt du denn nicht, dass ich es nicht ertragen könnte, wenn dir irgendwas geschieht?« Seine Stimme brach.

»Doch, das weiß ich.« Genauso würde ich mich fühlen, wenn ihm irgendwas geschähe.

»Und ich bin wütend, weil du nicht zu mir gekommen bist.«

»Das wollte ich ja, ehrlich. Aber Ce… « Fast hätte ich Celia erwähnt, aber ich hielt mich gerade noch zurück. Ich hielt es für keinen guten Zeitpunkt, ein weiteres Geheimnis zu offenbaren. »Aber ich wollte nicht, dass du in meinen ganzen Mist reingezogen wirst.«

Ich machte mich los und suchte vergeblich nach einem Taschentuch.

Hudson zog eins aus der Tasche. Wer zum Teufel trug denn heute noch Stofftaschentücher mit sich herum? Über diesen Mann gab es immer noch so viel Neues zu erfahren.

»Sei nicht dumm«, sagte er und tupfte mir die Augen ab. »Zunächst mal gehört mir die Sky Launch, also bin ich vor dem Gesetz für alles verantwortlich, was meine Angestellten betrifft und die Leute, mit denen sie zu tun haben.«

Daran hatte ich gar nicht gedacht.

Er fuhr mir mit dem Daumen sanft übers Gesicht. »Aber noch wichtiger ist: Wenn du irgendwelche Schwierigkeiten hast, dann hab ich sie auch. Nicht vor dem Gesetz. Aber weil du zu mir gehörst. Und ich gehöre zu dir. Das bedeutet, dass ich in jeder Hinsicht an dich gebunden bin, im Guten wie im Schlechten. Wenn du das nicht begreifst, haben wir keine Chance.«

Oh Gott! Die enorme Tragweite seiner Aussage wurde mir bewusst. Ich hatte alles, was wir hatten, aufs Spiel gesetzt, ich hatte *uns* in Gefahr gebracht. »Ich habe wirklich riesengroßen Mist gebaut.« Ich spürte, wie ich kreidebleich wurde. »Oh Gott, Hudson!«

Er hob mein Kinn mit einem Finger an und küsste mich auf die Nase. »Du hast keinen riesengroßen Mist gebaut. Ich biege das wieder hin, jetzt, da ich Bescheid weiß.«

»Was hast du denn vor?« Ich hatte kurzzeitig die Vision von Männern in Trenchcoats, die Paul in einer dunklen Gasse auflauerten. Schlimm, dass ich bei diesem Gedanken lächeln musste.

»Ich würde nie etwas Illegales tun, falls du das meinst.«

Verdammt, er konnte in mir lesen wie in einem offenen Buch.

»Ich werde Party Planners Plus einen Deal mit Fierce anbieten, wenn sie den Vertrag mit der Sky Launch auflösen. Fierce ist bekannter und wird ihnen mehr Gewinn einbringen. Und mit Pierce Industries arbeiten sie dann immer noch zusammen. Kresh wird keinerlei Grund zur Beschwerde haben.«

»Das ist eine gute Idee. Danke schön.« Wäre ich doch nur gleich zu Hudson gegangen. Er hätte einen Deal ausgehandelt, und ich hätte niemanden – mich selbst eingeschlossen – in diese heikle Situation gebracht. Vor lauter Selbstverachtung drehte sich mir der Magen um. »Es tut mir leid, Hudson. Es tut mir leid, dass du jetzt hinter mir den Dreck wegputzen musst. Ich bin so dumm!«

»Halt die Klappe.« Er nahm mich wieder in den Arm und drückte mich an sich, er tröstete mich, obwohl ich es doch wirklich nicht verdient hatte. »Du musst dich nicht schuldig fühlen. Es ist unser Dreck, klar? Und ich will ihn wegputzen. Das gehört zu den Dingen, die ich kann. Lass mich nur machen.«

»Na gut.« Ich holte tief Luft und ließ mit dem Ausatmen auch die ganze Sorge und das Schuldgefühl aus meinem Körper entweichen. »Na gut. Ich lass dich einfach machen.«

Kapitel sechzehn

Hudson steckte sein feuchtes Taschentuch wieder ein, und ich spürte, wie sich seine Stimmung veränderte. Er trat ein Stück zurück. »Und, Alayna, was hast du mir sonst noch zu sagen?«

»Wie – wie meinst du das?« Ich erholte mich doch erst von dem schrecklichen Geständnis. Was musste ich ihm noch enthüllen? Doch inzwischen war ich schon bereit, absolut alles zu gestehen.

Hudson zog sein Jackett aus, faltete es zusammen und legte es auf die Sofalehne. »Am Anfang unserer Unterhaltung hast du gedacht, ich rede von etwas anderem. Von jemand anderem.« Sein Blick durchbohrte mich geradezu. »Was hast du geglaubt, von wem ich rede?«

Ich war es ihm schuldig, ehrlich zu sein. »Ich habe gedacht, du redest von David.«

»Von David Lindt?«

»Ja.«

Er wich zurück, bis er sich gegen die Wand lehnen konnte. Mir war die Vorstellung verhasst, dass er die Wand brauchte, um sich an ihr abzustützen. »Du hast gesagt, zwischen dir und David sei nichts.«

»Da ist auch nichts. Nicht mehr.«

»Aber da war mal was.«

»Ja.«

Ich sah, wie er das Gesicht verzog, als hätte er Schmerzen. Das brachte mich fast um. Genauso würde ich mich fühlen, wenn ich herausfinden würde, dass zwischen ihm und Celia was gelaufen wäre. Ich wollte zu ihm gehen, ihn in den Arm nehmen, wie er es bei mir gemacht hatte, ich wollte, dass es ihm besser ging.

Ich trat einen Schritt auf ihn zu, aber er hob abwehrend die Hand und hielt mich zurück.

»Es war nichts, Hudson. Wir waren so halb und halb zusammen, aber nicht wirklich. Wir haben uns nicht verabredet oder so und haben auch niemandem von uns erzählt. Nur wenn wir bis spätnachts gearbeitet haben und nur noch zu zweit waren, dann … war da manchmal was.« Das klang so fürchterlich, wenn man es aussprach.

»Hast du mit ihm geschlafen?«

»Nein. So weit ging es nicht.« Es war nicht das erste Mal, dass dieses Thema zur Sprache kam. »Das hast du mich schon mal gefragt, und auch damals hab ich dir schon die Wahrheit gesagt. Nein, ich habe nicht mit ihm geschlafen.«

Er sah mich herausfordernd an. »Ich habe dich auch gefragt, ob du es gerne gewollt hättest, und da hast du mir keine klare Antwort gegeben.«

»Ich weiß die Antwort nicht.« Ich überlegte, ob ich es bei dieser Aussage belassen sollte. Aber wenn ich jetzt nicht alles aussprach, würde es immer wie eine dräuende Wolke über uns hängen. »Ja, ich denke, das wollte ich. Früher mal. Aber jetzt nicht mehr.« Wieder wollte ich einen Schritt auf ihn zumachen. Diesmal hielt ich mich selbst zurück, ehe er mich stoppen konnte. »Jetzt ist da nichts mehr, Hudson. Das musst du mir glauben.«

Nach einigen sehr langen Sekunden sagte er: »Ich glaube dir.«

»Wirklich?« Man musste meiner Stimme die Überraschung anhören.

»Ja. Du schaust ihn nicht so an wie mich.«

»Natürlich tu ich das nicht.«

»Aber er schaut dich so an, wie ich dich anschaue. Wie ich glaube, dass ich dich anschaue.«

»Nein, das tut er nicht.« David empfand zwar etwas für mich, aber das war überhaupt nicht mit dem zu vergleichen, was Hudson für mich empfand. »Da übertreibst du.«

Hudson stieß sich von der Wand ab und lief im Zimmer hin und her. »Ich übertreibe nicht. Es ist ein Problem, und das muss gelöst werden.«

»Was soll das heißen?« Ich wusste die Antwort schon, und mir wurde angst und bange.

»Das heißt, dass er die Sky Launch verlassen muss.«

»Darüber solltest du keine Witze machen.«

»Klingt das für dich wie ein Witz?«

»Hudson, nein, das kannst du nicht machen.« Meine Stimme war lauter, als ich es beabsichtigt hatte. Ich wäre lieber ungerührt und cool geblieben wie er, aber das konnte ich nun mal nicht. »Du kannst David nicht einfach rauswerfen, nur wegen eines Rumgetändels von früher, ehe ich dich überhaupt kannte. David ist für den Klub verantwortlich. Er hat auch damals gesagt, dass wir die Sache beenden müssten.«

Bei Hudsons Blick blieb mir fast das Herz stehen. »Deine Aussage ist nicht besonders hilfreich.«

»Aber du kannst David nicht rausschmeißen, nur weil wir früher mal ein bisschen rumgemacht haben. Das ist doch längst vorbei. Und es ist David gegenüber total unfair.« Ich war kurz vor einem richtigen Wutanfall. Vielleicht stampfte ich sogar mit dem Fuß auf.

Hudson ging zurück zur Bar und goss sich einen neuen Scotch ein. »Das wäre früher oder später eh so gekommen, völlig unabhängig davon, was zwischen euch …« Er holte tief Luft, und an dem Schmerz in seinen Augen konnte ich sehen, dass er sich vorstellte, wie David und ich zusammen waren. Das war eine schreckliche Vorstellung, er hätte nie darüber nachdenken dürfen, aber ich konnte nichts dagegen tun. Ich hatte auf ganz ähnliche Weise über Hudson und Celia nachgedacht. Es war verdammt schmerzhaft und brach einem beinahe das Herz, aber es brachte einen nicht um.

Hudson würde es auch nicht umbringen.

Obwohl er sichtlich litt, musste ich ihn fragen. »Was meinst du damit: *Das wäre früher oder später eh so gekommen*?«

Er schüttelte den Kopf, nahm einen Schluck und stellte das Glas ab. »Das wollte ich dir eigentlich ganz anders sagen, als Überraschung zum richtigen Zeitpunkt. Schon seit ich den Laden gekauft habe, will ich einen Wechsel im Management vornehmen.«

Ich lehnte mich ans Sofa und wollte nichts mehr hören, aber ich konnte die unvermeidlichen Worte nicht aufhalten.

»Alayna, ich will, dass du diesen Klub leitest.«

»Hudson … nein.«

»Ich habe den Klub für dich gekauft.«

Mich überlief ein Schauer. »Wovon redest du da? Als du den Klub gekauft hast, haben wir uns doch noch gar nicht gekannt.«

»Die Fachkonferenz …«

Ich schnitt ihm das Wort ab. »Du hast mir gesagt, dass du schon vorher an diesem Klub interessiert gewesen wärst. Du hast gesagt, es hätte dich nicht beeinflusst, dass ich dort gearbeitet habe. Du hast nie etwas davon gesagt, dass du den Klub für mich gekauft hättest.« Im Kopf ging ich noch einmal alles durch, was ich über unser merkwürdiges Treffen wusste. Hudson hatte mich bei meinem Vortrag auf der Fachkonferenz der Hochschulabsolventen an der Stern gesehen, aber das hatte ich erst viel später erfahren. Er war in die Sky Launch gekommen, wir hatten miteinander geflirtet, und er hatte mir ein Riesentrinkgeld gegeben und einen Aufenthalt in seinem Wellnesshotel geschenkt – ein psychoaggressives Verhalten. All das jedoch war nichts im Vergleich zum Kauf eines Unternehmens. Wenn das der echte Grund war, aus dem er den Klub gekauft hatte – dann, tja, dann war er tatsächlich noch verrückter als ich.

»Ich hab es dir nicht gesagt, weil ich nicht so drängend erscheinen wollte.«

»Tja, dazu ist es jetzt verdammt noch mal zu spät.«

Er fuhr fort, mit einer Regungslosigkeit, die mich unglaublich nervte. »Es war nicht so krank, wie es für dich vielleicht klingt, Alayna. Es war eine geschäftliche Transaktion. Ich habe dich bei der Fachkonferenz gesehen und wusste sofort: Du musst unbedingt für mich arbeiten. Weil du nach den Vorträgen nicht zu den Unternehmen gegangen bist, mit niemandem geredet und keine Vorstellungsgespräche vereinbart hast, musste ich den Laden kaufen, in dem du warst. Ja, ich fühlte mich da schon zu dir hingezogen. Ja, das hat meine Entscheidung beeinflusst, dein Talent weiterzuverfolgen, aber vor allem wollte ich, dass du für mich arbeitest. Das war die treibende Kraft hinter dem Ganzen.«

Es war kein ungewöhnliches Szenario. Clevere Geschäftsleute kauften oft große Firmen, um an gute Mitarbeiter zu kommen. »Dann hast du ja bekommen, was du wolltest. Ich arbeite jetzt für dich. Dafür muss ich die Sky Launch aber nicht leiten.« Ich rieb mir die Arme, um mich zu wärmen. »Ich habe dort eine wichtige Funktion, und mehr brauche ich im Moment nicht.«

Hudson trat auf mich zu, und an die Stelle seiner Regungslosigkeit trat Vehemenz. »Alayna, du hast so unglaubliches Potenzial.«

»Hör auf, du klingst ja wie mein Bruder. Ihr könnt doch gar nicht beurteilen, ob ich mein Potenzial verschwende. Ich baue mir meine Sachen in meinem eigenen Tempo auf. Ich bin noch nicht so weit, dass ich einen Klub leiten könnte, Hudson.« Ich gestikulierte ausdrucksvoll, während ich sprach – ich zeigte erst auf ihn, dann auf mich, dann schleuderte ich meine Hände wütend von mir.

Hudson gluckste. »Du wirst so weit sein müssen, sonst kriegt jemand anders die Stelle, wenn David weg ist.«

»Es geht hier also überhaupt nicht um mich. In Wirklichkeit geht es um David. Du kannst ihn nicht feuern, das darfst du einfach nicht!«

»Es geht um dich, Alayna, es geht immer um dich.« Das ruhige Äußere, das er nach unserem Gespräch über Paul Kresh gezeigt hatte, war völlig verschwunden. »Ich habe dir gesagt, dass ich dich mit niemandem teile. Ich teile dich nicht! Nicht mit ihm, mit absolut niemandem! Ich reiße mir gern ein Bein aus, um dir alles zu geben, was du brauchst und was du dir wünschst, aber eines brauche ich als Gegenleistung von dir: Treue.«

»Ich bin dir treu. Ich bin immer schon ein treuer Mensch gewesen und ich hab ganz bestimmt nicht die Absicht, dich mit David zu betrügen und auch mit sonst niemandem. Ich gehöre dir, genau wie du gesagt hast.«

»Ja, so ist es. Du gehörst mir. Und ich hätte ihn damals auf der Stelle rausschmeißen sollten, als ich vermutet habe, ihr hättet was miteinander gehabt.«

Die tiefere Wahrheit seiner Worte traf mich wie ein Schlag in den Magen. »Mit anderen Worten: Du traust mir nicht.«

»Ich traue *ihm* nicht!«

»Es ist egal, ob du ihm vertraust, solange du nur mir vertraust.«

Sein Gesicht wurde so bitter, wie ich es noch nie zuvor gesehen hatte. »Heute habe ich herausfinden müssen, dass du sowohl deine Beziehung zu David als auch dein Treffen mit Paul Kresh vor mir geheim gehalten hast. Und da redest du von Vertrauen? Ein toller Zeitpunkt, Alayna.«

Autsch, das hatte gesessen. Aber ich hatte es verdient, David hingegen nicht. »Ich hab dir erklärt, warum ich dir die Sache mit Paul nicht erzählt habe. Und deshalb hab ich dir auch nichts von David gesagt. Weil ich Angst hatte, du würdest überreagieren – und genau das tust du jetzt, du willst jetzt den besten Angestellten feuern, den die Sky Launch hat.«

»*Du* bist die beste Angestellte, die die Sky Launch hat.«

Unter anderen Umständen wäre ich geschmeichelt gewesen von dem Vertrauen, das er in mich setzte. »Das ist doch Quatsch. Ohne David wäre ich überhaupt nichts wert. Ich will seinen Job nicht.« Hudson beugte sich mit dunklen Augen vor. »Du hast gar keine Wahl. Wenn du in diesem Klub arbeiten willst, dann wirst du auf der Stelle arbeiten, die ich dir zuteile.«

Wut kochte in mir hoch. »Dann kündige ich eben. Ich kann sowieso nicht für jemanden arbeiten, der so unglaublich eifersüchtig und kontrollsüchtig ist. Und dann muss ich auch noch mal darüber nachdenken, ob das mit dem Einziehen in deine Wohnung wirklich eine gute Idee war.«

»Tu das nicht!« Er trat zu mir, sodass wir uns ganz nahe gegenüberstanden und uns anschauten. »Setz nicht unsere Beziehung aufs Spiel, nur wegen einer sinnvollen geschäftlichen Entscheidung.«

Ich hätte ihn am liebsten zurückgeschoben, ihn von mir weggestoßen. Gleichzeitig wollte ich ihn zu mir heranziehen, all die Eifersucht und Angst zwischen uns wegküssen und die grauenhafte Spannung beenden. Ich hatte unsere Beziehung infrage gestellt, aber ich hatte es nicht so gemeint. Ich würde sie auf keinen Fall einfach wegwerfen. Ich würde alles tun, damit Hudson und ich ein Paar blieben.

Aber ich wollte mir noch nicht in die Karten gucken lassen. Ich berührte ihn nicht und blieb unbeweglich, als ich sprach. »Du triffst diese Entscheidung nicht, weil es eine sinnvolle geschäftliche Entscheidung ist. Du versuchst, mich zu bestrafen.«

Er riss die Augen auf. »Ich bestrafe dich, indem ich dich befördere?«

»Das ist eine Beförderung, die ich nicht will.«

Er wandte sich von mir ab, als hätte er Angst, weiterhin so nahe bei mir zu stehen. Er ging ein paar Schritte und drehte sich dann wieder um. »Du willst, dass ich von dir alles annehme, aber du nimmst von mir nichts an? Was glaubst du, wie ich mich dabei fühle?«

»Das ist nicht das Gleiche.« Er drehte mir das Wort im Mund um. Diesen Satz hatte ich in einer völlig anderen Situation gesagt, als alles in Ordnung gewesen war, und jetzt setzte er ihn mitten in einem Gefecht ein. Der Schmerz darüber ging mir durch Mark und Bein und ich wollte nur noch, dass er aufhörte. »Ich will das nicht, Hudson, ich will einfach nicht!«

Ich drehte mich um und wollte wegrennen. Ich hatte keine Ahnung, wohin, einfach nur weg von ihm und der schrecklichen Situation, in die er mich brachte.

Aber ich hatte erst ein paar Schritte getan, als er mir hinterherkam und mir die Arme um die Hüften schlang.

Ich wand mich und versuchte, um mich zu treten und zu schlagen. »Lass mich los!«

»Nein, ich werde dich nie gehen lassen.« Damit warf er mich auf die Couch und öffnete seine Hose.

Sofort stand ich in Flammen. Die Vorstellung, dass er mich ficken würde, mit all seiner Wut und Leidenschaft, törnte mich wahnsinnig an. Und ganz ehrlich, wir brauchten wahrscheinlich den körperlichen Kontakt, wir mussten uns miteinander vereinen, ehe wir zu weit auseinanderdrifteten.

Aber ich war stur und wollte nicht nachgeben. Ich glitt unter ihm hinweg vom Sofa und krabbelte auf allen vieren so schnell ich konnte Richtung Aufzug.

Hudson packte mich an den Fußgelenken und zog mich zurück. Ich versuchte, mich am Boden festzuhalten, aber ich wusste, dass es sinnlos war. Nicht weil Hudson stärker war als ich, sondern weil er wusste, was ich eigentlich wollte – ich wollte, dass er mich überwältigte.

Er warf sich auf mich, drückte meine Hände zu Boden und knabberte an meinem Ohrläppchen. »Du treibst mich in den Wahnsinn. Wie kann ich dich nur so sehr begehren, obwohl du mich immer so verrückt machst!«

Mit ganzem Körpereinsatz drehte er mich unter sich um und presste seinen Mund in einem wilden Kuss auf meinen. Der Kuss war ungeheuer kraftvoll und dominant und voll unglaublicher Gefühle.

Zunächst wehrte ich mich und drehte den Kopf weg. Aber Hudson war unerbittlich, und seine ungewöhnliche Zurschaustellung von Gefühl entwaffnete mich. Mein Entschluss wurde von meinem Körper und meinem Herzen außer Kraft gesetzt, und ich ergab mich ihm, gab seinem fordernden Mund nach und den geübten Händen, die seinen steinharten Schwanz schon freigelegt hatten.

Er griff unter mein Kleid, schob den hauchdünnen Tanga weg und glitt mit einem langen Finger in mich. Falls er noch nicht begriffen hatte, wie sehr ich ihn begehrte, tat er es spätestens jetzt. Ich war schon feucht für ihn, und er stöhnte befriedigt auf.

»Das heißt nicht, dass ich nicht sauer auf dich bin.« Das war mein letzter Versuch, meinen Standpunkt klarzumachen, ehe er seinen Finger durch seinen Schwanz ersetzte.

Ich schrie auf, bei dem beißenden Schmerz, bei dem unglaublichen Gefühl, als er mich ausfüllte. Es war fast zu viel, und doch reichte es nicht aus. Er sollte sich bewegen, zustoßen, mich reiten.

»Na gut«, stöhnte er und stieß tiefer in mich, aber er bewegte sich immer noch nicht so, wie ich es wollte. »Sei ruhig wütend, lass es an mir aus! Denn das werde ich auch mit dir machen.«

Und er ließ es an mir aus. Er zog sich fast komplett aus mir heraus. Das kostete ihn anscheinend ziemlich viel Selbstbeherrschung, das verriet sein verzerrtes Gesicht. Aber dann hielt er sich nicht mehr zurück und hämmerte mit starken, nachdrücklichen Stößen in mich. Meine Hüften bewegten sich im Rhythmus seiner heftigen Stöße. Auch der Klang seiner losen Gürtelschnalle, die gegen den Boden schlug, passte zu der animalischen Art, mit der er mich nahm. Als würde er ein Tier mit der Peitsche züchtigen und es antreiben.

Ich stöhnte und klammerte mich um ihn. Ich war überrascht, dass ich so schnell allein durch vaginale Stimulation den Orgasmus kommen fühlte. Das lag an der ganzen Situation, daran, wie sittenlos und roh sie war, wie wild und ungezähmt und zügellos. Ich fand es unglaublich und hasste mich zugleich dafür, dass es mir so gefiel.

Hudson krallte mir die freie Hand ins Haar und riss daran und bereitete mir genau die richtige Mischung aus Lust und Schmerz. Ich schloss die Augen.

»Schau mich an!«, herrschte er mich an.

Ich riss die Augen wieder auf und schaute ihm ins Gesicht.

»Merkst du es nicht?« Ich war überrascht, dass er bei dieser Anstrengung überhaupt klar sprechen konnte. »Merkst du nicht, was du mit mir machst? Merkst du nicht, welche Gefühle du in mir weckst?«

Er veränderte seine Stellung und ich schnappte nach Luft, als er einen besonders empfindlichen Punkt traf. »Spürst du, wie hart du mich machst?«

Ich wusste nicht, ob er eine Antwort erwartete. Selbst wenn, würde ich wohl kaum sprechen können.

Aber er riss mich wieder am Haar. »Spürst du es?«

»Ja«, schrie ich auf.

Er wurde noch schneller, und bei seinem rasenden Tempo kam ich. »Du bist der Grund, Alayna.«

Ich kämpfte darum, die Augen weiter auf ihn gerichtet zu halten, mich auf seine Worte zu konzentrieren, durch den Schleier hindurch, der mich einhüllte. Seine Worte waren wichtig und ich wollte gern wissen, was er sagte, aber zugleich wollte ich mich in der Ekstase verlieren.

Auch er war jetzt kurz vor dem Kommen – ich kannte seinen Körper, als wäre es mein eigener –, aber er hielt noch immer den Blick auf mich gerichtet. »Selbst wenn du launisch und widerspenstig bist, begehre ich dich noch. Immer. Ich will dich. Ich will dir alles geben, mich dir geben. Warum kannst du das nicht annehmen? Nimm es an.«

Er tat einen letzten tiefen Stoß und ergoss sich laut stöhnend in mich. »Nimm es an!«

Ich wimmerte, als er kam und in mir eine zweite Welle der Euphorie auslöste, bei der es mir kalt über den Rücken lief. Ich war im postorgasmischen Nebel versunken, mein Herzschlag hämmerte mir in den Ohren, und einen kurzen Augenblick sah ich alles in völliger Klarheit: Was, wenn es nicht Hudson war, der unfähig war, geliebt zu werden, sondern ich selbst?

Der Gedanke löste sich sofort wieder auf und war so schnell verschwunden, wie er gekommen war. Natürlich konnte ich seine Liebe annehmen. Das Problem war nur, dass er nicht wusste, wie er sie mir zeigen sollte.

Inzwischen war er von mir hinuntergerollt und lehnte sich mit dem Rücken gegen das Sofa. Sein Gesicht zeigte noch Spuren der wilden Leidenschaft von gerade eben, sein Atem ging keuchend – Zeuge seines Kontrollverlusts.

Plötzlich war ich wütend auf ihn. Ich war wütend, dass er Zuflucht zum Sex genommen hatte. Kannte er denn wirklich keinen anderen Weg, unsere Meinungsverschiedenheiten zu beenden? Ich war wütend, dass er erwartete, es würde irgendetwas an der Situation ändern. Ich war wütend auf mich selbst, dass ich mich hatte verführen lassen.

Ich stützte mich auf die Ellenbogen und starrte ihn an.

»Jetzt komm schon, Alayna.« Er kniff die Augen zusammen. »Du willst mir doch nicht sagen, du hättest es nicht genossen.«

Sein herablassender Tonfall ärgerte mich nur noch mehr. »Sex ist nicht die einzige Art, einem Menschen zu zeigen, wie man empfindet.«

»Ich weiß. Ich wollte dir einen Nachtklub schenken.«

Seine Worte trafen mich, aber ich begriff nicht richtig, warum.

Ich versuchte noch immer, es herauszufinden, als er aufstand und seine Kleidung richtete. »Wenn du dich weiter darüber mit mir streiten willst, und ich bin sicher, das willst du, dann müssen wir das auf später verschieben. Jetzt muss ich arbeiten.«

Auch als er längst verschwunden war, hielt sich meine finstere Miene. Es war schon fast komisch, dass ich so zornig war. Ich hatte gedacht, er würde ausflippen, wenn er erfuhr, dass ich ihm meine Vorgeschichte mit David und mein Treffen mit Paul Kresh verheimlicht hatte. Wenn er durchgedreht wäre, weil ich ihm gewisse Dinge nicht erzählt hatte, dann hätte ich damit umgehen können. Ich hatte einiges vor ihm geheim gehalten und ich verdiente alles Misstrauen und alle verletzten Gefühle, die damit einhergingen.

Aber es war gar nicht meine Heimlichtuerei gewesen, die zwischen uns zum Streit geführt hatte. Es war seine Eifersucht gewesen und meine Weigerung, den Klub zu übernehmen. Entweder hatte er immer schon vorgehabt, mir die Sky Launch zu schenken, oder er stellte die Situation mit David so verquer dar, damit ich das glauben sollte. Beides war möglich. Ich würde wahrscheinlich nie erfahren, was tatsächlich stimmte. Vielleicht wusste er es ja auch selbst nicht.

Eins war jedenfalls sicher: Ich würde nicht zulassen, dass er David rauswarf. Vielleicht würde ich eines Tages so weit sein, dass ich mich in der Lage fühlte, die Leitung der Sky Launch zu übernehmen, aber jetzt garantiert noch nicht. Es war viel zu früh, ich hatte schließlich erst vor einem Monat meinen Abschluss gemacht.

Und man konnte einen Manager, der so gut war wie David, nicht einfach rauskicken. Es war einfach nicht richtig.

Ich stand auf und streckte mich. Diese Diskussion war noch nicht zu Ende, aber wenn Hudson für die Nacht auf »Pause« drücken konnte, dann konnte ich das auch. Und ich hatte nicht vor, deshalb ein Gesicht zu ziehen. Das war nicht gesund und könnte sich rasch zu einer Obsession auswachsen, wenn ich nicht aufpasste. Und das wiederum bedeutete, dass ich etwas finden musste, womit ich mich beschäftigen konnte.

Ich schaute auf die Uhr und war überrascht, dass es schon nach sechs war. Tja, also würde meine Gruppentherapie heute ausfallen, jetzt war sie eh schon fast vorbei. Ich hatte keine Energie mehr, um Sport zu treiben, das fiel also auch flach. Im Wohnzimmer stand ein Fernseher, aber ich schaute lieber Filme als Serien, und bisher hatte ich noch keine DVDs gesehen. Wahrscheinlich hatte Hudson alles irgendwo auf einem Laufwerk liegen, und ich wollte nicht fragen, wo. Den *Talentierten Mr. Ripley* hatte ich schon zu Ende gesehen.

Ich könnte mich eigentlich mal weiter um die Bibliothek kümmern. Am Freitag war ein neuer Schwung Pakete gekommen, und im Zimmer türmten sich inzwischen die ungeöffneten Kartons. Ich hätte sie eigentlich schon übers Wochenende auspacken wollen, aber ich war so zufrieden damit gewesen, nackt mit Hudson herumzuliegen und mich mit nichts anderem als mit uns selbst zu beschäftigen. Ich hatte das Auspacken schon lange genug vor mir hergeschoben. Hudson war im gleichen Zimmer und arbeitete an seinem Schreibtisch – na und? Wir waren schließlich erwachsen und konnten uns durchaus im gleichen Raum befinden.

Obwohl das Arbeitszimmer groß war, fühlte es sich an, als wäre es geschrumpft, und der Grund dafür war eindeutig die Spannung zwischen uns, die noch immer in der Luft lag. Hudson saß am Schreibtisch und war vollkommen auf den Bildschirm seines Computers konzentriert. Er tat, als merkte er nicht mal, dass ich auch im Zimmer war. Aber natürlich wusste er es. Er konnte ungeheuer zielgerichtet sein, das eine völlig vom anderen abkoppeln, aber er war sich meiner immer bewusst, auf jede nur mögliche Weise, genauso wie es umgekehrt auch bei mir der Fall war. Ich war nur nicht so gut darin, es zu verbergen.

Ich holte tief Luft und kniete mich neben den Stapel Kartons, die am weitesten von ihm entfernt stand. Bald war ich völlig davon in Anspruch genommen, die Bücher auszupacken und alphabetisch zu sortieren, und bei jedem neuen Buch, das ich in die Hand nahm, war ich hingerissen. Er hatte so viele großartige Bücher gekauft, Klassiker und Gegenwartsliteratur. Viele hatte ich schon gelesen, viele wollte ich noch lesen und viele ein zweites Mal.

Erst als ich die Kiste mit DVDs öffnete, merkte ich es. Nicht sofort. Zuerst war ich nur überrascht, dass es Filme waren und keine Bücher, aber ich stellte sie einfach auf ein anderes Regalbrett. Zuerst achtete ich nicht so genau auf die Titel, bis ich *Asphalt Cowboys* aus dem Karton holte, den Film, den Hudson und ich gesehen hatten, als wir in den Hamptons waren. Er hatte an diesem Abend die Liste der besten Filme aufgerufen, durch die ich mich langsam hindurcharbeitete, und hatte mir gesagt, ich sollte mir einen aussuchen, den ich noch nicht kannte.

Es traf mich wie ein Blitz, als ich diesen Film jetzt in der Hand hielt, und ich schaute mir die Titel der Filme an, die ich schon ins Regal gestellt hatte – und meine Vermutung wurde bestätigt. Jeder einzelne Film war auf der Liste der besten hundert Filme, die das American Film Institute veröffentlicht hatte. Und die Bücher? Ich rannte hinüber und schaute sie mir noch mal genauer an. *Die Brüder Karamasow*, *Anna*

Karenina, Catch-22, Menschenkind – das waren alles Titel von der Liste der hundert besten Bücher auf TheGreatestBooks.org. Ich hatte Hudson erzählt, dass ich die alle mal lesen wollte. Und jetzt hatte er sie für mich gekauft – jedes einzelne Buch.

Plötzlich wurde ich von Rührung übermannt. Es war merkwürdig, dass es mich so sehr überwältigte, aber so war es nun mal. Bevor wir überhaupt richtig zusammen gewesen waren, noch bevor Hudson mich noch gebeten hatte, in sein Penthouse zu kommen, vom Einziehen ganz zu schweigen, hatte er eine ganze Bibliothek voller Bücher und Filme bestellt, die ganz speziell auf meine Interessen zugeschnitten war.

Er hatte nicht gesagt: Ich liebe dich. Vielleicht würde er es auch nie sagen. Aber alles, was dieser Mann tat, zeigte, wie sehr er mich liebte.

Ich war schon auf halbem Weg zu seinem Schreibtisch, ehe ich auch nur darüber nachdachte, was ich da tat. Er musste mich gehört haben, denn obwohl er mich nicht anschaute, schwenkte er seinen Stuhl leicht zu mir herum. Vielleicht war es unbewusst geschehen, denn er passte sich so häufig an meine Bewegungen an wie ich mich an seine. Es war ein schöner Gedanke.

Ich fiel regelrecht zu seinen Füßen nieder und legte ihm den Kopf in den Schoß.

Er rutschte auf dem Stuhl herum, und ich wusste, dass er überrascht war.

»Liebe mich«, sagte ich und drückte das Gesicht gegen sein Bein. »Bitte. Mach Liebe mit mir.«

Ich hielt den Atem an und wartete auf seine Antwort. Ich hörte, wie er ein paarmal mit der Maus klickte und seine Brille auf den Schreibtisch legte – die Brille, die er nur trug, wenn er las oder am Computer arbeitete, denn er war ein bisschen weitsichtig. Ein paar Dinge wusste ich doch über ihn.

Dann beugte er sich herunter, hob mich hoch und stand mit mir in den Armen auf, alles in einer einzigen fließenden Bewegung.

Er drückte mich zärtlich an sich und trug mich ins Schlafzimmer – in *unser* Schlafzimmer –, ohne dass zwischen uns ein Wort gefallen wäre. Er legte mich aufs Bett, zog erst mich schweigend und zärtlich aus und dann sich selbst.

Er streckte sich über mir aus und küsste mich – jeden Zentimeter, von Kopf bis Fuß. Er verweilte an völlig neuen Stellen, erkundete meinen Bauchnabel, meine Kniekehlen und die empfindliche Stelle an meinem Steißbein. Jeden Zentimeter meiner Haut überschüttete er mit Aufmerksamkeit und er schien mich anzubeten, wie er es nie zuvor getan hatte. Und doch fühlte sich jede Berührung und jede Zärtlichkeit bekannt an. Es war, als würde ich nach Hause kommen.

Als er sich endlich zwischen meinen Schenkeln niederließ, glitt er langsam in mich. Mit sanften Stößen brachte er mich zum Orgasmus, nicht nur ein- oder zwei-, sondern tatsächlich dreimal.

Beim letzten Mal schaute er mir in die Augen, und wir hielten Blickkontakt, während ich die Welle der Euphorie hinaufglitt. Er schloss sich mir an, stöhnte laut, als sein Höhepunkt sich gemeinsam mit meinem aufbaute, und wir blickten einander noch immer in die Augen. Und selbst als meine Sicht verschwamm und ich regelrecht Funken sprühen sah, konnte ich noch immer ihn sehen – und seine Liebe. So unglaublich viel Liebe.

Kapitel siebzehn

Hudson war bereits angezogen, als ich am nächsten Morgen erwachte. Ich beobachtete ihn aus einem halb geöffneten Auge und riskierte einen Blick auf die Uhr. Es war noch nicht mal sechs.

Entweder sah er, wie ich mich regte, oder er war so auf mich programmiert, dass ihm mein veränderter Atemrhythmus aufgefallen war. »Macht es dir was aus, wenn wir die Sachen zusammenwerfen, oder möchtest du lieber einen eigenen Koffer?«

Ich gähnte, noch immer ganz benommen. »Einen Koffer? Wofür denn?«

»Für Japan.«

Ich wischte mir den Schlaf aus den Augen. »Japan? Was soll ich denn in Japan?«

»Dort findet die Bieterschlacht um Plexis statt, und ich will, dass du mitkommst.«

Ich setzte mich auf, denn ich merkte, dass ich mich stärker auf dieses Gespräch konzentrieren musste. Hudson packte seine Toilettensachen in einen Koffer, der auf einem zusammenklappbaren Gepäckständer lag. Ein Kleidersack für seine Anzüge war schon gepackt und hing mit verschlossenem Reißverschluss an der Schlafzimmertür. »Wann genau geht's denn los?«

Hudson hielt mit dem Packen inne und warf mir ein Lächeln zu, bei dem mir das Herz stehen blieb – sein breites Strahlen, das ich so selten an ihm sah und bei dem die Schmetterlinge in meinem Bauch zu flattern begannen. Offenbar war er sehr gut gelaunt. »Das Flugzeug soll heute am späten Abend abheben. Es ist ein langer Flug, da kann man unterwegs schlafen. Wir könnten aber auch *nicht* schlafen.« Seine Augen glitzerten schelmisch. »Es fällt einem leichter, sich an die Zeitverschiebung anzupassen, wenn man den ganzen Flug über wach bleibt.« Sein Blick wanderte zu meinen nackten Brüsten. »Ich bin sicher, uns würde was einfallen, wie wir uns die Zeit vertreiben können.«

Stirnrunzelnd strampelte ich das Laken weg, stand auf und ging ins Bad. »Ich kann heute Abend nicht mit nach Japan fliegen.«

»Warum nicht?«

»Weil ich arbeiten muss«, rief ich über die Schulter zurück. Und als ich an die Arbeit dachte, fiel mir plötzlich der gestrige Abend wieder ein – Paul und David und Hudson, der wollte, dass ich den Klub führte. Dann die spektakuläre Liebesnacht. Ich war nicht sicher, ob das etwas an der ganzen Sache änderte.

»Was ist denn mit der Arbeit?«

Wo waren wir noch mit unserer Unterhaltung stehen geblieben? Ach ja, Japan. »Ich muss arbeiten, so nennt man das, wenn man irgendwo hingeht und viel Geld verdient. Auch diejenigen, die nicht so viel Geld verdienen, machen den Teil mit dem Arbeiten. Die haben ihn sogar noch nötiger.«

»Du kannst dir jedes Gehalt festsetzen, das du brauchst. Ich habe vor, dir alles zu geben, was du brauchst.«

Ich hatte beim Pinkeln die Türe offen gelassen, sodass ich ihn gut hören konnte. Es fühlte sich komisch an, mit einem Mann so vertraut zu sein, aber ich war mir nicht sicher, wovon er eigentlich sprach. »Hör mal, wir sind gerade zusammengezogen. Können wir das Ganze vielleicht etwas langsamer angehen und erst mit den näherliegenden Dingen anfangen?«

»Na gut, aber irgendwann kommt diese Diskussion sowieso. Und zwar schon ziemlich bald.«

Mein Magen zuckte vor Panik und Vorfreude. Verdammt, was tat dieser Mann mir an?

»Du machst deinen Dienstplan doch selbst.« Seine Stimme klang plötzlich näher. Ich schaute hoch und sah, dass er am Türrahmen lehnte.

Mit zusammengezogenen Augenbrauen dachte ich über seine letzte Bemerkung nach. Ich brauchte erst mal einen Kaffee, ehe ich mich auf solche Diskussionen einlassen konnte, für die ich meinen Geist in schwindelnde Höhen schrauben musste. »Dass ich meinen Dienstplan selbst schreibe, bedeutet noch lange nicht, dass ich von einer Minute auf die andere verschwinden kann.«

»Natürlich kannst du das. Mir gehört schließlich der Klub.«

»Lustig, wie du immer so tust als ob nicht, bis es dir wieder in den Kram passt, mich daran zu erinnern.«

Er grinste, aber er stritt es nicht ab.

»Und glaub ja nicht, dass wir mit dem Thema Klubmanager fertig wären.« Ich wischte mich ab, drückte die Spülung und wusch mir die Hände, und dabei schleuderte ich Wassertropfen nach ihm und drängte ihn zurück ins Schlafzimmer.

Er folgte mir, als ich zu meinem Kleiderschrank ging. »Das habe ich keine Minute gedacht. Aber jetzt sprechen wir gerade über Japan.«

»Ich habe für morgen Abend ein Treffen mit Aaron Trent vereinbart, das kann ich nicht verpassen.«

»Mach einfach einen neuen Termin. Für dich wird er das schon einrichten können.«

»So eine blöde Aussage.« Ich holte einfache Baumwollunterwäsche aus dem Schrank, denn ich hatte noch nicht geduscht und wollte keine schöne Unterwäsche verschwenden. »Er glaubt, ich hätte schon mal abgesagt.«

»Wieso denn das, ich dachte, er hätte abgesagt?«

»Das ist eine lange Geschichte.« Hudsons Blicke klebten regelrecht an mir, als ich einen Sport-BH anzog. »Und du lenkst vom eigentlichen Thema ab.«

»Ich glaube, du bist hier diejenige, die mich ablenkt.«

»Ich habe meine Brüste jetzt weggepackt, du Sexsüchtiger. Du könntest mir zur Abwechslung auch mal in die Augen schauen.«

Er lachte. Ja, er hatte wirklich gute Laune. »Sag Trent, es wäre etwas dazwischengekommen, und mach einen neuen Termin mit ihm aus.« Er reichte mir eine Laufhose. »Das wird er schon verstehen. Wenn es sein muss, zwinge ich ihn dazu.«

»Du weißt doch, dass ich die Sache mit ihm selbst regeln möchte.« Ich zog mir die Hose an und suchte ein passendes Tanktop dazu aus.

Dann schnappte ich mir ein Paar Socken und drehte mich zu Hudson um. Er starrte mich an, nicht meinen Körper, sondern mein Gesicht, und wartete darauf, dass ich fortfuhr. Ich seufzte. Er meinte es wirklich ernst mit dieser Reise. Und ich meinte es nicht ernst. Ich dachte ungefähr fünfzehn Sekunden ernsthaft darüber nach.

Die Idee kam mir noch immer lächerlich vor. »Es geht nicht nur um dieses Treffen, Hudson. Ich arbeite noch an anderen Dingen. Und ich hab auch gar keinen Pass.«

»Das habe ich schon in die Wege geleitet.«

»Ich möchte gar nicht wissen, welche Fäden du jetzt schon wieder gezogen hast.« Ich ging wieder an ihm vorbei, setzte mich auf die Bettkante und zog mir die Socken an.

Hudson tauchte aus meinem Kleiderschrank wieder auf und brachte mir meine Laufschuhe.

»Danke.« Er war immer fürsorglich, aber ich wusste, dass er bei seiner Aufmerksamkeit heute Morgen Hintergedanken hatte. Es kam mir in den Sinn, dass ich auch einfach nachgeben könnte. Aber ich könnte auch stur sein.

Ich knüpfte an meine bisherige Argumentation an und führte eine neue Ausrede ins Feld. »Außerdem kommt mein Bruder irgendwann diese Woche aus Boston. Ich muss ihm den Schlüssel für mein Apartment geben und mich von ihm schikanieren lassen.«

Hudson kniete sich hin und zog mir den linken Schuh an, während ich mit dem rechten zugange war. »Ich könnte es arrangieren, dass das jemand anders für dich erledigt, du musst das nicht unbedingt selber machen.«

Das klang nun endlich mal nach einer richtig guten Idee, selbst wenn ich nicht nach Japan fliegen würde. *Selbst wenn ich nicht nach Japan fliegen würde?* Verdammt, er hatte mich so weit gebracht, dass ich es ernsthaft in Erwägung zog.

Ich schüttelte den Kopf. »Du hast ja wohl für jeden Einwand, den ich vorbringe, eine Patentlösung anzubieten, was?«

»Das habe ich garantiert. Warum hast du also immer noch Einwände?«

»Weil ich ein Leben habe, in dem es noch mehr gibt als nur dich.«

»Das kann ich gar nicht leiden.«

Ich schaute von meinem geschnürten Schuh hoch und sah, dass er eine wirklich süße Schnute zog. »Jetzt tu doch nicht so.«

»Ich will dich bei mir haben und ich werde alle Register ziehen, damit ich meinen Willen bekomme.«

Er streckte die Hand aus, um mir aufzuhelfen. Ich ergriff sie, und er zog mich sofort in die Arme.

Das fühlte sich richtig gut an. Wie hatte ich es nur seit dem Aufwachen ausgehalten, ohne ihn zu berühren? Er war ein so unverzichtbarer

Bestandteil meines Lebens, meines Alltags geworden. Würde ich es überhaupt ohne ihn aushalten? Wie lange würde ich es eigentlich ohne ihn aushalten müssen?

Wie immer spürte er, was ich dachte, fasste meine unausgesprochenen Gedanken in Worte und drückte dabei seine Wange gegen meine. »Ich bin vielleicht ein paar Tage weg. Ich ertrage es nicht, so lange von dir getrennt zu sein. Es bringt mich regelrecht um, dass es dir gar nichts ausmacht.«

Das waren Worte, von denen ich immer geträumt hatte. Normalerweise war *ich* diejenige, die klammerte. Ich war die Tussi, die sich krankhaft an andere hängte. Was hatte Hudson bloß an sich, dass mein obsessives Verhalten bei ihm nicht zutage trat? Bedeutete es, dass meine Gefühle für ihn nicht so tief waren, wie ich dachte? Bedeutete es, dass ich ihn nicht wirklich liebte?

Doch, ich liebte ihn. Absolut, daran bestand kein Zweifel. Doch bei ihm war ich mir sicher, dass er meine Gefühle erwiderte, Gott weiß warum, und deshalb konnte ich bei ihm vernünftig bleiben.

Aber ich verstand auch den Blick in seinen Augen, das Verlangen, mit jemandem zusammen zu sein, der vielleicht etwas anderes wollte. So oft hatten mich Männer abgelehnt und in die Wüste geschickt, und so etwas tat sehr weh.

Obwohl Hudson nur auf eine kurze Reise ging und nicht für immer weg sein würde, verstand ich sein Bedürfnis und ich ertrug den Gedanken nicht, dass ich daran schuld war, dass er litt.

Ich ertrug jedoch ebenso wenig den Gedanken, in meinem Leben einfach so die Pause-Taste zu drücken und mir nichts, dir nichts nach Japan zu düsen. »Ich bin auch nicht gern von dir getrennt, Hudson. Ich … lass mich mal über die Sache nachdenken, ja?« Ich biss mir auf die Unterlippe, wartete auf seine Antwort und hoffte, er wäre von meinem »Vielleicht« nicht allzu enttäuscht.

Er drückte seine Stirn gegen meine. »In Ordnung.«

Er nahm es besser auf, als ich gedacht hatte. »Wann brauchst du meine Entscheidung?«

»Ehe das Flugzeug die Startbahn verlässt. Spätestens gegen 22 Uhr.«

»Gut. Ich denke darüber nach und sage dir bis heute Abend Bescheid. Ist das in Ordnung?«

»Ja.« Er fuhr mit der Hand hinten an meiner Laufhose herunter und zog mich näher zu sich. »Immer wenn du sagst, dass du darüber nachdenken willst, machst du zum Schluss das, was ich möchte. Wann lernst du endlich, gleich von Anfang an Ja zu sagen?«

Ich lachte. »Heute jedenfalls nicht.«

»Einen Versuch war es wert.«

Wir hielten uns ein paar Sekunden schweigend im Arm. Er war irgendwie von der Rolle, aber auf eine gute Art, er war verspielt und unbeschwert, und seine Berührungen waren sanft und zärtlich. Es war, als würde jedem großen Krach eine Versöhnung folgen, die uns einander näher brachte als zuvor. Der Vorabend war einer unserer schlimmsten gewesen, aber das hier, genau wie das Liebemachen nach dem Streit, war erfüllt von einer unfassbaren Nähe.

Wenn ich daran dachte, wurde es mir warm in der Brust. »Ich danke dir für letzte Nacht. Es war wunderschön.«

»Das war es allerdings.« Er fuhr neckend mit seiner Nase um meine. »Und zwar ganz unglaublich.« Er schien, als wollte er noch mehr sagen, aber dann schwieg er und küsste mich zärtlich.

Schließlich machte er sich widerstrebend los. »Das muss genügen.« Er klatschte mir auf den Hintern, als wäre ich diejenige gewesen, die ihn umarmt hätte. Dann betrachtete er mein Outfit, als würde er es zum ersten Mal wahrnehmen. »Ich schätze, du gehst heute nicht direkt in den Klub.«

Ich machte mir einen Pferdeschwanz und griff mir den Haargummi vom Nachttisch. »Ich dachte, ich gehe zuerst mal laufen. Richtig draußen laufen, ehe es zu heiß wird.«

»Gute Idee.« Er schaute in den Spiegel und zog sich den Schlips zurecht. »Ich habe auch ein frühes Meeting.«

»Das hab ich mir schon gedacht. Du bist doch sonst nicht so früh fertig.« Er musste noch sein Jackett anziehen und sah in seinem gut sitzenden braunen Oberhemd mit dem schmalen dunklen Schlips zum Anbeißen aus. Möglicherweise leckte ich mir sogar die Lippen.

»Glaub mir, mein Schatz, wenn ich keine anderen Pläne hätte, wäre ich jetzt ganz bestimmt noch nicht angezogen.« Er glitt mit dem Blick über meinen Körper, und ich hatte das Gefühl, meine Haut würde Feuer fangen. »Und du müsstest dann auch nicht laufen gehen, sondern würdest eine andere Art von Sport machen.«

»Bist du dir so sicher, dass du bei mir landen kannst?«

Er hob eine Augenbraue. »Etwa nicht?«

»Doch, und ob.« Er konnte bei mir immer landen. Und er tat es auch. Wenn Hudson sein Ziel erreichte, dann erreichte auch ich mein Ziel, und das war es wert, ihm nachzugeben.

Er griff sich sein Jackett, und wir gingen zusammen aus dem Schlafzimmer. Ich holte den Schlüssel zum Penthouse aus meiner Handtasche und schob ihn in den BH.

Sein Mund verzog sich zu einem kleinen Lächeln. »Versteckst du dort all deine Sachen?«

Ich zuckte die Achseln. »Es ist ungeheuer praktisch, wenn du mich fragst. Man sollte mal BHs mit Taschen dran herstellen, ich garantiere dir, die würden sich verkaufen wie geschnitten Brot.«

»Das könnte unser nächstes gemeinsames Unternehmen werden.«

Ich verdrehte die Augen. Hudson war wesentlich ehrgeiziger als ich. Möglicherweise war das der Grund dafür, dass er Multimilliardär war, während ich nur von einem Gehaltsscheck zum nächsten lebte.

»Ich bin bereit – und was ist mit dir?«

Er zog eine Augenbraue hoch.

»Um in die Lobby runterzufahren, du Perversling.«

»Nein, ich muss erst ein paar E-Mails beantworten. Geh ruhig schon los.« Er wollte in Richtung Bibliothek gehen, aber dann überlegte er es sich anders und drehte sich wieder zu mir um. »Warte mal.«

Er griff nach meiner Hand, zog mich an sich und gab mir noch einen Kuss, diesmal einen intensiveren, doch er war eher zärtlich denn sexuell. Diesmal war ich es, die sich zuerst losmachte, denn sonst würde ich völlig in ihm versinken. Er bestand noch auf einem letzten Kuss auf die Wange.

»Was ist?«, fragte er, als er mich endlich losließ.

»Du bist so … ich weiß auch nicht … irgendwie so süß heute Morgen. Was ist denn los mit dir?«

»Ich glaube, ich bin einfach nur glücklich.«

»Ich bin auch froh. So richtig froh!« Ich drückte den Knopf, um den Aufzug zu rufen, und dabei fiel mir etwas Schreckliches ein. Was, wenn sein ungewöhnliches Verhalten mich von der Geschichte mit David ablenken sollte? »Hey, ich habe es ernst gemeint, als ich sagte, unsere Diskussion über die Managementfrage in der Sky Launch wäre noch nicht zu Ende.«

»Du bist wirklich ein hartnäckiges kleines Luder. Wir haben auf dem Flug nach Japan noch jede Menge Zeit, darüber zu sprechen.«

Ich schaute ihn finster an. »Wer von uns beiden ist hier hartnäckig?« Damit betrat ich den Aufzug. »Wir reden später weiter.«

Die Tür ging schon zu, als sich plötzlich seine Hand dazwischenschob. »Alayna.«

Die Tür öffnete sich erneut, und ich schaute ihn fragend an. Er lehnte sich mit nachdenklich zusammengezogenen Augenbrauen an die Aufzugtür. »Warum … bist du gestern Abend zu mir gekommen?«

Seine Worte kamen zögerlich, und ich vermutete, dass er die Worte vermeiden wollte, die ich benutzt hatte. Er schien dem Wort mit L ganz bewusst aus dem Weg zu gehen, das fiel mir auf.

Doch er wollte wissen, was gestern Abend mein Verlangen nach ihm so beflügelt hatte. Das ergab einen gewissen Sinn – es musste merkwürdig ausgesehen haben, dass ich erst so wütend gewesen war und dann ganz plötzlich seine Zuneigung gesucht hatte. »Das ist ein bisschen schwer zu erklären.«

»Würdest du es versuchen?«

Ich verzog den Mund und fragte mich, ob ich die merkwürdige Erleuchtung, die ich gehabt hatte, in Worte fassen konnte. »Ich habe die Kartons ausgepackt. Und ich weiß nicht, wieso mir das vorher noch nicht aufgefallen war, aber ich habe gemerkt, dass die Bücher, die du bestellt hast, und auch die DVDs, dass die alle für mich waren.«

Er zog die Augenbrauen noch stärker zusammen. »Ich habe dir doch gesagt, dass sie für dich sind. Du weißt, dass ich lieber auf meinem Kindle lese.«

»Nein, ich meine etwas anderes: Es sind genau die Bücher, die ich gern lesen möchte. Du hast dir sehr genau überlegt, was ich mir wünsche. Das war ein wunderbares Gefühl. Ich habe mich gut und geliebt gefühlt. Von dir geliebt.«

»Oh.« Er räusperte sich, und seine Wangen wurden tatsächlich ein bisschen rosa. »Ähm, ja. Gut, dann also …« Er wich zurück, stolperte und fing sich wieder.

»Wow, ich hatte ja keine Ahnung, dass ich dich so nervös machen kann.«

Sein Lächeln kehrte zurück, aber sein Gesicht blieb leicht gerötet. »Gewöhn dich ja nicht daran.«

Den ganzen Weg nach unten in die Lobby grinste ich vor mich hin.

Als ich ins leere Penthouse zurückkam, war mir das Grinsen längst vergangen.

Anstatt dass mich mein morgendlicher Lauf beruhigt und in eine meditative Stimmung versetzt hätte, hatte er mich völlig durcheinandergebracht. Es gab so viele widersprüchliche Gefühle, über die ich mir klar werden musste. Hudson hatte die Geschichte mit Paul relativ gut aufgenommen und er würde die Sache für mich regeln. Er hatte im Gegenzug etwas bei mir gut. Welchen Kompromiss könnte ich bei der Sache mit David machen? Ich wollte nicht, dass er ging, und ich wollte die Sky Launch auch nicht selbst leiten. Wenn ich mit nach Japan fuhr, würde ich Hudson damit das Ausmaß meiner Liebe und Dankbarkeit beweisen? Wegzufahren wäre für mich ein echtes Opfer – ich wollte wirklich in der Stadt bleiben, einen Werbeplan mit Aaron Trent erarbeiten und einen Termin mit einer neuen Eventagentur vereinbaren.

Auch als ich geduscht und angezogen war, hatte ich noch keine Lösung gefunden. Als Jordan mich um kurz nach acht beim Klub absetzte, kam eine Nachricht von Brian.

»Bin unterwegs in die Stadt und komme ins Waldorf. Wann können wir uns sehen?«

»Stimmt etwas nicht?«

Bei Davids Frage machte ich einen Satz. Ich hatte gewusst, dass er noch im Klub sein musste, denn die Alarmanlage war nicht eingeschaltet gewesen, als ich reingekommen war, aber ich hatte nicht erwartet, dass er oben an der Rampe stehen würde.

Ich holte tief Luft und versuchte das schwere Gewicht, das auf mir lastete, abzuschütteln. »Alles in Ordnung. Ich hab nur … jede Menge Zeug zu tun.«

Er streckte seine Hand aus, um mir die Laptoptasche abzunehmen, und schaute mich fragend an.

Ich reichte sie ihm und überlegte mir, ob und wie viel ich ihm erzählen sollte, denn *jede Menge Zeug* war nicht gerade aussagekräftig. Zum Henker, vielleicht würde das Reden ja helfen und ein paar Dinge in eine andere Perspektive rücken. »Ich bin am Wochenende aus meinem Apartment ausgezogen«, sagte ich, während wir zu den Büroräumen hinaufgingen. »Und mein Bruder will, dass ich mich mit ihm treffe und ihm die Schlüssel gebe. Aber wir kommen nicht besonders gut miteinander aus. Nicht, seit ich mit Hudson zusammen bin.«

»Hmm.« Seine Schultern strafften sich, er verzog das Gesicht … War er eifersüchtig?

Na gut, vielleicht mochte David mich doch mehr, als ich gemerkt hatte. Er war umso viel leichter zu durchschauen als Hudson. Wie hatte mir entgehen können, wie tief seine Gefühle für mich waren?

Er hielt mir die Tür zum hinteren Flur auf. »Du bist also bei Pierce eingezogen?«

Ich ging an ihm vorbei zur Treppe. »Ja, genau.« Er sollte die Wahrheit hören. Er musste sich damit abfinden, dass ich mit Hudson zusammen war, sonst gab es nicht die geringste Hoffnung, dass ich ihm helfen könnte, seinen Job hier zu behalten. »Ich weiß, das ging alles ziemlich schnell.«

»Das habe ich nicht gedacht.«

»Was hast du denn gedacht?«

»Ich habe gedacht, ich hätte schneller sein sollen.«

Ich blieb stehen und schaute mich um, ob er das ernst meinte.

Er meinte es ernst. Er schaute mich so an, wie Hudson mich anschaute. Ich hatte die Intensität seines Blickes nie begriffen, weil ihm die Elektrizität und die Hitze fehlten, die bei Hudsons Blick immer auf mich übersprangen.

Ich wurde blass.

David räusperte sich. »Tut mir leid, das war jetzt unpassend.« Er ging an mir vorbei in Richtung Büro. »Herzlichen Glückwunsch jedenfalls, ich freue mich für dich.«

Ich kam ihm hinterher. »Ich freue mich auch für mich.« Meine Stimme hatte ihre frühere Begeisterung verloren, denn ich war noch immer schockiert von Davids Liebeserklärung. Vielleicht konnten wir doch nicht zusammenarbeiten?

Ich ertrug es nicht, darüber nachzudenken, und wechselte das Thema. »Außerdem bin ich gestresst. Hudson will, dass ich heute Abend mit ihm nach Japan fliege.«

David holte seine Schlüssel aus der Tasche und schloss das Büro auf. Das Zimmer war dunkel, die Computer ausgeschaltet. Er musste schon auf dem Weg nach draußen gewesen sein, als er mir am Eingang begegnet war.

»Was machst du überhaupt so spät noch hier?« Normalerweise war man, wenn man den Klub nach der Nachtschicht abschließen musste, um halb sieben draußen, und zwar spätestens.

Er zuckte mit den Achseln. »Ich hab auf dich gewartet. Und Hudson hat mir schon von Japan erzählt.«

Ich schaltete das Licht an. »Was? Wann denn?« Ich hatte doch erst heute Morgen von dieser Japan-Geschichte erfahren. Und auf seinen ersten Satz wollte ich lieber gar nicht erst eingehen.

»Vor einer Stunde etwa. Er wollte fragen, ob wir auch ohne dich auskommen.«

Hudson hatte heute Morgen schon mit David gesprochen? Das wurde ja immer interessanter. »Ich hab aber noch nicht Ja gesagt.«

»Aber das wirst du noch.« David bemühte sich nicht mal, den Schmerz in seiner Stimme zu verstecken.

Ich setzte mich auf die Couch und rieb mir die Stirn. »War das der einzige Grund, weshalb Hudson dich angerufen hat?«

David setzte sich auf die Schreibtischkante. »Um genau zu sein, hat er nicht angerufen. Er ist hier vorbeigekommen.«

»Um dir zu sagen, dass er mich nach Japan mitnehmen will?« Hudson hatte gesagt, er hätte ein frühes Meeting. Warum hatte er nicht gesagt, dass er sich mit David traf? Oder war das eher eine zufällige Begegnung gewesen?

»Nein, wir haben auch ein paar andere Sachen besprochen.«

Furcht stieg in mir hoch. »Ach wirklich? Was denn so für Sachen?« Ich tat, als würde ich meine Fingernägel untersuchen, und bemühte mich, nach außen hin ruhig zu wirken, während ich in Wirklichkeit total unruhig war. Was dumm war, denn Hudson konnte auf keinen Fall *darüber* mit David geredet haben, denn er mir ja versprochen, dass wir uns erst noch über die Angelegenheit unterhalten würden. Außerdem wäre David gar nicht mehr hier, wenn er ihn gefeuert hätte.

Und doch konnte ich nicht anders und wartete besorgt auf Davids Antwort.

Er zuckte die Achseln, und mir schien, er würde genau wie ich nur so tun, als wäre er ganz ruhig. »Er sagte, er würde den Deal mit Party Planners rübertransferieren zu Fierce. Irgendwas mit einem Interessenkonflikt.«

Der Knoten in meinem Bauch lockerte sich, wenn auch nur ein bisschen. Natürlich. Hudson musste sich ja um die Sache mit Paul kümmern.

»Er hat alle Exemplare des Vertrags mitgenommen.« David schaute mich an und wartete, wie ich reagieren würde. »Er hat gesagt, du wüsstest Bescheid.«

»Ja, das stimmt.« Und wie das stimmte!

»Tut mir leid, dass das mit deinem Deal nicht geklappt hat.«

Ich spürte, dass das ein Versuch von David war, mich auszuhorchen. Er wollte wissen, ob Hudson meine Entscheidungen hintertrieb, einfach nur, weil er es konnte. Das war wirklich lieb von ihm.

Und völlig überflüssig. »Nein, das hat schon seine Richtigkeit. Je mehr ich über diese Firma erfahren habe, desto mehr habe ich begriffen, dass es letztlich doch nicht so gut passt.«

Jetzt hätte er sich entspannen müssen, aber wenn ich seine Körpersprache richtig deutete, tat er das nicht.

»Und das ist alles, worüber ihr gesprochen habt?« Ich betrachtete David genau. »Da ist doch noch mehr, das kann ich dir ansehen.« Meine Furcht kehrte wieder zurück.

David kam herüber zur Couch und setzte sich auf die Armlehne. Er stellte einen Fuß auf die Sitzfläche und schaute mich an. »Nun ja, ich soll dir das eigentlich erst sagen, wenn du aus Japan zurück bist, aber ich fühle mich mies, ein Geheimnis vor dir zu haben. Außerdem bin ich wahnsinnig aufgeregt und muss es unbedingt jemandem erzählen.«

»Was denn?« Ich flüsterte fast, und meine blassen Hände klammerten sich in meinem Schoß zusammen.

»Er hat mir eine Beförderung angeboten.« Davids Augen leuchteten, und seine Aufregung trat nun ganz offen zutage. »General Manager im Adora, seinem Klub in Atlantic City.«

Mir wurde eine Sekunde schwarz vor Augen, und ich musste mich zurücklehnen. »Und was hast du gesagt?« Er musste ganz klar merken, dass ich zitterte, dass meine Stimme zitterte.

»Ich hab natürlich Ja gesagt, was denn sonst? Das Adora – der Laden ist weltberühmt!«

Doch vielleicht war er blind für meine Verstörung. Dabei war ich wirklich komplett durch den Wind. Nicht nur weil der Gedanke, David zu verlieren, so schrecklich war, sondern wegen dem, was Hudson getan hatte, wo er mir doch ausdrücklich versichert hatte, dass noch keine Entscheidung gefallen wäre. Ich hätte am liebsten gekotzt.

Ich konzentrierte mich auf die momentane Situation. Ich wollte David dazu überreden zu bleiben. »Aber wir fangen hier doch gerade erst an. Die Sky Launch könnte das kommende Adora sein. Mit uns beiden im Management …«

»Ich bin mir sicher, es wird das nächste Adora. Sogar noch besser, wenn das Geld von Pierce und die Ideen von dir zusammenkommen. Aber ich bin niemand, der etwas aufbaut. Ich bin jemand, der eine Sache weiterführt, die ein anderer aufgebaut hat. Das Adora ist der größte Karrieresprung, auf den ich je hätte hoffen können.« Er schaute mich verlegen an. »Ich soll in zwei Wochen anfangen.«

»Das ist doch viel zu früh. Und außerdem musst du dann nach Atlantic City ziehen.« Die Stimme versagte mir vor Tränen.

»Wenn ich es nicht besser wüsste, würde ich sagen, du wirst mich vermissen.« Das sagte er voller Hoffnung.

»Natürlich werde ich dich vermissen, du Depp.« Ich hatte mich noch genug unter Kontrolle, um ein nett gemeintes Schimpfwort an meinen Satz zu hängen. »Du bist so ein toller Manager. Du warst es, der den Wunsch in mir geweckt hat, im Nachtklub-Business Fuß zu fassen.«

»Wirklich? Das wusste ich gar nicht.« Er setzte sich neben mich auf die Couch. »Du wirst mir fehlen, Laynie. Und nicht nur, weil ich total auf dich stehe, sondern auch, weil du eine gute Freundin bist.«

Sein unverfrorenes Flirten ergab jetzt einen Sinn. Er legte die Karten auf den Tisch. Und warum auch nicht? Er wäre bald fort. Und Hudson war schuld daran.

Mir tat wahnsinnig der Kopf weh. Ich seufzte und warf David einen Blick zu. »Du stehst nicht total auf mich.«

»Du hast recht. Ich bin wahnsinnig in dich verliebt.«

Ich schnappte nach Luft. Ich stand auf, ich musste weggehen, ein bisschen Abstand zwischen uns bringen. Der Mann, bei dem ich eingezogen war, hatte zu mir noch nie über Liebe gesprochen. Und dann war er losgezogen und hatte mich so übel hintergangen. Was machte ich eigentlich noch bei Hudson? War ich verrückt? Sollte ich nicht besser mit David durchbrennen?

Aber die Antwort lautete natürlich Nein. Egal wie viel David für mich empfand, es war überhaupt nicht damit vergleichbar, wie viel ich für Hudson empfand. Selbst nach dem, was er getan hatte.

Zum Glück musste ich das nicht erst laut sagen.

»Ich hab schon verstanden«, sagte David. »Ich musste dir nur einfach noch mal sagen, wie ich empfinde, bevor ich gehe.«

Ich drehte mich um und schaute ihn an.

»Und jetzt verstehst du sicher, dass ich hier wirklich wegmuss. Ich kann nicht länger mit dir zusammenarbeiten. Und das Adora ...«

Ich nickte. Ich hatte verstanden.

»Aber du kannst mich jederzeit anrufen, wenn du irgendwas brauchst. Wenn du zum Beispiel Fragen zur Sky Launch hast. Oder wenn du mal wieder meine Stimme hören willst.«

Ich lehnte mich gegen den Schreibtisch, und meine Hände klammerten sich an der Kante fest. »Hat er gesagt, wer deine Stelle kriegen soll?«

»Er hat nur eine Andeutung gemacht. Wir wissen doch beide, dass du es sein wirst.« Er hob den Blick zu mir. »Jetzt komm schon, wir wussten doch, dass das irgendwann kommen würde, seit dem Augenblick, als du zum ersten Mal mit ihm ausgegangen bist.«

»Nein, ich wusste nicht, dass das kommen würde. Ich hab es wirklich nicht geahnt.« Meine Beziehung zu Hudson war von Anfang an schwierig gewesen, jeder Augenblick voller Überraschungen. Doch auch in meinen wildesten Träumen hätte ich mir nie vorgestellt, dass er die Absicht haben könnte, die Leitung des Klubs in meine Hände zu legen. Ich wäre wesentlich weniger schockiert gewesen, wenn er mich in seinem Penthouse hätte verstecken wollen, barfuß und schwanger. Und dabei war schon das eine echt schockierende Vorstellung.

»Ich sage nicht, dass es nicht gerechtfertigt wäre. Du verdienst es, den Klub zu leiten.«

Davids Ehrlichkeit rührte mich. Und außerdem wurde ich noch saurer auf Hudson. Obwohl David sich über die Beförderung freute, obwohl es wahrscheinlich das Beste war, dass er anderswo arbeitete, weit weg von mir, war es doch nicht richtig, wie Hudson die Sache geregelt hatte. Er hatte mich angelogen und in die Irre geführt.

Ich musste ihn zur Rede stellen. Ich richtete mich auf und zog mir das Kleid zurecht. »Du, mir ist gerade eingefallen, dass ich losmuss und die neuen Muster für die Speisekarten abholen.«

»Ich dachte, Graphic Front wollte sie mailen?«

Ich war so durcheinander, dass sich das auf die Qualität meiner Ausreden auswirkte. »Das machen sie auch, ich meine, das haben sie schon.« Ich schwieg und dachte kurz nach. »Ich will sie aber gedruckt sehen, fühlen, wie sie in der Hand liegen und so weiter. Egal, jedenfalls weiß ich noch nicht, wann ich wieder da bin.«

David lächelte. »Ich bin wirklich nicht derjenige, bei dem du dich noch abmelden müsstest.«

Ich schaute weg und versuchte, nicht zusammenzuzucken.

»Ein letztes Mal drücken?«

Diesmal lehnte ich nicht ab. Ich kam in seine Arme und fand die Umarmung wärmer, als ich sie in Erinnerung hatte. »Danke, David. Für alles.« Ich legte ihm den Kopf auf die Schulter. Ich würde nicht weinen – dafür war ich viel zu wütend –, aber ich spürte eine Welle der Zuneigung.

Ich trat zurück, bevor er mich missverstehen konnte, bevor ich mich von dem Bedürfnis nach Trost davontragen ließ. »Und ich gratuliere dir. Ich freue mich, dass die Dinge für dich gut laufen.«

Ich schrieb Jordan eine Nachricht, damit er mich abholte. Dann schnappte ich meine Handtasche und bemühte mich, meine ganze Wut, meine Verletzungen und meine Gefühle in meinem Bauch zu sammeln – für Hudson.

Kapitel achtzehn

Als ich bei Pierce Industries aus dem Aufzug trat, hielt ich mich gar nicht erst damit auf, mich bei Trish, Hudsons persönlicher Assistentin, anzumelden, sondern marschierte geradewegs in sein Büro.

»Ms Withers!« Trish folgte mir.

Hudson saß hinter seinem glänzend schwarzen Schreibtisch, den Telefonhörer zwischen Kinn und Schulter geklemmt, die Finger auf der Tastatur. Er schaute zuerst mich an und dann Trish. »Einen Augenblick bitte, Landon«, sagte er in den Hörer.

Er legte den Anruf in die Warteschleife. »Ist schon in Ordnung, Patricia.«

Ich wartete nicht, bis die Tür hinter Trish ins Schloss fiel. »Telefonier ruhig fertig. Wir treffen uns im Loft.« Ich ging zum Aufzug im hinteren Bereich des Büros. »Und nur damit du's weißt: Wir werden uns streiten.«

Der private Aufzug führte zu Hudsons Loft – der Junggesellenbude, wo er und ich viele unserer ersten sexuellen Begegnungen gehabt hatten. Ich war nicht mehr hier gewesen, seit er mich ins Penthouse eingeladen hatte, und eigentlich hatte ich einen Schwung nostalgischer Gefühle erwartet, aber nun fühlte ich nichts als Zorn über seinen Verrat.

Im Loft hatte ich gerade erst meine Tasche auf die Couch geworfen, da tauchte Hudson schon auf. Er trat ins Loft, und als er mich hin und her marschieren sah, setzte er sich in einen Sessel, seine Aufmerksamkeit allein auf mich fokussiert.

Auf dem Weg hierher hatte ich mir hundert Dinge zurechtgelegt, die ich ihm sagen wollte, aber jetzt, wo ich vor ihm stand, brachte ich vor lauter Wut kein Wort heraus.

Aber Hudson war so ruhig und cool wie immer. »Er sollte es dir erst nach Japan sagen.«

Er. Hudson sprach nicht mal Davids Namen aus. Zumindest tat er nicht so, als wüsste er nicht, warum ich so stinksauer war.

Aber das machte mich auch nicht ruhiger. »Zu meinem Glück ist er ein guter Freund. Im Übrigen habe ich nie zugestimmt, dass ich mit nach Japan komme.«

»Touché.«

»Was zum Henker, Hudson!« Ich kochte vor Wut und war kurz davor zu explodieren.

Er schlug ein Bein übers andere und legte den Fußknöchel aufs Knie. »Ich habe David ein gutes Angebot gemacht, und er hat es angenommen.«

»Wir hatten besprochen, dass wir erst noch darüber reden wollen.«

»Ich habe zugestimmt, dass wir über die zukünftige Leitung der Sky Launch diskutieren, und das werden wir auch ganz sicher noch tun.«

Er war so ruhig und so kontrolliert, dass ich nur noch zorniger wurde. »Das hier gehörte aber dazu!«

»Dann hättest du dich genauer ausdrücken müssen.« Er zwinkerte nicht mal.

Am liebsten hätte ich ihm irgendwas an den Kopf geschmissen, egal was. Leider hatte ich gerade nur Worte zur Verfügung. »Du hast genau gewusst, was ich damit meine. Du hast genau gewusst, wie ich mich fühle, und du bist einfach hingegangen und hast alles ignoriert, was ich gesagt habe. Ich dachte, du machst dir etwas aus mir, aber das tust du offenbar nicht, denn so behandelt man niemanden, mit dem man eine Beziehung hat.«

Hudson stellte den Fuß wieder auf den Boden und beugte sich leicht vor, endlich zum Leben erwacht. »Ja, ich wusste, wie du dich dabei fühlst. Und du wusstest auch, wie ich mich dabei fühle. Du wolltest, dass ich ihn nicht rauswerfe, und ich wollte, dass er verschwindet. Also habe ich ihm anderswo eine Stelle angeboten – eine Beförderung, wohlgemerkt, und zwar in meinem größten Klub im ganzen Land. Das halte ich für einen verdammt fairen Kompromiss.«

Das klang alles logisch, und David war auch ganz klar glücklich über dieses Angebot gewesen. Aber es änderte nichts an der Tatsache, dass Hudson ihm das Angebot ohne mein Wissen unterbreitet hatte, hinter meinem Rücken. »An einem Kompromiss müssen beide Parteien beteiligt sein. Du kannst nicht einfach so auf eigene Faust entscheiden, was ein Kompromiss ist.«

»Das hab ich auch nicht, ehrlich.« Er lehnte sich zurück, und sein beherrschtes Äußeres kehrte zurück. »David hat das getan, und zwar, als er die Stelle angenommen hat. Ich hatte keine Ahnung, ob er zustimmen würde, als ich sie ihm angeboten habe. Wenn er nicht zugestimmt hätte, wäre ich wieder auf dich zugekommen, um eine passende Lösung für unser Problem zu finden.«

»Du hättest mit mir reden sollen, ehe du ihm den Job überhaupt angeboten hast!«

»Ich habe die Gelegenheit beim Schopf gepackt, als ich sie sah. Du warst nicht da, also konnte ich nicht mit dir Rücksprache halten.«

»Tu doch nicht so! Du bist heute mit dem Plan zu David gegangen, ihm dieses Angebot zu unterbreiten.« Hudsons schwindelerregend gute Laune heute Morgen, sein Bedürfnis, meinen Sinneswandel vom Abend zuvor nachzuvollziehen – er hatte die Stimmung austesten wollen, das war mir jetzt klar. »Ich fass es einfach nicht! Begreifst du denn nicht, warum das nicht in Ordnung ist?«

Jetzt schrie ich. Ich wünschte, ich hätte so kontrolliert bleiben können wie er. Das hatte ganz klar einen beeindruckenden Effekt, aber ich war nun mal erregt und aufgebracht, und ich verspie meinen ganzen inneren Aufruhr im Loft.

Hudson stand auf, tat einen Schritt auf mich zu und hob eine Augenbraue. »Bist du so wütend, weil du glaubst, ich verlange von dir, dass du Davids Stelle übernimmst?«

Das war auch ein Aspekt, ja, aber es steckte noch viel mehr dahinter. Ich drehte ihm den Rücken zu und wusste nicht, wie ich das beantworten sollte.

»Ich will natürlich, dass du die Stelle übernimmst, und ich bin überzeugt, dass du das sehr gut hinkriegst. Aber wenn du nicht willst, dann hoffe ich, dass du mir behilflich bist zu entscheiden, wer diese Stelle stattdessen kriegen soll.« Er legte mir die Hand auf den Nacken.

Ich fuhr herum und schlug seine Hand weg. »Verdammt, Hudson. Ich will nicht, dass jemand anders seinen Platz einnimmt. Ich will mit David zusammenarbeiten, mit David Lindt, etwas anderes will ich nicht.«

»Du verteidigst ihn mit der Leidenschaft einer Geliebten, Alayna, und du machst es mir schwer zu glauben, dass da wirklich nichts zwischen euch beiden ist.«

Diese neue Beleidigung war wirklich unter der Gürtellinie. Es tat mir so weh, dass ich gefühllos wurde und nichts anderes mehr spüren konnte als: Es ist alles so kalt, so kalt, so kalt.

»Das ist unglaublich manipulativ, Hudson.« Meine Stimme klang gepresst, aber leise und ruhig. »Alles, was du heute zu mir gesagt und mit mir getan hast, sind totale Psychospielchen. Ich dachte, du würdest so was nicht mehr machen. Ich weiß nicht, wie ich darauf reagieren soll. Und wahrscheinlich hast du genau das damit bezweckt, also Applaus: Du hast diese Mission verdammt erfolgreich erfüllt.«

Er kam auf mich zu. »Es ist nicht fair von dir, mir jedes Mal mein Verhalten aus der Vergangenheit vorzuhalten, wenn du nicht mit dem einverstanden bist, was ich tue. Ich versuche in keiner Weise zu beeinflussen, was du tun oder fühlen sollst. Ich verfolge nur meinen Plan – und der bist du, Alayna. Alles, was ich getan habe, tue ich, um unsere Beziehung und unsere Zukunft zu schützen. Das ist alles.«

»Ach wirklich? Denn im Moment fühlt sich die Zukunft unserer Beziehung verdammt gefährdet an, wenn du mich fragst.« Das klang ausgesprochen kalt – genauso kalt, wie ich mich im Moment fühlte, aber selbst als ich sah, wie seine Gesichtszüge entglitten, als hätte ich ihn geschlagen, wünschte ich mir nicht, dass ich diesen Satz zurücknehmen könnte. Ich wünschte mir nur, er wäre nicht wahr.

Hudson streckte erneut die Hand nach mir aus, aber ich machte einen Schritt zur Seite und streckte die Hände vor mir aus wie eine Schranke. »Komm mir ja nicht zu nahe. Du versuchst all unsere Probleme mit Sex zu lösen, aber diesmal kommst du damit nicht weiter.«

Er fuhr sich mit den Händen durchs Haar. »Ich versuche nicht, unsere Probleme mit Sex zu lösen. Ich habe nur gemerkt, dass uns die körperliche Nähe wieder in Einklang miteinander bringt, wenn wir uns gestritten haben.«

»Du meinst, für dich ist es dann einfacher, mich unter Kontrolle zu kriegen.« Er öffnete den Mund – wahrscheinlich, um zu widersprechen –, aber ich redete weiter, ehe er etwas sagen konnte. »Ich kann mich jetzt nicht damit befassen, ich muss gehen.«

Ich schnappte mir meine Tasche vom Sofa und ging auf die Tür zu. Er versuchte mich zu erwischen, als ich an ihm vorbeiging, aber ich glitt aus seinem Griff.

Er versuchte es nicht noch einmal. »Alayna, lass die Dinge bitte nicht einfach so auf sich beruhen.«

»Im Moment ist das wirklich das Allerletzte, was ich von dir hören will: dass du mir sagst, was ich zu tun habe.«

»Alayna, bitte …« Der Schmerz, das Flehen in seiner Stimme brach mir das Herz.

Aber ich brauchte Zeit.

Ich blieb stehen, die Hand auf dem Türknauf, aber ich schaute Hudson nicht an. Ich fürchtete, ich könnte ihm in die Arme fallen, wenn ich ihn jetzt anschaute. Ich musste irgendwohin, wo ich klar denken konnte. Und seine Arme waren dafür ganz bestimmt nicht der richtige Platz. »Ich komme später ins Penthouse. Mehr kann ich dir jetzt nicht sagen. Erst mal brauche ich ein bisschen Zeit für mich.«

Ich hörte ihn schlucken. »Das ist nur verständlich.«

Dann war ich weg.

Noch bevor sich die Türen des Aufzugs hinter mir geschlossen hatten, wusste ich schon, dass ich mit Celia reden wollte. Mich traf diese ganze Geschichte wie aus heiterem Himmel. Hudsons Verhalten warf mich völlig aus der Bahn und stellte mich vor ein Rätsel. Ich hatte nicht genug Erfahrung mit ihm, um diese Sache zu begreifen, und brauchte ganz dringend Einsichten von jemandem, der ihn gut kannte.

Beim ersten Anruf antwortete Celia nicht, also legte ich auf und rief noch einmal an, das Ganze mehrmals. Nachdem ich es viermal versucht hatte, brummte mein Telefon.

»Hast du meine Nachricht bekommen? Ich bin heute Nachmittag im Waldorf und muss dich sehen.«

Verdammt – Brian! Ich hatte nicht auf seine Nachricht geantwortet. Wie passend, dass ich mich ausgerechnet heute auch noch mit ihm rumschlagen musste.

»Schreib mir, wenn du da bist, dann komm ich vorbei.«

Ich schickte die Nachricht ab und versuchte es erneut bei Celia. Diesmal hatte ich sie direkt dran. »Hallo, hier ist Laynie. Stör ich dich?«

»Tja, geht so. Was ist denn los?«

»Ich, ähm, ich muss mit dir reden.« Meine Stimme brach.

»Oh nein! Stimmt was nicht? Du klingst, als hättest du geweint.«

Ich hatte nicht geweint – ich weinte. »Ich würde lieber persönlich mit dir reden. Können wir uns vielleicht irgendwo treffen?«

Die Aufzugtüren gingen auf, und ich stand in der Lobby von Pierce Industries. Verdammt! Jetzt war ich von lauter Menschen umgeben. Ich schob mir das Haar vors Gesicht und wünschte, ich hätte meine Sonnenbrille auf. Ich eilte zum Ausgang.

»Später könnte ich, heute Nachmittag irgendwann. Passt das bei dir?«

»Ich weiß nicht.« Ich konnte nicht mal die nächsten fünfzehn Minuten planen, geschweige denn Stunden im Voraus. »Ich muss mal nachdenken. Ich muss mich mit meinem Bruder treffen, irgendwann heute Nachmittag. Obwohl ich nicht will. Ich weiß nicht.« Ich wiederholte mich, mein Hirn war vollkommen vernebelt.

Ich trat hinaus auf die Straße und ging weiter, bis die Glaswand zu einer Mauer wurde und ich mich gegen den Stein sinken lassen konnte. »Ich kann im Moment einfach keine vernünftige Entscheidung treffen.«

»Okay, kapiert, du bist total durcheinander.« Celia schien abgelenkt, während sie sprach. »Du sagst, dein Bruder kommt in die Stadt? Brian? Bleibt er bei euch im Penthouse?«

»Um Gottes willen, nein! Er ist im Waldorf, seinem liebsten Ort auf der Welt.«

»Ich habe ein Designprojekt im Foyer von Fit Nation in der Einundfünfzigsten Straße. Wie wär's, wenn wir uns gegen zwei bei dem Coffeeshop dort treffen? Dann bist du auch schon in der Nähe vom Waldorf.«

Obwohl es bis dahin noch Stunden waren, fühlte ich mich besser. Nicht großartig, aber deutlich besser. »Das ist super, danke, Celia.«

»Aber gerne.«

Ich schaute auf die Uhr, ehe ich mein Handy wieder in die Tasche steckte. Es war kurz nach neun. Ich fühlte mich, als wären diese paar Stunden heute Morgen schon ein ganzer Tag gewesen. Was ich in den Stunden bis zum Treffen anfangen sollte, war mir ein Rätsel.

»Ms Withers?«

Ich schaute hoch und sah Jordan mit dem Maybach am Bordstein stehen.

»Mr Pierce hat vorgeschlagen, dass ich Sie fahre. Zum Penthouse oder zum Klub vielleicht?«

So war Hudson. Immer passte er auf mich auf, selbst wenn ich es gar nicht wollte. Es war wirklich eine Erleichterung, dass Jordan da war. Ich war dermaßen durch den Wind, dass ich gar nicht daran gedacht hatte, ihm eine Nachricht zu schreiben, dass er vorbeikommen sollte.

Voll widerwilliger Dankbarkeit stieg ich ein und setzte mich auf den Rücksitz. »Ich will nicht ins Penthouse, also bitte zum Klub.«

Den restlichen Morgen verbrachte ich damit, im Büro alle Papiere von rechts nach links zu räumen und auf den blinkenden Cursor am Bildschirm meines Laptops zu starren. Ich konnte meinen Kopf einfach nicht dazu bringen, sich auf irgendetwas zu konzentrieren. Wenn ich früher gestresst und verunsichert gewesen war, hatte ich mich in alte Gewohnheiten geflüchtet, Verhaltensmuster, die mich durch ihre zwanghafte Natur beruhigten und entspannten. Aber jetzt verspürte ich nicht das Bedürfnis zu handeln, ich hätte mich am liebsten verkrochen, mich zu einem Ball zusammengerollt und geschlafen, bis ich nichts mehr spürte.

Verdammt, ich war völlig kaputt – immer noch. Es hatte sich bei Hudson so angefühlt, als wäre ich geheilt, aber ich wusste noch immer nicht, wie ich mit Gefühlen umgehen sollte. Ich wusste nicht, was normale Leute taten, wenn sie innerlich verletzt waren. Jetzt bedauerte ich es sehr, dass ich meine Gruppentherapie am Tag zuvor verpasst hatte, ich hätte sie wirklich gut gebrauchen können.

Zumindest könnte ich Lauren gut gebrauchen – meine Lieblingsmoderatorin. Sie war ehrenamtliche Gruppenleiterin für Addicts Anonymous und ein paar anderen Gruppen der unitarischen Kirche. Ich hatte treu und brav jahrelang an den Treffen teilgenommen, doch in der letzten Zeit war ich nur noch ab und zu hingegangen. Aber Lauren hatte ich ursprünglich nicht bei Addicts Anonymous kennengelernt, sondern im Stanton Addiction Center, einer Entzugsklinik, wo sie tagsüber als Suchtberaterin arbeitete. Dort war ich kurze Zeit Patientin gewesen, als ich gegen die einstweilige Verfügung von Paul verstoßen hatte. Brian, tüchtiger Anwalt, der er war, hatte das ausgehandelt, damit ich nicht in den Knast musste.

Es war Viertel vor zwölf. Wenn ich mich beeilte, konnte ich Lauren vielleicht noch in der Mittagspause erwischen.

Ich schrieb Jordan, und innerhalb von zwanzig Minuten war ich an der Klinik.

Ich meldete mich am Eingang an und bekam einen Ausweis für den Personalflügel. Laurens Büro lag verlassen da, also versuchte ich es im

Pausenraum für die Angestellten und sah sie in einer Gruppe Krankenpfleger am Getränkeautomaten stehen.

»Hallo, meine Liebe.« Sie trat von ihren Freunden weg, als sie mich sah, und umarmte mich. »Ich war enttäuscht, dass du gestern nicht bei der Gruppensitzung warst.«

Ich lächelte angespannt und hätte gern mit ihr allein gesprochen. »Tut mir leid, es ist was dazwischengekommen.«

»Da du mich jetzt hier aufsuchst, vermute ich, dass es nichts Gutes war.«

»Ein Teil davon schon, das war sogar etwas sehr Gutes. Aber ein anderer Teil ist gar nicht gut.« Ich schaute zu einem leeren Tisch im hinteren Teil des Raumes. »Hast du Zeit für mich?«

Sie hielt die braune Papiertüte hoch, die sie in der Hand hatte. »Wenn du nichts dagegen hast, dass ich esse, während du redest.«

»Iss ruhig.«

Ich sagte nichts, bis wir am Tisch saßen. Dann setzte ich Lauren über die wichtigsten Ereignisse der letzten Woche ins Bild – die Veränderung in meiner Beziehung zu Hudson, dass ich zu ihm ins Penthouse gezogen war, dass ich Paul wiederbegegnet war, die Geheimnisse, die ich verschwiegen hatte, und schließlich, was Hudson in Bezug auf David getan hatte. Ich beeilte mich mit dem Erzählen, denn ich wusste, dass Lauren nur eine Stunde Pause hatte. Als ich fertig war, fühlte ich mich leer und erschöpft, als hätte ich die letzte halbe Stunde gekotzt.

Lauren nahm eine Serviette und wischte sich den Mund hab. Sie war schon lange mit Essen fertig. »Na, da hat sich ja in der letzten Woche so einiges getan. Was hast du schon selbst erkannt, nachdem du das alles laut ausgesprochen hast?«

Das war eine ihrer Lieblingstherapietechniken – das Dampfablassen von jemandem in eine Selbstbetrachtung überführen. »Ich weiß nicht.« Ich war völlig aus der Übung. Erst mal holte ich tief Luft und dachte nach. »Ich trage eine Mitverantwortung daran, dass Hudson mich hintergangen hat. Ich habe zuerst Geheimnisse vor ihm gehabt.« Es war schwierig, das zuzugeben, aber es war ganz entscheidend. Wie konnte ich von ihm erwarten, dass er ehrlich und geradeheraus war? Ich war schließlich nicht gerade mit gutem Beispiel vorangegangen.

»Sehr gut. Was noch?«

Reichte das denn noch nicht? Ich suchte weiter. »Ich habe gemerkt, dass ich nicht weiß, wie ich mit meinen Gefühlen umgehen soll. Ich habe früher immer geklammert und mich obsessiv verhalten, wenn es mir nicht gut ging. Was soll ich jetzt stattdessen tun?«

»Genau das, was du gerade tust. Du gehst konstruktiv mit deinen Gefühlen um.« Lauren rutschte auf ihrem Stuhl nach vorne, und ihre Hände auf dem Tisch legten sich ineinander. »Hör zu, Schätzchen, gesund sein bedeutet nicht, dass du nichts mehr fühlst. Du wirst immer irgendwas fühlen – Gutes und Schlechtes. Das ist abhängig vom Tag und kann sich von einer Minute zur anderen ändern. Das nennt man Leben. Es ist gesund, wenn du über deine Gefühle sprichst, sie aufschreibst, wenn du begreifst, dass du nichts tun musst, um sie zu ändern. Manchmal muss man seine Gefühle einfach nur aushalten.«

»Das ist aber ganz schön beschissen.«

»Ja, nicht?« Sie lehnte sich in ihrem Stuhl zurück. »Es gibt da noch etwas, worauf ich dich hinweisen möchte, weil ich nicht weiß, ob du es auch siehst.«

Lauren verzichtete normalerweise darauf, Punkte hervorzuheben, wenn die Leute nicht von selbst darauf gekommen waren. Sie glaubte, wenn jemand den Wald noch nicht sehen konnte, war er auch noch nicht bereit für einzelne Bäume. Wenn sie mich auf etwas hinwies, musste es etwas wirklich Wichtiges sein. Ich rang die Hände im Schoß. »Was denn?«

»Hudson – ich kenne ihn ja nicht persönlich, aber sein Verhalten klingt verdammt vertraut.«

Einen Augenblick fragte ich mich, ob sie ihm irgendwann während seiner Therapie einmal begegnet war. Ich wusste kaum etwas über seine Therapieprogramme, es wäre gut möglich gewesen.

Aber dann begriff ich, worauf sie hinauswollte, und ich spürte, wie ich blass wurde. »Du meinst, er klingt wie ich. Genau wie ich früher.«

»Eifersüchtig, manipulativ, hinterlistig.« Sie zählte es an den Fingern ab, ein schreckliches Adjektiv pro Finger.

Als ich diese Worte aus ihrem Mund hörte, drehte sich mir der Magen um. »So ist er wirklich nicht. Bei dir klingt es viel schlimmer, als es ist.« Hudson auf so ein abscheuliches Benehmen zu reduzieren, war falsch. Er war so viel mehr.

»Ich lasse gar nichts schlimmer klingen. Das sind alles Worte, mit denen du dich früher in der Therapie beschrieben hast.« Lauren hielt den Kopf schief. »Warum, glaubst du, bist du so gewesen?«

Eine Welle der Erinnerung schlug mir entgegen, Dinge, an die ich lieber nicht denken wollte, Gefühle, die ich gehabt hatte, Motive für mein Verhalten. Ich hatte es immer schon gehasst, durch Erinnerungen zu waten, um etwas zu lernen, mir wurde davon immer ganz elend und schwindelig.

Ich schloss die Augen, um mich zu erden. »Weil ich mich ungeliebt fühlte. Weil ich den Typen unbedingt für mich haben wollte. Weil ich nicht geglaubt habe, dass es auch einen anderen Weg gibt, um Aufmerksamkeit zu bekommen.«

»Glaubst du, das könnten die gleichen Gründe sein, aus denen Hudson das getan hat?«

Ich machte die Augen wieder auf. Ich hörte seine Worte von vorhin wieder in meinem Kopf: *Ich verfolge nur meinen Plan – und der bist du, Alayna. Alles, was ich getan habe, tue ich, um unsere Beziehung und unsere Zukunft zu schützen.*

Ich hatte keine Zweifel, dass er es ganz genau so gemeint hatte. Dass er ehrlich davon überzeugt war, dass das, was er tat, das Beste für uns war. Es war nicht das Richtige, aber er tat es in bester Absicht. Eigentlich war es sehr bewegend. Aber reichte das als Entschuldigung für das, was er getan hatte?

Lauren konnte meine Gedanken lesen. »Schau mal, ich will sein Verhalten nicht bewerten. Auch dein Verhalten nicht. Es klingt, als hättet ihr noch ein gutes Stück Arbeit vor euch, ehe ihr zusammen funktioniert. Ich gebe euch beiden nur eine Perspektive. Ihr wart offenbar in der Lage, euch miteinander zu verbinden, weil ihr ähnliche Ausgangspositionen habt. Vielleicht solltest du deine Erfahrung nutzen, um zu verstehen, von wo er kommt. Es wäre immerhin ein Anfang.«

Ich verzog den Mund. »Was denn – ich soll ihm einfach so vergeben?«

»Nein, du könntest ihn auch verlassen.« Das sagte sie einfach so dahin, als wäre es keine große Sache.

Hudson verlassen – ich konnte das nicht mal in Erwägung ziehen, es würde mich zerstören.

Lauren schaute mich aufmerksam an. »Du solltest ihn wahrscheinlich lieber verlassen. Aber ich sehe schon, das kommt für dich gar nicht infrage.«

»Nein, ich will ihn nicht verlassen. Und es bringt mich um, dass er jetzt wahrscheinlich glaubt, dass ich genau das tue.«

Sie lächelte. »Dann ist doch wohl eher die Vergebung die Lösung. Es muss ja keine bedingungslose Vergebung sein. Sag ihm, dass du ihn verstehst. Bedank dich für seine guten Absichten. Und dann erklär ihm, was passieren wird, wenn er so was noch mal tut.«

»Das klingt doch gar nicht so schlimm.« Es klang tatsächlich himmlisch – verglichen mit der Vorstellung, ihn zu verlieren.

»Aber dir muss eines klar sein: Du musst hinter allem stehen, was du sagst. Wenn du sagst, du würdest ihn verlassen, wenn er so was noch mal tut, dann musst du ihn auch verlassen.«

»Ich will gar nicht daran denken.«

Sie zwinkerte mir zu. »Das glaub ich dir. Und er könnte auch Bedingungen stellen, wenn er zum Beispiel herausfindet, dass du noch mehr Geheimnisse vor ihm hast. Er könnte dich sogar verlassen.«

»Dann erzähle ich ihm wohl besser alles, ich will nicht dauernd Angst davor haben müssen.« Ich musste ihm sagen, dass ich mich hinter seinem Rücken mit Celia getroffen hatte. Das war das unwichtigste Geheimnis von allen, die ich vor ihm gehabt hatte, und ich hatte kaum Zweifel, dass er mir verzeihen würde. Wir mussten auf jeden Fall reinen Tisch machen.

Lauren hob eine Augenbraue. »Da gibt es noch mehr, was du ihm nicht gesagt hast?«

»Ich weiß, ich weiß, schau mich nicht so an.« Ich verdrehte die Augen und wusste, wie schlimm das alles aussehen musste. »Du findest wohl, wir sind voll am Arsch, was?«

»Nein, so schlimm ist es nicht. Halb voll vielleicht.«

Ich lachte, und sie lachte mit. Es fühlte sich richtig gut an zu lachen und entspannt zu sein. Ich musste mir was überlegen, wie ich das öfter tun könnte.

Lauren stand auf, und ich wusste, dass ich jetzt gehen musste. Ich umarmte sie, dankte ihr und versprach, nächsten Montag zur Gruppensitzung zu kommen. Dann ging ich.

Nachdem ich mit Lauren gesprochen hatte, verspürte ich nicht länger das Bedürfnis, mich mit Celia zu treffen. Ich versuchte sie anzurufen und wollte absagen, aber auch nach mehreren Versuchen ging sie nicht dran. Na gut. Dann würde ich unsere Verabredung zum Kaffee eben dazu nutzen, ihr zu sagen, dass ich mit Hudson reinen Tisch machen würde. Es war ja auch nur fair, sie kurz vorzuwarnen.

Ich war zehn Minuten zu früh beim Coffeeshop, aber nach einer halben Stunde war Celia immer noch nicht da. Ich rief sie ein paarmal an und schrieb ihr Nachrichten, aber sie meldete sich nicht. Nach einer weiteren halben Stunde entschied ich mich, bei Fit Nation vorbeizuschauen. Sie hatte gesagt, sie hätte dort zu tun, und möglicherweise war sie ja aufgehalten worden.

Drinnen ging ich geradewegs zur Rezeption. »Hallo, ich suche Celia Werner. Sie soll heute hier arbeiten. Haben Sie sie vielleicht gesehen?«

Der Mann, der mich bediente, war ungefähr so alt wie ich und hatte eine Figur wie ein Gewichtheber. »Celia, die kenne ich.« Seine Augen leuchteten auf, als würde er für sie schwärmen. Na ja, sie war ja auch großartig. Wahrscheinlich reagierten alle Männer so auf sie. »Aber sie ist heute den ganzen Tag nicht hier gewesen.«

»Sind Sie sicher?« Sie hatte mir doch ausdrücklich gesagt, sie würde heute hier arbeiten.

»Ganz sicher.«

»Komisch.« Mich überlief ein Schauer. Wenn man bedachte, wie wenig ich Celia wirklich kannte, gab es keinen Grund, voreilige, besorgniserregende Schlussfolgerungen zu ziehen. Vielleicht machte sie das ja öfter – Geschäftstermine und Verabredungen platzen lassen. Vielleicht war ihr irgendwas dazwischengekommen. Ich wusste gar nichts über ihr Privatleben. Aber irgendwas an dieser Situation beunruhigte mich, ich konnte es nur nicht genau benennen.

Ich hinterließ meine Nummer am Empfang, falls sie doch noch auftauchen sollte. Dann schüttelte ich alle Gedanken an Celia ab und bereitete mich auf die große Aussprache vor.

Als Jordan mich abholte, erwartete ich ihn diesmal schon. »Bringen Sie mich zum Bowery.« Es war schon fast drei Uhr. Wenn Brian sich meldete, könnte ich jemanden rüberschicken, der ihm meinen Schlüssel brachte. Ich hätte jede Menge Zeit, meine Sachen für Japan zu packen und mich zu sammeln, ehe Hudson nach Hause kam. Dann würden wir reden, uns gegenseitig unser Herz ausschütten und uns über alles aussprechen. Wenn er die falschen Dinge sagte, konnte ich mir das mit Japan immer noch überlegen. Aber er musste wissen, dass mir unsere Beziehung wichtig war. Er musste wissen, dass ich mit Herz und Seele dabei war.

Aber als ich eintraf, war das Penthouse nicht leer, wie ich erwartet hatte. Eine hitzige Unterhaltung drang an meine Ohren, sobald ich den Flur betreten hatte. Mir drehte sich der Magen um, als ich erkannte, wem die Stimmen gehörten: Hudson und Celia.

Kapitel neunzehn

Ich fand sie im Wohnzimmer. Sie standen so nahe beieinander, dass sie sich für einen Kuss nur ein ganz klein wenig hätten vorbeugen müssen. Von dort, wo ich stand, konnte ich nur Hudsons Gesicht sehen, aber er sah nicht gerade so aus, als wollte er knutschen, sondern eher, als wollte er Celia erwürgen.

Eine Feuerkugel aus Eifersucht, Schmerz und Verwirrung schoss durch meinen Körper. Und das Gefühl von Verrat. Wir hatten versprochen, Celia nicht allein zu sehen. Aber in dieser Hinsicht hatte ich Hudson schließlich auch hintergangen. Es geschah mir nur recht, eine Ahnung davon zu kriegen, wie es sich anfühlte. Und es fühlte sich beschissen an.

»Warum sollte Celia sich das denn alles ausdenken?«

Ich war so sehr in den Anblick der beiden versunken gewesen, dass ich niemand anders bemerkt hatte, aber Celia und Hudson waren nicht allein. Die Stimme, die jetzt meine Aufmerksamkeit erregte, gehörte Sophia. Neben ihr auf dem Sofa saß Brian. Verdammt! Und am Fenster, mit dem Rücken zum Zimmer, stand Jack.

Was zum Teufel war hier los?

»Weil sie so was eben macht.« Jack wandte sich vom Fenster ab. »Ah – und jetzt können wir die ganzen Fragen klären, hier kommt die Frau, um die es geht.«

Alle drehten sich zu mir um.

Ich richtete meine Frage nur an Hudson. »Was ist hier los?«

»Alayna …« Seine Stimme war genauso angespannt wie seine Körperhaltung, aber seine Augen leuchteten auf, als er mich sah.

Celia trat in mein Blickfeld, und ihr Gesichtsausdruck war hart. »Ich hab es ihnen gesagt. Jetzt wissen es alle.«

»Celia, halt die Klappe«, sagte Jack.

»Was wissen sie?« Die Härchen auf meinem Arm richteten sich auf, die Atmosphäre im Raum war angespannt.

Niemand antwortete mir.

Jack schaute sich ungläubig um. »Willst du es ihr nicht sagen, Celia? Es ist nur fair, wenn sie es von dir direkt erfährt.«

»Verdammt, Laynie. Ich wusste, dass so was passieren würde, ich wusste es.« Brian stand auf und lief im Zimmer umher.

»Halt die Klappe, Brian.« Ich trat einen Schritt näher heran. »Was ist denn eigentlich los?«

Celia und Sophia warfen sich einen Blick zu. »Du brauchst Hilfe, Laynie.« Celia ergriff Sophias ausgestreckte Hand, als suchte sie Unterstützung. »Du sollst wissen, dass ich nicht wütend auf dich bin und dir keinen Vorwurf mache …«

»Wovon zum Henker redest du?« Ich begriff die ganze Situation immer noch nicht, aber eins war mir plötzlich klar – das Ganze war eine Intervention. Eine Einmischung in mein Leben.

»Na gut.« Jack kam auf mich zu. »Wenn ihr es nicht erklären wollt, dann mach ich es eben. Laynie, du weißt, dass ich dich immer sehr gern sehe. Es tut mir leid, dass wir uns diesmal unter diesen grotesken Umständen treffen.« Er legte mir die Hände auf die Oberarme, und sogar von der anderen Seite des Zimmers her spürte ich, wie Hudson sein Fell aufstellte.

»Celia ist heute Morgen bei uns aufgetaucht, hat einen großen Auftritt hingelegt und ungeheuerliche Anschuldigungen gegen dich vorgebracht. Dann hat sie Hudson und deinen Bruder hierherbestellt.« Jack machte eine Pause und warf Brian einen Blick zu. »Sie hat dieses ganze Spektakel organisiert. Zum Glück war ich auch zu Hause, also bin ich mitgekommen, und seitdem versuche ich allen, die ihr glauben, ein bisschen Verstand einzutrichtern.« Am Ende seiner kurzen Ansprache wandte er sich den anderen zu, seine Stimme war lebhaft, seine Körpersprache erregt.

»Was wirft sie mir denn vor?« Ich konnte mir die Antwort schon denken, aber ich hielt den Atem an und hoffte mit aller Kraft, dass ich falsch lag.

»Sie behauptet, du würdest sie belästigen.«

Mir wurden die Knie weich, und Jack half mir in den Sessel. »Oh Gott.« Mein Mund fühlte sich sauer an, und ich schluckte Magensäure herunter. »Oh Gott.«

Celia hielt ihr Handy hoch. »Ich habe hier den Beweis. Sie hat mich mehrmals angerufen und wieder aufgelegt. Das kann ich anhand der Anrufprotokolle beweisen.«

Jetzt machte es bei mir Klick, und alles ergab einen Sinn – warum sie mir gesagt hatte, ich sollte öfter anrufen. Sie hatte mich reingelegt. In meinem Kopf hämmerte es, als ich begriff.

»Laynie?«

Ich schaute Brian an, der die Arme vor der Brust verschränkt hatte und auf eine Erklärung wartete.

Wie oft hatte ich diesen Blick schon auf dem Gesicht meines Bruders gesehen? Wie oft hatte ich ihm versprochen, dass ich ihn nie wieder so verletzen würde? Obwohl ich mein Versprechen diesmal gehalten hatte, stand er da und hatte wieder denselben Ausdruck auf dem Gesicht. Es war unerträglich.

Ich schluckte gegen den Kloß in meinem Hals an. »Das stimmt, ich hab sie angerufen. Aber nur, weil sie mir gesagt hat, ich sollte es mehrfach probieren.«

»Das ist ja lächerlich«, spottete Celia. »Warum hätte ich sie bitten sollen, das zu tun?«

»Sie hat gesagt, ihr Telefon funktioniert nicht richtig.« Das klang sogar in meinen eigenen Ohren lächerlich. »Sie hat gesagt, wenn ich sie erreichen will, soll ich so oft anrufen, bis sie rangeht.«

Celia ließ den anderen gar nicht die Möglichkeit, meine Erklärung zu überdenken. »Außerdem ist sie mir in der Stadt gefolgt, zu den Firmen, wo ich beruflich zu tun hatte. Ich habe bei Fit Nation gearbeitet, und mein Leibwächter hat sie heute dort nebenan im Coffeeshop gesehen, allein, fast eine Stunde lang. Und als ich in der Firma angerufen habe, hatte sie bei Fit Nation eine Nachricht für mich hinterlassen.«

»Sie hat mir eine Falle gestellt.« Ich sagte es mehr zu mir selbst als zu den anderen. »Ich war ja so dumm, so unglaublich dumm!« Mira hatte mich vor Celia gewarnt, und auch Stacy aus der Boutique. Selbst Hudson hatte gesagt, ich sollte mich nicht mit Celia treffen. Und ich hatte auf niemanden gehört. *Ich bin ja so dumm!*

»Und das Personal bei A Voce kann bestätigen, dass Alayna einfach aufgetaucht ist und sich zu mir an den Tisch gesetzt hat, als ich neulich dort gegessen habe.«

»Und, wie viel hast du ihnen dafür gezahlt?« Ich spuckte die Worte regelrecht aus.

»Ich musste ihnen nichts zahlen, es ist die Wahrheit.«

Unser Mittagessen an dem Tag war völlig normal verlaufen. Wenn sie niemanden dort bestochen hatte, hatte sie wahrscheinlich der Kellnerin gesagt, dass sie allein essen wollte. Und als ich dann aufgetaucht war, hatte es so ausgesehen, als hätte ich mich bei ihrem Mittagessen aufgedrängt. Ich war früher gegangen als Celia – sie könnte sich bei der Kellnerin über mich beschwert haben. Optimale Voraussetzungen, um die Sache völlig anders aussehen zu lassen, als sie war.

Jack setzte sich auf die Armlehne meines Sessels. »Und was hast du dagegen unternommen, Celia? Hast du die Sicherheitsleute gerufen?«

»Ich wollte ja nicht unhöflich sein.« Ihre blauen Augen sprühten Feuer. Sie genoss ihr Spiel. Was das Ganze eine List, um sich Hudson zu angeln, indem sie mich loswurde? Oder war es eine Rache für den Schwindel, den er vor Jahren mit ihr abgezogen hatte?

Oder – am allerschlimmsten – hatte sie von ihm gelernt, wie man andere Menschen manipulierte? Hatten sie diese Spielchen etwa zusammen gespielt?

Ich schaute Hudson an. Er hatte nichts mehr gesagt, seit er meinen Namen ausgerufen hatte. Sein Gesicht war unbewegt und gab keinerlei Gefühl preis. Ich wusste nicht, auf wessen Seite er stand. Und das beunruhigte mich – er müsste doch auf meiner Seite sein, oder etwa nicht? Ganz selbstverständlich!

»Das ist Schwachsinn.« Ich sprach nur mit Hudson, es war mir egal, wer mir sonst noch glaubte. »Sie lügt. Wir haben zusammen zu Mittag gegessen. Sie hat mich eingeladen.«

»Und dann hat sie mich noch auf der Toilette belästigt«, sagte Celia. »Bei deinem Geburtstag, Sophia.«

»Hab ich nicht!«

Celia legte Hudson die Hand auf den Arm. »Das habe ich dir an dem Abend auch erzählt, weißt du noch?«

»Daran musst du mich nicht erinnern.« Er zog den Arm weg, und ich freute mich innerlich über diesen kleinen Triumph.

Sie tat so, als würde ihr seine Zurückweisung nichts ausmachen, und wandte sich an Sophia, ihre Verbündete. »Damals hat er mir auch schon nicht geglaubt.«

»Der Sex macht ihn völlig blind«, sagte Sophia. »Er kann nicht mehr klar denken.«

Ich ignorierte sie. »Sie hat dir erzählt, ich hätte sie belästigt?« Ich versuchte Hudson in die Augen zu sehen, aber er schaute zu Boden.

Ich dachte an den Abend von Sophias Geburtstag zurück, wie Celia mit Hudson gesprochen hatte, als ich aus der Toilette kam. Danach war er sehr verschlossen gewesen. Hatte es daran gelegen? Weil sie mich beschuldigt hatte, ich hätte sie belästigt? »Warum hast du mir nichts davon gesagt, Hudson?«

Er antwortete nicht, aber ich konnte mir vorstellen, warum er mir nichts davon gesagt hatte – weil ich auch nichts zu ihm gesagt hatte. Liebe Güte, wie viele Geheimnisse wir voreinander gehabt hatten! Und die drohten uns jetzt auseinanderzubringen.

Mir drehte sich der Magen um, und ich fühlte mich, als müsste ich mich übergeben. »*Sie* ist doch im Bad auf *mich* zugekommen. Ich bin zuerst auf die Toilette gegangen, weißt du noch? Ich hab sie in keiner Weise belästigt.« Ich schnippte mit den Fingern, weil mir plötzlich einfiel, dass ich beweisen konnte, dass unsere wirkliche Unterhaltung ganz anders gewesen war. »Mira war zur gleichen Zeit auf der Toilette. Sie kann meine Aussage bestätigen.«

Celias Gesichtszüge entglitten ihr nur Sekundenbruchteile. »Mira hat mich immer schon gehasst. Sie würde alles sagen, damit sie mich endlich loswird.«

Jack gluckste. »Du liebe Güte, Celia, willst du Mira etwa auch noch in die Sache reinziehen? Wie tief willst du denn noch sinken!«

Sophia schaute ihren Mann finster an. »Hör auf, sie anzugreifen – sie ist schließlich das Opfer.«

»Oh, Celia ist alles andere als ein Opfer.« In Jacks Tonfall lag eine Vielzahl von Andeutungen. Er hatte offenbar sein eigenes Hühnchen mit der Tochter der Werners zu rupfen. Bei jeder anderen Gelegenheit hätte mich brennend interessiert, worum es dabei ging.

Celia seufzte – die Art von Seufzer, mit dem man nur die Aufmerksamkeit auf sich lenken will. »Bitte betrachte mich nicht als Opfer, Sophia. Ich beklage mich nicht, wirklich nicht. Ich … ich habe einfach nur Angst.« Sie rang die Hände. »Ich glaube, es ist meine Schuld. Ich bin irgendwann mal im Klub vorbeigegangen, ich hatte gerade in der Gegend zu tun und dachte, das wäre einfach nett. Sie hat mich auf einen Kaffee eingeladen. Ich bin mitgegangen, aber das tut mir im Nachhinein leid. Das scheint das auslösende Moment gewesen zu sein. Sie hat mich gebeten, dir nicht zu erzählen, dass wir uns getroffen haben.« Sie wandte sich wieder an Hudson. »Ich hätte es dir gleich sagen sollen, tut mir leid.«

Mein einziger Trost bestand darin, dass Hudson auch ihr nicht ins Gesicht blickte.

»Das ist doch lächerlich. Du hast selbst vorgeschlagen, dass ich Hudson nichts davon erzähle.« Warum gewährte ich Celia überhaupt die Befriedigung, dass ich mit ihr sprach? »Sie verdreht einfach alles!«

Hudson tat einen Schritt zur Seite und blickte quer durchs Zimmer in Richtung Fenster.

Celia folgte ihm und legte ihm die Hand auf die Schulter. Wieder zuckte er vor ihr zurück.

Sie richtete sich zu ihrer vollen Größe auf. »Ich weiß nicht, ob du von dieser Sache weißt, Hudson, aber als ich an diesem Tag mit ihr gesprochen habe, war sie total besessen von einem Kerl aus ihrer Vergangenheit – Paul irgendwie. Sie hat versucht, einen Deal mit seiner Firma einzufädeln, damit sie immer in seiner Nähe sein kann.«

Die Wut breitete sich in mir aus wie ein Lauffeuer. »Du verdammtes Miststück!«

Jack legte seine Hand auf meine, um mich zu beruhigen.

Celia trat näher an Hudson heran. »Ich bin nur hier, weil ich beunruhigt bin, dass Laynie nicht die Hilfe bekommt, die sie braucht. Du musst ihr helfen, Huds.«

Jetzt sah ich rot. »Die einzige Hilfe, die ich brauche, ist jemand, der die Reste wegputzt, wenn ich dir dein hübsches Gesicht zerkratzt habe.« Sofort standen Jack und Brian neben mir und hielten mich fest.

»Laynie!«, warnte mich Brian.

Jack sprach tröstend auf mich ein. »Ruhig bleiben. Mit Gewalt löst du hier leider gar nichts, auch wenn es vielleicht guttun würde.«

»Hast du das gehört, Hudson?« Sophia stand auf und sah zu ihrem Sohn hinüber. »Sie hat Celia bedroht. Vor Zeugen.«

»Mutter, halt du dich da raus.«

Ich klammerte mich an Hudsons Worte wie an einen Rettungsring.

»Hudson, du musst sie loswerden, sie ist gefährlich. Celia sagt, sie hat eine ganze Akte bei der Polizei. Warum um alles in der Welt hast du sie in dein Leben gelassen, wenn du das gewusst hast?«

»Sei still, Mutter.« Hudson drehte sich um und ging an den beiden Frauen vorbei. Er blieb mitten im Zimmer stehen und schaute mich endlich an.

Ich klammerte mich mit meinem Blick an ihm fest und versuchte, das Gleichgewicht zu halten, während die Welt um mich herum ins Wanken geriet. Ich konnte nicht alles in seinem Gesichtsausdruck deuten, aber das Eine, was er mir so oft gesagt hatte, konnte ich ganz klar in seinen Augen lesen: *Ich bin bei dir.*

Sophias Stimme drang nur noch gedämpft und wie aus weiter Ferne zu mir, während ich in der Sicherheit von Hudsons Blick badete. »Es ist ganz klar, warum sie von Celia so besessen ist, das ergibt alles einen Sinn. Sie weiß, dass ihr beiden zusammengehört, Hudson, und sie ist eifersüchtig. Celia ist von dir schwanger gewesen. Dagegen kommt sie nicht an, egal, was sie …«

Jack ließ meinen Arm los. »Ach, jetzt halt schon die Klappe, Sophia. Das Kind war ja gar nicht von Hudson, es war mein Kind, du dumme Kuh.«

Die Verbindung zwischen Hudson und mir ging verloren, als um uns herum die Hölle losbrach.

Celia wurde aschfahl.

Hudson hingegen kochte vor Wut. »Verdammt, Jack.«

Wenn ich von den ganzen Anschuldigungen, die Celia mir an den Kopf geworfen hatte, nicht so benommen gewesen wäre, hätte ich vielleicht auch meinen Teil zu der Szene beigetragen. Stattdessen stand ich nur da wie erstarrt und schaute entsetzt zu, wie das Geheimnis sich mit Lichtgeschwindigkeit aufklärte.

»Es ist meine Sache, endlich Licht in diese Angelegenheit zu bringen«, sagte Jack. »Ich bin es leid, dass diese Lüge immer im Raum steht.«

»Diese Lüge haben wir nicht deinetwegen erzählt«, sagte Hudson.

»Davon bin ich auch nie ausgegangen. Sie hatte nur den Zweck, Celia den Arsch zu retten. Und ich bin sicher, zum Teil hast du sie auch erfunden, weil du die Gefühle deiner Mutter schonen wolltest. Weiß der Himmel, warum du dir Gedanken darüber machst, wie sie sich fühlt, wo sie sich offensichtlich keinen Deut um deine Gefühle schert.«

»Ich versteh das nicht.« Sophia sank aufs Sofa.

Jetzt war es Celia, die die Trösterin spielte. Sie setzte sich neben Hudsons Muter. »Sophia, es tut mir entsetzlich leid. Es war ein Fehler. Ich war damals betrunken, und es ist doch schon so lange her.«

Jack lachte. »*So* betrunken warst du auch wieder nicht. Und ich weiß genau, was ihr jetzt alle denkt, aber sie hat mich verführt, und nicht umgekehrt.«

»Dein Kind war gar nicht von Hudson?« Sophia schien es nicht glauben zu wollen, das hörte ich ihrer Stimme an.

Celia bat sie noch einmal um Verzeihung.

Jack ging zur Bar und mixte einen Drink, während er in den Raum hinein sprach, zu niemandem direkt. »Hudson ist in die Bresche gesprungen, weil er wusste, dass Celias Vater bei diesem Altersunterschied ausflippen würde. Warren hat zwar auch ein paar verdammt junge Geliebte gehabt, aber bei der eigenen Tochter wäre das was anderes gewesen. Jedenfalls sagte Hudson, er würde sich aus irgendeinem Grund verantwortlich fühlen. Hab ich nie kapiert.«

Er drehte sich wieder um, in der einen Hand eine Karaffe, in der anderen ein Glas. »Aber ich sag euch was. Ich kann es nicht beweisen, aber ich wette, das Ganze war ein abgekartetes Spiel. Celia wusste, dass Hudson sich zu ihrem Kind bekennen würde. Und nur aus diesem Grund ist sie damals bei mir aufgelaufen. Um ihn in die Falle zu locken.«

»Das ist unterstes Niveau, Jack«, sagte Celia voller Wut.

»Das musst du gerade sagen.« Das sagte ich ganz leise, denn ich wollte die Aufmerksamkeit nicht wieder auf mich lenken.

Aber sie hörte mich trotzdem. »Wir wollen aber jetzt nicht vergessen, weshalb wir alle hier sind. Wir reden nicht über meine Vergangenheit, sondern über Laynies Zukunft.«

»Ich denke mal, dieses Thema liegt im Moment auf Eis.« Jack brachte seiner Frau das Glas mit der bernsteinfarbenen Flüssigkeit.

Sophia nahm es mit zitternden Händen entgegen. »Du und … Celia?«

»Jetzt tu nicht so überrascht. Wir sind uns doch seit Jahren nicht mehr treu.«

Sophia trank einen großen Schluck. Dann stand sie auf und schleuderte Jack den Rest ins Gesicht. »Du kaltherziges Arschloch. Ich bin dir immer treu gewesen.«

Jack wischte sich den Bourbon aus den Augen. »Ich sage nur ein Wort, Schätzchen: Chandler.«

»Chandler ist dein Sohn. Ich weiß auch nicht, warum er dir so gar kein bisschen ähnlich sieht. Wenn du willst, lassen wir einen Vaterschaftstest machen. Und trotz der unzähligen Affären, die du über die Jahre hinweg hattest, hätte ich nie gedacht, dass du so tief sinken würdest, mit der Freundin deines Sohnes zu schlafen.«

»Sie war nie meine Freundin«, warf Hudson ein – gleichzeitig mit seinem Vater, der sagte: »Sie war nie seine Freundin.«

Die Stimmung wechselte von schockiert zu unbehaglich.

Brian kam heran und stellte sich neben mich. »Wow, diese Familie ist ja so was von kaputt.«

Es war merkwürdig, diese Worte aus dem Mund meines Bruders zu hören. Unsere eigene Familie mit dem alkoholkranken Vater, einer kalten Mutter und mir, der Schwester mit der psychischen Störung, war uns immer wie der Inbegriff von kaputt erschienen. Neben der Familie Pierce jedoch wirkten wir allenfalls ein bisschen speziell.

Ich warf Brian ein schiefes Lächeln zu. »Das brauchst du mir nicht zu sagen.«

Völlig kaputt. Und es war mir ein Rätsel, warum ich überhaupt noch hier war, also machte ich mich auf den Weg nach draußen, während die anderen weiterstritten.

Im Aufzug zitterten meine Hände. Ich wusste nicht, wo ich hinsollte, ich wusste nur, dass ich schleunigst verschwinden musste. Hudson und ich konnten später über alles reden, wenn wir allein waren. Es gab so ungeheuer viel zu besprechen, aber im Innersten meines Herzens wusste ich, dass wir beide miteinander im Reinen waren. Wir waren genauso miteinander verbunden, wie unsere Blicke es gewesen waren, als wir im Wohnzimmer gestanden hatten, während das Chaos um uns tobte.

Ich blieb mitten in der Lobby stehen und überlegte, ob ich Jordan anrufen sollte, damit er mich fuhr. Aber wo wollte ich denn eigentlich hin?

»Alayna!«, rief Hudson hinter mir. Er musste den anderen Aufzug genommen haben.

Ihm war in dem ganzen Wirrwarr aufgefallen, dass ich verschwunden war. Durch die Kälte, die von mir Besitz ergriffen hatte, hindurch wurde mir wärmer.

»Warum willst du weg?«, fragte er, als er zu mir trat.

»Ist das nicht offensichtlich? Da oben ist ein Irrenhaus, da wollte ich nicht bleiben.«

»Ja, das ist allerdings ein Irrenhaus.«

»Ich, ähm …« Es gab so viel zu sagen, aber nur eines war für mich und für uns wichtig. »Warum hast du mich nicht verteidigt? Bist du wegen der Sache mit David so wütend auf mich? Ich müsste eigentlich wütend auf dich sein, weißt du nicht mehr?«

Hudson schwieg.

»Moment mal …« Mir wurde beinahe übel, als ich begriff. »Du glaubst ihnen.«

Ein Muskel zuckte an seinem Kinn.

»Hudson?«

Als unsere Blicke sich getroffen hatten, als ich gespürt hatte, wie innig wir miteinander verbunden waren, hatte ich gedacht, das würde bedeuten, dass er mir glaubte. Aber ich hatte mich geirrt, und es fühlte sich an, als würde mir ein Messer in die Eingeweide gestoßen.

Hudson legte mir die Hände auf die Arme, ein Widerhall der Geste seines Vaters, der mich eben, es war noch keine Viertelstunde her, genauso berührt hatte. Aber diese Berührung hier fühlte sich anders an … sie fühlte sich falsch an. Sie war kalt, wo sie doch normalerweise warm war.

»Ich glaube an dich.« Seine Stimme klang sanft. »Und ich will dir geben, was immer du brauchst. Wenn du Hilfe brauchst …«

»Oh Gott, ich fass es nicht!« Ich machte mich aus seinem Griff los. »Ich kann es verdammt noch mal nicht glauben!«

Hudson ballte kurz die Fäuste. »Sag mir, dass du es nicht getan hast. Sag mir, du hast sie nicht angerufen. Sag mir, du hast dich nicht mit ihr getroffen.«

Aber das konnte ich nicht sagen. Ich hatte sie angerufen und ich hatte mich mit ihr getroffen – obwohl ich ihm versprochen hatte, ich würde es nicht tun. Meine Motive waren andere, als Celia behauptete, aber das konnte ich nicht beweisen.

Ich schüttelte den Kopf. »Es ist alles anders, als es aussieht, Hudson. Ich habe sie nicht gestalkt oder belästigt oder was auch immer sie behauptet hat.« Ich konnte nicht näher ins Detail gehen und alles erklären. Aber es lief auf die simple Tatsache hinaus, dass er mir entweder glaubte oder nicht. »Bist du auf ihrer Seite oder auf meiner?«

»Ich bin auf deiner Seite. Ich bin immer auf deiner Seite.«

»Dann glaubst du mir also?«

Er steckte die Hände in die Hosentaschen. »Hast du sie angerufen?«

»Ja! Das hab ich doch oben schon gesagt!« Es war mir egal, dass ich laut wurde und der Pförtner uns hören konnte. Ich zerrte mein Handy aus dem BH und streckte es ihm hin. »Hier, willst du's dir anschauen? Nimm es! Dann kannst du gucken, wann ich sie angerufen habe, denn das ist ja offenbar das Einzige, was dich an der Sache interessiert!«

Er beachtete meine ausgestreckte Hand nicht. »Ich will keine Beweise. Ich will dir helfen.«

»Ich brauche keine Hilfe, verdammt noch mal!« Ich schmiss das Telefon auf den Boden, es rutschte quer durch die Lobby und krachte an die Wand.

Ein paar Sekunden ruhte mein Blick auf dem kaputten Ding. Das Gleiche geschah auch gerade mit mir: Mein Herz zersprang in Dutzende kleine Stückchen. So viel zum Thema *Lass deine Vergangenheit los*. Sie würde immer wiederkehren und mich verfolgen.

Ich drehte mich um und rannte los, durch die Lobby und durch die Tür nach draußen.

Hudson war mir dicht auf den Fersen. »Alayna, komm zurück!«

Ich rannte weiter, aber es war ein ungleicher Wettkampf, besonders weil ich hochhackige Schuhe trug. Er holte mich ein, ehe ich auch nur an der Ecke des Hauses war, und packte mich am Handgelenk. »Ich werde meine Reise absagen. Wir finden die beste Behandlungsmöglichkeit …«

»Ich bin nicht krank.« Ich riss meinen Arm aus seinem Griff. »Fahr nach Japan, Hudson, ich will dich nicht mehr sehen.«

»Ich fahre jetzt nicht nach Japan.« Er war lässig und kontrolliert. Wie immer.

Ich ging los. »Fahr nach Japan«, rief ich ihm über die Schulter hinweg zu. »Ich will dich eine ganze Weile nicht mehr sehen, vielleicht nie wieder, kapiert? Wenn du noch im Penthouse bist, wenn ich wiederkomme, dann schlafe ich anderswo, und zwar nicht nur für eine Nacht.«

Er folgte mir nicht. Ich war mir nicht sicher, ob das nun gut oder schlecht war.

Wahrscheinlich gut. Weil jeder Teil von mir unglaublich schmerzte. Und diese Art von Schmerz kann man nur allein ertragen.

Erst mal fuhr ich ziemlich lange U-Bahn. Ich hatte Glück und erwischte einen Sitzplatz, ehe in der Hauptverkehrszeit die Menschenmassen heranströmten, und blieb sitzen bis zur Endstation der Linie E beim World Trade Center. Dann stieg ich in die Linie A um und fand mich schließlich aus reiner Gewohnheit am Columbus Circle wieder. Ich ging aber nicht zur Sky Launch, sondern spazierte hinüber zum Walter Reade Theatre im Lincoln Center und ging in einen fremdsprachigen Film. Als er vorbei war, schlich ich mich in die nächste Aufführung. Doch auch nachdem ich ihn zum zweiten Mal gesehen hatte, hatte ich keinen Schimmer, was ich da eigentlich geschaut hatte. Mein Kopf und mein Herz waren viel zu durcheinander, als dass ich die Untertitel hätte lesen können.

Erst nach Mitternacht kehrte ich zum Bowery zurück. Weil mein Telefon kaputt war, konnte mich niemand erreichen. Ich hatte keine Ahnung, was ich dort vorfinden würde. Irgendwie hoffte ich, dass Hudson nicht auf mich gehört hatte und im Penthouse auf mich warten würde. Aber dann erinnerte ich mich daran, was Lauren darüber gesagt hatte, dass man die Konsequenzen ziehen muss, die man androht. Wenn er dort wäre, würde ich gehen müssen, und egal wie verdorben und angeknackst unsere Beziehung war – das hätte ich nicht tun können.

Im Penthouse war es dunkel und still, man hörte nur die Standuhr ticken. Es war fast wie beim ersten Mal, als ich mitten in der Nacht angekommen war. Aber damals war alles neu, ich war ängstlich und aufgeregt zugleich gewesen. Jetzt fühlte ich mich nur tot und leer. Ohne dass ich mich umsehen musste, wusste ich, dass Hudson nicht da war.

Ich war halb durch den Flur auf dem Weg zum Schlafzimmer, da ging im Gästezimmer das Licht an.

»Laynie, bist du das?«

Ich brauchte ein paar Sekunden, um mich von dem mittleren Herzschlag zu erholen, den ich wegen Brain erlitten hatte. »Ja, ich bin's.«

Mein Bruder kam aus dem Gästezimmer. Er trug ein weißes T-Shirt und eine gestreifte Pyjamahose. »Super. Geht's dir auch gut?«

Das war allerdings die Frage des Jahres. »Ich glaub schon.« Ich lehnte mich gegen die Wand und hielt den Kopf schief. »Was machst du denn hier?«

»Hudson hat gesagt, dass er auf Geschäftsreise muss, dich aber nicht allein lassen will. Also hat er einen Typen beauftragt, meine Sachen aus dem Waldorf zu holen, damit ich hier wohnen kann.« Er lehnte sich mit der Schulter an den Türrahmen. »Ich hoffe, es macht dir nichts aus, dass ich hier bin.«

»Ich bin sogar irgendwie froh darüber.« Die Worte waren mir über die Lippen gekommen, bevor ich mir selbst überhaupt im Klaren darüber war, dass ich es wirklich ehrlich meinte. Es tat mir gut, dass jemand anders in der Nähe war, ich fühlte mich nicht so allein. Und mir wurde warm ums Herz bei dem Gedanken, dass Hudson das Ganze arrangiert hatte. Selbst nach allem, was passiert war, hatte er noch mein Wohlergehen im Auge.

Brian verschränkte die Arme vor der Brust. »Ich persönlich finde ja, er hätte seine Geschäftsreise absagen sollen.«

»Das hätte er vermutlich tun sollen. Aber ich habe ihm gesagt, er solle es nicht tun.« Ich glitt zu Boden, denn ich war zu erschöpft, um stehen zu blieben, andererseits brauchte ich noch ein paar Informationen von meinem Bruder. »Ist noch was Interessantes passiert, nachdem ich weg war?«

Brian kam aus der Tür und setzte sich mir gegenüber auf der anderen Flurseite hin. »Eigentlich nicht. Das Gleiche wie vorher. Anschuldigungen und Alkohol, du weißt schon, ein typisches Familienfest eben.«

Er sagte das ein bisschen augenzwinkernd, aber genau so waren unsere Familienfeste gewesen, als wir noch Kinder waren. Zumindest der Teil mit dem Alkohol. Bei uns hatte es immer jede Menge Alkohol gegeben.

»Hudsons Mutter ist Alkoholikerin.« Ich war mir nicht sicher, ob Brian das begriffen hatte.

»Ja, das hab ich schon mitgekriegt. Sie hat die gleiche merkwürdig gelbe Haut, wie Dad sie hatte. Und sie war ein bisschen zittrig, als sie hier ankam. Gesteht sie es sich denn ein?«

»Nein, das tut keiner. Sie ist eine andere Art von Trinkerin, nicht wie Dad.« Unseren Vater hatte der Alkohol immer fröhlich gemacht. Er hatte zu laut gesprochen und viel gelacht. Als wir klein gewesen waren, fanden wir das lustig, und erst als wir älter geworden waren, begriffen wir, wie sehr unsere Mutter darunter litt.

»Wie denn?«

»Sie ist gemein. Voller Hass. Rachsüchtig. Bitter.« Ich hielt kurz inne. »Hab ich gesagt, ›gemein‹?« Ich fuhr mir mit der Hand über die Augen. »Diese Geschichte mit dem Baby wird sie vermutlich komplett aus der Bahn werfen.«

»Tja, eine ganz schön beschissene Art herauszufinden, dass dein Mann dich betrogen hat.«

»Nicht nur das. Dass Jack ihr untreu ist, ist nichts Neues. Dass er sie mit Celia betrogen hat, ist die große Überraschung. Ich hätte ihm einen besseren Geschmack zugetraut.« Vielleicht war es Hudson deshalb immer so gegen den Strich gegangen, wenn sein Vater mich berührt hatte. Er befürchtete, dass Jack auch hinter mir her sein könnte. Wenn Hudson mir die Wahrheit über Celia und seinen Vater gesagt hätte, dann hätte …

Ich ließ diesen Gedanken fallen. Es hatte keinen Sinn, darüber nachzudenken, was Hudson mir verschwiegen hatte. Das führte letztlich nur wieder zu den Dingen, die ich ihm verschwiegen hatte. Wenn wir beide von Anfang an ehrlich gewesen wären, dann würden wir vielleicht jetzt nicht derartig tief im Schlamassel stecken.

»Egal, ich meinte, dass es ziemlich heftig für sie werden wird, weil Sophia sich so auf diese Schwangerschaft eingeschossen hat, als ihren Hauptgrund, warum Celia und Hudson zusammen sein sollten. Sie redet dauernd davon. Es ist fast neun Jahre her, und sie spricht immer noch von dieser Fehlgeburt. Und von der tollen Partie, aus der nichts geworden ist.«

Brian kaute auf seiner Lippe herum, wie er das immer tat, wenn er sich konzentrierte. »Weißt du, was ich glaube? Ich glaube, sie hat die ganze Zeit gewusst, dass da was zwischen Celia und Jack gelaufen ist. Du weißt doch, manchmal gibt es Sachen, die weiß man einfach. Wahrscheinlich hat sie gedacht, wenn Celia mit Hudson zusammen wäre, dann wäre das irgendwie eine Strafe für Jack, oder dass es ihr sogar helfen würde, ihn zurückzugewinnen oder so. Es ist ja ganz klar, dass sie den Kerl liebt.«

Ich lehnte den Kopf an die Wand. »Das ist eine gute Beobachtung. Wenn man es so sieht, tut mir die Dame fast schon wieder leid.« Ich machte ein finsteres Gesicht. »Hör damit auf, ich möchte sie lieber hassen.«

Brian lachte, und als ich das hörte, ging es mir gleich besser. Es tat gut, ihn nicht immer nur wütend zu erleben, sondern auch mal anders. In vielerlei Hinsicht war er wie Sophia. Verhärtet, weil das Leben so mit ihm umgesprungen war. Jetzt war er derjenige, der mir leidtat. »Es tut mir wirklich leid, dass du in das Ganze hier mit reingezogen worden bist.«

Mit einem Nicken nahm er meine Entschuldigung an. »Es tut mir wirklich leid, dass ich nicht für dich da gewesen bin.« Er schaute auf seine Hände, und seine Finger spielten mit der Kordel seiner Pyjamahose herum. »Ich glaube, es war falsch, dass ich dir einfach kein Geld mehr gegeben habe. Es hat dir nicht so geholfen, wie ich mir das vorgestellt hatte.«

»Ich sag das nur ungern, aber es war wahrscheinlich das Beste, was du je für mich hättest tun können.« Komisch, wie man hinterher immer klüger war. »Obwohl es im Moment nicht so aussieht, ist bei mir alles gut gelaufen.«

»Doch, genauso sieht es aus. Ein toller Job, ein toller Freund ...« Er schaute mir in die Augen. »Ich weiß, dass Celia lügt.«

Ich hob die Augenbrauen. »Ach ja? Wieso denn?«

Brian sah mich ganz sachlich an. »Zuerst mal: jemanden anrufen und dann gleich wieder auflegen? Das ist überhaupt nicht dein Stil, du bist wesentlich kreativer.«

Ich lächelte, ehrlich erfreut über dieses merkwürdige Kompliment.

»Zweitens hast du dich nie mit Frauen abgegeben. Und drittens: Egal, wie viel Mist du gebaut hast, du hast es nie abgestritten. Das war eine Sache, auf die man sich bei dir verlassen konnte: Du hast deine Fehler immer eingestanden. Und außerdem siehst du ... gut aus. So gut hast du überhaupt noch nie ausgesehen. Zumindest nicht, seit sie gestorben sind.«

Ich sah so gut aus, weil ich das Gefühl hatte, geliebt zu werden. Das war, was anders war als früher. Ich fragte mich, wie lange es anhalten würde. »Danke, Brian. Es bedeutet mir viel, dass du das sagst.« Mehr, als er wahrscheinlich je erfahren würde.

Aber nur weil Brian mir glaubte, hieß das noch lange nicht, dass ich keinen Ärger mehr bekommen würde. »Also, was soll ich jetzt machen, Herr Rechtsanwalt?«

»In Bezug auf Celia Werner? Gar nichts. Sie hat nichts gegen dich in der Hand, und sie sagt, dass sie nicht vorhat, eine einstweilige Verfügung gegen dich zu erwirken.«

»Denn eine einstweilige Verfügung würde bedeuten, dass *sie* nicht mehr in Hudsons Nähe herumwuseln kann.« Ich runzelte die Stirn. »Zumindest, solange er mit mir zusammen ist.«

»Verbreitet sie deswegen diesen ganzen Mist über dich? Ist sie in ihn verliebt?« Seine Frage kam zögerlich, als hätte er Angst, dass dieses Thema mich verletzen würde.

»Vielleicht. Ich bin nicht sicher, ob sie in ihn verliebt ist oder ob sie sich einfach nur mit ihm anlegen will. Viele Leute haben mich gewarnt, ich solle ihr nicht vertrauen. Ich frage mich, ob das allgemein bekannt ist, dass sie so beschissene Dinge macht. Ich bin mir nicht sicher.«

»Ich kann dir nur raten, dich von jetzt an von ihr fernzuhalten.«

»Ach nee!« Celias Auftritt hatte dazu geführt, dass ich sie und Hudson jetzt in einem ganz anderen Licht sah. Es war doch kein purer Zufall, dass sie Freunde waren und alle beide nachgewiesenermaßen andere Menschen manipuliert hatten! Inzwischen tendierte ich dazu zu glauben, dass die beiden ihre Spielchen zusammen getrieben hatten, als Partner oder als Rivalen, das wusste ich nicht. Und ich wusste auch nicht, ob ich es wirklich rausfinden wollte.

»Oh.« Mit einem Mal fiel mir wieder ein, warum Brian eigentlich in die Stadt gekommen war. Ich kramte in der Handtasche, die mir noch immer über der Schulter hing, und fand den Schlüssel meiner alten Wohnung. »Den hier muss ich dir noch geben.« Ich hielt ihm den Schlüssel hin.

Er beugte sich vor, aber er zögerte, ihn anzunehmen. »Bist du sicher, dass du ihn nicht doch behalten willst? Ich könnte den Vertrag um ein Jahr verlängern. Nur für den Fall, dass die Sache hier nicht so gut läuft.«

»Was im Moment sogar sehr wahrscheinlich ist.« Ich ließ den Schlüssel am Schlüsselring kreisen. Er war schwer, und ich wollte ihn aus den Händen geben. Aber gleichzeitig musste ich auch vorausschauend handeln.

Brian beobachtete mich. »Ich hab's ihm gesagt, weißt du? Hudson. Dass ich weiß, dass du Celia nicht gestalkt hast.«

Ich schaute ihm in die Augen. »Und was hat er gesagt?«

»Nichts. Man wird sehr schwer schlau aus ihm.«

Ich stieß den Atem aus, den ich angehalten hatte. »Ja, das stimmt.« Was hatte ich denn erwartet? Dass Brian Hudson von der Wahrheit überzeugen würde und von nun an alles eitel Sonnenschein wäre? Selbst wenn Brian es geschafft hätte, Hudson zum Umdenken zu bewegen, könnte ich dann Hudson einfach so vergeben, dass er mir nicht geglaubt hatte? Lauren hatte gesagt, wenn ich mit ihm zusammenbleiben wollte, müsste ich Vergebung zeigen. Aber wie viel konnte ich ihm vergeben?

In diesem schmerzhaften Augenblick, als ich Hudson so sehr zurück wollte, dass jede Faser meines Körpers vor Verlangen nach ihm schmerzte, hätte ich ihm absolut alles verziehen. Aber das wäre für mich nicht unbedingt das Beste.

Nur gut, dass er unterwegs nach Japan war. Hoffentlich würde ich stärker sein, wenn er zurückkam.

Ich beugte mich vor und ließ den Schlüssel in Brians Handfläche fallen. »Nein, verlängere den Mietvertrag nicht. Ich will nicht, dass du dich weiterhin um mich kümmerst, es ist an der Zeit, dass ich das selbst übernehme. Wenn die Dinge hier nicht so laufen, wie ich es mir wünsche …« Mir versagte die Stimme, und ich musste schlucken, ehe ich weitersprechen konnte. »Dann muss ich mir eben was Billigeres suchen, und das ist auch in Ordnung. Ich finde vielleicht was, das näher an der U-Bahn liegt, eine WG oder so.«

Brian nickte. Er wusste, dass ein Umzug nicht das war, was ich mir wünschte, aber es hatte jetzt keinen Sinn, darüber zu reden. Wichtig war nur, dass ich Alternativen hatte. Es würde schon irgendwie weitergehen.

Wir saßen ein paar Minuten in vertrautem Schweigen da, ehe ich die Energie aufbrachte, ins Bett zu gehen. »Ich hau mich jetzt hin.«

Brian stand als Erster auf und streckte die Hand aus, um mir hochzuhelfen.

»Gute Nacht, Bri.«

Als ich am Ende des Flurs war, rief Brian meinen Namen.

»Ja?« Ich drehte mich um und schaute zu ihm zurück.

»So wie die werden wir nie, abgemacht?«

Er musste mir nicht erst erklären, was er damit meinte. »Willst du etwa damit sagen, dass so eine gehässige, verräterische Familie nicht nach deinem Geschmack ist?«

»Eigentlich nicht.«

Ich starrte ihn über den halb dunklen Flur hinweg an. Er schien jünger als sonst, jungenhafter. Noch vor wenigen Tagen hatte ich gedacht, er wäre für immer aus meinem Leben verschwunden. Und jetzt bat er, dass wir es anders machen sollten.

Mein Lächeln war schwach, aber ehrlich. »Abgemacht. So wie die werden wir nicht.«

Ohne mich auszuziehen, kippte ich auf das viel zu große und viel zu leere Bett. Ich schluchzte in das Kissen, das nach Hudson roch, und weinte bis zur Dämmerung. Dann zog mich der Schlaf endlich in seine willkommene schwarze Leere.

Kapitel zwanzig

Als ich am nächsten Morgen aus dem Bett taumelte, fühlte ich mich verkatert. Emotional verkatert, denn getrunken hatte ich ja nicht. Ich zog das Kleid aus, in dem ich geschlafen hatte, und schlüpfte in meinen Morgenmantel. In der Küche fand ich eine Kanne mit lauwarmem Kaffee. Ich machte mir eine Tasse davon in der Mikrowelle heiß und lief durch die Wohnung, um Brian zu suchen.

Ich fand ihn auf dem Balkon, wo er am Terrassentisch saß und einen Stapel Papiere durchblätterte. Irgendwas Berufliches vermutlich. Brian war die Art von Mensch, der immer und überall etwas zu arbeiten dabeihatte.

»Guten Morgen.« Er schaute auf die Uhr. »Oder soll ich lieber sagen: Guten Nachmittag?«

»Tut mir leid, ich hab ziemlich schlecht geschlafen.« Ich zog den Bademantel enger um mich und setzte mich ihm gegenüber.

»Du siehst ganz schön beschissen aus.«

»Na, danke auch.« Ich trank einen Schluck und zuckte zusammen, als ich mir die Zunge verbrannte.

»Musst du heute nicht zur Arbeit?«

»Erst heute Abend.« Ich traf mich heute um acht mit Aaron Trent. Nur gut, dass ich mich darauf schon vorbereitet hatte, denn jetzt wäre ich ganz sicher nicht in der Lage dazu gewesen. »Danke fürs Nachfragen, Dad.«

»Ich muss ja schließlich schon mal anfangen zu üben.«

Verdammt, was war ich für eine miese Schwester! Ich hatte völlig vergessen, dass seine Frau schwanger war, und ich hatte mich noch nicht ein einziges Mal danach erkundigt. »Wie weit ist Monica eigentlich?«

So hatte ich ihn noch nie lächeln sehen, ganz stolz und glücklich. »Sie ist im vierten Monat. In ein paar Wochen wissen wir, ob es ein Junge oder ein Mädchen wird.«

»Das ist ja wirklich cool. Und ein kleines bisschen beängstigend.«

»Das kannst du laut sagen.«

Brian als Vater – Wahnsinn! Es war aufregend und seltsam, und es bedeutete, dass ich bald Tante sein würde. Das war mir noch überhaupt nicht klar gewesen. Du liebe Zeit, ich war noch nicht bereit, Tante zu werden! Wie konnte Brian bloß schon für die Vaterrolle bereit sein?

Ich trank noch einen Schluck Kaffee, und diesmal pustete ich erst. Ich brauchte das Koffein, um mich zu beruhigen.

Brian blätterte wieder in den Papieren vor ihm, und ich sah auf einer Seite das Logo einer Telefongesellschaft. »Was schaust du dir denn da an?«

»Celias Telefonrechnung. Sie hat einen Ausdruck hiergelassen.« Er blätterte eine Seite zurück. »Ich hab mir die ausgehenden Anrufe angeschaut. Einmal hat sie in der Sky Launch angerufen. Letzten Freitag, hier.« Er legte das Blatt auf den Tisch, drehte es so, dass ich es sehen konnte, und tippte auf eine Nummer, die mir bekannt vorkam. »Das hier ist doch die Nummer vom Klub, oder?«

»Ja, das ist sie. Aber sie hat mich nie im Klub angerufen. Warte mal, die Nummer hier kenn ich doch auch.« Ich zeigte auf die darüber. »Das ist das Büro von Aaron Trent.« Jetzt fiel bei mir der Groschen. »Die Schlampe! Sie war es also, die mein Treffen mit ihm abgesagt hat.«

»Wovon redest du?«

Celia hatte über das Treffen mit Aaron Trent Bescheid gewusst und auch über Sophias Geburtstagsessen. Sie musste sich gedacht haben, wenn Trent den Termin verschieben würde, würde ich auch bei der Party auftauchen. Sie hatte einen Streit zwischen Hudson und mir provozieren wollen. Sie war wirklich erschreckend gut!

Brian sah mich noch immer erwartungsvoll an.

»Ach, das ist jetzt nicht mehr wichtig. Ich hatte einen Geschäftstermin, und als der ausgefallen ist, hat das zwischen Hudson und mir eine Menge Dreck aufgewirbelt. Das ist eine lange Geschichte.« Ich schaute mir die Liste jetzt genauer an und entdeckte eine Nummer, die ich in- und auswendig kannte. Sie kam immer wieder vor. »Das hier ist die Nummer von Hudson.«

»Sie hat ihn ganz schön oft angerufen.«

»Das sehe ich auch.« Ich schluckte. »Und ich weiß nicht, was ich davon halten soll.«

»Aber kein Gespräch war besonders lang. Und immer hat sie ihn angerufen, nie umgekehrt.«

»Hm.« Das war doch eigentlich tröstlich. Nur dass ich nicht wusste, warum Celia Werner Hudson angerufen hatte. Und warum so oft? Diese unbeantworteten Fragen gefielen mir nicht.

Ich lehnte mich im Stuhl zurück, zog die Knie an die Brust und stellte die Füße auf die Sitzfläche.

»Und jetzt? Wie geht es mit dir und Hudson Pierce weiter?« Brian sprach genau das aus, was ich dachte.

»Ich weiß es nicht.« Ich legte die Wange auf das seidene Material über meinem Knie. »Ich warte ab, bis er wieder da ist, und dann werden wir schauen, wie es weitergeht. Es ist vielleicht ganz gut, dass wir uns einige Zeit nicht sehen, dann haben wir Gelegenheit, über alles nachzudenken.« Zeit, darüber nachzudenken, wie ich in Hudsons Leben passte, wie Celia in Hudsons Leben passte und wie Hudson in mein Leben passte.

»Das klingt nach einem guten Plan.« Brian schwieg einen Augenblick. »Weißt du, nur weil er dir nicht glaubt, muss das nicht unbedingt heißen, dass er dich nicht liebt. Glaub mir, ich spreche da aus Erfahrung.«

Ich schaute ihn an. »Ja, ich glaube, das tust du wirklich.« Ich hatte immer gewusst, dass Brian mich liebte, auch wenn er sich benommen hatte wie der letzte Arsch. Und ich hatte seine Gründe immer nachvollziehen können. Warum fiel es mir so schwer, das auch bei Hudson zu begreifen? Weil er mir nie gesagt hatte, dass er mich liebte? Weil diese Vorstellung zu schön war, um wahr zu sein? Ich war mir nicht sicher. Es gab in der Tat einen Haufen Dinge, über die ich nachdenken musste.

Brian warf mir die Telefonabrechnungen hin. »Wo wir gerade von Telefonen sprechen: Soll ich mit dir losziehen, damit wir dir heute noch zusammen ein neues Handy kaufen können?«

Das war die einzige Sache, über die ich mir schon klar geworden war. »Nein, lieber nicht. Wenn ich ein neues Handy hätte, würde ich auf der Stelle Hudson anrufen.« Meine Obsessionen und Fixierungen lauerten schon, wenn ich nur an meinen Laptop dachte, der in der Tasche im Schlafzimmer lag: Wie ich Hudson im Internet stalken könnte. Wie ich versuchen könnte herauszukriegen, wo genau er war und was er gerade machte. Ich war bis jetzt so stark gewesen! Dass Celias falsche

Anschuldigungen jetzt wahr würden, das war wirklich das Letzte, was ich wollte.

Ich spähte zu Brian hinüber und versuchte rauszukriegen, ob er das verstand. »Ich darf überhaupt keinen Kontakt zu ihm haben, damit ich mir über die ganzen Sachen klar werden kann, verstehst du?«

»Nicht so richtig. Aber wenn du das sagst …«

»Ja, genau das sage ich.«

Brian reiste am Donnerstagmorgen wieder ab, und die folgenden Tage gingen einer in den anderen über. Jetzt, da er nicht mehr da war, mich vor der Einsamkeit rettete und für mich die Zeit strukturierte, verlor ich jeden Überblick über die Minuten und Stunden, die Hudson schon weg war. Ich wusste nur, dass sich jede Sekunde anfühlte wie ein ganzes Jahrzehnt und jede Nacht allein in unserem Bett wie ein Jahrhundert.

David dachte, ich wäre nur so neben der Spur, weil ich Hudson so vermisste, und schlug mir vor, ich sollte ein bisschen freinehmen, aber der Klub gab mir überhaupt erst eine Art Daseinsberechtigung. Nach dem Treffen mit Trent arbeitete ich wieder nachts statt tagsüber, da konnte ich wenigstens hinter der Bar stehen und auf Autopilot schalten. Ich schuftete lange und schwer, und wenn ich in den frühen Morgenstunden ins Penthouse zurückkam, stieg ich aufs Laufband und rannte, bis ich kaum noch stehen konnte. Das war die einzige Möglichkeit, wie ich überhaupt einschlafen konnte: mich so auspowern, dass ich regelrecht ins Koma fiel.

Weil ich kein Handy mehr hatte, verfiel Hudson auf außerordentlich kreative Wege, um mit mir in Kontakt zu treten. Er rief im Klub an, er hinterließ Nachrichten beim Pförtner des Bowery, und er rief auf dem Festnetzanschluss im Penthouse an, wo ich nie abhob. Ich blieb meinem selbst erklärten Grundsatz treu, dass es uns guttun würde, mal eine Weile keinen Kontakt zu haben. Aber die Tage dehnten sich endlos, und noch immer war ich mir über nichts klar geworden. Ich hatte gehofft, in Hudsons Abwesenheit würde mir das möglich sein, aber stattdessen fühlte ich mich bloß einsam und verloren.

Nach einer der längsten Nächte tauchte Mira auf. Ich hatte den Klub so spät geschlossen, dass die Sonne schon am Himmel stand, hatte meine Laufklamotten angezogen und war vom Klub zum Bowery gelaufen. Es herrschte ziemlich wenig Verkehr auf den Straßen, also war es wahrscheinlich Sonntag.

Mira wartete in der Lobby. Sie saß auf einer Couch im Foyer, die Hände auf dem Bauch. Als ich sie sah, spürte ich zum ersten Mal seit Tagen ein bisschen Wärme in mir aufsteigen.

Sie erhob sich, als ich auf sie zukam.

»Hat er dich geschickt, um nach mir zu schauen?« Ich strahlte. Ich vermisste Hudson so entsetzlich, und der Versuch, durch seine Schwester an mich heranzukommen, war wirklich süß.

Es sei denn, er hatte sie geschickt, um mit mir Schluss zu machen.

Bei diesem Gedanken verging mir auf der Stelle das Lächeln.

»Du nimmst ja keinen Anruf entgegen, Laynie. Was hätte er denn sonst tun sollen?«

»Er hat doch schon beim Pförtner Nachrichten hinterlassen.«

»Und, hast du sie gelesen?«

»Ähm, eher weniger. Ich hatte Angst vor dem, was drinstehen könnte.« Wie zum Beispiel, dass ich aus dem Penthouse verschwunden sein müsste, wenn er wiederkommt.

»Hast du etwa gedacht, er würde Schluss machen?« Sie lachte. »Auf keinen Fall! Und selbst wenn er wollte, das würde ich nicht zulassen. Und er will es auch nicht, glaub mir.«

Es war mir gar nicht klar gewesen, wie viel Sorgen ich mir darüber gemacht hatte, bis Mira mit diesen paar Worten die Angst von mir genommen hatte. Meine Schultern entspannten sich, und mein Kiefer verkrampfte sich nicht mehr so. Jetzt wünschte ich mir, ich hätte Hudsons Nachrichten nicht alle ungelesen weggeworfen.

Aber hier war nun eine Nachricht in Fleisch und Blut.

Ich wies mit dem Kopf in Richtung Aufzug. »Willst du mit raufkommen?«

»Das hatte ich gehofft.«

Wir sagten nichts, als wir zum Penthouse hinauffuhren. Ich konnte nur daran denken, wie sehr ich von meinem Lauf wahrscheinlich nach Schweiß stank, und hoffte zugleich, dass Mira hier war, um mir zu sagen, dass Hudson bald nach Hause kommen würde.

»Kann ich dir was anbieten?«, fragte ich, als wir in den Flur traten.

»Hm, macht es dir was aus, wenn ich den Kühlschrank durchwühle? Ich habe zwar eben erst gefrühstückt, aber ich verhungere schon wieder.«

Ich ließ meine Handtasche und den Schlüssel zu Boden fallen. »Nur zu!«

Mira kannte sich aus, und ich folgte ihr in die Küche. Während sie im Kühlschrank herumstöberte, griff ich mir Gläser aus dem Küchenschrank. »Willst du was trinken?«

»Wasser, bitte.« Sie trat vom Kühlschrank weg, in der Hand einen Rohkostteller und ein Stück Käse.

Ehe die Tür zufallen konnte, griff ich in den Kühlschrank, schnappte mir eine Flasche Wasser und goss uns ein. Als ich mich wieder umdrehte, hatte Mira es sich schon an der Frühstückstheke bequem gemacht. Ich holte ein Messer und Teller für den Käse und setzte mich dazu.

»Also«, sagte sie und mampfte ein Stück Sellerie. »Hier ging's ja wohl letzte Woche ganz schön zur Sache.«

»Wir stürzen uns also mitten rein? Kein Small Talk vorher?« Ich war froh darüber, denn ich hatte nicht diejenige sein wollen, die dieses ganze schreckliche Thema anschnitt. Es hätte so wirken können, als wäre ich allzu scharf darauf.

»Willst du mich auf den Arm nehmen? Ich freu mich schon die ganze Zeit, dass ich das endlich mit dir besprechen kann. Weißt du denn nicht, dass ich für Klatsch und Tratsch nur so brenne?« Mira griff nach dem Messer und säbelte am Käse herum.

»Dann hast du das mit Celias Baby also auch nicht gewusst?«

»Nein, ich hatte keinen blassen Schimmer. Ich war mir zwar immer sicher, dass es nicht Hudsons Kind war, ich weiß nicht, warum, ich war ja erst vierzehn, als das alles passiert ist, aber Hudson schien mir nie genug auf sie zu stehen. Sie haben nie geknutscht oder so, zumindest nicht so, dass ich es mitbekommen hätte. Und du kannst mir glauben, ich war die Art kleine Schwester, die sehr viel mitbekommt.«

Das konnte ich mir lebhaft vorstellen: Mira als frecher Teenager, der seinem Bruder hinterherspionierte, wo es nur ging. »Daran zweifle ich keinen Moment.«

»Ich hätte jedenfalls nie gedacht, dass das Kind von Dad sein könnte.« Sie nahm ein Stück Cheddar und legte es auf ein Stück Sellerie. »Ich kann mir das immer noch nicht vorstellen. Es ist echt eklig.« Sie schauderte und biss in ihren mit Käse belegten Sellerie.

So viel zum Thema eklig …

Ich wandte den Blick von ihrem zweifelhaften Snack ab und tat so, als würde ich meine Nägel betrachten. »Wie kommt denn deine Mutter damit zurecht?«

Mira zuckte die Achseln. »Wer kann das schon sagen? Immer wenn sie etwas anderes als Bitterkeit empfindet, schenkt sie sich einfach einen neuen Bourbon ein.«

Ich nickte und war überrascht, dass Mira so offen war. »Das ist wohl ziemlich häufig der Fall.«

Ich hatte noch nicht besonders viel Zeit allein mit Hudsons Schwester verbracht und hatte angenommen, sie wäre genauso verschlossen wie er. Nur dass sie ihre wahren Gedanken und Gefühle hinter einem Schleier aus Fröhlichkeit verbarg, wo es bei ihm kalte Steinmauern waren. Aber vielleicht hatte ich mich da geirrt.

»Mom wird darüber hinwegkommen. Oder auch nicht. Wie auch immer.« Sie schwieg und kaute ihren Sellerie, dann runzelte sie die Stirn. »Ich weiß auch nicht, warum sie sich von Anfang an so zu Celia hingezogen fühlte. Das tut mir echt leid.«

»Du bist ja schließlich nicht für den schlechten Geschmack deiner Mutter verantwortlich.«

Sie kicherte. »Ich weiß, aber es ist schon peinlich. Celia ist so eine Schlampe.« Mira lehnte sich in ihrem Stuhl zurück. »Sie ist schon immer so … ich weiß auch nicht … so falsch gewesen. Ich habe ihr nie richtig über den Weg getraut, aber ich kann immer noch nicht glauben, dass sie dir so was angetan hat.«

Jetzt war ich an der Reihe, die Achseln zu zucken. »Es war ja meine eigene Schuld. Nicht weil ich sie gestalkt hätte, sondern weil ich alle Warnungen in den Wind geschlagen habe, mich nicht mit ihr einzulassen.«

»Ich weiß, dass du sie nicht gestalkt hast.« Mira verdrehte die Augen. »Also bitte. Meinst du etwa, das wüsste ich nicht? Wieso solltest du denn jemanden stalken? Das passt doch überhaupt nicht zu dir.«

Ihr Vertrauen in mich war erstaunlich. Und sie lag natürlich völlig falsch. Ich hatte gedacht, meine Probleme mit obsessivem Verhalten wären mittlerweile offenes Geheimnis in der Familie Pierce. Es war schön zu wissen, dass das nicht der Fall war.

Aber ich hatte die Geheimnistuerei satt. »Da liegst du leider falsch, es passt sehr wohl zu mir. So einen Mist habe ich früher die ganze Zeit gemacht, Leute gestalkt, meine ich. Ich habe eine Akte bei der Polizei.«

Mira kniff die Augen zusammen und betrachtete mich. »Kein Wunder, dass du und Hudson einander so guttut.«

Bei diesem unerwarteten Kommentar blieb mir fast der Mund offen stehen. Genau aus diesem Grund hatte ich gedacht, dass ich *nicht* gut für Hudson wäre. Interessant, dass sie da eine völlig andere Einstellung hatte.

»Egal. Heute machst du so was aber nicht mehr, oder?«

»Nein.«

»Siehst du? Und ich kenne schließlich dein heutiges Ich, also brauchst du mich auch nicht mehr darauf hinzuweisen.« Sie grinste und schnappte sich noch ein Stück Käse, diesmal zum Glück ohne Sellerie. »Außerdem war ich an dem bewussten Abend auch auf der Toilette. Du hast sie nicht im Geringsten belästigt. Das habe ich Hudson übrigens auch gesagt.«

Sie war schon die zweite Person, die bei Hudson für mich eingetreten war. Einerseits freute ich mich über die Unterstützung, andererseits wünschte ich, ich hätte sie nicht nötig gehabt.

Aber ich wollte es unbedingt wissen. »Hat er dir geglaubt?«

»Natürlich.« Sie riss ihre braunen Augen auf. »Geht es dir darum? Glaubst du etwa, er wüsste nicht, dass du das nicht gemacht hast? Er weiß ganz genau, dass du es nicht warst.«

»Wegen dem, was du ihm erzählt hast?«

»Ja.«

»Das hab ich mir gedacht.«

Sie wurde rot. »Also, vielleicht liegt das aber auch gar nicht an mir. Er hat dir wahrscheinlich auch geglaubt, ohne dass …« Ihr Satz verklang. »Scheiße.« Sie fuhr sich mit der Hand durch ihr kurzes Haar. »Er hätte es rausgefunden, wenn du einen seiner Anrufe angenommen hättest.«

»Mein Handy ist kaputt.«

»Und all die Male, die er im Klub angerufen hat?«

»Okay, den Anrufen bin ich aus dem Weg gegangen.« Ich verschränkte die Arme vor der Brust und fühlte mich plötzlich, als müsste ich mich verteidigen. »Es ist nicht so, dass ich nicht mit ihm sprechen möchte. Es ist … es ist eben kompliziert.« Ich biss mir innen auf die Lippe. War es denn wirklich so kompliziert? Ich liebte Hudson, und Hudson … nun ja, ich wusste, dass er mich auch liebte. Reichte das aus? Das konnte ich nicht sagen, dazu musste ich mit ihm sprechen.

Und das hatte ich vermieden wie die Pest.

Ich seufzte. »Außerdem ist da noch mehr. Ich habe ein paar Dinge getan, die ich nicht hätte tun sollen. Und er hat ein paar Dinge getan, die er nicht hätte tun sollen. Wir müssen eine Menge in Ordnung bringen und besprechen, und ich glaube, das müssen wir von Angesicht zu Angesicht tun.«

»Dann fahr doch zu ihm.«

Ich hob eine Augenbraue. »Nach Japan?«

»Warum denn nicht? Was du sagst, leuchtet ein. Wichtige Dinge muss man persönlich besprechen. Dann ist es viel einfacher, ehrlich zu sein, und man kann auch nicht so leicht weglaufen. Ja, du solltest zu ihm fahren.« Sie strahlte begeistert.

Obwohl das hinreißend aussah, war diese Idee völlig verrückt.

»Kommt er denn nicht bald zurück?«

»Es klang nicht so. Die Leute, mit denen er in Japan zu tun hat, ziehen die Entscheidung in die Länge.«

»Oh.« Mir sank er Mut. Wenn heute wirklich Sonntag war, dann war es jetzt fünf Tage her, dass Hudson weg war. Ich glaubte nicht, dass ich es noch viel länger aushalten könnte.

Aber die Alternative war völlig verrückt. »Ich kann nicht nach Japan fliegen. Ich habe gar nicht so viel Geld.«

»Ich könnte es bezahlen.«

»Oh nein, ich lass dich doch nicht meinen Flug nach Japan bezahlen! Sei mal realistisch!«

Mira machte ein finsteres Gesicht und stemmte die Faust in das, was einmal ihre Taille gewesen sein musste. »Ich habe ungefähr so viel Geld wie mein Bruder. Eine Reise nach Japan ist da ein Tropfen in einem riesigen Ozean, und ich will hier nicht angeben, ich möchte nur klare Verhältnisse schaffen.«

Ich machte den Mund auf und wollte weiterprotestieren.

»Aber wenn das wirklich ein Problem ist«, sagte sie, ehe ich eine Chance hatte, »dann rechne die Reise doch über die Sky Launch ab. Ist alles Hudsons Geld. Er wollte dich ja schließlich schon von Anfang an nach Japan mitnehmen.«

Das war gar keine schlechte Idee. Vielleicht nicht die allerbeste, aber nicht schlecht.

Aber was, wenn er mich gar nicht dahaben wollte?

Oder hatte er seine Schwester etwa deswegen geschickt? Ich schaute Mira misstrauisch an. »Hat er dich zu mir geschickt, damit du mich überredest, nach Japan zu fahren?«

»Nein!«, rief sie fast erschrocken. »Ganz bestimmt nicht. Meine gute Idee ist von mir und nicht von ihm.«

Aber ich hätte sie Hudson gern untergeschoben. Dann wäre es nicht so gruselig, wenn ich plötzlich unangemeldet dort auftauchte.

»Denk doch mal darüber nach«, sagte Mira mit träumerischem Blick. »Wäre das nicht eine irre Überraschung?«

Ich stellte mir vor, dass unsere Rollen vertauscht wären: Er würde auftauchen und mich überraschen. »Ja, das wäre es schon irgendwie.« *Mehr als nur irgendwie.* »Er fehlt mir.«

Mehr brauchte Mira nicht zu hören. »Laynie, er stirbt fast ohne dich! Das höre ich seiner Stimme an. Er ist ein völliges Nervenbündel. Er kann nicht mehr essen und nicht mehr schlafen …«

»Das hat er dir erzählt?«

»Das merke ich doch!«

Ich steckte mir ein Stück Käse in den Mund, damit ich nicht lachte. »Hat dir schon mal jemand gesagt, dass du eine hoffnungslose Romantikerin bist?«

»Das heißt nicht, dass ich mich bei Hudson irre.«

»Vielleicht nicht.« Aber ich konnte mir nicht vorstellen, dass der ruhige, gefasste Hudson jemals ein Nervenbündel sein könnte.

Mira seufzte. Dann leuchteten ihre Augen auf. »Weißt du, er hat Celia gesagt, dass er nichts mehr mit ihr zu tun haben will.« Sie sagte es einfach so dahin, aber sie war leicht zu durchschauen – sie wusste genau, was für umwerfende Neuigkeiten das waren.

»Was?« Es fiel mir schwer, mich selbst zu hören, weil mein Herz so laut hämmerte. »Ist das dein Ernst?«

Sie nickte.

»Warum hast du mir das denn nicht zuerst erzählt?«

»Tja, das hätte ich vielleicht tun sollen.«

Verdammte Scheiße! Das änderte alles. »Was noch? Du musst mir die Einzelheiten erzählen.«

»Was sonst noch war, weiß ich nicht. Es war hier, an dem Tag, wo auch alles andere passiert ist. Dad hat mir davon erzählt. Er sagte, sie wäre ganz geknickt gewesen.«

»Das war also noch, als er glaubte, ich hätte das wirklich alles gemacht?«

»Ja.«

»Und warum hat er ihr dann gesagt, dass er nichts mehr mit ihr zu tun haben will?«

Mira beugte sich vor – zumindest so weit sie das mit ihrem dicken Babybauch konnte – und schaute mich aufgeregt an. »Das ist jetzt wirklich Klatsch aus dritter Hand. Aber Dad hat gesagt, Hudson hätte Celia gesagt, dass sie offenbar nicht gut für dich wäre, und dass er von ihr erwarten würde, dass sie sich von jetzt an aus deinem Leben fernhält. Keine Anrufe, kein spontaner Besuch im Klub, kein Besuch im Penthouse, keine Familienfeiern. Völlig raus aus deinem Leben.« Sie trommelte mit den Fingern auf dem Tisch und betonte die Worte *völlig*, *raus* und *Leben.* »Und er hat gesagt, weil dein Leben auch *sein* Leben ist, würde das bedeuten, dass sie sich auch von ihm fernhalten muss.«

»Das gibt's doch nicht!« Ich war völlig gefesselt von dem, was Mira mir erzählte. Die gute Frau hatte wirklich ein Händchen, über andere herzuziehen.

»Klar gibt's das – und wie! Wieso zweifelst du überhaupt daran? Ich sag dir doch die ganze Zeit, dass er dich liebt. Du bist für ihn das reinste Wunder, und er würde alles tun, um dich zu halten, verstehst du das nicht?« Sie gestikulierte wild mit den Händen, während sie sprach, aber ich starrte ihr immer nur ins Gesicht.

Dann zwinkerte ich ein paarmal. »Er hat mich Celia vorgezogen. Selbst als er gedacht hat, ich wäre wieder rückfällig geworden. Das ist … eine echt große Sache.«

»Ja, es ist eine große Sache, eine riesengroße Sache!« Sie schlug so heftig auf die Theke, dass das Messer zu Boden fiel. Sie kümmerte sich nicht darum, sondern starrte mich an. »Also, wie willst du dich dafür revanchieren?«

Ich stand auf, ich musste herumlaufen und nachdenken. »Okay.« Ich fuhr mir mit den Händen durchs Haar, das mir aus dem Pferdeschwanz gerutscht war. »Ich fliege nach Japan.«

Irgendwas zwischen einem Kreischen und einem Keuchen erklang, und das Erschreckende daran war, dass dieses Geräusch von mir kam. *Hatte ich wirklich gerade gesagt, dass ich nach Japan fliegen und Hudson überraschen würde?* Mein Gott, das hatte ich wirklich getan, und ich wollte es noch nicht mal zurücknehmen!

Mira sprang mit einem Schrei auf. »Ja!«

»Heute ist Sonntag, oder?« Ich packte im Geiste schon meine Sachen und machte eine Liste mit allem, was ich noch erledigen musste. »Ich kann erst heute Abend weg. Jemand hat den Klub für eine Party gemietet, und ich bin an der Reihe, den Leuten dort alles zu zeigen und sie einzuweisen. Aber gleich danach könnte ich los, so gegen acht ungefähr.«

»Das ist doch perfekt!«

Ich hielt mit meinem Herumlaufen an. »Das klingt für dich jetzt sicher lächerlich, aber ich weiß nicht mal, wie das bei Auslandsreisen so läuft, ich bin bloß ein einziges Mal in Kanada gewesen.«

»Ich werd mich um alles kümmern«, sagte Mira lachend. »Hast du einen Reisepass?«

Ich nickte. »Hudson hat mir einen besorgt. Er hat ihn auf dem Nachttisch liegen lassen, brauchst du ihn?«

»Nein, aber *du* wirst ihn brauchen. Denk dran, dass du ihn mitnimmst.« Sie sah jetzt aus, als würde sie ihre eigene Liste im Kopf machen. »Hast du eine Kreditkarte für die Sky Launch?«

»Ja, hab ich.« Ich rannte – ja, ich rannte tatsächlich – in den Flur, wo ich meine Handtasche hatte fallen lassen.

»Hier ist sie«, sagte ich, als ich wiederkam, und reichte ihr die American Express, die ich hatte, um Ausgaben für den Klub zu tätigen.

»Juhu!« Mira umarmte mich, und es machte mir tatsächlich nichts aus. »Das ist ja alles so – aufregend! Ich hab mir immer schon eine Schwester gewünscht. Ihr zwei werdet supersüße Babys kriegen.«

»Hallo, immer langsam.« Sie ließ die Arme sinken. »Niemand hat was davon gesagt, dass …« Ich schlug mir die Hände vors Gesicht. »Diesen Satz kann ich nicht mal zu Ende sprechen.«

»Tut mir leid, ich bin eben Optimistin.«

Ich zeigte streng auf sie. »Ab jetzt behältst du deinen Optimismus aber bitte für dich, ja?«

Sie verdrehte die Augen. »Okay.« Aber sie zuckte, als wollte sie noch mehr sagen. »Also eigentlich ist es nicht okay. Ich muss das einfach wissen, ich bin ja so schrecklich neugierig – willst du das alles überhaupt? Du weißt schon, Kinder, Hochzeit, das ganze Paket?« Sie biss sich auf die Lippen. »Mit Hudson?«

Ich wusste nicht, was ich sagen sollte. Diese Frage war schwierig zu beantworten, und nach unserer Unterhaltung war ich ohnehin schon in Schweiß gebadet. »Hör zu, Mira.« Ich wusste immer noch nicht, was ich eigentlich sagen wollte, aber dann brach die Wahrheit einfach aus mir heraus. »Ich habe das alles früher so sehr gewollt, dass ich dachte, jeder Typ könnte mir das ganze Paket bieten, jeder Typ wäre *der Richtige*. Ich hätte alles getan, damit er das Gleiche von mir dachte. Und damit meine ich wirklich *alles*. Auch Dinge, die nicht besonders gut waren.« Zitternd holte ich Luft. »Deswegen darf ich jetzt nicht mal darüber nachdenken, nicht mal für ein paar Sekunden, nicht mal in einem Tagtraum oder um eine Vorstellung davon zu bekommen, wie es sich anfühlen würde. Also lautet die Antwort: *Stell mir diese Frage nicht*. Ich kann sie dir nicht beantworten.« Mir brach die Stimme, also wiederholte ich es: »Ich kann es einfach nicht.«

Mira zuckte nicht mit der Wimper. »Dann beantworte sie nicht. Ich habe genug Tagträume, dass es für uns beide reicht.«

»Danke schön«, sagte ich.

»Gern geschehen.« Sie lächelte. Dann scheuchte sie mich mit einer Handbewegung los. »Jetzt mach dich ans Packen, Mädchen, wir müssen dich nach Japan kriegen!«

Kapitel einundzwanzig

»Soll ich mich umziehen oder lieber das anlassen?« Diese Frage stellte ich Liesl jetzt schon zum dritten Mal innerhalb der letzten Viertelstunde. Sie hatte jedes Mal geantwortet, aber ich wusste nicht mehr, was sie gesagt hatte – in meinem Kopf ging vor lauter Erschöpfung und Nervosität alles durcheinander. Ich hatte es geschafft, zwischen dem Kofferpacken und dem Klub ein kurzes Nickerchen zu halten, und hatte vor, den restlichen Schlaf auf dem langen Flug nachzuholen. Bis dahin musste ich mich mit Espresso über Wasser halten.

Liesl schwang auf ihrem Barhocker herum, packte mich an den Schultern und schaute mir in die Augen. »Laynie, verdammt, jetzt komm endlich mal runter. Du machst mich langsam wahnsinnig.«

»Okay.« Ein Klopfen ließ uns nach unten schauen. Es war der Absatz meines Schuhs, weil ich nervös mit dem Bein hibbelte. Ich legte mir die Hand auf den Oberschenkel, um die Bewegung zu stoppen. »Gut. Also … ich komme runter.«

»Na, Gott sei Dank.« Sie blickte wieder an mir hinunter: kurzer Wickelrock und eine weiße Button-down-Bluse. »Du siehst verdammt heiß aus. Aber für den Flug solltest du dir eine Jogginghose anziehen, damit du es dir zum Pennen gemütlich machen kannst. Und wenn du angekommen bist, kannst du dich auf der Toilette am Flughafen wieder umziehen.«

»Okay.« *Stimmt ja, genau so war's geplant gewesen.* Ich hätte die Jogginghose eigentlich schon jetzt angehabt, wenn da nicht die Leute gewesen wären, die den Klub für heute Abend gemietet hatten.

Obwohl ich vorhatte, die Öffnungszeiten der Sky Launch auszuweiten, hatten wir im Moment sonntags und montags geschlossen. Ab und zu mietete jemand an diesen Tagen den Klub für eine Privatveranstaltung. Mit diesen Privatvermietungen kannte ich mich nicht besonders gut aus, darum kümmerte sich David. Er hätte auch die heutige Sache übernommen, aber er war, gleich nachdem wir heute Morgen den Klub geschlossen hatten, nach Atlantic City aufgebrochen, um sich heimlich mal den Adora-Klub anzuschauen. Ich gab es nur sehr ungern zu, aber dass Hudson David diesen Job gegeben hatte, hatte ihn überglücklich gemacht. Es war ein guter Schachzug gewesen.

Liesl drehte sich wieder um zur Bar, wo sie eine Art Thekenkunstwerk aus Cocktailspießen errichtete. »Weißt du eigentlich, wo du hinmusst, wenn du gelandet bist?«

»Mira hat sich um ein Auto gekümmert, das mich abholt und zu seinem Hotel bringt.« Wieder durchfuhr mich Angst, und ich stand auf und lief hin und her. »Aber was, wenn er gar nicht da ist? Was, wenn ich warten muss oder wenn ich ihn sogar verpasse? Oder wenn …« Mir wurde bei diesem Gedanken richtig übel. »Was ist, wenn er mit jemand anders zusammen ist?«

»Er hat keine andere. Er ist mit dir zusammen.«

»Woher willst du das denn wissen?«

»Ich …« Sie stockte, als ob sie etwas sagen wollte und es sich dann doch noch anders überlegte. »Ich weiß es einfach.«

Ich machte ein finsteres Gesicht. Diese Antwort reichte mir nicht.

»Was denn, sind wir hier etwa in der Grundschule?« Sie seufzte. »Das seh ich allein daran, wie er dich anschaut. Das checkt doch jeder. Komm schon, Laynie, er hat dich gefragt, ob du bei ihm einziehen willst. Wie lange wart ihr da zusammen – eine Woche? Er fährt voll auf dich ab, Mädchen.«

»Schon gut, schon gut, du hast ja recht.« Ich schaute auf die Uhr über der Bar. »Die Leute müssten in zwanzig Minuten hier sein. Wir sollten runtergehen, falls sie früher dran sind.«

»Na gut, okay.« Plötzlich sah Liesl auch ganz nervös aus. »Einen Moment noch.« Sie warf die Spieße durcheinander und legte sie dann wieder so hin wie zuvor.

Jetzt war sie diejenige, die mich wahnsinnig machte. »Liesl, komm, sie stehen vielleicht schon vor der Tür …«

»Ich komme, ich komm ja schon.« Sie sprang von ihrem Barhocker. »Nein, warte, das muss ich noch schnell erledigen.« Sie nahm ihr Handy aus der Tasche ihrer kurzen Hose und schrieb eine Nachricht. »Okay, jetzt können wir.«

Ich verdrehte innerlich die Augen. »Du hättest heute Abend gar nicht herkommen müssen, ich hätte das auch allein geschafft.« Ich ging in flottem Tempo auf die Treppe zu, aber dann wurde ich langsamer und wartete auf Liesl, die im Schneckentempo hinterherkam.

»Ich weiß. Aber ich dachte, du könntest vielleicht ein bisschen Gesellschaft gebrauchen. Es ist keine gute Idee, allein im Klub zu sein.«

Als ob ich nicht die ganze Zeit im Klub allein wäre. Komisch, dass sie sich plötzlich Gedanken darüber machte. »Das war sehr aufmerksam von dir.«

»Ja, hm.« Sie biss sich auf die Lippe. »Hast du eigentlich schon fertig gepackt?«

»Ja. Jordan bringt die Sachen mit, wenn er mich abholt.« Wir gingen die zweite Treppe runter, und die Tanzfläche kam in Sicht. Und dann blieb mir das Herz stehen. »Was …«

Der ganze Boden war mit roten und weißen Rosenblättern bedeckt. Das Deckenlicht war ausgeschaltet, und auf allen Tischen rund um die Tanzfläche standen Kerzen, die mit ihrem weiß-gelben Flackern den Raum in ein himmlisches Licht tauchten. Es sah wunderschön aus und sehr romantisch.

Liesl stieß ein leises Keuchen aus. »Das ist ja der Hammer!«

So hatte es hier vor einer Stunde, als ich gekommen war, noch nicht ausgesehen. Und Liesl war die ganze Zeit bei mir gewesen, sie konnte es also nicht gewesen sein.

Aus den Schatten trat eine Gestalt hervor, die Hände lässig in die Taschen geschoben.

»Hudson?« Plötzlich hatte ich vergessen, wie man atmet. Sein Anblick … sogar in seinem ganz zerknitterten Aufzug, ohne Jackett, das Hemd aus der Hose, sah er umwerfend aus. »Hast du das alles gemacht?«

Er nickte. Dann schaute er meine Freundin an. »Danke, Liesl, dass du sie so lange abgelenkt hast.«

Ich drehte mich zu ihr um und riss die Augen auf. »Du hast Bescheid gewusst?« Ich hatte immer noch nicht ganz begriffen, dass er der ominöse Mieter war und dass die ganze Sache eine Überraschung für mich sein sollte.

»Hey, er hat ja immer wieder angerufen, und du wolltest nicht mit ihm reden. Und dann hat er mich überredet, bei dieser Überraschungsgeschichte mitzumachen. Er hat mich gebeten, dich oben zu beschäftigen, damit er hier …« Liesl wies mit einer Geste auf den Raum. »… alles vorbereiten kann.« An ihrem Gesichtsausdruck sah ich, dass sie sich schuldig fühlte. »Er ist schließlich mein Boss, was hätte ich denn tun sollen?«

»Er ist nicht dein Boss«, sagte ich, als ich mich erinnerte, wie oft Hudson das mir gegenüber gesagt hatte.

Und genau gleichzeitig sagte Hudson: »Ich bin nicht dein Boss.«

Bei dieser zweifachen Erwähnung unseres Insiderwitzes schaute ich ihn an. Dann verschmolzen unsere Blicke miteinander, als gäbe es nichts anderes auf der Welt, was ich anschauen könnte, nur ihn. Als ob alles, was wichtig wäre, in seinen Augen zu sehen war.

Und er schaute mich mit genau der gleichen Intensität an.

Wie von Weitem drang Liesls Stimme zu mir. »Ich gehe hintenrum raus. Okay. Tschüs dann, danke.«

Ich bin nicht sicher, ob ich mich überhaupt verabschiedete. Sie war schon weg, und ich war allein – mit Hudson.

Ein Teil von mir wäre am liebsten auf ihn zugerannt. Aber das konnte ich nicht zulassen. Obwohl ich bereit war, all das Schlechte zu vergessen, was zwischen uns passiert war, begriff ich, dass wir erst darüber reden mussten, sonst würde das mit uns nie etwas werden. Also ging ich langsam auf ihn zu, und meine Beine zitterten, als ich auf die Tanzfläche trat. Diesmal war es nicht der Espresso.

Obwohl mir so vieles auf der Zunge lag, war Hudson der Erste, der sprach. »Fertig gepackt?« Er trat auf mich zu und hob eine Augenbraue. »Willst du denn weg?«

Ich hörte, wie angespannt seine Stimme war. Er fürchtete, ich könnte ihn verlassen. Das machte es noch viel schöner, die folgenden Worte auszusprechen. »Ach, ich will nur ein bisschen verreisen, nach Japan.«

»Weil ich in Japan war?« Sein Gesichtsausdruck war so voller Hoffnung und so anbetungswürdig, dass ich fast dahingeschmolzen wäre.

»Ja.« Ich ging um ihn herum und schaute mir alles genauer an. Auf den Tischen lagen weiße Leinendecken, und von den Kerzen ging ein leichter Duft nach Vanille aus. »Ich dachte, ich könnte meine Kenntnisse im Stalking mal anständig einsetzen und dich aufspüren.«

»Es hätte mir gefallen, wenn du mich aufgespürt hättest.«

Ich drehte mich wieder zu ihm um, und obwohl ich mich nach außen hin cool und flirtend gab, lag darunter etwas anderes verborgen: Ich war scharf auf ihn und ich wollte ihn. »Ehrlich? Ich war mir da nicht so sicher.«

»Dann bist du eine Idiotin.«

»Danke schön.«

»Eine wunderschöne Idiotin, von der ich kaum den Blick losreißen kann.«

Ich konnte auch kaum aufhören, ihn zu betrachten. Wir waren keine Woche getrennt gewesen, aber es fühlte sich an, als hätte ich Hudson ein halbes Leben nicht gesehen. Wir standen immer noch ein paar Meter auseinander. Ich trat einen Schritt vor, aber der Abstand zwischen uns fühlte sich immer noch genauso groß an. Ich konnte einfach nicht zu ihm gelangen, wenn ich … wenn ich ihm nicht alles sagte.

»Hudson, ich hab mich hinter deinem Rücken mit Celia getroffen.«

Er schloss eine halbe Sekunde die Augen. »Das habe ich auch gemerkt.«

»Ich hätte es dir sagen sollen.« Ich biss mir auf die Lippe und versuchte, die richtige Erklärung zu formulieren für das, was ich getan hatte und warum ich es getan hatte. »Sie war so offen und schien eine Stütze für mich zu sein, und ich brauchte jemanden, mit dem ich reden konnte. Aber das ist keine Entschuldigung.«

Er verzog den Mund. »Du hättest mit mir reden können.«

»Wir reden nicht immer so gut miteinander.«

»Dann müssen wir eben daran arbeiten.«

Ich spürte einen Kloß im Hals. Er glaubte also immer noch, wir hätten zusammen eine Chance. Das bedeutete mir alles.

Aber trotzdem gab es noch eine ganze Menge krasse Dinge zu besprechen. »Du hast mich verletzt, Hudson.«

Er holte zitternd Luft, dass ich es beinahe hören konnte. »Ich weiß.«

»Weißt du das wirklich?«

»Ja. Ich habe David versetzt, ohne dass ich das vorher mit dir besprochen habe.«

»Ja.« Wir hatten wichtigere Probleme, also konnte ich ihn wegen dieser Sache ja wohl vom Haken lassen. »Es hat sich rausgestellt, dass es so wahrscheinlich das Beste war. Es war ein guter Kompromiss.«

»Und ich habe dir nicht geglaubt.« Er schüttelte den Kopf und schaute zu Boden. »Ich hätte dir glauben sollen.« Jetzt schaute er mir wieder in die Augen. »Es tut mir leid.«

»Warum hast du mir nicht geglaubt?«

Er seufzte. »Ich wollte unbedingt der Mann sein, der dir beisteht. Ich wollte dir helfen und dir die beste Therapie ermöglichen.«

»Ich habe in diesem Moment keine Therapie gebraucht. Alles, was ich gebraucht habe, war, dass du mir glaubst, und das hast du nicht getan.«

»Wir hatten in puncto Ehrlichkeit miteinander keine besonders gute Erfolgsbilanz. Ich habe instinktiv gezweifelt.«

Ich wurde starr. »Dann ist es also meine Schuld, dass du ihr eher geglaubt hast als mir?«

»Ich habe nicht eher ihr geglaubt als dir. Ich habe die mir vorliegenden Tatsachen angeschaut und versucht, daraus ein glaubwürdiges Bild zu konstruieren.«

Jetzt war ich an der Reihe, zu Boden zu schauen. »Stimmt.« Alles, was er sagte, war richtig, und doch trug es nicht dazu bei, den Schmerz in meiner Brust zu lindern.

»Was du nicht begreifst, Alayna, ist, dass es mir egal ist.«

Ich schaute ihn sofort wieder an.

»Es wäre mir egal, wenn du Celia gestalkt hättest, wenn du sie eine Million Mal angerufen oder ihr ein totes Huhn ins Bett gelegt hättest – es wäre mir völlig gleichgültig. Aber wenn du krank wärst, dann hätte die Möglichkeit bestanden, dass ich dich verliere. Und das kann ich nicht zulassen. Was immer ich tun muss, was immer nötig ist, was immer ich sagen muss: Ich will dich in meinem Leben haben.«

Ich bekam Gänsehaut. Hudsons Worte waren einerseits befreiend, andererseits schienen sie mich zu binden. Sie befreiten mich von so vielen Zweifeln, die die ganze Zeit an mir genagt hatten. Seine Weigerung, mir zu glauben, war kein Mangel an Vertrauen gewesen, obwohl ich sein Vertrauen nicht verdient hatte. Es war seine Art gewesen, an mir festzuhalten. Selbst wenn ich völlig verrückt werden würde, würde er noch zu mir halten. Das war beinahe unglaublich. Nachdem ich jahrelang gedacht hatte, dass mich nach meinen ganzen Fehltritten sicher niemand mehr wollen würde, war diese Liebeserklärung wie ein Traum, der Wirklichkeit wurde.

Und gleichzeitig begriff ich, wie sehr ich bei unserer Absprache versagt hatte. Ich hatte Hudson mit meinen Geheimnissen und meinen

Lügen von mir gestoßen. Und als ich geglaubt hatte, dass er in seine alten Verhaltensweisen zurückfiele, als ich glaubte, er würde mich manipulieren, da war ich einfach nur stinksauer geworden. Er war in der Vergangenheit krank gewesen, genau wie ich, und doch hatte ich ihm das zum Vorwurf gemacht, statt Verständnis für ihn zu haben.

Unter der Wucht dieser Erkenntnis ging ich in die Knie, und mir traten die Tränen in die Augen. »Ich weiß nicht, wie man das macht.«

»Wie man was macht?« Er setzte sich eine Armlänge von mir entfernt auf den Boden, so nah und doch, da wir uns nicht berührten, so entsetzlich weit weg.

»Wie man eine Beziehung führt.« Ich wischte mir die Tränen ab, die mir über die Wangen liefen. »Immer wieder mach ich alles kaputt. Ich hab dir bestimmte Sachen nicht erzählt, ich hab dir vorgeworfen, du würdest mich manipulieren, ich hab in der Sache mit David nicht mal nach einem Kompromiss gesucht.«

»Das ist mir alles egal.« Er rutschte ein paar Zentimeter näher und machte ein verzweifeltes Gesicht. »Aber gib das hier nicht auf, bitte, gib uns nicht auf. Ich bin ohne dich nur eine leere Hülle, Alayna. Ich kann kaum atmen, wenn du nicht in meiner Nähe bist, wenn ich dich nicht berühre. Und jetzt gerade muss ich mich schwer zurückhalten, damit ich dich nicht in die Arme nehme.«

»Warum hältst du dich denn zurück?« Meine Sehnsucht nach ihm war erstaunlich.

»Weil ich nicht auf Sex zurückgreifen will, um das Problem zu lösen.«

»Du hast mir zugehört. Du hörst immer zu.« Ich unterdrückte ein Schluchzen.

»Alayna.«

Wie immer loderte ich in hellen Flammen auf, als er meinen Namen auf diese Weise aussprach. Das und die Entfernung zwischen uns steigerte mein Verlangen und befeuerte meine Qual. »Ich brauche dich, Hudson. Ich will, dass du mich berührst und uns wieder in Einklang miteinander bringst. Ich bin jetzt ganz anders gestimmt als du, und es tut weh, als würde ein Teil meiner selbst fehlen.«

Ein schwaches Lächeln erschien auf seinen Lippen. »Dann hast du es also verstanden.«

»Ja.« Ich hatte endlich verstanden, wie grundlegend die körperliche Verbindung zwischen uns war. Sie brachte uns näher zusammen, auf einer Ebene, so tief, dass unsere Worte und Handlungen im Vergleich dazu bedeutungslos waren.

Hudson streckte die Hand aus, aber er ließ sie wieder sinken und berührte mich nicht. »Ist denn alles … in Ordnung zwischen uns?«

»Ich gebe nicht auf, falls du das fragst. Ich bin ohne dich verloren. Du musst mich finden, Hudson.«

»Ich habe dich schon gefunden.«

Dann lagen wir einander in den Armen, und unsere Lippen verschmolzen zu einem Kuss, der nach Hoffnung und Liebe und salzigen Tränen schmeckte. Seine Hände auf meinem Rücken ließen meinen Körper noch weiter auflodern. Ich musste unbedingt meine Bluse ausziehen, denn ich wusste, nur das Gefühl seiner Haut auf meiner könnte mich retten.

Hudson erkannte, wie dringend es mir war. Oder vielleicht war es auch seine eigene Lust, die dazu führte, dass er mir die Knöpfe aufriss, während ich die seinen öffnete. Wir küssten uns weiter, während wir unsere Oberteile abwarfen und ich meinen BH öffnete. Dann gab ich widerstrebend seinen Mund frei, sodass er eine Spur heißer Küsse auf meine Brust drücken konnte. Er umfasste beide Brüste, vergrub seinen Kopf dazwischen und leckte zwischen ihnen entlang, ehe er seine Aufmerksamkeit auf eine Brustwarze richtete. Er sog und saugte sie minutenlang, bis ich mich wand und nach Luft schnappte. Als er zu der anderen Brustwarze wechselte, war ich ganz erregt und dem Höhepunkt nahe.

Ich war so in Hudsons Liebkosungen vertieft gewesen, dass ich gar nicht mitbekommen hatte, wie er mir den Rock ausgezogen hatte. Ich merkte es erst, als ich durch das Höschen hindurch seine Finger auf meiner Klit spürte, die auf das Bündel von Nerven drückten, als wäre es ein Knopf, mit dem er alle Anspannung von mir nahm. Und genauso war es auch. Ein einfaches Drehen seines Daumens, und ich war hinüber.

Hudson hielt mich aufrecht, während ich kam, mit der anderen Hand zog er mir die Unterwäsche aus, sodass ich vollkommen nackt war, als ich endlich wieder zu mir fand.

Als ich endlich wieder klar sehen konnte, sah ich, dass er völlig gebannt die Feuchtigkeit zwischen meinen Beinen betrachtete. Seine Augen waren voller Lust und sein Gesicht wild. Er sah so heiß aus, das alles hier war so unglaublich heiß! Niemand hatte mich je zuvor so angeschaut. Kein Blick kam auch nur ansatzweise an seinen heran.

Es war in jeder Hinsicht zu viel. Zu viel und doch nicht genug. Ich brauchte ihn in mir, ich wollte seinen Schwanz spüren, er sollte mich ausfüllen, mich vollständig werden lassen.

Ich krallte mich an seine Unterhose, vor lauter Lust zu durcheinander, um sie ihm vernünftig auszuziehen. Hudson übernahm das selbst und hatte seine Hose blitzschnell so weit heruntergeschoben, dass sein harter, dicker, wunderschöner Schwanz freilag.

Ich kletterte schon auf ihn, als er mich fluchend aufhielt. »Warte!«

Er stand auf und warf seine restliche Kleidung von sich, und der Schmerz darüber, dass er mich nicht mehr berührte, wurde gelindert durch den Anblick, wie er sich auszog. So liebte ich uns am allermeisten – völlig nackt, nichts mehr zwischen uns.

Er ging vor mir auf die Knie. Meine Hände griffen augenblicklich nach seinem pulsierenden Schwanz. Ein Lusttropfen glitzerte auf seiner Krone, und ich rieb ihn über seine ganze Länge.

Er stöhnte. »Komm her.« Er kniete sich hin und drängte mich, die Beine um ihn zu legen. Ich ging über ihm in die Hocke, meine Füße standen rechts und links von ihm auf dem Boden. Zum Glück hatten meine Sandalen Plateausohlen, die das Ganze leichter machten.

Seine Spitze pochte an meiner Mitte, ich zog mich aus Vorfreude zusammen, und jeder Gedanke an meine Schuhe war vergessen. Mit sanfter Kennerschaft schob er sich hoch und in mich hinein. Ich glitt auf ihm hinunter und nahm die ganze Länge seines Schwanzes in meine feuchte Mitte auf.

Dafür gab es keine Worte! Die Ekstase, die Intensität, das Gefühl der Ganzheit, das Gefühl, jetzt erst komplett zu sein – es war perfekt und unbeschreiblich. Einfach nur perfekt.

Er bäumte sich auf, und ich schnappte nach Luft und warf den Kopf zurück.

»Schau her, Alayna.«

Bei seinem Befehl konzentrierte ich mich wieder auf ihn. Ich folgte seinem Blick nach unten, dorthin, wo unsere Körper sich vereinigten. Er zog sich bis zur Spitze aus mir heraus, sein ganzer Schwanz war von meinen Säften bedeckt, dann stieß er wieder in mich, in stetigem und faszinierendem Rhythmus.

»Schau zu, wie mein Schwanz rein und raus gleitet.«

»Das ist vielleicht scharf!« *Unglaublich scharf.*

Er wurde schneller, und der Klang unserer Schenkel, die gegeneinander schlugen, machte das Ganze noch zehnmal erotischer. In mir zog sich schon wieder alles zusammen, und ich näherte mich dem Höhepunkt.

»Alayna, bist du noch bei mir?«

Bei seiner Frage konzentrierte ich mich wieder auf sein Gesicht. Dessen Ausdruck, wollüstig und urtümlich, war jetzt voller Zuneigung.

»Immer«, sagte ich. »Ich bin immer bei dir.«

Er nahm wieder Besitz von meinem Mund, schob seine Zunge so wild in mich, dass es genau das passende Gegenstück zu den Bewegungen seines Unterleibs war. Ich bekam kaum noch Luft und keuchte, als er mich losließ.

»Unsere Vergangenheit kann uns immer in die Quere kommen. Aber es kann sich nichts zwischen uns drängen, wenn wir das nicht zulassen. Spürst du das?« Er schob seinen Schwanz noch tiefer in mich. »Spürst du mich in dir?«

»Das ist so gut, Hudson, mit dir fühl ich mich so gut!«

»Ich weiß, mein Schatz, ich weiß.« Er zog mich noch enger an sich, sodass ich seinen Atem am Ohr spürte, als er sprach.

Mein Blick verklärte sich, ich war kurz vor dem Höhepunkt.

»Schau mich an.« Und wieder richtete ich bei seinem Befehl den Blick auf ihn. »So sehr sind wir miteinander verbunden, Alayna. Selbst wenn ich nicht in dir bin, sind wir immer so miteinander verbunden.«

Seine schlichte Erklärung war das Letzte, was ich noch brauchte. »Oh Gott, Hudson, ich komme!« Meine Beine zitterten von der Anstrengung, mich auf ihm aufrecht zu halten. Jetzt zogen sie sich mit meinem nahenden Orgasmus zusammen.

»Ja, lass dich fallen«, lockte mich Hudson. »Ich will sehen, wie du mir alles gibst.«

Ich ließ locker, und meine Muschi presste sich um ihn, als der Orgasmus mich mit der Wucht eines Erdbebens durchfuhr. Mein Körper war wie Gelee, und Hudson legte mich vorsichtig auf den Rücken, stieß noch ein paarmal in mich hinein und vergrub sich bis zu den Eiern in mir, und gleichzeitig schoss sein Höhepunkt heiß und lang aus ihm heraus.

Als er zusammenbrach, blieb er in mir, strich mir übers Haar und flüsterte: »Du bist so schön, Alayna, so wunderschön. Ich habe dich so sehr vermisst.«

Ich fuhr ihm mit den Fingern über die Wange und spürte einen Anflug von Bartstoppeln. »Wirklich?«

»Ja, wirklich.«

»Ich habe dich auch vermisst. Sehr sogar.« Ich küsste seinen Hals entlang und leckte leicht über seinen Adamsapfel. Noch immer in euphorischer, postorgasmischer Stimmung fiel mir plötzlich ein, wo ich jetzt eigentlich hätte sein sollen. »Mist! Ich muss Mira anrufen und ihr sagen, dass sie die Reise absagen soll!«

Hudson lächelte. »Schon geschehen.«

»Hat sie es dir gesagt? Es sollte doch eine Überraschung sein!«

»Mirabelle hat mir gar nichts gesagt. Ich weiß es von Jordan, aber er hat nur gesagt, er müsse sich darum kümmern, deine Abendplanung zu ändern. Es wäre eine Überraschung geplant gewesen.« Er fuhr mir mit der Nase um meine. »Wenn ich dir nicht zuvorgekommen wäre.«

»Und was du mir für eine wunderbare Überraschung bereitet hast!«

»Ich hab Glück, dass du mich nicht in die Wüste geschickt hast. Weißt du, seit wir uns das erste Mal im Klub gesehen haben, habe ich davon geträumt, dich hier zu nehmen.«

Aus irgendeinem Grund wurde ich rot. »Ich kann nicht behaupten, dass ich nicht die gleiche Fantasie gehabt hätte.«

Er grinste und küsste mich auf die Lippen. Wahrscheinlich wusste er genauso gut wie ich, dass alles andere sehr wahrscheinlich zu einer weiteren Runde Sex geführt hätte. Was er als Nächstes sagte, bestätigte meinen Verdacht. »So schön es auch ist, wenn Fantasien wahr werden, ich würde dich jetzt doch lieber mit zurück zum Bowery nehmen und in unserem Bett mit dir schlafen.«

»Das klingt wunderbar. Denn so schön das alles auch ist, ich klebe und habe Rosenblätter am Hintern und an den Beinen.«

Hudson lachte, und dabei bewegte sich sein Schwanz in mir. »Das sind die Nebenwirkungen von romantischen Gesten.«

»Du ziehst ihn besser aus mir raus, ehe du wieder hart wirst.«

»Bin schon auf halbem Wege.« Er zog ihn aus mir heraus, und tatsächlich war er schon wieder dabei, die nächste Erektion zu kriegen.

Er stand auf, und half mir hoch, dann wischte er mir die Blütenblätter vom Po. Nachdem wir uns wieder angezogen hatten, machte Hudson das Deckenlicht an, sodass ich alle Kerzen ausblasen konnte.

»Fertig heimzufahren?«

Bei dem Wörtchen *heim* bebte ich. *Unser* Heim. Es war in den letzten Tagen ohne Hudson nur eine einsame Höhle gewesen, und jetzt konnte das Penthouse wieder in voller Pracht erstrahlen. »Solange du auch da bist, gibt es keinen Ort, an dem ich lieber wäre.«

Er zupfte mir sanft ein Rosenblatt vom Arm, und ich schaute mich im Klub um. »Was ist mit der Unordnung hier?« Ehe er etwas sagen konnte, sagte ich: »Lass mich raten – dafür hast du deine Leute.«

Er zuckte die Achseln. »*Wir* haben unsere Leute.«

Ich flippte tatsächlich nicht aus über seine offene Andeutung, dass wir sogar noch stärker miteinander verbunden wären, als wir es waren. Ich hatte Mira die Wahrheit gesagt, dass ich über diese Dinge nicht nachdenken konnte, aber vielleicht war es für mich tatsächlich in Ordnung, wenn andere das taten.

Hudson nahm sein Jackett vom Geländer um die Tanzfläche, holte sein Telefon heraus und tippte eine Nachricht – vermutlich ging es um unsere Heimfahrt.

»Oh«, sagte er und holte ein weiteres Handy aus einer anderen Tasche der Jacke. »Das hätte ich fast vergessen. Das hier ist für dich.« Er reichte mir ein Handy, das beinahe identisch war mit dem, das ich zu Boden geworfen hatte.

»Woher bist du dir so sicher, dass ich mir noch kein neues gekauft habe?«, fragte ich lachend.

Er zwinkerte. »Du hast auf keinen meiner Anrufe und keine meiner Nachrichten reagiert. Ich habe gehofft, es liegt daran, dass du noch kein neues Telefon hast.«

»Ich hab mir keins gekauft, damit ich nicht einknicke und dich anrufe.«

»Sollte ich dich jetzt um eine Erklärung dafür bitten?«

»Nein, so bin ich eben. Danke für das Handy, das war sehr aufmerksam.« Ich hängte mich bei ihm ein, und wir gingen gemeinsam zum Ausgang. »Sag mal, hast du eigentlich Plexis zurückbekommen?«

»Ja, ich hab's geschafft. Aber das wäre nicht von Bedeutung gewesen, wenn ich dich nicht zurückbekommen hätte.«

Verdammt, was er da sagte, war wirklich süß. Erst zwei Wochen zuvor hatte er mir gegenüber total dichtgemacht und nur ganz wenig von seinen echten Gefühlen durchblicken lassen. Eine schreckliche Vorstellung, dass ich alles, was er mir bieten konnte, all das Schöne, hätte versäumen können, wenn ich nicht an ihm festgehalten hätte. Gott sei Dank war ich noch hier und erlebte jetzt all das mit ihm.

Ich schaute hinauf und sah ihn im Profil. »Du hast mich nie verloren, weißt du das?«

»Das stimmt, das habe ich nicht.« Wir waren an der Tür angelangt, und er drehte sich zu mir und schaute mich an. Diese erstaunlichen grauen Augen – in ihnen hätte ich mich verlieren können. Nicht verlieren, eigentlich fand ich mich eher in ihnen wieder.

»Ich liebe dich, Hudson Pierce.«

Er atmete diesen Satz fast ein, er nahm meine Worte geradezu in sich auf – ich konnte genau sehen, wie sie ihn berührten. Er brauchte sie genauso, wie ich seine Berührung brauchte. Sie änderten ihn auf eine Weise, die man nicht direkt fassen konnte, aber die trotzdem da war. Das war der Ausgleich dafür, dass er seine Liebeserklärung immer noch nicht in Worte fassen konnte.

Er schüttelte sich kurz. »Geh schon mal vor, Jordan müsste schon da sein. Ich schalte die Alarmanlage ein und schließe ab.«

Er brauchte eine Minute für sich, das begriff ich. Mir ging es genauso.

Ich ging hinaus und fand Jordan mit dem Maybach.

»Guten Abend, Ms Withers. Ich muss Ihnen leider sagen, dass Sie Ihren Flug verpasst haben.«

Ich zwinkerte. »Vielleicht ein andermal.«

Ich stieg ein und rutschte zum gegenüberliegenden Fenster hinüber, um Platz für Hudson zu machen. Während ich wartete, schaltete ich das neue Handy an, das Hudson mir geschenkt hatte. Ich lächelte, als das Display aufleuchtete: Es war ein Pressefoto von uns, wie wir uns bei der Modenschau küssten, die wir gemeinsam besucht hatten. Ich ging meine Kontakte durch und sah, dass er es geschafft hatte, meine Nummer und meine persönlichen Daten auf das neue Telefon zu transferieren.

Nach einer Minute summte das Telefon, um mich auf eingehende Nachrichten aufmerksam zu machen, insgesamt siebzehn. Ich ging sie durch und sah, dass die meisten von Hudson waren, eine von Brian – wahrscheinlich noch bevor er gewusst hatte, dass mein Telefon kaputt war.

Ich runzelte die Stirn, als ich zwei Nachrichten eines unbekannten Absenders sah, und machte die erste auf. *»Die Videodatei ist zu groß, um sie zu schicken. Schreiben Sie mir eine Nachricht, wenn Sie sie immer noch sehen wollen.«*

Verwirrt öffnete ich die zweite Nachricht der unbekannten Nummer. »*Ich bin's übrigens. Stacy von Mirabelle's.*«

Ach ja, Stacy! Sie hatte gesagt, dass sie Beweise habe, dass Celia und Hudson ein Paar gewesen waren, ein Grund, ihr nicht zu vertrauen.

Ich musste lachen. Das kam ein bisschen spät. Egal welchen Beweis Stacy hatte, dass Celia ein Luder war, es war jetzt völlig überflüssig. Ich hatte es auf die harte Tour herausgefunden.

Aber ein bisschen neugierig war ich schon.

»Alles klar?«, fragte Hudson, als er zu mir auf den Rücksitz glitt.

»Alles wunderbar.« Ich steckte mein Handy in den BH. Die Außenwelt war nicht mehr interessant für mich, wenn ich Hudson neben mir hatte. Und allmählich begriff ich, dass er eine sehr lange Zeit an meiner Seite sein könnte. Er hatte recht – wir waren miteinander verbunden. Nichts konnte uns trennen, davon war ich jetzt überzeugt.

Ich schnallte mich an, kuschelte mich in seine Arme und dachte, dass das ein perfekter Zustand war, an den ich mich gewöhnen könnte.

Danksagung

Das ist immer der schwerste Teil beim Schreiben eines Buches, und ich fürchte mich davor und schiebe es so lange wie möglich hinaus, weil ich Angst habe, jemanden zu vergessen. Außerdem befürchte ich, dass ich anfange zu weinen, wenn ich die ganzen wunderbaren Menschen aufliste, die für mein Buch Bedeutung hatten. Aber los geht's:

Zuallererst danke ich Tom. Er kommt immer zuerst – mein Mann, meine Liebe, der es überhaupt erst möglich macht, dass ich Stunden mit Lesen und Schreiben zubringen kann, ohne dass alles um mich herum zusammenbricht. Ich liebe dich – immer!

Ich danke meinen Kindern, die nicht verstehen, warum sie in der Sonntagsschule nicht über Mamas Bücher reden sollen, die es aber gut raushaben zu schweigen. Ich schreibe für euch, meine Mädchen, denn ich lebe für euch.

Ich danke meiner Mutter, die mich voll und ganz unterstützt und meint, sie würde immer noch nicht genug tun: Keine Sorge, Mama, ich habe genügend Leser. Du brauchst einfach nur meine Cheerleaderin zu sein.

Ich danke Sophia für den Umschlag und dafür, dass sie mich immer ermutigt, mich auf den Weg zu machen.

Ich danke Bethany für die Redaktion und das Engagement auf den Buchmessen und dafür, dass sie immer da ist, um mich vom Rande des Abgrunds zurückzuholen. Wenn ich gerade das genaue Gegenteil befürchte, sagt sie mir, dass ich alles gut mache.

Ich danke denen, die das Buch als Erste gelesen und es mit mir kritisch durchgegangen sind: Lisa, ich hoffe, dass ich eines Tages mal so viel Talent besitzen werde, wie du es im kleinen Finger hast! Jackie, deine Kommasetzung macht mich zu einer besseren Schriftstellerin. Tristina, deine Vorschläge sind immer genau die, die ich brauche. Tamara, wenn du glaubst, dass ich heiß bin, dann fühle ich mich auch heiß, denn *du*, Lady, bist *scharf*.

Ich danke meinem Agenten Bob Diforio, der sich durch den ganzen ekligen Veröffentlichungskram gearbeitet hat, damit mir das erspart blieb – oh Mann, da hast du echt was mitgemacht!

Ich danke Stephen Diforio und Caitlin Greer fürs Formatieren und Julie von AToMR Book Blog Tours, die meine Bücher in den USA als E-Book übers Internet vertreiben.

Ich danke meinen besten Freundinnen, den NAturals – Sierra, Sophia, Melanie, Lucy und Tamara. Manchmal seid ihr der einzige Grund, aus dem ich morgens aufwache, und oft seid ihr der Grund, aus dem ich abends zu lange aufbleibe. Manchmal ist *brow porn* das Einzige, was man braucht.

Ich danke Joe, der das Ganze liebevoll die »F«-Serie nennt. Dieses Jahr hat uns gehört! Warten wir mal ab, was das kommende Jahr so bringt.

Ich danke Kristen Proby für ihre große Zuneigung zu dieser Serie und für ihren Rat, ihre Unterstützung und ihre Inspiration, die sie einer angehenden Autorin hat zukommen lassen.

Ich danke den Write at home Moms und den Babes of the Scribes – ihr seid alle ganz wunderbare Frauen, und ich bin sehr glücklich, dass ich euch kenne.

Ich danke den Autoren, mit denen ich mich in dieser wunderbaren Schreib-Community angefreundet habe. Ihr inspiriert mich immer wieder und treibt mich an, immer neue Höhen zu erklimmen, sowohl menschlich als auch in meinen Geschichten. Wie schön, dass wir diese Leidenschaft für das Schreiben miteinander teilen. Danke für alles, was ihr mich gelehrt habt, und dafür, dass ich eure erstaunlichen, wunderbaren Worte lesen durfte.

Ich danke den Book Bloggers und allen, die Rezensionen veröffentlicht haben, durch die *Verrückt nach dir* bekannter geworden ist. Es sind so viele Menschen, dass ich euch auf keinen Fall alle aufzählen kann, aber ganz besonders möchte ich erwähnen: Aestas, Schmexy Girls, The Rock Stars of Romance, Angie's Dreamy Reads und »That's All«-Ash. Ich bin euch ewig dankbar für eure Liebe und Unterstützung. Ich kann meiner Wertschätzung gar nicht genügend Ausdruck verleihen. *Ich liebe euch!*

Ich danke den Fans, die *Verrückt nach dir* geliebt und aufgemotzt haben, als wäre es ihr eigenes Buch. Ganz besonders Jenna Tyler und Angela McLain – danke euch, Ladys, für alles, was ihr tut. Ich fühle mich geehrt, dass ich euch kenne.

Ich danke immer wieder meinen Lesern – nur euretwegen kann ich meinen Lebensunterhalt mit Schreiben verdienen. Das werde ich nie vergessen, und ich bin *unglaublich* dankbar dafür.

Ich danke meinem Schöpfer, der mein Leben so gesegnet hat – möge ich immer daran denken, meinen Blick auf dich zu richten.

Über die Autorin

Laurelin Paige ist Autorin der *New York Times*-Bestsellertrilogie *Fixed.* Sie ist eine absolute Romantikerin und bekommt sofort weiche Knie, wenn es ums Küssen geht. Während ihre drei Töchter das ziemlich peinlich finden, hat ihr Ehemann immerhin keinen Grund, sich zu beschweren.

Wenn Laurelin nicht gerade dabei ist, erotische Romane zu lesen oder zu schreiben, widmet sie sich dem Singen, schaut *Game of Thrones* und *The Walking Dead* oder träumt von Adam Levine. Sie ist Mitglied des Vereins Mensa International.

Tara Sue Me

Ich bin dein

288 Seiten

Preis 9,99 € (D) | 10,30 € (A)

ISBN 978-3-95761-000-3

Tara Sue Me

Du bist mein

384 Seiten

Preis 9,99 € (D) | 10,30 € (A)

ISBN 978-3-95761-003-4

Tara Sue Me

Leid und Leidenschaft

320 Seiten

Preis 9,99 € (D) | 10,30 € (A)

ISBN 978-3-95761-010-2

Als Abigail King den attraktiven und erfolgreichen Unternehmer Nathaniel West kennenlernt, ist ihr eintöniges Leben als Bibliothekarin schlagartig vorbei. Nach einem leidenschaftlichen Wochenende zu zweit beginnt auch Nathaniel zu spüren, dass nichts mehr so sein wird wie zuvor. Abby hat es geschafft, sein Herz zu erobern und das, obwohl der kontrollsüchtige Nathaniel sonst niemanden an sich heranlässt. Schnell taucht Abby immer tiefer in die faszinierende Welt von Macht, Gefügigkeit und Ekstase ein. Doch schon bald spürt sie, dass Nathaniel ein großes Geheimnis vor ihr verbirgt …

Die erfolgreiche Reihe der Bestseller-Autorin Sara Tue Me hat Millionen Leserinnen begeistert – ein Muss für alle Fans von *Shades of Grey*!

LAGO

Auch als **E-Book** erhältlich

288 Seiten
Preis 9,99 € (D) | 10,30 € (A)
ISBN 978-3-95761-123-9

Alessandra Torre

Dunkle Lügen

Kann es Liebe sein, wenn alles nur gelogen ist?

»Ich liebe zwei Männer. Ich schlafe mit zwei Männern. Los, verurteile mich. Du hast keine Ahnung, was das bedeutet.

Wenn du denkst, du hast diese Geschichte schon einmal gehört, glaub mir, hast du nicht.«

Alessandra Torres Roman *Dunkle Lügen* zeichnet sich durch eine intelligente, spannende Story voller unerwarteter Wendungen aus und sticht so aus der breiten Masse der Liebesromane deutlich hervor – ein durchweg außergewöhnliches Buch!

LAGO